UNA SEGUNDA OPORTUNIDAD

JANE GREEN
UNA SEGUNDA OPORTUNIDAD

Traducción de
**Ana Isabel Domínguez Palomo
y María del Mar Rodríguez Barrena**

PLAZA JANÉS

Título original: *Second Chance*

Primera edición en U. S. A.: agosto, 2009

© 2007, Jane Green
© 2009, Random House Mondadori, S. A.
  Travessera de Gràcia, 47-49. 08021 Barcelona
© 2009, Ana Isabel Domínguez Palomo y María del Mar
  Rodríguez Barrena, por la traducción

Printed in Spain – Impreso en España

ISBN: 978-0-307-39297-8

Distributed by Random House, Inc.

BD 9 2 9 7 8

*Este libro está dedicado
a la memoria de Piers Simon,
al que siempre echaré de menos*

Agradecimientos

No suelen gustarme los agradecimientos extensos, pero el año pasado conté con el amor y el apoyo de un buen número de ángeles a los que estaré eternamente agradecida. Mil gracias a las siguientes personas:

Deborah Valentin y Dani Shapiro, por su extraordinaria sabiduría, sus consejos y su amor.

Roe Chlala, Jody Eisemann, Brian Russell, Kathy Steffens, Nicole Straight y todos los amigos que me enseñaron, con elegancia y humildad, que existe otro camino.

Joan Burgess, Fiona Garland y Andy Bentley, Anthony Goff, Kim y Niv Harizman, Bob y Jane Jacobs, Steve March y Rob Rizzo, Lisa Miller, Louise Moore, Deborah Schneider, Gail Sperry, Jonathan Tropper, Susan Warburg, David y Natalia Warburg.

Y, por último, Ian Warburg. Por ayudarme a reencontrarme. Y por todo lo demás. Te quiero.

Prólogo

No quedaba ni gota de vino, se habían zampado la pasta y habían acabado con tres cuartas partes del tiramisú. Si miraras por la ventana, pensarías que estás viendo a un grupo de viejos amigos echando unas risas, poniéndose al día y pasándolo bien; los trágicos hilos que los unen y que han hecho que vuelvan a encontrarse después de tanto tiempo son invisibles.

Pero si observas con más atención, verás que la morena, Holly, tiende a evadirse. Perdida en sus recuerdos, clavará la mirada en la copa de vino y se le llenarán los ojos de lágrimas. La rubia, Saffron, se inclinará hacia ella y le preguntará con ternura si está bien mientras le da un apretón en el brazo. Holly asentirá con una sonrisa, parpadeará para no llorar y se levantará para limpiar un plato que está limpio o enjuagar un cuenco que aún no se ha utilizado.

También verás que la chica delgada de pelo corto y castaño las observa con preocupación, y que sus ojos se tranquilizan al ver que Saffron puede consolar a Holly, al ver que a pesar de todo el tiempo que Saffron ha estado lejos no se le hace cuesta arriba acercarse y consolarla. Eso es algo que a Olivia le gustaría ser capaz de hacer, pero ha pasado años intentando sentirse cómoda consigo misma, con quién es, alguien que no siguió el camino que se esperaba de ella: no es abogada, ni doctora, ni una carismática y triunfadora ejecutiva. Y, aunque se creía feliz, al verse rodeada por los amigos del colegio le han asaltado las inseguridades de antaño: no ser lo bastante buena. Lo bastante lista. Lo bastante ambiciosa.

Hay un nombre que nadie ha mencionado todavía, ya que están demasiado ocupados tratando de ponerse al día. La conversación en torno a la mesa comienza de forma titubeante, se cuentan lo que les ha deparado la vida, los cambios que esta ha provocado.

—Resúmenes breves, por favor —pide Paul con una sonrisa—. Creo que, para empezar, con dos frases cortas será suficiente.

—Dios... —Saffron lo mira atónita—. Han pasado más de veinte años desde que terminamos el colegio y no has cambiado nada. Sigues intentando llevar la batuta.

—Vale, empiezo yo —se ofrece Paul—. Periodista *freelance* para varios periódicos y algunas revistas de hombres. Bastante éxito y trabajo bastante satisfactorio. Como ya os he dicho, sigo escribiendo, a ratos, la novela cumbre de la literatura británica. Tengo una casita en Crouch End y un coche rápido para compensar...

—¿Un pene pequeño? —lo interrumpe Olivia.

—No es pequeño, yo diría que tiene un tamaño medio. Anna no se queja.

—Háblanos de Anna. —Saffron arquea una ceja.

—Sueca, treinta y nueve años, preciosa. Increíblemente tolerante, puesto que está conmigo. Como ya sabéis, es fundadora de fashionista.uk.net. Por lo tanto, va a la última, cosa sorprendente si tenemos en cuenta que se casó conmigo. Desesperada por tener niños, llevamos dos años intentándolo, y ahora mismo está enfrascada en otro puñetero intento de fecundación in vitro, tras el cual creo que deberemos hacernos a la idea de que lo nuestro es tener gatos. Anna es lo mejor que me ha pasado en la vida, pero cada vez que empieza otro ciclo hormonal con ese asqueroso Synarel, un spray nasal, se pone insoportable. Así que no tengo muchas ganas, la verdad. Ojalá —echa un vistazo alrededor con una sonrisa forzada— esta sea la última vez. Ojalá todo salga bien. Cruzad todo lo que se pueda cruzar por nosotros. Te toca, Saffron.

—Eso han sido más de dos frases —dice ella en voz baja—. Pero cruzaré los dedos por vosotros. Bien..., ahora yo. Actriz, algo de teatro, esperemos que me den un papel importante en una película taquillera con Heath Ledger. Paso el tiempo entre Los Ángeles y Nueva York. Tengo pareja, pero es una relación un poco complicada y no me apetece hablar de ello. Ni niños, ni animales, ni otros seres dependientes, pero sí un estupendo grupo de amigos; aunque debo decir que no hay nada como estar con la gente a la que conoces de toda la vida. —Mira a cada una de las personas sentadas a la mesa y sonríe—. Es imposible tener una historia compartida con las nuevas amistades. Por muy bien que te lleves con ellos, no es lo mismo.

—Y... se te acabó el tiempo —dice Paul mirando su reloj.

—¿Me toca? —Olivia suspira. «Vamos allá», piensa—. Mmm. Dios mío. ¿Por dónde empiezo?

—¿Por el principio? —le ayuda Paul.

—Vale. Estudié Arte Dramático en la universidad, cosa bastante ridícula ya que carezco de la confianza necesaria para ser actriz. —Mira nerviosa a Saffron y esta le ofrece una sonrisa alentadora—. Durante unos años, trabajé en un montón de cosas..., dependienta en una tienda de alimentos ecológicos, encargada de una librería y voluntaria en un refugio de animales. Siete años después, soy la directora del refugio y me encanta. Tengo un piso precioso en Kensal Rise y... —respira hondo y se pregunta por qué narices es tan difícil si ya hace seis meses que George se largó— sigo soltera. Hasta hace poco salía con George, pero se le fue la olla, se largó y está a punto de casarse con una estadounidense horrorosa llamada Cindy, así que yo estoy planteándome convertirme en una vieja loca rodeada de un millón de gatos y perros.

—¿No hay nadie más en el horizonte? —Paul está sorprendido.

—Bueno... Es raro, pero Tom me puso en contacto con un amigo que trabaja en Estados Unidos. Llevamos varias semanas mandándonos correos electrónicos y dice que vendrá pronto, pero lo que antes era divertido y bonito ahora me parece horrible. Ni siquiera estoy segura de querer verlo en persona.

—Tonterías —dice Saffron—. Tienes que conocerlo, sobre todo si es amigo de Tom.

—Seguramente tienes razón. Pero no me siento preparada para comenzar una relación —confiesa Olivia.

—Cariño —Saffron se encoge de hombros de forma exagerada—, ¿quién ha hablado de una relación? Seguro que hace seis meses que no echas un polvo.

Olivia se pone colorada y dirige su mirada a Holly en busca de ayuda.

—Vale —dice esta entre carcajadas—. Me toca. Al final resultó que estudiar Bellas Artes no fue una pérdida de tiempo y he conseguido vivir decentemente durante años. Soy ilustradora en una empresa de tarjetas de felicitación, aunque mi sueño es ilustrar libros para niños. Conocí a Marcus en Australia. A los veinticinco me pareció que tenía todo lo que yo buscaría en un marido, pero ahora creo que debería estar prohibido casarse antes de los treinta.

Olivia alza una ceja y Saffron abre los ojos como platos.

—¡Vaya! —exclama Holly, consciente de que ha bebido demasiado—. ¿He dicho eso en voz alta? En fin... Tengo dos hijos preciosos. Oliver y Daisy. En realidad, Marcus es mi piedra angular. De verdad. Es tan fuerte... Es capaz de mover montañas. A veces fantaseo con largarme con los niños, pero sé que esa es la fantasía típica de una mujer casada que cree que el jardín del vecino siempre es más verde. En resumen, debo admitir que la vida me ha tratado bien. —Hace una pausa—. Y para terminar, le mandé un correo electrónico a Tom porque llevaba siglos sin saber nada de él, pero no me contestó. ¿Y vosotros? ¿Cuándo hablasteis con él por última vez? —Los mira uno por uno y la tensión, que aunque sutil era innegable hasta ese momento, se disipa.

Por fin se puede hablar de Tom. Han pasado la tarde hablando de ellos, recordando los días del colegio, pero ninguno ha querido mencionar a Tom, ninguno sabía cómo hablar de él, qué decir. Ninguno estaba preparado para enfrentarse a la razón por la que se hallan sentados en esa habitación. Amigos reunidos. Después de veinte largos años.

1

Tom es el primero en despertarse. Se queda tendido en la oscuridad y suspira mientras extiende el brazo para apagar el despertador. Las cinco y media. La luz roja parpadea sin cesar, a la espera de que la apague. Gira la cabeza para ver si Sarah también se ha despertado, pero no. Sigue dormida como un tronco, de costado, respirando profundamente contra la almohada.

Había hecho la maleta el día anterior, está acostumbrado a esos viajes de negocios, a levantarse en mitad de la noche, a mirar por la ventana para comprobar que el coche ya está en la entrada y que el chófer mata el tiempo con el *New York Post* y un enorme vaso de café en la mano.

La recompensa, como bien saben Sarah y él, es que los viajes por trabajo no durarán eternamente. Pronto su empresa, una gran empresa de software, habrá terminado de comprar a sus competidores más pequeños y podrá concentrarse en el desarrollo del negocio. Ya tiene treinta y nueve años. Con suerte, en tres años sus pluses anuales le permitirán pensar en hacer otra cosa. Los niños ya tienen cierta cantidad ahorrada para la universidad y él podrá jubilarse, tal vez incluso montar su propio negocio, hacer algo que no implique largos trayectos en coche ni viajar, que no implique pasar tiempo lejos de su familia.

En el cuarto de baño tropieza con Elmo, el muñeco que se ríe a carcajadas, y menea la cabeza exasperado; luego sonríe al recordar a Dustin, su hijo de dos años, corriendo con el muñeco en la mano muerto de la risa hasta que su hermana mayor, Violet, se lo quitó y lo dejó llorando a moco tendido.

Una ducha caliente, un último repaso al equipaje y está listo para irse. Vuelve al dormitorio y le da un beso a Sarah en la mejilla.

—Te quiero, Marmota —le susurra, utilizando el apodo que usan desde hace tanto tiempo que ni siquiera se acuerda de a santo de qué surgió.

—Te quiero —musita ella—. ¿Qué hora es?

—Poco más de las seis. El coche ya ha llegado. ¿Vas a levantarte?

—Sí. Enseguida. Tengo que preparar a los niños para su primer día de colegio.

—Hazle fotos a Dustin, ¿vale? Prométemelo.

—Sí, cariño, te lo prometo. Ten cuidado.

—Lo tendré. Te llamaré antes de subir al tren.

—Vale. —Sarah sonríe, mientras se acomoda de nuevo en la almohada y se queda dormida antes de que Tom llegue a la puerta de la calle.

Al otro lado del Atlántico, mientras el coche de Tom se aleja de su casa, Holly Macintosh también se despierta. Las once de la mañana. Agotada a causa del insomnio que sufre últimamente, se ha tomado el día libre. La rutina nocturna es siempre la misma: se levanta y cruza el dormitorio a trompicones, enciende la luz del diminuto cuarto de baño, se sienta en la taza del inodoro y entierra la cabeza en las manos. Todas las noches lo mismo. Más o menos a la misma hora. Se despierta con ganas de hacer pis y cuando vuelve a la cama es incapaz de dejar de pensar. En las últimas noches seguía despierta cuando amaneció.

El domingo anterior había conseguido volver a conciliar el sueño cuando Daisy entró en el dormitorio ataviada con unos calcetines desparejados, el pijama de Spiderman de su hermano y el pañuelo de cachemir preferido de Holly en el cuello. Cuando exigió sus cereales, Holly salió de la cama y asesinó con la mirada a Marcus, el cual —Holly estaba segura— solo fingía estar dormido.

Y la noche anterior lo mismo, estuvo desvelada toda la noche. Se queda tumbada en la cama, con los ojos cerrados, intentando hacer oídos sordos a los ocasionales ronquidos o gruñidos de su marido, demasiado dormido para darse cuenta de lo que le pasa a ella. Cuando los ronquidos resultan insoportables, aunque está despierta y ni siquiera finge que intenta dormirse de nuevo, lo zarandea hasta que cambia de postura y deja de estar boca arriba. «Roncas», masculla mientras intenta contenerse para no empujarlo fuera de la cama.

La noche anterior, Holly encendió la luz y esperó un momento mientras Marcus se removía, se daba la vuelta otra vez y seguía durmiendo. Holly cogió una revista del montón que tiene en el suelo, junto a la cama, resignada a pasar otra de esas larguísimas noches en vela que la dejan hecha polvo.

Por la mañana, cual un zombi con un pijama de hombre demasiado grande y zapatillas, Holly apenas consiguió levantar a los niños y vestirlos.

—No empieces —le advirtió a Oliver, cuyo comportamiento por las mañanas deja mucho que desear, sobre todo ahora que su hermana de cuatro años ha descubierto qué botones debe pulsar para que comiencen los llantos y, encantada, lo ha incorporado a la rutina matinal.

Frauke, la *au pair*, bajó la escalera a trompicones cuando estaban terminando de desayunar y Holly le sonrió agradecida de que se hiciera cargo de los niños: puso una loncha de jamón York y otra de queso en una rebanada de pan de centeno, la sujetó entre los dientes y cogió a Daisy y a Oliver de la mano.

—Hoy no trabajo —dijo Holly—. Pero estoy muerta. Otra mala noche. ¿Te importaría organizar algunos juegos para esta tarde? Necesito desesperadamente dormir. ¿Te va bien?

—Sí —asintió Frauke. Tenía una expresión muy seria..., resultado de haber salido la noche anterior con otras seis *au pairs* y de haber bebido demasiadas cervezas—. Llamaré a Luciana, aunque la última vez que intenté quedar con ella llegó treinta y seis minutos tarde, y eso no está bien. Pero lo intentaré de nuevo. No te preocupes, Holly. Mantendré a los niños alejados de la casa. A lo mejor los llevo a un museo.

Holly sonrió agradecida. Con frecuencia describe a Frauke como «Mi hija mayor, de mi primer matrimonio». Otras amigas se quejan de sus *au pairs*, pero ella agradece enormemente que Frauke entrara en su vida. Es organizada, estricta, cariñosa y divertida. Cuando Marcus se va al trabajo y ellas dos se quedan con los niños, la casa parece más acogedora, más alegre, la energía cambia por completo.

Así pues, ahora, despierta otra vez a las once de la mañana, Holly se levanta y se prepara una taza de té; le encanta ese silencio que reina en la casa en mitad del día. Esa es la casa en la que Marcus y ella viven desde mucho antes de que nacieran los niños. La casa que compró con la esperanza de llenarla de niños y animales, de vecinos y amigos que aparecerían a cualquier hora del día. «Una casa en la que podamos crecer —pensó—. Una casa que será un verdadero hogar.»

Su madre era decoradora de interiores, de modo que todas las casas en las que vivió de niña habían sido proyectos de decoración. En cuanto se acababa el proyecto, la familia Macintosh se mudaba de nuevo. Había tenido dormitorios de todos los colores del arco iris. Había tenido hadas azules, amarillo Laura Ashley, fucsia chillón y pan de oro. Había intentado no encariñarse de las casas, pero nunca pudo reprimir la secreta esperanza de que su madre se enamorara de la siguiente y ella pudiera tener por fin un hogar.

Cuando Marcus y ella encontraron esa casa en Brondesbury, Holly supo que jamás se mudaría. Cinco dormitorios para todos los niños que estaba convencida de que tendrían, un jardín grande para la barbacoa y los columpios y una enorme y destartalada cocina que Holly empezó a reorganizar mentalmente en cuanto la vio.

No cabía la menor duda de que era un hogar. Holly había comprado todos los muebles, había rebuscado en polvorientos anticuarios, había pasado meses de mercadillo en mercadillo hasta dar con ese objeto especial, e incluso había comprado varias cosas en eBay, y solo había salido escaldada en un par de ocasiones. (La primera con un sofá que supuestamente estaba en perfectas condiciones pero luego resultó que el sofá de la foto de eBay era otro; la segunda con un antiguo aparador de madera de cerezo que resultó estar comido por la carcoma.)

En muchos aspectos, Holly tiene exactamente la vida que siempre había deseado. Todavía se siente satisfecha cada vez que llega a casa y todavía, al menos cuatro veces por semana, pasea por ella, se apoya en las jambas de las puertas, contempla las habitaciones y sonríe viendo el hogar que ha creado.

Tiene dos niños estupendos y guapísimos. Daisy, que es como una réplica en miniatura de su persona, y Oliver, más serio y taciturno, más parecido a su marido.

Tiene un trabajo que le encanta (es ilustradora *freelance*) y un marido que a simple vista parece perfecto. Ha triunfado, es abogado en uno de los bufetes más importantes de la ciudad y últimamente ha llevado el divorcio de varias personas famosas; es alto y sus trajes hechos a medida y sus sobrias corbatas de seda le sientan de maravilla; las canas en las sienes le confieren una seriedad que ni siquiera apuntaba cuando se conocieron. Ha cambiado muchísimo, pero intenta no pensar en eso o, al menos, intenta no darle demasiadas vueltas. Sus antiguos amigos le han gastado alguna que otra broma sobre el hecho de que cambiara el nombre de Mark a Marcus, pero todos acabaron por llamarlo así y los pocos amigos que le quedan han aprendido a no burlarse de su pasado.

¿Tiene Marcus sentido del humor? Holly supone que sí. Recuerda una época en la que solía hacerla reír, cuando salían con amigos y acababa llorando de la risa. Ahora tiene la sensación de que hace siglos que no ríen juntos, de que Marcus trabaja cada vez más horas a medida que cosecha más éxitos.

Ya puestos, hace bastante que no quedan con amigos. A Holly le encanta cocinar, y antes organizaba cenas cada pocos días. No es que le apeteciera celebrar cenas formales, hubiera preferido un picoteo informal en la cocina, los amigos reunidos alrededor de la mesa con gigantescas copas de vino mientras ella aliñaba la ensalada, pero Marcus siempre insistía en hacer las cosas como era debido.

Marcus insistía en que sacase la mejor cristalería, la cubertería de plata. Insistía en cenar en el comedor, sentados a la enorme mesa de caoba en las sillas Chippendale, un regalo de su tía abuela a la que Holly siempre había detestado. Las sillas son preciosas, por supuesto, pero son demasiado formales y parecen fuera de lugar en la vida con la que ella siempre ha soñado.

Una noche fueron a cenar a casa de unos vecinos. El comedor era una estancia muy luminosa y amplia, a través de unas puertas francesas se accedía a la terraza, en cada pared había una estantería llena de libros, el parquet era de un blanco brillante, y la mesa, redonda y rodeada por sillas de formica de estilo retro. Era moderno, cálido y alegre, y a Holly le encantó.

—Con ese estilo nuestro comedor quedaría precioso, ¿verdad? —le dijo a Marcus cuando se subieron al coche a las nueve en punto. (Le habría gustado quedarse más tiempo, se moría de ganas de quedarse más tiempo porque hacía siglos que no lo pasaba tan bien, pero Marcus insistió en marcharse porque estaba llevando un caso muy importante y tenía que trabajar cuando llegaran a casa.)

Él se encogió de hombros.

—A mí me ha parecido horrible —contestó—. Los comedores son para comer, no para leer.

«¡Que te den!», pensó ella, poniendo los ojos en blanco y girando la cabeza para mirar por la ventanilla. ¿Desde cuándo era un experto en comedores?

Marcus tiene un montón de teorías, sobre todo acerca de lo que está «bien» y de lo que está «mal»; de cómo hay que actuar; de cómo se supone que los niños tienen que comportarse; de qué es «vulgar» y qué no.

Y consigue engañar a mucha gente, que cree que Marcus es lo que aparenta, pero también hay muchas personas que no se lo tragan. Aunque Holly no lo sabe. Todavía no. Cree que la gente se traga su fachada. Que Marcus ha perfeccionado hasta tal punto la imagen de que procede de una buena familia, de una familia de rancio abolengo y fortuna, de una familia de intelectuales aristocráticos, que ha conseguido proyectarla. Holly nunca ha intentado comprender por qué.

De vez en cuando Marcus se quita la careta. Por supuesto, los pocos amigos que le quedan de la universidad y que recuerdan a sus padres y la casa donde creció saben que no es más que eso, una careta, pero siguen en su vida porque han aprendido el arte de la discreción.

De modo que Marcus ha aprendido de Holly buenos modales, tacto, refinamiento y encanto, pero como la imita, como imita con desesperación a quienes quiere emular, y como nada de eso le sale con naturalidad, el encanto tiende a desaparecer, sobre todo cuando se siente superior.

Intenta por todos los medios que su madre no se mueva de Bristol porque le aterra la posibilidad de que desenmascare su pasado. Y la pobre Joanie, que está deseando pasar tiempo con sus nietos pero que no sabe cómo tratar a un hijo al que no reconoce, sigue sola en su casita, rodeada de fotografías, totalmente desconcertada.

Desconcertada por haber criado a un hijo así; a un hijo que —Joanie se ha dado cuenta—, se avergüenza de ella. Un hijo que no para de comprarle pañuelos Hermès y gabardinas Burberry, no porque le hagan falta o porque ella se los pida, sino porque, como muy bien sabe, intenta convertirla en algo que no es.

Su pañuelo de plástico para la lluvia está bien y el chubasquero que se compró hace un montón de años en Marks & Spencer sigue sirviendo de maravilla. Cuando llega uno de sus regalos, Joanie lo envuelve de nuevo y lo lleva a Oxfam, salvo que esa noche toque *bridge* con sus amigas, en ese caso las deja escoger.

No sabe qué pensar de un hijo que cuida su pronunciación más que la reina. Está orgullosísima de sus logros, al fin y al cabo es la única madre de la ciudad que tiene un hijo abogado a punto de convertirse en socio de un bufete. ¡Socio! ¡Quién lo iba a decir! Pero en lo personal tiene que admitir que no le gusta demasiado.

Se siente fatal por pensar eso de su hijo. ¿Cómo puede sentir eso por alguien de su misma sangre? Pero Joanie Carter es ante todo una persona sincera y, aunque siempre será su hijo y siempre lo querrá, tiene muy claro que no le gusta.

«¿Quién se cree que es?», piensa cada vez que llega otro pañuelo. Claro que ya sabe la respuesta. «Es Marcus Carter. Y se cree superior a todos nosotros.»

Joanie cree que Holly es maravillosa por la sencilla razón de que tiene los pies en el suelo. Es consciente de que su hijo es cada vez más pretencioso y pedante, y espera (como siempre ha esperado) que Holly lo devuelva a la tierra.

No entiende cómo Holly aguanta a su hijo; le encanta que se comporte con naturalidad y no haga caso de las cosas que Marcus dice que haga cuando él no anda cerca, que últimamente parece ser la mayoría de las veces. Pero no puede evitar preguntarse qué hacen juntos, no puede evitar pensar que tal vez sea la pareja más rara que ha visto nunca.

Pensó que eran una pareja extraña desde el principio, aunque ella estaba encantada. Marcus las llevó a tomar un té al Ritz, y Holly estaba tan emocionada que parecía flotar de felicidad. «Gracias a Dios —pensó Joanie—. Tal vez mi hijo tenga una oportunidad. Tal vez esta chica encantadora y auténtica acabe con sus tonterías y sus aires de grandeza.»

Y después llegó el compromiso y el anillo de pedida con el diamante más grande que jamás había visto, y los planes de boda, que adquirieron una velocidad y una energía propias. Holly la llamó por teléfono para decirle que sería una boda sencilla, tal vez en un hotelito o en su parroquia, y que después celebrarían un almuerzo para los amigos.

Acabó celebrándose en el Savoy. Con doscientos invitados. Holly estaba preciosa con un ceñido vestido de Jenny Packham, pero parecía extrañamente apagada, pensó Joanie, se la veía serena y deslumbrante, pero había en ella una brizna de tristeza que Joanie relegó al fondo de su mente; se negó a admitir lo que pudiera significar.

También Holly se negó a admitir lo que pudiera significar. Marcus le había pedido que se casara con él tal como ella había imaginado que lo haría: de rodillas junto al Támesis y el Southbank Centre. Llevaba el anillo, tal como ella había imaginado, y fue incapaz de encontrar una razón para decirle que no.

Al fin y al cabo, Marcus era todo lo que siempre había creído que debía buscar en un hombre, y pronto se encontró sumida en el torbellino de los preparativos de la boda (de mucho más postín de lo que le habría gustado, pero también era el día de Marcus...) y no se detuvo a analizar sus dudas, no se detuvo porque no estaba dispuesta a que crecieran y arraigaran en su mente.

Al echar la vista atrás, cualquiera diría que Holly parecía arrastrarse el día de su boda. Y no porque no pudiera tirar de su cuerpo (estaba muy delgada, el estrés de contentar a Marcus empezaba a pasarle factura), sino porque llevaba un gran peso sobre los hombros, una especie de desánimo, un profundo abatimiento.

Besó a Marcus, bailó, saludó a sus invitados y se animó al hablar con las personas a las que quería, pero no fue lo que uno esperaría de una novia durante el que supuestamente es el día más feliz de su vida.

Joanie no sería capaz de poner la mano en el fuego, pero si le preguntaras, si le dieras las palabras, asentiría sorprendida, pues eso fue exactamente lo que ella sintió. Y durante todos estos años le ha preocupado la idea de que Holly no sea feliz. Le preocupa que, a pesar de las apariencias y de los niños, Marcus se haya convertido en una persona demasiado difícil, demasiado intransigente para que Holly siga a su lado.

Holly podría juzgar a Marcus, podría ver las faltas que a su suegra le resultan insufribles, pero normalmente no lo hace. Sabe que hay otro Marcus totalmente distinto. Sabe que no seguiría con él si no hubiera otro Marcus escondido tras ese engreimiento y esa pedantería.

Sabe que en el fondo es un chiquillo asustado que no se cree lo bastante bueno y que para sentirse lo bastante bueno tiene que rodearse de la gente a la que considera adecuada; relacionarse con personas que estén por debajo de él lo rebajaría a los ojos de los demás, de modo que no lo hace.

Ese fue uno de los motivos por los que se enamoró de Holly. Provenía del entorno que a él le gustaría tener y era la perfecta esposa florero. Pero cuando la consiguió, tuvo que rebajarla con sutileza, estar seguro de que no se creía mejor que él, estar seguro de seguir sintiéndose superior.

A pesar de todo esto, Marcus tiene cosas buenas. Por supuesto que sí. En caso contrario, ¿por qué se habría casado con él? Para empezar, la quiere, o al menos Holly cree que la quiere. De vez en cuando tiene detalles amables, considerados. Cuando pasa junto al quiosco de vuelta a casa, si ve el último ejemplar de *Hello!* o de *Heat*, siempre se lo compra. A menudo le manda ramos de flores y de vez en cuando llega a casa con un Crunchie o un Kit Kat, los pecadillos preferidos de Holly.

Cuando está en casa, es genial con los niños. No durante mucho tiempo y solo cuando los niños se portan de la forma que él considera adecuada, es decir, nada de gritos, chillidos, lloriqueos, ni golpes..., todo lo que, por cierto, ella tiene que soportar a todas horas. Los niños están demasiado asustados para no actuar de forma modélica ante su padre, y en esas ocasiones los amigos de Holly lo miran con aprobación y comentan lo buen padre que es.

Y además es un marido estupendo, se dice en uno de esos momentos en que se despierta aterrorizada en mitad de la noche, aterrorizada por la posibilidad de que su matrimonio no sea para siempre, por la certeza de que nunca se ha sentido tan sola, por el hecho de que nunca lo ve, de que no tienen nada en común, de que cada vez están más distanciados.

Marcus no se da cuenta. ¿Cómo se va a dar cuenta si Holly, como la mayoría de las mujeres, es un camaleón consumado?

De día, cuando Marcus no está en casa, puede ser ella misma, puede invitar a algunas amigas y a sus hijos a comer, sacar una ensalada, pan de pita y nachos y comérselos de pie en la cocina mientras los niños dejan la mesa llena de manchas de ketchup.

Puede abrir botellas de vino y poner música de Shakira; Frauke y ella pueden bailar al ritmo de la música mientras Daisy, en el intento de imitarlas, la sorprende por su capacidad para, con cuatro años, parecer tan madura, tan femenina y (Dios, no puede creer que piense eso) tan sexy. Puede divertirse, puede ponerse pantalones anchos, sudaderas, camisetas, olvidarse del maquillaje y relajarse porque no tiene que impresionar a nadie.

Y cuando Marcus regresa, es capaz de adoptar la personalidad que a él le gusta. Si se quedan en casa, se pone unos vaqueros oscuros, un jersey de cachemira y unos pequeños pendientes de diamantes. Si salen a cenar, se pone pantalones de lana, botas de tacón alto y una chaqueta de terciopelo.

No hay música y los cojines están debidamente ahuecados.

Todas las noches, antes de que Marcus llegue del trabajo, recorre la casa para comprobar que todo está exactamente como a él le gusta. Los niños tienen prohibido construir fuertes en el salón con los cojines del sofá, de modo que Frauke se asegura de que Marcus sigue ignorando que por las tardes todos los cojines de la casa están apilados en mitad del salón.

Los niños también tienen prohibido correr «desnudos como salvajes» por el jardín, de modo que las pocas tardes de verano en las que Marcus anuncia que llegará temprano, Frauke y ella les suplican y los convencen para que se pongan los bañadores antes de que papá llegue a casa.

El padre de Holly dejó de hacerle caso poco después del divorcio. Holly recuerda perfectamente que, cuando tenía catorce años, su padre la llevó una tarde a Fortnum & Mason y que, mientras ella se tomaba un enorme helado de chocolate, su padre le dijo que la quería, que siempre podría contar con él y que pasara lo que pasase iría a verla todas las semanas y algún que otro fin de semana.

No le dijo que el motivo del divorcio eran sus continuas infidelidades. Eso Holly lo descubrió después.

Cumplió su palabra durante un tiempo. Seis meses. Y entonces conoció a Celia Benson, y de repente estaba volando con Celia a París, a Florencia, a Saint Tropez, y pronto tuvo una nueva familia y Holly quedó relegada al olvido.

Ya adulta, comprendió que su padre era débil. Celia Benson no quería tener cerca a la hija de su primer matrimonio, y él cedió, consintió en olvidarse de ella. Holly aún sigue culpando a Celia.

¿Es feliz? La felicidad no es algo en lo que Holly piense a menudo. Sin duda tiene todo lo que cualquier mujer podría desear para ser feliz, así que ¿cómo no va a serlo? El hecho de que duerman en una cama gigantesca, cada uno en un extremo, separados por un espacio enorme, y que se ponga hecha una furia si un brazo o una pierna de Marcus invade su territorio no quiere decir que no sea feliz, ¿verdad? El hecho de que apenas hagan el amor y de que cuando lo hacen sea algo mecánico no quiere decir que no sea feliz, ¿verdad? El hecho de que cada vez se sienta más alejada de la vida real, de que haya tenido que cortar varias amistades porque Marcus las consideraba «inapropiadas», no quiere decir que no sea feliz.

¿Verdad?

Las distracciones cumplen el maravilloso papel de mantener su mente ajena al hecho de que su vida no es como la había imaginado. Los niños, por ejemplo. La casa. Y, por supuesto, el trabajo. Como ilustradora *freelance* que trabaja para una empresa de tarjetas de felicitación, puede encerrarse en su estudio del piso de arriba y evadirse durante horas pintando con acuarelas a una niña y su cachorro, y salir de su ensueño cuando oye que Frauke y los niños han regresado del parque. Un par de días a la semana va al estudio de la empresa, aunque lo hace por no perder el contacto, por sentirse parte de la empresa y huir de la soledad de trabajar en casa.

Hace mucho que no va, en buena parte debido al cansancio. La necesidad de dormir se está convirtiendo en un problema cada vez mayor, y sus defensas brillan por su ausencia cuando se despierta en mitad de la noche con el corazón desbocado por unos miedos que se niega a reconocer. De modo que cada vez duerme más de día, pero por más que duerme no se siente realmente en forma.

Ahora, sentada en la encimera de la cocina después de otra siesta, Holly se pregunta cuándo fue la última vez que se sintió realmente feliz. ¿En el colegio? Bueno, no. No era feliz en el colegio, sino cuando salía de él, cuando Olivia, Saffron, Paul, Tom y ella estaban juntos. Entonces era feliz.

Y en la universidad. Tom y ella, los mejores amigos del mundo, enamorados el uno del otro desde que se conocieron a los quince años, pero sin saber del todo cómo arrancar... Sí, esos fueron tiempos felices.

Sonríe al recordar aquella época. Hace semanas que no habla con Tom. Durante mucho tiempo mantuvieron el contacto por teléfono y a través de larguísimos correos electrónicos, pero desde que Tom conoció a Sarah, cuando ella estaba en Londres trabajando en la rama inglesa de la empresa, y se marchó con ella a su país natal, Estados Unidos, para casarse, su amistad ya no volvió a ser la misma, por mucho que a Holly le gustara pensar que era algo transitorio.

Olivia trabaja en un refugio para animales, según ha averiguado. De vez en cuando busca a sus antiguos amigos en Google, así descubrió una foto de una sonriente Olivia con un gatito en las manos durante un acto benéfico para recaudar fondos. Tenía el mismo aspecto, salvo que su bonito pelo largo hasta la cintura era ahora una melena corta. Años atrás Holly le mandó un correo electrónico y Olivia le respondió con cariño, pero no habían conseguido mantener el contacto.

Saffron, tal como corresponde a alguien con semejante nombre,* es una actriz de cierta fama que intenta convertirse en es-

* En inglés «Azafrán». (N. de las T.)

trella de cine en Los Ángeles. Ha participado en varias películas inglesas de bajo presupuesto, ha interpretado papeles secundarios en películas importantes y la gente la reconoce por la calle. Sale a menudo en las revistas y los periódicos ingleses como la gran promesa del cine; sin embargo, a sus treinta y nueve años (aunque Saffron no lo admitiría ni muerta), Holly sabe que es poco probable que triunfe en Hollywood.

Hace años que no ve a Paul. Tom y él se mantenían en contacto. De hecho, parece que Tom seguía en contacto con todo el mundo, aunque fuera esporádicamente, y de vez en cuando le mandaba a Holly un correo electrónico y la hacía reír con las aventuras en las que se metía Paul, un eterno mujeriego.

Cuando Tom se casó con Sarah le dijo a Holly que a partir de entonces viviría la vida a través de las andanzas de Paul, pero Holly ahora recuerda que Paul se casó hace dos años con una empresaria guapísima, si no le falla la memoria, y que le juró a Tom que su esposa lo había reformado por completo.

Se acuerda del día que estaba sentada en la peluquería hojeando un ejemplar de *Vogue* y se quedó de piedra al pasar la página y ver a Paul tumbado en un sofá Eames beis, vestido de Prada de pies a cabeza, como un modelo, con una rubia preciosa tendida entre sus piernas, enfundada en un vestido de Chloè que resaltaba sus curvas, la cabeza echada atrás y el pelo como una ola de seda sobre el brazo de Paul.

El artículo sobre la nueva pareja de moda la dejó boquiabierta: Paul Eddison, periodista y juerguista, se había casado con Anna Johanssen, fundadora y presidenta de fashionista.uk.net.

Por supuesto Tom le había dicho que Paul se iba a casar, pero no tenía ni idea de que fuera un evento tan importante. Observó las fotos con detalle, sorprendida por lo moderno que iba Paul, pero cuando llamó a Tom para cotillear, él se echó a reír.

—Esa no es la pinta que lleva de verdad —dijo Tom.

—Pero lo he visto con mis propios ojos —insistió ella—. Parece un puñetero modelo. ¿Qué ha pasado con esa barba de tres días que no se afeitaba porque decía que era una pérdida de tiempo? Paul llevaba siempre el pelo hecho un desastre, y te juro que el Paul que yo conocía no distinguiría un Prada de la ropa de un mercadillo.

—Créeme —le dijo Tom entre risas—, Paul sigue siendo el mismo. Fui su padrino y tuve que amenazarle con la maquinilla de afeitar y con la gomina para que estuviera medianamente presentable. Sigue prefiriendo sus vaqueros viejos y sus camisetas agujereadas.

—No sé —replicó ella—. En las fotos parece muy cambiado. ¿Cómo es ella? Seguro que se lo tiene muy creído.

Tom suspiró.

—No te pongas celosa, Holly. Es un encanto de mujer. Crees que debe de ser una bruja porque es muy guapa, pero te equivocas. Es muy dulce y está coladita por Paul.

—Bien, tienes razón. Estaba dando cosas por sentado porque es despampanante. Afortunado Paul. Afortunada pareja. —Suspiró—. Parece que tienen una vida glamourosa y perfecta.

—No tanto. —Tom parecía serio—. *Vogue* ha hecho que parezca así, pero su vida no es ni de lejos tan glamourosa como parece, de verdad, y nadie tiene una vida perfecta.

—Yo sí —replicó ella con sarcasmo, y Tom resopló.

Con esos recuerdos, Holly se baja de la encimera y enciende el ordenador. ¿Por qué no mandarle un correo electrónico a Tom? Han pasado... ¿siete meses? ¿Ocho? Siglos desde la última vez que hablaron, y lo echa de menos. Marcus y él no congeniaban, y ella no tenía mucho en común con Sarah, de ahí la distancia.

No es que Sarah no fuera maja. Cuando habían ido a Inglaterra para ver a la familia de Tom y habían quedado para tomar algo, se había mostrado agradable, pero a Holly le había parecido fría y distante. Educada, pero sin deseos de intimar.

Holly conoció a Sarah después de volver de Australia, el viaje en el que conoció a Marcus; un año después se casó con él.

Durante los seis meses que estuvo fuera no habló con Tom,

pero en cuanto regresó lo llamó. Tom no tardó en hablarle de esa americana tan simpática que trabajaba en su oficina de Londres.

—¿Cómo es la yanqui? —se burlaba ella, segura de nuevo de su amistad ahora que tenía a Marcus, e incapaz de creer que hubiera sentido algo más por Tom, que lo hubiera visto como algo más que su mejor amigo, incluso después de aquella noche...

—La verdad es que es alucinante —contestó él con cierta reserva, y luego cogió carrerilla y le dijo lo bien que le iba a caer, las ganas que tenía de que se conocieran, de salir juntos en pareja...

Y eso hicieron. Quedaron los cuatro y fueron a cenar a una pizzería de Notting Hill. Holly estaba deseando conocer a la chica de la que Tom llevaba hablando tanto tiempo, que a esas alturas se había convertido en su novia y con quien estaba pensando en irse a vivir.

Holly quería que le cayera bien. Estaba segura de que le caería bien. Pero cuando se acercó a ella con una cálida sonrisa y el corazón en la mano, encontró a una Sarah correcta, educada y fría.

—¡Dios, es espantosa! —le dijo a Marcus cuando estuvieron a salvo en su coche, de camino a casa—. ¿Qué ha visto en ella?

—Esa actitud distante la hace muy sexy —contestó Marcus, que se arrepintió de inmediato al ver que ella entrecerraba los ojos.

—¿Sexy? ¿Por qué te parece sexy? A ver, dímelo. ¿Porque es una adicta al gimnasio? ¿Por eso? No tiene el menor sentido del humor y es una sosa. ¡Por favor, si ni siquiera ha sonreído! Toda la noche hablando de política feminista. ¡Venga ya! ¿Es que no sabe lo que significa la palabra «relax»?

—Veo que te ha caído bien, ¿eh? —dijo Marcus con una ceja enarcada y una sonrisa.

—¿Te cayó bien? —Tom la llamó desde la oficina a primera hora.

—Me pareció estupenda —mintió sin más.

—¿Verdad? Sabía que te gustaría.

—Aunque es un pelín seria —se atrevió a decir.

—¿Sí? Bueno, será porque no te conoce demasiado, pero ya la conocerás mucho mejor cuando vivamos juntos.

—¿Y qué le parecimos nosotros? —No pudo frenar su curiosidad—. ¿Le caímos bien?

—Ya lo creo —mintió Tom sin más—. Le caísteis genial. Dijo que sois estupendos.

Y esa fue la delgada cuña que se clavó en el centro mismo de la amistad de Tom y Holly. Al principio solo abrió una pequeña fisura, pero cuantas más veces se soportaban los cuatro, en un intento por transformar la amistad de Holly y de Tom en una amistad entre parejas, más se agrandaba la herida, hasta que Tom y Holly se vieron en la obligación de quedar a escondidas para comer o de llamarse desde el trabajo. Su amistad sufrió por la falta de contacto pero se hizo más valiosa por esa misma razón.

Años atrás, cuando Holly llamaba a Tom a Massachusetts rezaba para que Sarah no cogiera el teléfono, rezaba para no verse obligada a mantener la cháchara insustancial de rigor. Al final, dejó de llamar.

Para Holly, Sarah era Spantosa Sarah. En una ocasión se le escapó cuando estaba comiendo con Tom y él estuvo a punto de espurrear la bebida por la risa. Sigue siendo una broma entre ellos, algo que da fe de la intimidad que compartieron en otro tiempo.

De pronto la necesidad de recobrar el contacto con Tom es superior a todo. Holly teclea:

¡Hola, desaparecido!
He estado preguntándome dónde y cómo estás, amigo mío. No puedo dormir, así que he empezado a darle vueltas a mi pasado y me he dado cuenta de que hace SIGLOS que no habla-

mos. ¿Cómo estás? ¿Cómo está Sarah? ¿Y tus mocosos? Los míos tan maravillosos como siempre. ¿Estás en contacto con los demás? El otro día leí algo sobre Saffron..., ha conseguido un papel secundario en la nueva peli de Jim Carrey. (¿Qué te parece?) A lo mejor es la oportunidad que todos esperábamos. (Y un cuerno... ¡Huy!) ¿Cómo está Paul? ¿Tiene ya algún bebé? Me encantaría tener noticias tuyas. Bueno, la verdad es que me encantaría verte... ¿No tienes planeado ningún viajecito de negocios que te traiga por aquí? Imagínatelo, podríamos comer juntos como en los viejos tiempos. En fin, solo quería que supieras que me acuerdo de ti y que te quiero mucho. Dale recuerdos a Spantosa Sarah.

Un besazo,

Holly xxxxx

Mucho después Holly descubrirá dónde estaba Sarah en el preciso momento en que ella enviaba el mensaje.

Sarah está gritando al pie de la escalera para que Violet se dé prisa o llegarán tarde al colegio. Violet tiene cuatro años, está en preescolar y es lenta como un caracol, sobre todo cuando su madre tiene prisa.

—¡Vamos, cielo! —grita Sarah—. Es tu primer día. No puedes llegar tarde. ¡Violet! —exclama al verla aparecer en la puerta de su dormitorio, desnuda y con su elefante de peluche en las manos—. ¡Te he dicho que te vistieras! —grita.

Violet rompe a llorar.

—¡Señor! —murmura Sarah—. ¡Dame paciencia!

El año pasado se había quejado a Tom de que esa era la cantinela de todos los días: siempre corriendo porque se levantaba demasiado tarde, se entretenía más de la cuenta preparando el desayuno, se le olvidaba preparar la ropa de los niños la noche anterior y nunca encontraba las llaves del coche.

Todas las mañanas del año anterior se había repetido que ese día sería diferente, sería una mamá cariñosa y divertida; pero cuando por fin se metían en el monovolumen, volvía a ser una madre gritona y estresada que se odiaba por ser así pero que no podía evitarlo.

Inspiró hondo. «No voy a gritarles a los niños esta mañana —se dijo—. No pasa nada por llegar un poco tarde. ¡Por el amor de Dios, están en preescolar! No importa.» Y, ya más tranquila, coge la cámara de la cómoda y lleva a los niños al coche.

Una hora más tarde (hay tantas madres con las que ponerse al día en el aparcamiento...), está a punto de meterse en el coche cuando Judy, otra madre, se le acerca con expresión afligida.

—¿Os habéis enterado? —dice con los ojos desorbitados por el nerviosismo y el horror.

—¿De qué, de qué? —preguntan las demás; algunas se apartan un poco cuando sus móviles comienzan a sonar a la vez.

—¡Otro ataque terrorista! ¡Aquí mismo! ¡Han puesto una bomba en el Acela!

Se le nubla la vista y la cabeza empieza a darle vueltas. El Acela Express. El tren de alta velocidad que recorre el Nordeste. No puede ser verdad. Tom va en el Acela.

—¡No! —exclama un coro de voces—. ¿Qué ha pasado? ¿Es grave? —preguntan antes de gritar—: ¡Ay, Dios, otra vez no!

—No lo sé —responde Judy mientras otra de las madres grita para hacerse oír.

—Hay cadáveres por todas partes. Ha sucedido justo a las afueras de Nueva York. ¡Ay, Dios, seguro que conocemos a alguien!

Y de pronto todas las miradas se clavan en ella, que ha acabado sentada en el suelo del aparcamiento porque las piernas no la sostenían.

—¿Sarah? —dice una voz suave a la altura de su oído—. Sarah, ¿estás bien?

Pero Sarah no puede hablar. Se suponía que estas cosas no les pasan a personas como ella y Tom, pero se ve que sí.

2

Holly Macintosh se despierta, como se ha despertado todas las mañanas desde que se enteró de la noticia, y siente el peso de la pena sobre su pecho.

Cuanto puede hacer estos días es levantarse, servirse un café con mano temblorosa y sentarse a la mesa de la cocina perdida en una nube de recuerdos, de cosas que se quedaron sin decir, de lo que podría haber sido, de la añoranza de Tom —el Tom con el que creció y el Tom al que nunca volverá a ver—..., una añoranza tremenda.

A la hora del desayuno se sacude la pena de encima, por los niños. Marcus ha sido maravilloso. La noche que Holly se enteró, se vino abajo hecha un mar de lágrimas y Marcus la abrazó mientras los niños los miraban asustados desde la mesa de la cocina.

—¿Por qué llora mamá? —preguntó Oliver.

—Está triste porque ha perdido a uno de sus amigos —le contestó Marcus en voz baja, por encima de su cabeza.

—¿Quieres que te ayude a buscarlo? —se ofreció Daisy tras un momentáneo silencio; Holly consiguió sonreír a través de las lágrimas pero al momento siguió una nueva tanda de sollozos.

Tres días antes, Holly vio las noticias con Marcus. Ciento cuarenta y siete muertos. Cuando lo comentó con los amigos, meneó la cabeza con incredulidad y lo tachó de increíble, de ajeno al mundo en el que vivían; se preguntaron si algún día dejarían de suceder esas cosas.

Luego, una mañana, estaba navegando por internet cuando encontró una lista de nombres en la web de noticias de la BBC. «Me pregunto si conoceré a alguien», se dijo. Sabía que era improbable, y extraño, dadas las tragedias que se habían sucedido durante su infancia —varios atentados con bomba perpetrados por el IRA cerca del lugar donde vivía— y el hecho de que jamás se le había pasado por la cabeza que algún conocido se hubiera visto afectado. Pero en esa ocasión pinchó en el enlace y comenzó a leer.

Nombres. Escuetas biografías. Un banquero de Islington que se encontraba en Nueva York en viaje de negocios; una madre y una hija de Derbyshire, de vacaciones; Tom Fitzgerald, un genio de la informática...

Siguió leyendo, pero sus ojos regresaron al nombre que acababa de pasar y se clavaron en él. Tom Fitzgerald. Un genio de la informática. Tom Fitzgerald. Tom.

Tom.

Pero era imposible. ¿Cómo iba a ser Tom? Había tenido lugar fuera de Nueva York. Tom vive en Boston. Tom está bien.

Confundida, cogió el teléfono para llamar a Tom al trabajo, pero en Estados Unidos era de noche, de modo que marcó el número de su casa.

«Hola, somos Tom, Sarah, Dustin y Violet», dijo la voz cantarina de Sarah al otro lado de la línea; la llamada adquirió una dimensión tan cotidiana que la llevó a pensar que tal vez todo fueran imaginaciones suyas; sin duda se lo estaba imaginando todo, porque ¿cómo iba a responder el contestador con esa naturalidad, cómo iba ser el mensaje el mismo de antes si a Tom le había sucedido algo terrible?

En ese momento sus ojos volvieron al nombre que parecía llamarla desde la pantalla del ordenador.

Tom Fitzgerald.

—Ah, hola, Sarah, Tom, soy Holly. —Habló con voz insegura, haciendo pausas mientras tecleaba el nombre de Tom en

Google en busca de información—. Mmm, es que... estaba leyendo. Dios mío. Lo siento. ¿Podéis llamarme? Por favor. Yo...
—No podía decir nada más.

Otro artículo. «Tom Fitzgerald, director ejecutivo de Synopac, se encontraba en el fatídico Acela Express de camino a una reunión de negocios...»

Colgó el auricular muy despacio.

—¿Holly? —Frauke acababa de entrar en la habitación y se dio cuenta de que estaba temblando—. ¿Pasa algo?

Se dio la vuelta, desolada. Su expresión reflejaba pena y sorpresa; cuando intentó hablar, fue incapaz de decir lo que quería decir.

—Es Tom —consiguió susurrar por fin—. Mi amigo de la infancia. En el tren... —Entonces la dominaron los sollozos y se desplomó en los brazos de Frauke, que había corrido a consolarla.

A sus treinta y nueve años, tal vez no sea sorprendente que Holly no sepa lo que es la pena. Ha perdido a algunos conocidos —varios familiares de edad avanzada han muerto a lo largo de los años— y en esos casos lo ha pasado mal, pero siempre le había parecido que aquello obedecía al orden natural de las cosas. Tus seres queridos envejecen, a veces enferman, en ocasiones antes de la cuenta, y acaban muriendo.

Puedes consolarte pensando que ya les tocaba o, si no les tocaba, que por lo menos disfrutaron de una vida larga y provechosa. Hicieron lo que se suponía que debían hacer en este mundo. Y dejan a sus seres queridos con un montón de recuerdos felices, aunque algunos deseos se hayan quedado en el tintero.

Pero ¿esto? Esto es completamente diferente. Un dolor profundo, desgarrador e incontenible. No es solo emocional. Es físico. Ese inesperado dolor la acompaña a todas horas. La despierta por la mañana instalándose en su pecho; se derrumba hasta el suelo con ella cuando la asaltan los sollozos junto al escritorio; echa una mano a su amiga gravedad para tirar de sus párpados y sus labios hacia abajo, logrando una expresión de tan profunda tristeza que los desconocidos se le acercan en las tiendas y en la calle para preguntarle si está bien, y la acompaña cuando Holly asiente con la cabeza mientras las lágrimas se deslizan por sus mejillas.

Tras una semana entera sin trabajar, volvió al estudio de Jubilations; se sentía entumecida, pero pensaba que podría seguir adelante, que estaría mejor rodeada de gente, obligada a charlar, a actuar como si su vida siguiera siendo normal.

Estaban en una reunión con el departamento de marketing cuando alguien le pidió su opinión, alguien que trabajaba en otro edificio de la empresa y que había oído que Holly había perdido a un conocido, pero que no entendía por qué aquello era distinto a perder, por ejemplo, a un abuelo.

—Me han dicho que conocías a uno de los que murieron en el tren —dijo aquel tipo como si nada—. Qué horrible, ¿verdad? —Meneó la cabeza, dispuesto a seguir con el asunto que los había reunido, que no era otro que los elefantes que ella había diseñado para la nueva línea de tarjetas para felicitaciones atrasadas—. Una lástima. Cuesta creer que puedan pasar esas cosas hoy en día.

Y Holly, que estaba rememorando la imagen del tren envuelto en llamas (un turista había capturado el momento: una imagen borrosa y con muy poca calidad, pero era la única que había) y viendo el momento en que Tom murió, tal como lo había visto en televisión, intentando imaginar si se dio cuenta, si había sido rápido, si había acabado carbonizado o había saltado por los aires con la bomba..., alzó la vista, lo miró y las lágrimas volvieron a caer.

—Lo siento —dijo—. Es que no lo entiendo. No entiendo cómo ha podido pasarle esto a Tom. No tiene sentido... —Sus hombros comenzaron a sacudirse, su cuerpo se estremeció con los sollozos y sus compañeros se miraron unos a otros con inquietud; nadie sabía qué hacer para consolarla, pero todos deseaban recuperar el ambiente relajado, recobrar a la antigua Holly.

—La llevaré afuera —articuló Simone con los labios mientras la sacaba de la sala de reuniones en dirección a la pequeña cocina, donde la abrazó y la dejó llorar a gusto—. Necesitas unas vacaciones —le dijo cuando los sollozos remitieron—. Tienes que superar el dolor y eso conlleva un proceso. No deberías estar aquí. Has trabajado muchísimo en la campaña de los elefantes y no tenemos prisa. Tómate un tiempo libre. Por lo menos un mes.

Holly, en silencio, hizo un gesto afirmativo, bajó la mirada y la clavó en las manos, incapaz de mirar a Simone a los ojos.

«Se suponía que estas cosas no le pasan a la gente como Tom y como yo —pensó mientras recogía sus cosas y alguien llamaba a un taxi para que la llevara a casa—. Se suponía que mi vida no iba a ser así. Esto no tenía que pasar.»

Sin embargo, no puede quedarse sentada en casa sin hacer nada, dando vueltas en su cabeza a los recuerdos, a las macabras posibilidades sobre la muerte de Tom, a lo que sintió. ¿Se dio cuenta? ¿Fue rápido?

¿Lo sabrán los demás? La pandilla del colegio. Amigos con los que lleva años sin hablar pero que de repente le parecen tan cercanos como el día que acabaron la secundaria. Viejos amigos a los que necesita ver a toda costa.

Primero llama a Paul. Dado que su mujer es famosa, es fácil localizarlo. Una llamada a Anna Johanssen a Fashionista, un mensaje urgente a la secretaria para que Paul le devuelva la llamada y esa misma tarde lo tiene al teléfono.

—¡Holly Mac! —dice Paul—. ¡Qué alegría saber de ti! Menuda sorpresa!

—Bueno... en realidad... —Holly hace una pausa. No había preparado lo que iba a decir, las palabras precisas. Había pensado un par de frases, pero le sonaban tan trilladas, tan sacadas de una película, que decidió que lo mejor era llamar y esperar que las palabras oportunas fluyeran.

Pero, evidentemente, no hay palabras oportunas cuando muere un ser querido. No creía que fuera posible llorar tanto como lo ha hecho esos días. Siente la cabeza pesada y le duele constantemente porque no para de llorar, lo que la deja agotada. Y ahora..., ahora tiene a Paul al teléfono..., Paul, con quien sabe que Tom seguía en contacto..., Paul, que seguía siendo amigo de Tom... Pensar que es ella la que tiene que darle la noticia...

Había albergado la esperanza de que Paul lo supiera. Pero no lo sabe. De modo que ahora ella debe decírselo.

—Me temo que no llamo para darte buenas noticias —le dice con la voz rota—. Es Tom. —Espera para ver si Paul lo sabe.

—¿Tom?

—Sí. Ya sabes que Sarah y él viven en Boston. Tom iba a Nueva York en un viaje de negocios, en el tren de la bomba... —Su voz suena sorprendentemente serena. Ese era el punto en el que temía echarse a llorar, pero si el dolor conlleva un proceso, tal vez el primer paso consista en ser capaz de transmitir las peores noticias que has dado en tu vida sin caer en el sentimentalismo, en la tristeza y en un torrente de lágrimas.

Se oye un jadeo, seguido por un largo silencio.

—¿Quieres decir que ha muerto? —La sorpresa de Paul le llega en oleadas.

—Sí. Tom ha muerto.

Otro largo silencio. Después, un susurro:

—No te creo.

Paul tapa el auricular con la mano y se aparta un momento del teléfono. Cuando vuelve, habla con voz rota:

—Luego te llamo —dice, y cuelga.

La vuelve a llamar una hora más tarde.

—No sé cuándo es el entierro —dice Holly.

—Es solo para la familia —contesta Paul—. Saffron ha hablado con el padre de Tom. Le dijo que sabían que había mucha gente que quería asistir, así que decidieron celebrar dos funerales. Uno en Estados Unidos, creo, y otro aquí, en la parroquia familiar, abierto a todo el mundo, ya que el entierro será privado. El día 30. He pensado que quizá podríamos ir todos juntos. Ya he hablado con Olivia, y Saffron ya ha reservado vuelo. Sé que es una locura, que hace años que no nos vemos, pero me gustaría que volviéramos a juntarnos. Tal vez podríamos cenar juntos la víspera...

—Sí —dice Holly en voz baja—. Es una idea maravillosa. Me encantaría que vinierais a casa.

—De acuerdo —acepta Paul—. ¿El 29 de octubre?

—El 29 de octubre —repite ella en voz baja—. Hasta entonces.

Paul cuelga el auricular sin darse cuenta del ruido que hace, de cómo le tiembla la mano.

Atontado, indiferente al silbido de la tetera, que sigue en el fuego, indiferente al artículo que dejó en el ordenador sin guardar desde que se tomó un descanso para devolverle la llamada a Holly y que, dadas las jugarretas que el ordenador le ha estado haciendo recientemente, tal vez pierda, consigue llegar del escritorio al sofá y se sienta con la mirada extraviada.

Su mente es un caos. El teléfono suena, pero no puede moverse, no puede cogerlo. Llamar a las chicas le había costado, pero tenía que hacerlo, tenía que llamarlas antes de volver a llamar a Holly. Sin embargo, al oír la voz de Anna en el contestador, se levanta a la carrera porque la voz de la mujer a la que ama lo devuelve a la realidad al instante.

—¡Hola! —exclama Anna cuando Paul contesta—. ¿Dónde estabas? Creía que ibas a pasarte la tarde pegado al ordenador. He escuchado tu mensaje. ¿Va todo bien?

—Yo... —No sabe cómo decirlo, cómo articular las palabras.

El silencio se prolonga y Anna respira hondo, consciente de pronto de que ha pasado algo terrible.

—¿Qué es, Paul? ¿Qué te pasa? ¿Qué ha pasado?

—Es Tom —contesta con la voz más lóbrega y apenada que Anna le ha oído jamás—. Iba en ese tren de Estados Unidos. Ha muerto.

Otro jadeo por parte de Anna y al instante su lado práctico toma el mando.

—No te muevas de ahí —le ordena—. Voy enseguida.

Cuando Anna llega, Paul sigue en el mismo sitio donde se quedó después de que hablaran por teléfono. Sentado en el sofá, con los calzoncillos y la camiseta que se puso la noche anterior para dormir, ni siquiera se le ha pasado por la cabeza ducharse; tiene la mirada clavada en la pared.

Alza la cabeza muy despacio cuando ella corre a su lado, y el dolor y la incredulidad que refleja su rostro la dejan sin palabras. Se miran a los ojos mientras Anna se sienta a su lado y le echa un brazo por los hombros. Paul apoya la cabeza en su hombro y así se quedan un rato mientras ella le acaricia el pelo. El dolor es tan desgarrador que ni siquiera puede llorar, lo único que puede hacer es quedarse ahí, donde se siente a salvo, protegido, cuidado.

El colegio de chicas donde Holly, Saffron y Olivia se conocieron está en una frondosa colina, en la periferia de Londres.

SAINT CATHERINE. COLEGIO PRIVADO FEMENINO, reza el cartel de la verja. Sin embargo, si pasas por delante cualquier día de la semana a eso de las 15.20 te será imposible ver el cartel porque lo tapan las chicas, altas o bajas, todas vestidas igual: falda de tablas color borgoña y camisa blanca. Las más pequeñas, tapadas con gorro y bufanda; las mayores, menos frioleras y creyendo que nadie puede verlas, sentadas en el banco del mirador nada más doblar la esquina, cigarrillo en mano y maldiciendo en un alarde de hostilidad adolescente a aquellas madres que las miran con reprobación.

En la falda de la colina, unas calles más abajo, está el colegio privado masculino Saint Joseph, el *yang* del Saint Catherine, hogar de tantos chicos por los que miles de alumnas del Saint Catherine han suspirado a lo largo de los años.

Las chicas de Saint Catherine y los chicos de Saint Joseph estaban destinados a estar juntos. Las chicas más rebeldes salían con gente del Kingsgate, el colegio mixto de Kilburn, pero ¿qué sentido tenía ir tan lejos cuando todos los coros, las fiestas, los bailes y los eventos escolares tenían lugar entre Saint Catherine y Saint Joseph?

Incluso corría el rumor de que la señora Lederer, la directora de Saint Catherine, una mujer de mirada acerada y actitud severa aunque justa, llevaba años liada con el señor Foster-Stevens, el director de Saint Joseph, un hombre de mirada acerada y actitud severa aunque justa. Sin embargo, nadie pudo demostrarlo, por mucho que Adam Buckmaster, un alumno de secundaria, jurara que los vio besándose después de la representación conjunta de *La importancia de llamarse Ernesto*.

Holly empezó tarde en lo que a los chicos se refería. Sus compañeras de clase los descubrieron a eso de los doce años, pero ella, que solo había sentido un enamoramiento infantil por Donny Osmond, no entendía a qué venía tanto revuelo. Olivia, su mejor amiga desde el primer año de secundaria, pensaba lo mismo. Y ambas estaban un poco preocupadas por Saffron, que siempre había sido como ellas pero que en los últimos seis meses se había comprado en el mercadillo de Kensington chaquetas de cuero negro y zapatos increíblemente puntiagudos, y se había ajustado tanto la falda del uniforme que era un milagro que pudiera andar.

Saffron, que fuera del colegio seguía siendo la mejor amiga de las dos, había empezado a salir con un grupo de chicas que ya se maquillaban, tenían novio y que todos los días después de clase quedaban con unos chicos de Saint Joseph. Normalmente iban a casa de alguien a jugar a la botella o a escuchar música (Madness, Police, David Bowie) en la habitación mientras una madre desinteresada, sentada a la mesa de la cocina con una taza de té y un cigarro, hablaba por teléfono con una amiga, ajena y probablemente indiferente a lo que hacía un grupo de ocho chicos y chicas adolescentes en un dormitorio a puerta cerrada.

Y entonces llegó el cumpleaños de Saffron. Quince años. Sus padres le dieron permiso para celebrar una fiesta en un local y decidió que la suya iba a ser la fiesta más increíble que nadie había visto jamás. El hermano mayor de alguien se encargaría de la música y los colegas de dicho hermano mayor harían las veces de porteros, ya que en lo que iba de año se habían celebrado tres fiestas en ese local y habían acudido adolescentes de toda la zona con o sin invitación, algunos de los cuales se habían desmandado un poco. (Nada superaría la historia de Matt Elliott, que celebró una fiesta en casa aprovechando que sus padres no estaban y que vio cómo un grupo de chicos que no estaban invitados prendió fuego a la escalera. Matt Elliott no estaba invitado a la fiesta de Saffron... llevaba un año castigado, y eso que estaban en Inglaterra, donde el significado del verbo «castigar» no estaba muy claro.)

Holly y Olivia iban prácticamente idénticas: minifalda plisada gris, camiseta rosa con los hombros al aire, calentadores a rayas y (¡Gracias, mamá! ¡Gracias, gracias, gracias, mamá!) ¡zapatos de jazz! Los auténticos zapatos de jazz de Pineapple Dance Studios que todo el mundo deseaba pero nadie tenía.

Holly fue a casa de Olivia, adonde iba a pasar la noche, y se rizaron el pelo la una a la otra, pero no lo hicieron por los chicos, ni mucho menos, sino para parecerse a Jennifer Beals en *Flashdance*.

—¡Estás genial! —le susurró Olivia cuando acabó de chamuscarle el pelo con las tenacillas de su madre, proceso durante el cual se quemó la mano tres veces mientras intentaba hacerle los tirabuzones sin rozar las dichosas tenacillas.

—¡Tú también! —Holly sonrió. Pusieron la banda sonora de la película y practicaron los pasos de baile mientras escuchaban *Fama* de Irene Cara delante del espejo de la habitación de Olivia.

El local estaba tan oscuro que era casi imposible ver algo. Tal como prometió, Saffron había conseguido una bola de discoteca: giraba lentamente y los cuadritos de luz recorrían la habitación iluminando a los grupos que se habían congregado en las esquinas. En uno de ellos estaban las creídas. En otro, el grupo de chicos y chicas que quedaban después de las clases, cada cual con su pareja y algunos metiéndose mano sin necesidad de esperar a las canciones lentas. Duran Duran ya eran lo bastante románticos.

Los porteros resultaron un desastre. Invitados o no, todos los alumnos de segundo grado de secundaria de Saint Joseph se presentaron en la puerta. Y entraron. Agrupados en un lateral, observaban a las chicas con actitud de gallitos; un grupo de pavos reales con las colas desplegadas que las chicas miraban entre risillas, siguiéndoles el juego.

—¿Bailas?

Holly estaba sentada con Olivia, y cuando alzó la cabeza se encontró con unos ojos marrones de mirada dulce pero ansiosa.

—Claro —contestó incómoda, luego se volvió hacia Olivia con una sonrisa y se encogió de hombros, como si dijera: «¿Cómo iba a negarme?».

Muerta de los nervios, siguió al chico hasta la pista y se alegró de que estuviera tan oscuro (sabía que todos los ojos estaban clavados en ellos, que se convertiría en el centro de atención al día siguiente) y comprendió por fin lo que significaba ser chica, atraer a los chicos y cuán adictiva era esa sensación de poder.

—Me llamo Tom —se presentó él bailando frente a ella.

—Yo, Holly —dijo ella, moviéndose con la esperanza de parecer relajada.

—Lo sé. —Tom sonrió—. Te he visto antes.

—¡Ah! Vale. —Una pausa de varios segundos—. ¿Dónde?

—Por ahí.

Bailaron temas de Adam Ant, Michael Jackson y Human League. Y después llegó «Every Breath You Take» de Police y Tom alzó una ceja al tiempo que extendía los brazos. Holly le rodeó el cuello con los suyos.

Y así siguieron, sin apenas moverse, meciéndose simplemente de un lado a otro. Jamás se había sentido tan protegida, envuelta en los brazos de un chico, con la cabeza apoyada en su hombro.

Siguieron Culture Club, Lionel Richie y Christopher Cross, y Holly y Tom no cambiaron de postura. A Holly le parecía que se había pasado la vida esperando ese momento, y en un instante de inspiración entendió por qué todo el mundo hablaba de ello. Supo de los chicos. Supo del amor. Y al final de la noche sabía que Tom Fitzgerald era su alma gemela.

Cuando Tom le pidió su número de teléfono, creyó estallar de alegría. La llamó al día siguiente y estuvieron hablando durante hora y media. ¡Hora y media! Eufórica, le relató la conversación frase por frase a Olivia, que se sentía un poco marginada y no acababa de entender tanta emoción. De modo que Holly recurrió a Saffron, y todas las noches estaban enganchadas al teléfono hablando de Tom o de su mejor amigo, Paul, por el que Saffron estaba colada.

A Holly no le parecía extraño que no se besaran. Sabía que era cuestión de tiempo. Lo que hacían era hablar. Y reírse. Salían juntos todos los fines de semana y no tardaron en hacerlo acompañados de un gran grupo de amigos. Los sábados por la tarde iban en tren al campo. Los padres de algún amigo los llevaban al teatro. Quedaban en el parque y pasaban horas sentados en los columpios —una mezcla curiosa de adulto y niño— tratando de comportarse con más seriedad de la que su edad requería pero aun así riéndose a carcajadas cuando se tiraban por un tobogán diseñado para gente más menuda y más joven.

Pronto, Holly dejó de estar colada por Tom. Daniel, un chico más guapo, más escandaloso y más gracioso que Tom, se unió al grupo y en cuestión de semanas Holly y Daniel estaban apoyados en cualquier pared disponible dándose el lote, o tumbados en un sofá en casa de alguien que celebraba una fiesta un sábado por la noche, sintiéndose tan adultos, tan sofisticados...

Tom se convirtió en su mejor amigo. Cuando Daniel la dejó por Lisa, una de las chicas más creídas de su clase, fue Tom quien la consoló, quien le confesó que le gustaba desde que la vio por primera vez, pero que se alegraba de que solo fueran amigos, en especial desde que había empezado a salir con Isabelle.

Y, por supuesto, Holly, que se había olvidado de Tom por completo, de repente descubrió que estaba enamoradísima de él. Pero cuando Isabelle y Tom cortaron, ella estaba saliendo con Dom Parks y su relación con Tom se había enfriado un poco (Dom y él se movían en grupos muy distintos). Cuando retomaron su amistad, los exámenes finales de bachillerato se acercaban y los dos se conocían demasiado bien para que entre ellos hubiera algo distinto a la amistad.

Olivia empezó tarde. Le interesaban mucho más los animales que los chicos, pero por fin, durante el último curso de secundaria, se enamoró de su profesor particular de matemáticas. Ben había empezado ese año en la Universidad de Durham y solo era tres años mayor que ella. Era un genio de las matemáticas, y su madre era amiga de la madre de Olivia, de ahí que dispusieran que le diera clases particulares, decisión que la enfureció mucho al principio.

Hasta que vio a Ben. Tranquilo. Estudioso. Suave. Olivia por fin entendió todo aquello de lo que hablaban sus amigas, y durante dos años estuvo enamoradísima de él, imaginando que la miraba por encima de la calculadora y le declaraba su amor, soñando con el día en que Ben dejaría de verla como a su pequeña alumna de matemáticas.

El día llegó cuando estaba en bachillerato. Había aprobado matemáticas con un notable, ya no tenía sentido seguir con las clases particulares. Un día su madre le comentó que iba a ir a ver a la madre de Ben, quien tenía vacaciones en la universidad, y Olivia, desesperada porque viera lo mucho que había crecido, lo mucho que había cambiado y lo perfecta que sería para él, se metió en el coche.

Y Ben lo vio. Vio que la chica tan nerviosa que lo esperaba en el pasillo no era la niña a la que le daba clase dos años antes. Lo vio y le gustó, y cuando entraron en su habitación para charlar sobre el colegio y la universidad, le sorprendió lo fácil que era hablar con ella y lo dulce que parecía.

Ese fin de semana la invitó al cine y un par de noches después quedaron en The Queens Arms para tomar algo. Ese fin de semana Olivia lo invitó a una fiesta que celebraban sus amigos, un poco nerviosa por la posibilidad de que le parecieran unos críos, pero después de la fiesta él le dijo que le caían bien, la besó y Olivia llegó a los exámenes flotando en una nube de felicidad.

Estudiaban todos juntos en la biblioteca pública. Holly, Olivia, Saffron, Tom, Paul y a veces un par más, Ian y Pete. Elegían

49

una mesa de la segunda planta, abrían los libros, hablaban en susurros unos con otros mientras estudiaban, y a media mañana todos bajaban, como una ola, a la cafetería italiana en busca de capuchinos y cigarrillos Silk Cut King Size.

Han pasado veinte años y Holly lo recuerda todo como si hubiera sucedido ayer. Recuerda el día que se conocieron, el día que se enamoró de Tom y supo que jamás habría otro como él. Recuerda que Tom y Paul tenían la misma cazadora pero de diferente color. De hecho, las compraron juntos un domingo por la mañana en Camden Market, los cinco abriéndose paso entre la multitud que inundaba Chalk Farm Road, seguros de sí mismos, felices, indestructibles.

La cazadora de Tom era azul marino. La de Paul, verde. Holly se alegraba mucho cada vez que veía la cazadora de Tom. Un simple atisbo de azul marino en aquellos primeros días y la alegría le inundaba el corazón mientras sonreía de oreja a oreja. Una sensación que le duraba semanas.

También recuerda que Tom le sonreía desde el otro lado de la mesa cuando estudiaban en la biblioteca. A veces alzaba la cabeza después de haber estado un rato concentrada en los ejercicios y descubría que la estaba mirando, y entonces él sonreía. E incluso entonces, superado ya el enamoramiento, cuando sabía que probablemente Tom no era para ella, cuando ya no se pasaba las noches llorando sobre la almohada mientras escuchaba una y otra vez la banda sonora de *Amor sin fin*, incluso entonces ya sabía que fuera lo que fuese lo que había entre Tom y ella... era especial.

Y que tal vez en algún momento del futuro volverían a encontrarse.

Holly esparce las fotos en el suelo y comienza a clasificarlas; busca las del colegio, las de Tom, necesita verlo de nuevo, aunque solo sea en foto.

Saca una del montón. Tom con una chica. Holly no recuerda quién era, solo que nunca le cayó bien. Vio esa foto en el piso de Tom; fue durante una de sus fases de enamoramiento, una de esas fases de resignación en las que no esperaba que ocurriera nada, solo había que dejarlo pasar. Vio la foto y se la pidió porque estaba guapísimo sonriendo junto a esa chica que a Holly le caía tan mal. Parecía un modelo, y Holly estaba muy orgullosa de conocerlo.

Tom se partió de risa cuando Holly le dijo que se la llevaba.

—Recortaré a esa y pegaré una foto mía —le dijo con una mirada malévola.

Él meneó la cabeza como si no supiera muy bien qué hacer con ella, y era verdad. Holly era, según el día, divertida, agradable, cariñosa, inteligente, insufrible, celosa, insegura e insoportable. La quiere, pero sabe que jamás podría vivir con ella. La quiere, pero no está enamorado de ella.

Al menos ese día no lo está.

Ella simplemente estaba ahí.

Holly Mac.

Formaba parte de su vida.

Alguien que siempre formaría parte de él.

Al igual que él siempre formaría parte de ella.

Holly junta todas las fotos de Tom y las mira una a una, con la mente en el pasado, hasta que el teléfono la saca de su ensueño.

—¿Sí?

—¿Holly? —Es una voz conocida. Una voz de hace mucho tiempo. Se sumerge en su conciencia y hace aflorar el pasado.

Holly asiente en silencio, intentando identificar la voz, y es incapaz de hablar.

—Soy Saffron.

—¡Oh, Saff...! —Holly empieza a llorar—. Tom...

También hay lágrimas al otro lado de la línea.

—Lo sé —dice Saffron con un hilo de voz—. Tom...

3

Olivia entra en su piso, un sótano, y en cuanto enciende la luz sus tres gatos y sus dos perros acuden a recibirla con alegría. Se agacha para acariciarlos y se muerde los labios para evitar que los perros los laman como están haciendo con el resto de la cara; luego recorre el piso encendiendo las luces hasta que un suave resplandor lo inunda todo.

Coge las correas de la percha que hay junto a la puerta de entrada y se las pone a los perros, que se mueven alrededor de ella con alegría. Les permite que tiren de ella mientras suben la escalera. Al llegar arriba, echa la vista atrás para mirar su hogar; desde la transitada calle parece un lugar acogedor y cálido.

Antes nunca encendía todas las luces, pero desde que ella y George se separaron, llegar a casa y encontrárselo todo a oscuras hace que se sienta demasiado sola, y su rutina ahora consiste en sacar a pasear a los perros y volver a un piso en el que casi, casi podría esperarle un marido leyendo el periódico en el sofá.

Salvo que no es así. Ya no.

George no era su marido, pero habían estado juntos siete años, así que como si lo fuera. Y la verdad era que Olivia no habría durado tanto con él si no hubiera creído que algún día acabarían en el altar.

Olivia tenía treinta y dos años cuando conoció a George. Era increíblemente feliz con su puesto de directora del refugio de animales, ajena al mundo de las citas románticas salvo cuando alguna de sus bienintencionadas amigas le organizaba una cita a ciegas. Para su disgusto, y sin pretenderlo en absoluto, se había convertido en una experta en ese tipo de citas. Según Tom, casi todos esos hombres acababan locamente enamorados de ella, pero a Olivia ninguno le parecía especialmente interesante.

Nunca había querido tener hijos. Sus bebés eran sus animales, decía, y quería mucho a sus sobrinos, Ruby y Oscar. No sintió el agobiante tictac del reloj biológico como les sucedió a muchas de sus amigas al llegar a la treintena, y estaba la mar de contenta con su vida. Sin embargo, George apareció un buen día en busca de un perro y puso su vida patas arriba.

Fue su ternura lo que la conquistó. Eso y el hecho de que fuera tan cariñoso con su hija de tres años como con los animales. Por supuesto, no le dio a entender lo encantador que le parecía, eso habría sido muy poco profesional. Lo que hizo fue apoyarse en la jamba de la puerta y observarlo jugar con uno de sus perros preferidos, Lady, una perra que llevaba varios meses en el refugio y que nadie quería adoptar porque tenía once años, no era muy bonita y le tenía un miedo atroz a las personas.

George llevó a su hija, Jessica, a la sala de bienvenida, y Olivia llevó a Lady. Se acuclilló a su lado para tranquilizarla mientras la perra observaba la estancia con nerviosismo en busca de un rincón donde esconderse.

Y George no hizo lo que la mayoría de la gente haría en esa situación. En lugar de acercarse a Lady y decirle tonterías para tranquilizarla, abrumándola así con su proximidad, se sentó en el otro extremo de la sala con Jessica a su lado, y observó al animal mientras charlaba con Olivia.

Las preguntas de rigor. Sobre Lady. Sobre el refugio. ¿Cómo se las apañaba? ¿No le entraban ganas de llevarse a todos los animales a casa? Y también sobre ella. ¿Cómo comenzó? ¿Sabía de pequeña que quería trabajar con animales?

—¿Lo ves? —le dijo a Jessica—. Cuando seas mayor, a lo

mejor puedes trabajar en un lugar donde ayuden a salvar animales.

La alegría inundó el rostro redondo de la niña.

—El próximo domingo celebramos una jornada de puertas abiertas —dijo Oliva—. Es nuestro gran evento anual para recaudar fondos. Habrá puestos de venta, juegos y ponis. Y los niños podrán jugar con algunos de los animales.

—¡Oh, eso nos va a encantar! —exclamó George con entusiasmo—. El próximo fin de semana te toca estar con mamá, pero seguro que te deja venir conmigo. La llamaremos cuando volvamos a casa.

«¡Vaya! —exclamó Olivia para sus adentros mientras el corazón se le desbocaba de un modo que casi había olvidado—. Divorciado, pero es imposible que este hombre tan amable, guapo y encantador esté solo. Seguro que tiene novia. Y aunque estuviera libre, no se fijaría en mí. Y menos con la pinta que tengo en el trabajo.»

Olivia pasó más tiempo del acostumbrado preparándose para la jornada de puertas abiertas. En lugar de recogerse el pelo en una coleta y ponerse unos vaqueros gastados, una sudadera y unas botas de goma, decidió dejarse el pelo suelto y ponerse brillo de labios y un poco de rímel. Eligió unos pantalones de pana, una camisa y unos aritos de plata, y se dijo a sí misma que hacía ese esfuerzo extra porque era una ocasión especial, un evento para recaudar fondos, y como directora del refugio tenía que ofrecer un aspecto profesional.

Daba igual que fuera la primera vez que acudía a una jornada de puertas abiertas sin sus viejos vaqueros y su sudadera.

—¡Oooh! —exclamó un voluntario, y luego otro, y otro, y otro cuando entró—. ¡Estás monísima!

—¿Tienes una entrevista de trabajo? —Rieron.

Y por último:

—¿Por qué vas tan... pija?

—Pasa de ellos —le dijo Sophie, su eficaz y encantadora secretaria—. Estás preciosa, Olivia. Deberías arreglarte más a menudo.

—Tampoco es que me haya arreglado tanto —protestó; se sentía avergonzada, como si llevara un vestido de noche.

—Pues estás estupenda.

—En fin, gracias.

Olivia se fue directa al baño para echarse un vistazo en el espejo; temía haberse pasado arreglándose, pero comprobó que no era así, solo iba más arreglada de como la habían visto siempre.

George y Jessica pasaron todo el día en el refugio. George compró veinticuatro papeletas para la rifa y ganó unos cuantos paseos en poni para la niña («Creo que tendrás que esperar a que se haga mayor», le dijo ella con una sonrisa), un saco enorme de comida para perros y una cena para dos en Chez Vincent, situado en la calle principal.

—Supongo —dijo George después de recoger los premios—, que, como directora del centro, cenarás conmigo en Chez Vincent.

—¡Vaya! Bueno, yo... —Se sonrojó—. Bien, sí, me encantaría.

—Estupendo. —La alegría que brillaba en sus ojos era inconfundible—. Te llamaré mañana para organizarlo. Y gracias por este día tan maravilloso. Jessica y yo hemos disfrutado a lo grande de cada minuto. —Y con eso, se inclinó y le plantó un beso en la mejilla.

Olivia llegó a casa flotando.

La cena se convirtió en muchas cenas, que se convirtieron en una relación de semanas, que se convirtieron en meses y, al final, en un año.

Un año después, un día su madre la sentó y le preguntó si George tenía pensado casarse con ella. Sus padres se habían divorciado cinco años antes, y Olivia no entendía por qué, dado el inesperado vuelco de los acontecimientos, su madre seguía pensando que el matrimonio era el objetivo primordial en la vida de una mujer.

Su madre siguió preguntándole con regularidad si estaban planeando la boda, hasta que un día soltó:

—Está claro que no lo hará nunca. ¿Para qué va a comprar la vaca si consigue la leche gratis?

—¡Mamá! —la reprendió Olivia con brusquedad. Estaba harta de sus comentarios, y Fern, por fin, claudicó, aunque era incapaz de resistir la tentación de preguntarle de vez en cuando si había boda en el horizonte.

—No sé cuándo nos casaremos —decía Olivia—. Ni siquiera sé si nos casaremos. Supongo que lo haremos en algún momento, pero no tenemos prisa. Mira a Goldie Hawn y a Kurt Russell, no están casados y tienen una relación fantástica. Somos muy felices así.

Y eso era verdad, nunca había creído que llevar una alianza en el dedo fuera un requisito para comprometerse con otra persona, y no tenía la menor duda de que George y ella estaban absolutamente comprometidos.

Tenían a Jessica en fines de semana alternos, lo que para ella era estupendo. Aunque jamás se había sentido cómoda con otros niños que no fueran sus sobrinos, a Jessica le encantaban los animales, lo que siempre ayudaba, de modo que ese fue su vínculo de unión y Olivia encontró la manera de ganarse la amistad de la pequeña.

Además, Ruby y Oscar adoraban a Jessie. Jen, la hermana de Olivia, solía dejárselos los fines de semana que tenían a Jessica, y cuando los cinco salían a pasar el día fuera, la gente les decía que tenían unos hijos preciosos. Llegó un momento en que se cansó de explicar que ninguno de los niños era suyo.

Un año se convirtió en dos, luego en tres, y después de siete años Olivia sabía que, con anillo o sin anillo, iba a pasar el resto de su vida con George.

Hasta la noche en que salieron a cenar y George le anunció que su empresa iba a abrir una filial en Estados Unidos y que él era uno de los que tendría que ir a Nueva York para ponerla en marcha.

—¿A Nueva York? —Creyó que le habían robado todo el

aire de los pulmones. Nueva York. ¿Qué podía hacer ella en Nueva York? ¿Y el refugio? No podía marcharse en ese momento, le había costado mucho sacarlo a flote. ¿Dónde iban a vivir? ¿Y sus amigos? ¿Qué iba a hacer con su piso? Sin embargo, mientras pensaba todo eso, también se decía: «¡Nueva York! ¡Qué emocionante! ¿A cuánta gente se le presenta la oportunidad de ir a Nueva York, de vivir allí?».

—Iré solo —dijo George en voz baja, agarrándole la mano que tenía sobre la mesa.

—¿Qué quieres decir? —No lo había entendido. De hecho, seguía sin entenderlo—. ¿Qué pasa con Jessica?

George suspiró.

—Lo sé, eso ha sido lo más difícil. Pasará todas las vacaciones conmigo, todas, e intentaré venir al menos un par de veces al mes, así que espero que no sea demasiado diferente. Pero cuando he dicho que me voy solo... —alzó la vista para mirarla a los ojos—, me refería a que... —Suspiró—. Dios, esto es muy difícil. No voy a llevarte conmigo, Olivia. Te quiero, siempre te querré, pero creo que esta es la oportunidad perfecta para que tomemos caminos diferentes.

—¿Qué? —Se quedó petrificada, como si estuviera en mitad de una pesadilla. ¿Qué le había pasado a su mundo seguro y predecible? ¿Por qué se había salido de su órbita?—. ¿De qué estás hablando? —consiguió preguntarle—. ¿Estás cortando conmigo?

—Yo no lo veo así —dijo George—. Es que no sé adónde nos lleva esta relación. Tengo la sensación de que hemos estado varados y de que esto ha sucedido por alguna razón, porque ha llegado la hora de que nos movamos.

—Pero yo no quiero moverme —replicó Olivia con lágrimas en los ojos, odiándose por parecer una niña de cinco años—. Quiero que sigamos juntos. Pensaba que éramos felices.

—Y lo éramos —dijo George con voz triste—. Pero yo ya no lo soy.

Tom fue el que estuvo al otro lado de la línea telefónica esa noche mientras ella lloraba a mares.

—¿Cómo puede hacerme esto? —se preguntaba Olivia una y otra vez.

—Tienes razón —decía Tom de vez en cuando—. Es un cabrón. ¿Quieres que vaya y le parta las piernas?

—Lo único que quiero es que vuelva —sollozó Olivia, y en esa ocasión Tom no dijo nada.

Se suponía que seis meses era tiempo suficiente para superarlo, pero no había sido así. Tom la llamaba con regularidad, los amigos la sacaban a la fuerza, y aunque se lanzó de lleno al trabajo y solía ser la última en marcharse del refugio, volvía a casa y se pasaba horas tumbada en el sofá, hecha polvo.

La cama no le ofrecía el menor consuelo. Se despertaba en plena noche y repasaba todo lo sucedido durante esos siete años mientras se preguntaba en qué había fallado, qué defecto tenía para que George no quisiera seguir con ella.

—¡Madre mía! —le decía la vocecilla de Tom al otro lado de la línea cuando la llamaba desde su despacho en Boston—. Tú no tienes la culpa de nada, ¡ni lo pienses siquiera! Está claro que tiene algún problema que debe solucionar él solo, pero, Olivia, ni se te ocurra pensar por un momento que no eres lo bastante buena para él.

Incluso tuvo un par de citas. A la fuerza, todo hay que decirlo. Pensó que serían una buena distracción, pero fue horrible sentarse a la mesa frente a un extraño y repetir las mismas historias de siempre mientras se preguntaba cuándo podría largarse y volver a casa y meterse en la cama. Creía que esos días eran agua pasada, que no tendría que pasar por ese infierno otra vez.

Y entonces, una noche, George la llamó por teléfono. Tenía noticias. Parecía muy contento, delirante de felicidad. Y Olivia creyó que iba a decirle esas palabras que llevaba meses esperando: «He cometido un error. Te echo de menos. Te quiero y vuelvo a casa».

Pero lo que George le dijo era que iba a casarse. Ajeno al dolor que le estaba causando, añadió que le encantaría Cindy, que esperaba que asistiera a la boda y que sabía que también acabaría por encontrar un amor como el suyo.

—¡Cindy! —masculló esa misma noche mientras hablaba por teléfono con Tom—. ¿Cómo ha podido? ¿Cómo ha podido hacérmelo? ¿Y por qué se casa? ¿Por qué no quiso casarse conmigo? ¿Qué tengo yo para que no quisiera casarse conmigo?

Tom la escuchó y después, unas semanas más tarde, la llamó y le dijo que había pensado que lo mejor que podía hacer era tener una aventura con alguien divertido que la ayudara a olvidar a George, y que conocía al hombre perfecto.

—¡Ay, Dios, Tom! ¡No! —gimió—. No me hagas esto tú también...

—A ver, no pretendo presentarte al amor de tu vida, pero ¿qué hay de malo en que salgas un poco y te diviertas? Al menos reconoce que George no es el único hombre en el mundo, que hay muchos tíos geniales por ahí que estarían encantados de estar con una mujer como tú. En la oficina hay un tío muy majo, Fred, que comentó que tenía pensado ir a Londres en Año Nuevo, así que le dije que tenía una amiga con la que podía quedar para ver la ciudad. Vive aquí, o sea que no estoy pensando en nada serio, pero te gustará, y a lo mejor pasáis unos días divertidos.

—¿Fred? Con ese nombre una no se imagina a un tío bueno, la verdad —protestó Olivia.

—Claro, George es un nombre tan sexy... —se burló Tom.

—¿Qué me dices de George Clooney?

Tom suspiró.

—Vale. Tú ganas. Pero deberías saber mejor que nadie que no se puede juzgar a la gente por las apariencias. Ni por su nombre.

—Bien, háblame de él —acabó aceptando de mala gana.

—Treinta y tres años, soltero y obsesionado con estar en forma. Participa en competiciones de esas que traen loca a media oficina y que son muy adictivas. Triatlón o algo así.

Olivia estalló en carcajadas.

—Supongo que tu idea de hacer deporte sigue siendo pasear por un campo de críquet, ¿verdad?

—Sí, bueno. En fin, hasta que empecé a trabajar aquí. Échale un vistazo a su foto. Está en la web de la empresa.

—Así que le echó un vistazo mientras seguían hablando y tuvo que reconocer que Fred era bastante atractivo y que, aunque no estaba interesada en los hombres porque hacía poco tiempo de lo de George, tal vez Tom estuviera en lo cierto y lo que necesitara fuera tirarse a otro como venganza.

—Vale —accedió—. Pásale mi correo electrónico.

Fred le escribió al día siguiente, y a partir de ese momento ambos se embarcaron en una correspondencia mucho más divertida y pícara de lo que Olivia esperaba.

Parecía un tío simpático y alegre, y aunque siempre había creído que George era el hombre perfecto para ella, a los cuarenta y siete años ya tenía demasiadas manías, de modo que los treinta y tres años de Fred y su vitalidad despertaban en ella una deliciosa emoción.

«Ojalá pudiera ir antes —escribió un día Fred—. Queda una eternidad hasta que nos veamos en enero. Estaba pensando que tal vez podría organizar una reunión de trabajo en Londres para noviembre. ¿Qué te parece?»

«Creo que es una idea estupenda —le respondió ella—. Me encantaría ponerle por fin cara a tu nombre.»

Olivia vuelve al piso, les quita las correas a los perros y llena los comederos antes de pensar en su propia cena. Durante los últimos seis meses se ha convertido en una criatura de costumbres en lo referente a la comida. Cuando George vivía allí, cocinaba y preparaba platos elaborados, o al menos se pasaba por Marks & Spencer y compraba algo para la cena.

Ahora no soporta pensar en la comida. Siempre tiene un paquete de lonchas de pechuga de pavo en el frigorífico, y eso es lo que suele cenar, con media bolsa de zanahorias y unas cucharadas de *hummus*.

Cuando se acuerda, recurre a los congelados. No le gustan mucho, pero son platos fáciles de preparar y supuestamente aportan los nutrientes necesarios. Además, solo hay que meterlos en el microondas, y eso no supone un gran esfuerzo, ni físico ni mental.

Como resultado, ha perdido mucho peso. Cada vez que alguien le pregunta qué dieta milagrosa está siguiendo, asegura que se debe al estrés y a la infelicidad. La ropa le cuelga y sabe que tiene que renovar el armario, pero la simple idea de ir de tiendas siempre le ha horrorizado.

En fin. A veces sí le apetece comer, como esta noche. Sin embargo, tal como dicta la ley de Murphy, lo único que ve cuando abre el frigorífico es un enorme vacío blanco. Lo único que aporta color es el envoltorio de un queso que debería haber tirado en cuanto lo acabó; una bolsa transparente, en el cajón de la verdura, con una sustancia viscosa y pardusca que cree que una vez fue una ensalada de lechuga, y una botella de leche cortada.

La despensa tampoco le ofrece mucho. Unas cuantas galletas saladas en el fondo de la caja, unos cereales que sin leche no acaban de apetecerle y unas bolsitas de té.

En noches como esta solo hay una solución. Agarra las llaves, sale a la calle y sube al coche. Toma la dirección de Maida Vale. La solución es la casa de su hermana. Más concretamente, el frigorífico de su hermana, que siempre está lleno de deliciosas sobras.

—¡Jen! —grita al tiempo que deja el abrigo en la silla del pasillo, algo que su madre siempre ha aborrecido y que Jen y ella empezaron a hacer cuando tenían diez años. Pero ahora que Jen está casada y es madre, lo aborrece casi tanto como su madre—. ¡Jen!

Sabe que está en casa, ha visto el coche en la entrada, así que abre la puerta de la cocina con la intención de saquear las sobras del frigorífico mientras su hermana prepara el té, libre de responsabilidades a esa hora porque los niños ya están en la cama.

En cuanto entra en la cocina, ve a su hermana sentada a la mesa y sabe de inmediato que ha pasado algo malo. Jen acaba de colgar el teléfono y está blanca como el papel.

—¿Jen? —El miedo le forma un nudo en el pecho—. Jen, ¿qué pasa? ¿Qué ha pasado? ¿Es mamá? —Alza la voz y hay en ella un toque de histeria.

—¡Oh, Olivia! —dice Jen con la mirada muy triste—. Era Elizabeth Gregory, una de mis amigas del colegio. Conoce... bueno, su marido conoce a tu amigo Tom. No sé cómo decirte esto. No sé cómo decírtelo, pero Tom iba en ese tren.

—¿En qué tren? ¿De qué estás hablando?

—En el Acela. En Estados Unidos. No ha sobrevivido.

—¿Qué quieres decir con que Tom iba en el Acela? ¿De qué hablas? —Y en ese momento cae en la cuenta—. ¿Tom? ¿Te refieres a mi Tom? ¿Está muerto? —Y sin ser consciente de ello se cae al suelo temblando como una hoja.

4

—Muchas gracias, cariño. —Holly se pone de puntillas para darle un beso a Marcus en la mejilla mientras él empuja a Oliver y a Daisy hacia la puerta—. No sabes cuánto te agradezco que hagas esto.

—Recuérdalo cuando quiera levantarme tarde el fin de semana —dice Marcus—. ¿Algún mensaje para tu madre?

—No, solo dile gracias y que la llamaré mañana.

Los niños pasarán la noche en casa de la madre de Holly, y Marcus volverá a la oficina a trabajar. Holly va a preparar la cena para unas personas a quienes en otra época creía conocer más que a nadie en el mundo, personas a las que no ha visto desde hace años.

Veintiuno, para ser exacta. Y esa noche no solo será una reunión, será su funeral privado, su oportunidad para consolarse unos a otros, para recordar al Tom que todos conocían y querían. Al que siguen queriendo.

Saffron ha llegado desde Nueva York, adonde había ido para entrevistarse con un productor. Estaba alojada en el Soho Grand cuando el tren explotó. Ella, al igual que muchos otros neoyorquinos que se vieron transportados de nuevo al 11-S, creyó que era el primero de una nueva serie de atentados terroristas y huyó de la ciudad. Se metió en el coche de un amigo y se fueron a su casa de Bedford a toda pastilla por la autopista, sin dejar de temblar en todo el camino y sin poder creer que Nueva York hubiera sido el objetivo una vez más.

Olivia estaba en casa hojeando *The Guardian* mientras los perros, a sus pies, le rogaban que les diera de comer; no leía, se limitaba a pasar las páginas mientras intentaba comprender la tragedia, cuando Holly la llamó por teléfono.

Apenas había pensado en Holly en todos esos años. Solo había hablado con ella una vez desde el verano en que dejaron el colegio, cuando Olivia se fue a Grecia durante un año y regresó decidida a reinventarse en una adulta.

Se encontraron un año después de acabar la universidad, y se rieron al ver lo cambiadas que estaban. Antes Olivia tenía una melena que le llegaba a la cintura, y los rizos castaños de Holly se habían convertido en una melena lisa con reflejos cobrizos.

Olivia se habría quedado más tiempo charlando, le habría gustado, si no recuperar la amistad, ponerse al día, pero estaba empezando a salir con Andrew, el inseguro y celoso Andrew, que se quedó pegado a ella y saludó a Holly con desdén cuando los presentó, creando un ambiente tan tenso que Olivia dejó que la alejara de Holly a la primera oportunidad.

Y años después una persona pregunta por Olivia al teléfono, y qué raro que su voz suene como la de Holly.

—¿Holly? —pregunta con recelo.

—¡Eres tú! —exclama Holly—. No estaba segura.

—Oh Holly —dice Olivia y se echa a llorar de nuevo—. Es horrible ¿Has hablado con todos? ¿Se lo has dicho a Saffron? ¿Y a Paul?

—Sí —responde Holly a pesar del nudo que siente en la garganta—, he hablado con todos.

Desde luego que ha hablado con todos.

Lo único que Holly quería hacer hasta que llegase el funeral era hablar de Tom. La gente solo hablaba del último ataque terrorista. Era imposible olvidarse del asunto, y hablar de Tom era un modo de mantenerlo con vida. A pesar de que a los desconocidos solo les interesaba saber que estaba relacionada de forma personal con la tragedia, Holly hablaba, hablaba y hablaba.

Tal vez a la gente le interesaran los detalles o tal vez no. Pero nadie intentó hacerla callar, todos querían compartir su tragedia, todos querían volver a casa y decir que habían conocido a alguien que había perdido a un ser querido en el ataque del Acela, como si de esa manera ellos también estuvieran relacionados, como si así comprendieran mejor el dolor y la desolación, el alcance de una tragedia semejante.

Marcus se había portado genial. La había consolado cuando lo necesitaba y la había dejado sola cuando lo necesitaba. Desde la muerte de Tom, la manera de comportarse de Marcus le ha recordado todas sus virtudes, y durante los breves períodos en los que el dolor le da un respiro, se siente agradecida. Era, pensó un día mientras lo miraba, su punto de apoyo, y supo al instante que esa fue la razón por la que se casó con él.

Todo en Marcus irradia fuerza. Desde la forma de su mentón hasta la silenciosa pero firme obstinación de que su opinión es la correcta. La primera vez que lo vio, supo que jamás había conocido a nadie como él.

También ayudó el hecho de que fuera completamente distinto al padre de Holly. Siempre supo que era legal. Siempre supo que no era el tipo de hombre que tendría una aventura, que no era el tipo de hombre que dejaría a su esposa y a su hija para desaparecer en la nada, dejando tras de sí un reguero de falsas promesas. Jamás tendría una aventura con una de sus amigas, como había hecho su último novio, Russ.

Estaba en casa de una amiga en Sidney, disfrutando de una barbacoa, cuando conoció a Marcus: sentada en la hierba con unos vaqueros cortos desgastados y una camiseta, morenísima a causa del sol que le había dado durante el viaje y con tantas pecas en el puente de la nariz que podrían haber pasado por un bronceado en toda regla.

Había mucha gente. La mayoría eran surferos, y vecinos y amigos, y todos llegaban con una sonrisa y cargados con más comida y más cerveza. Marcus destacaba entre todos por su extraña formalidad. Con su polo Ralph Lauren, sus bermudas de vestir y su cinturón de cuero trenzado parecía un abogado inglés carca. Holly lo observó, bebía cerveza con evidente incomodidad y sin intención de entablar conversación con nadie, y le dio lástima. Le dio lástima porque allí era el único inglés, aparte de ella, y porque saltaba a la vista que no encajaba en ese ambiente.

—Me llamo Holly —le dijo al tiempo que se acercaba a él y le tendía la mano—. Tú tienes que ser Marcus. —Había oído decir a uno de los vecinos que tenían con ellos a un estirado abogado inglés, y no podía ser otro.

A Marcus le cambió la cara.

—¡Eres inglesa! —Fue una afirmación, no una pregunta, y su gratitud porque le hubiera rescatado fue dulce y entrañable, y a Holly no le importó pasar toda la noche hablando con él. Y no le importó que al día siguiente la llamara por teléfono para preguntarle si quería comer con él, y no le importó que la besara un par de noches después, cuando la dejó en su casa tras una cita.

No era su tipo, pero tal vez, pensó entonces, eso no fuera tan malo. Además, ¿qué había conseguido con los que sí eran su tipo? Solo una serie de relaciones autodestructivas y decepcionantes en las que siempre había salido perdiendo. Tal vez era una buena cosa que Marcus no fuera su tipo. Y tampoco es que fuera horrible. Físicamente estaba bien. Era alto, atractivo, resultón, y parecía adorarla. Y eso de que la adoraran un poco era de lo más agradable.

«Me limitaré a disfrutar —se dijo—. Sé que no es el hombre de mis sueños, pero es tan diferente de todos los hombres con los que he salido, que tal vez sea lo mejor para mí, tal vez así sean las relaciones de verdad. Tal vez era yo la que estaba equivocada, tal vez no debería haber buscado un alma gemela, mi media naranja, tal vez sea esto lo que debería haber buscado.»

Buscaba seguridad. Sí, buscaba seguridad en una época en la que no se sentía en absoluto segura. Le habían partido el corazón más de una vez y creía que jamás encontraría algo mejor, que no se merecía un final feliz. Se dijo que los finales felices solo existían en las películas de Hollywood. Que la amistad, la seguridad y las esperanzas y los sueños compartidos eran mucho más sensatos, que tenían más posibilidades de desembocar en un matrimonio feliz y duradero que los finales de las películas.

Se dijo que conformarse era bueno. Que por una vez podría comportarse como una adulta y tomar una decisión de adulta. Que bastaría con eso.

Pero a lo largo de su matrimonio, siempre que pensaba en Tom lo veía como el símbolo de lo que podría haber sido. No solo era el hombre que se le había escapado, el camino que no había tomado, el amor que no había escogido...

En el fondo de su corazón, Holly sabía que Tom era el hombre con el que debería estar. Por eso su pérdida es aún mayor. Está llorando por su mejor amigo, un hombre al que ama, y también llora por la vida que no tuvo.

Esa noche, en la cena previa al día del funeral, Holly espera alcanzar una especie de catarsis, espera que de alguna manera puedan compartir su dolor y emprender juntos el camino de la recuperación.

Está nerviosa por la idea de ver a los demás. Tiene ganas, pero también un poco de miedo. Olivia fue bastante brusca el día que la encontró en el cine acompañada de un novio espantoso que le pareció arrogante y desagradable.

—No puedo creer que me topara con Olivia y que estuviera con ese tío tan, tan horrible —le dijo a Tom una noche, poco después, mientras cenaban en un pequeño restaurante griego en Bayswater—. Llevamos años sin vernos y siempre creí que sería estupendo volver a encontrarnos, pero ese tío se la llevó casi a rastras. Tendrías que decirle unas cuantas cosas sobre su gusto en cuanto a hombres.

Tom se echó a reír.

—Eso no es cosa mía, Holly. A ella le gusta, y es lo único que importa.

—Supongo que tienes razón —admitió con un suspiro—. Es que Olivia era tan dulce y tan inocente en el tema hombres..., y no parece que haya cambiado. ¿En qué anda metida Saffron? ¿Has hablado con ella hace poco?

—Deberías preguntárselo tú misma. Le encantaría tener noticias tuyas.

—Han pasado demasiados años. Me encanta saber de ella, pero nos hemos distanciado mucho y dudo que ella quiera saber de mí.

—Yo creo que sí —le aseguró Tom—. Estoy seguro de que sí. Todos me preguntáis por los demás pero nunca os decidís a coger el teléfono.

—Porque, francamente, creo que ya no tenemos nada en común —replicó Holly—. Solo compartimos un pasado. Y dime, ¿cuántas veces puedes recordar que bailamos pegados en una iglesia o vestidos con chaquetones enormes y botas militares?

—¡Dios! —Tom se echó a reír —. Se me había olvidado. Te quedaban fatal.

—La verdad es que sí. Pero tu imitación de Suggs no era mucho mejor.

—Calla, calla, intento olvidarlo. Pero de verdad creo que tendrías un montón de cosas en común con cada uno de ellos, seguro que sí. Por algo éramos amigos.

—No sé —dijo Holly, no muy convencida—. Creo que era porque estábamos obligados a pasar mucho tiempo juntos. Pero lo tuyo tiene gracia —comentó—, es increíble que sigas en contacto con todos. ¿Cómo narices lo haces? Yo apenas tengo tiempo para responder a los mensajes del contestador cuando llego a casa por la noche, ¿cómo voy a sacar tiempo para llamar a un montón de gente a la que conocí hace años? Eres increíble, que lo sepas.

—Lo sé. Por eso me quieres, ¿no?

—Hablando de amor... —Holly sintió un familiar aleteo en el estómago. Allí estaba de nuevo. Como una montaña rusa que nunca se paraba, allí estaba ella, a sus veinticinco años, sentada delante de la persona a la que mejor conocía en el mundo, delan-

te de su mejor amigo y sin poder dejar de pensar en besarlo—.
¿Estás... saliendo con alguien? —Se removió en la silla. Nerviosa.

—¿Por qué? ¿Te has vuelto a enamorar de mí?

Sus mutuos enamoramientos y desenamoramientos se habían convertido en una broma entre ellos, pero esta vez Holly, para su más absoluta vergüenza, se quedó sin palabras y se puso como un tomate.

—¡Dios! —Tom estaba desconcertado—. No lo decía en serio. ¡Dios, Holly! Si me lo hubieras dicho hace dos meses...

—Hace dos meses estaba con Jake.

—Lo sé. —Tom sonrió—. Me moría de celos.

—¿Y por qué no me dijiste nada?

—Porque estabas con Jake. ¿Habría servido de algo?

—A lo mejor lo habría dejado por ti.

—Holly, Holly, Holly... —dijo él meneando la cabeza, antes de apoyarla en las manos—. No estamos destinados a estar juntos y lo sabes.

El rubor de Holly desapareció tan rápido como había llegado.

—Lo sé. —Suspiró—. Pero ¿qué pasará si los dos seguimos solteros a los treinta? ¿Por qué no pactamos casarnos si seguimos solteros a los treinta?

—¿A los treinta? —Tom parecía alarmado de verdad—. Solo faltan cinco años. ¿Por qué no a los treinta y cinco?

—Vale. —Extendió la mano por encima de la mesa y Tom se la estrechó—. Si llegamos solteros a los treinta y cinco, nos casamos.

—Hecho.

—Ahora, suéltalo —dijo ella al cabo de unos minutos, con la boca llena de pita y *tzaziki*—. ¿Quién es?

Y siguieron como siempre.

Holly no tiene ánimo para cocinar, pero ha hecho una ensalada y ha comprado pasta, un par de barras de pan y tiramisú en el restaurante italiano que hay en su calle. Tiene varias botellas de vino en el frigorífico.

Pone la mesa para cuatro, pero tarda cinco veces más de lo normal porque se pierde constantemente en los recuerdos de Tom.

Termina de poner la mesa y va al cuarto de baño para intentar disimular los estragos que el dolor ha causado en su cara en las últimas semanas. Colirio para eliminar la irritación de los ojos y maquillaje para igualar el color del rostro, enrojecido de tanto llorar. Sombra de ojos para aumentar visualmente su tamaño y colorete para darles color a las mejillas, últimamente de un feo gris.

No está guapa. Hoy no. Pero sí presentable. No puede aspirar a más. El timbre suena y Holly suspira, y se coloca el pelo tras las orejas, y luego baja la escalera.

Había pensado muchas veces en una reunión con sus antiguos compañeros de colegio, pero nunca creyó que sería en semejantes circunstancias.

5

Olivia es la primera en llegar. De pie, en la puerta, con una botella de vino en las manos, le sorprende con qué naturalidad acaban la una en brazos de la otra. Y cuando por fin se separan, ambas se secan los ojos y sonríen meneando la cabeza, demasiado emocionadas para hablar.

Un Saab recorre muy despacio la calle y se vuelven hacia el coche. Holly lo obserba con los ojos entrecerrados y ve a un hombre y una mujer mirando por la ventanilla. Agita la mano con frenesí mientras aparcan. Paul y Saffron recorren el camino de entrada y todos sonríen con tristeza antes de intercambiar abrazos y de echarse a llorar; cuesta creer que por fin están juntos después de tantos años; cuesta creer el motivo de su reencuentro.

De repente, Holly se alegra muchísimo de que ese grupo tan ruidoso se haya colado en su cocina, en su casa. Olivia había propuesto cenar fuera, no quería que se tomara la molestia de cocinar, de tener que preparar la comida, pero Holly sabía que era incapaz de enfrentarse a esa situación en un lugar público, necesitaba intimidad para hablar de Tom, necesitaba la calidez del hogar.

—¿Cómo estás?

—¡Estás estupenda!

—¡Anda que tú!

—¡Nuestra amiga, la estrella de cine!

—¡Dios santo! ¿Cuánto tiempo ha pasado?

Sus voces resuenan en la cocina mientras se sonríen unos a otros. Olivia sonríe a Saffron, Paul rodea a Holly por los hombros, Saffron siente, por primera vez en años, que no tiene por qué ser Saffron Armitage, la estrella de cine, que por fin puede ser Saff. Solo Saff.

—Qué bien estar aquí. —Paul se deja caer en una de las sillas y le da un buen trago al vino—. Son unas circunstancias horribles, pero ¡qué bien veros a todas!

—Perdonad el topicazo —dice Saffron con la voz rota por la emoción—, pero me siento como si hubiera vuelto a casa.

Olivia rompe el silencio para meterse con Paul.

—No hay duda de que te has alimentado bien estos años —dice con una sonrisa.

—Qué encanto —replica él—. ¿Hace cuánto que no te veo? ¿Veinte años? Y lo primero que sueltas por esa boca es un insulto. Ya veo que no has cambiado nada.

Olivia le rodea los hombros con un brazo y le da un apretón al tiempo que se inclina para darle un beso en la mejilla.

—Estás estupendo, solo era una broma. Además, deberías alegrarte de que siga sintiéndome tan cómoda contigo.

Saffron entra en el salón y mira las fotos. Coge una: Holly y Marcus, sentados ante un portón de madera en el campo, sonríen a la cámara.

—Holly —la llama—, ¿este es tu marido? —Sostiene la fotografía en alto.

—Sí. —Holly asoma la cabeza por la puerta—: Y esos de allí son mis hijos.

—No puedo creerlo —dice Saffron meneando la cabeza—. Holly Mac casada. Y encima con niños.

Holly vuelve a entrar en la cocina con una sonrisa.

—Oye, Paul, hablando de gente casada, vi la entrevista que salió en *Vogue* cuando te casaste. Don Visto de Prada. Estuve en un tris de llamarte para reírme a tu costa.

Paul agacha la cabeza, avergonzado.

—Oh, sí... Me sentí como un farsante. Me tomaron el pelo

durante semanas. Solo lo hice porque Anna creyó que sería una buena publicidad.

—¿Y lo fue?

—Sí.

—¡Me encanta Fashionista! —dice Holly—. Solía gastarme un pastón en ropa en otra web, pero el servicio era una porquería. Siempre que compraba algo, me llegaba con dos semanas de retraso porque estaba agotado. Y nunca se disculpaban, y eso me cabreaba muchísimo. Así que ahora solo compro en Fashionista, y es increíble. De verdad. El servicio, la rapidez... Dile a tu mujer que soy una fan suya y que hace un trabajo magnífico.

—Supongo que tu mujer no querrá hacernos descuento, ¿verdad? —dejó caer Saffron.

—Claro que sí. Pero primero tenéis que conocerla y caerle bien, y eso evidentemente será difícil, pero ya me lo curraré. —Paul sonríe.

—¿Por qué compras tantas cosas de ese mismo sitio? —pregunta Olivia.

Holly se encoge de hombros.

—Por dos motivos. Primero porque quien elige las prendas que se venden a través de la página web tiene mucho gusto...

Paul asiente con orgullo.

—Esa es mi mujer.

—... y segundo —continúa Holly— porque parece que uno de los vicios que he desarrollado con la edad son las compras compulsivas.

Y siguen como siempre... Conforme avanza la noche, pierden las inhibiciones y vuelven a conectar. Lo que fuera que los mantuvo separados todos esos años ha desaparecido sin dejar rastro.

Olivia, tan nerviosa por reencontrarse con personas a cuyo lado siempre se sintió poca cosa, ya no se siente poca cosa; de hecho, le sorprende y conmueve darse cuenta de que ya no cree que Saffron sea más guapa y Holly más lista; y de que, aunque tal vez sí lo sean, eso ya no le molesta, ya no las ve con el rasero por el que tiene que medirse constantemente y descubrir que se queda corta.

Saffron está más tranquila, más comedida en cierta forma. La Saffron de los viejos tiempos era una gritona, pero la Saffron que tiene delante parece, a pesar de la tristeza, estar en paz. La reina del drama de tiempos pasados se ha asentado, se siente cómoda en su piel y está muchísimo más guapa precisamente por eso.

Paul es el mismo de siempre. No ha cambiado en absoluto, por mucho que Holly saque el ejemplar de *Vogue* (que compró de inmediato). «Tom tenía razón», piensa Holly con dolor al recordar la conversación que mantuvo con él cuando vio a Paul en la revista. Sigue siendo un desastre, pero un desastre que queda increíblemente bien cuando se arregla.

¿Y Holly? Ella es tal vez por la que habría que preocuparse más. Parece perdida. Incluso ahí, rodeada de personas que la conocen desde siempre, por muy cómoda que parezca, sentada sobre sus pies en un extremo del elegante sofá, incluso ahí parece perdida.

—Creo que Tom ha sido la mayor constante de mi vida. —Olivia extiende el brazo hacia la mesita auxiliar para servirse más vino y suspira—. Daba igual lo que pasara a mi alrededor, daba igual quién me hubiera dejado o lo mal que me fueran las cosas en el trabajo, Tom siempre estaba ahí. No lo veía a menudo, pero era tan fiel a sus amigos, que siempre podías contar con él. ¡Dios! Intenté librarme de él a los veinte, pero se negó a desaparecer...

Los demás se echan a reír.

—¿Sabéis lo que más me gustaba de Tom? Que no cambió nunca. Que nunca se dejó impresionar por las personas ni por las cosas. Me conocía desde hacía tanto tiempo que se negaba a dejarse impresionar porque fuera actriz o por las películas en las que participaba. Eso solía cabrearme un montón —admite Saffron y se encoge de hombros—. Después de hacer esa película con Dennis Quaid, creí que por fin me trataría con algo más de respeto, pero le importó un bledo. De hecho, creo que alguna vez incluso me dijo que me bajara de la parra.

—¿Y lo hiciste? —le pregunta Paul con una sonrisa ladina.

—¿Tú qué crees? —Enarca una ceja al tiempo que se vuelve muy despacio para mirarlo a la cara.

—Creo que no.

—Sé que suena fatal —dice Holly en voz baja—, pero ¿no dicen que no aprecias lo que tienes hasta que lo pierdes? Me pasé años enamorándome y desenamorándome de Tom, y luego conocí a Marcus, y entonces quedó patente que Tom y yo solo éramos amigos, pero ojalá hubiera hablado más con él, ojalá le hubiera demostrado lo mucho que lo quería. Lo que quiero decir es... ¿cómo puede nadie imaginar que va a pasar algo así?

—Claro que no puedes —interviene Saffron—, pero él sabía todo eso. Sabía cuánto lo queríamos todos. Por eso insistía tanto en seguir en la vida de cada uno de nosotros.

—Brindemos —dice Olivia—. Por Tom —alza los ojos—, dondequiera que estés.

—Por Tom —dicen todos a la vez—. Ojala estuvieras aquí.

—¿Queréis más café? —Holly suspira cuando extiende las piernas y se levanta del sofá; sabe que su relación con Tom era diferente, pero no quiere compartir eso con los demás. Todavía no.

—Yo prefiero más vino —contesta Paul, y procede a apurar su cuarta copa.

Fue poco después de la cena en Bayswater. Antes de que se fuera a Australia, donde Marcus la trastornó, justo antes de que mirara a Tom y solo viera a su mejor amigo.

En otra cena. Esa vez en Holland Park. El único motivo era el de ponerse al día. Holly había estado en las rebajas de Ghost esa mañana... abriéndose paso entre una horda de londinenses para coger cualquier prenda que pareciera de su talla y sin el menor reparo en quedarse en ropa interior para probarse las prendas en mitad de una sala llena de percheros.

Había encontrado un precioso abrigo lila muy elegante que

flotaba suavemente tras ella al caminar. Se cerraba al cuello con una delicada sarta de cuentas y conjuntaba con unos pantalones violeta transparentes y un chaleco largo.

Estaba muy guapa esa noche. Había sido una tarde muy calurosa. La había pasado con un grupo de amigas en Primrose Hill. Una de ellas llevó una manta enorme, otra se encargó del pan, y una tercera aportó el queso. Holly llevó el vino. Se quitaron las camisetas y se subieron la falda todo lo que se atrevieron para disfrutar del sol mientras los discos y las pelotas volaban sobre ellas y los perros se les acercaban para intentar robarles un poco de comida.

Su piel era de las que se broncean en cuanto les da el sol. Esa noche bajó la cabeza y la sacudió para conseguir ese look alborotado y desenfadado que le quedaba tan sexy, y se puso colorete en las mejillas y unos aros de plata. No lo hizo por Tom sino por ella, pero sabía que Tom apreciaría el resultado.

Tom llegó a su casa a las siete y tocó el claxon. Ella bajó corriendo la escalera y se metió en el coche.

—¡Estás guapísima! —le dijo asombrado cuando se inclinó para darle un beso en la mejilla.

—¡Lo sé! —replicó—. Rebajas de Ghost. Estaba tirado. ¿A que es precioso?

—Sí... pero ¿cómo es que estás tan morena?

—Una mezcla de Primrose Hill y maquillaje. ¿Te gusta?

—Eres la viva imagen de la salud. Vamos. He reservado mesa en Julie's.

—Caramba. —Holly se recostó en el asiento—. Qué romántico...

—Lo sé. Esperaba tener suerte esta noche.

Lo miró con las cejas enarcadas.

—Juega bien tus cartas..., nunca se sabe.

Les dieron una mesa con velas en un rincón de la sala. Para cualquier otra pareja habría sido ridículamente romántica, pero ellos, en vez de susurrarse palabras tiernas, charlaron sin ton ni son y se rieron a carcajadas con sus bromas.

Lucharon sobre la *crème brûlée* chocando las cucharas como

si fueran espadas para pillar más que el otro, y cuando Tom aparcó el coche de vuelta en casa de Holly, hizo lo de costumbre, subió a su piso para disfrutar de una última taza de café.

Fue una noche perfecta. Ninguno de los dos se había enamorado del otro, simplemente habían disfrutado de su mutua compañía, sin falsas expectativas que acabarían en decepción.

Holly se dejó caer en el sofá junto a Tom y apoyó las piernas encima de las de él.

—Cuidado —dijo él con una sonrisa—. No me estarás tirando los tejos, ¿verdad?

—Por supuesto que no —respondió ella mientras bebía café—. Ya he aprendido la lección, muchas gracias.

—Me he preguntado muchas veces... —comenzó Tom sin mirarla, con la vista clavada en sus piernas enfundadas en los pantalones violeta de Ghost— qué sentiría si te besara.

—¡Venga ya! —Ella se echó a reír—. No me dirás que esta noche vas a intentar algo conmigo, ¿no?

Tom se encogió de hombros y sonrió.

—Se me ha pasado por la cabeza.

—Pues adelante. —Enarcó una ceja; sabía que no iba a pasar nada. No había tensión sexual, no había chispa, no se sentían atraídos sexualmente el uno por el otro—. ¿A que no te atreves?

Ninguno de los dos se movió durante unos segundos; Holly estaba a punto de echarse a reír y de soltar un «Sabía que estabas de coña», cuando Tom dejó la taza muy despacio y se volvió hacia ella, y de repente se le quitaron las ganas de reír.

Fue el beso más lento, inseguro y excitante que le habían dado. Ni siquiera en el primer momento en que sus labios se encontraron podía creer que aquello estaba sucediendo de verdad; todavía sentada con una sonrisa, no contaba con que Tom seguiría adelante.

El suave y tentador roce de esos labios sobre los suyos le borró la sonrisa. Más besos en su labio superior, en el inferior, hasta que Holly se atrevió a lamerle el labio superior con suavidad... Y ahí estaban. Besándose. Las manos entraron en juego para acariciarse el rostro, las mejillas, para recorrer la curva del cuello.

—Holly —susurró Tom.

—Calla. —Holly se pegó a él, luego se apartó para mirarlo. Tom. Su Tom. Mirándola con los párpados entornados y los ojos brillantes por el deseo. Ella no dijo nada, no quería estropear el momento, de modo que se inclinó hacia él para volver a besarlo mientras le desabrochaba con rapidez la camisa—. Tom —susurró mientras le besaba el pecho y ascendía de nuevo hasta sus labios.

«Tan familiar. Tan seguro.»

«Así que esto es lo que se siente.»

«Como volver a casa.»

Tom se marchó antes de que amaneciera. Lo que parecía tan maravilloso y natural al amparo de la noche comenzó a ser cada vez más antinatural a medida que se acercaba el amanecer.

La dejó dormida. Se quedó un rato junto a la cama y la miró dormir, luego se escabulló por la puerta y sintió una tristeza enorme. Jamás creyó realmente que eso pasaría con Holly. La quería más de lo que había querido a nadie, pero, por muy atraído que se sintiera por ella, es imposible acostarte con tu mejor amiga y esperar que las cosas sigan como siempre.

No puedes acostarte con tu mejor amiga y luego empezar a salir, ir a cenar, compartir historias y dejar que la cosa vaya a su ritmo.

No puedes acostarte con tu mejor amiga y no convertirte en pareja de inmediato. No hay medias tintas. Si te acuestas con tu mejor amiga, solo hay dos posibilidades. Y con cualquiera de las dos la amistad se va al traste.

Tom quería a Holly, pero no había planeado nada de eso, no estaba preparado. Solo tenía veinticinco años, no estaba ni mucho menos preparado para echar raíces con nadie. Ni siquiera con Holly. Todavía tenía que correrse unas cuantas juergas. Dios. Meneaba la cabeza sin parar. ¿En qué coño estaba pensando? Pero con lo guapa que estaba Holly vestida de lila (y mucho más guapa luego, en la cama) habría sido imposible resistirse. ¿Qué hombre se habría resistido?

¿Y qué va a hacer él ahora?

Holly llamó a Tom a la tarde siguiente. Consiguió hablar con él por teléfono, pero fue una conversación torpe y forzada. La conversación más incómoda que Holly había tenido nunca, aunque le resultó familiar. Se dio cuenta de que era la típica conversación con un hombre que se siente presionado. La típica conversación antes de que te den la patada, cuando es evidente que tú sientes mucho más que él.

Pero ¿cómo era posible? Ese hombre no era uno cualquiera. Era Tom.

Se despidieron y Tom colgó y luego hundió la cabeza entre las manos. Odiaba esa situación. Holly era la última persona a la que quería hacer daño, pero ¿qué otra opción tenía? Sabía que no podía ser su novio, pero ¿cómo retomar su amistad después de la noche anterior?

Decidió que necesitaba un poco de espacio. Tardaría un tiempo en llamarla. No la dejaría de lado, eso jamás, pero se darían un respiro hasta que pudieran retomar su amistad donde la habían dejado. Antes de esa noche, por supuesto.

Holly estuvo varias semanas destrozada. Había tenido suficientes relaciones a lo largo de los años para darse cuenta, con dolor y sorpresa, de que Tom era igual que los demás, de que sus años de amistad no significaban nada y de que entre ellos las cosas jamás serían como antes.

Mientras hojeaba el *Time Out* una tarde, vio un anuncio de una expedición de tres meses a Australia. La vida en Inglaterra jamás había sido más negra y la constante insistencia de sus amigos para que saliera y siguiera con su vida seguía cayendo en saco roto. Necesitaba un cambio, necesitaba alejarse de los recuerdos, necesitaba cambiar las imágenes de su cabeza por algo que no fuera esa noche con Tom. Su voz cuando susurró «Holly», que ella interpretó como una declaración de amor, jamás la abandonaría.

Tom intentó por fin ponerse en contacto con Holly cuando estaba en Australia. La añoraba. Tenía muchas cosas en la cabeza, pero de un tiempo a esa parte todo le llevaba a Holly. Las demás mujeres no le llegaban a la suela de los zapatos, pero sobre todo recordaba el anhelo, la sensación de que había vuelto a casa.

—¿Tom? ¡Soy Holly!

—¿Holly? ¿Dónde estás? ¿Dónde te has metido? Te he echado de menos. ¿Dónde coño te has metido?

Holly se echó a reír.

—En Australia. Me fui para pasar tres meses y al final me quedé seis. Me lo he pasado genial ¡y he conocido a alguien! ¿Te lo puedes creer? Este sí, Tom, este es el hombre con el que voy a casarme. Me muero de ganas de que lo conozcas.

«Mi Tom —pensó Holly mientras concertaban una cita para que conociera a Marcus—. ¡Cuánto lo he echado de menos!» Estaba demasiado emocionada para percibir la confusión de Tom, para percatarse de que acababa de romperle el corazón de la misma manera que él se lo había roto a ella unos meses antes.

«¡Lo quería!», desea gritar, decírselo a Paul, a Olivia, a Saffron, pero no lo hace porque sabe lo que le contestarán.

Que ellos también lo querían.

6

—¡Por Dios, hay un montón de gente! —dice Marcus mientras gira el volante con rapidez para dar una tercera vuelta a la manzana.

—Supongo que han venido muchos amigos de Estados Unidos —aventura Holly, que observa a la gente que se dirige hacia la iglesia con la esperanza de conocer a alguien—. ¡Mira! —exclama—. Ahí está Saffron. ¡Saff! ¡Saffron! —Saca la cabeza por la ventanilla al tiempo que Saffron se da la vuelta, la saluda con la mano, y corre hacia el coche con evidente alivio.

—Gracias a Dios —dice con voz angustiada—. No quería entrar sola.

—¿Te importa que baje y entre con Saffron? —Holly se vuelve hacia Marcus, se da cuenta de que está alucinado, y se ve obligada a contener la risa—. No os conocéis, ¿verdad? Saffron, este es mi marido, Marcus. Marcus, esta es Saffron.

—Encantada de conocerte. —Saffron esboza su sonrisa más radiante y Holly aprovecha la oportunidad para salir del coche.

—Nos vemos dentro —le dice a Marcus, que vuelve en sí gracias al insistente claxon del coche que tiene detrás. Avanza lentamente y las dos chicas se quedan una enfrente de la otra, riendo.

Marcus puede ser un encanto. Puede ser el hombre más encantador del mundo. En los juzgados le llaman Jekyll y Hyde.

Un día es un tío agradable y al siguiente es tan arrogante y antipático que la gente, anonadada, se devana los sesos pensando qué han hecho para ofenderlo.

Pero cuando está con alguien a quien quiere impresionar siempre es encantador.

—Pensaba que tu marido era un capullo arrogante —dice Saffron.

El comentario debería molestarla, pero hace mucho que sospecha que eso es lo que la gente piensa de Marcus, y ya no le afecta.

—La mayoría del tiempo sí, pero, como has visto, también puede ser irresistiblemente encantador.

—¿Son cosas mías o estaba un poco alucinado? —Saffron se ríe.

—Sí, en fin... Parece que Marcus pierde la compostura delante de una celebridad. —Pone los ojos en blanco y coge a Saffron del brazo—. Qué más da. ¿Quién te ha dicho que es un capullo arrogante?

—¿Se me permite culpar a Tom en su propio funeral?

—Cielos... —Holly resopla y se internan en la multitud que se agolpa en el camino de entrada.

—¿Vio Marcus *Lady Chatterley*? Seguramente se quedó colgado de mí cuando me vio en el papel de lady Chatterley.

—Todo el mundo se quedó colgado de ti cuando hiciste de lady Chatterley. —Holly se ríe—. ¡Huy, cuidado! Te estás hinchando demasiado.

—¡Qué tonta eres! De mí no, se quedaron colgados del personaje. Era la primera vez que hacía un desnudo completo, y todavía estoy pagando las consecuencias. No hay hombre que no se ponga a babear cuando me conoce.

—A mí me parece genial. Ahora en serio, Saff. Si te gusta Marcus, puedes quedarte con él.

—Gracias. —Y suelta una carcajada—. Pero ya tengo bastante con Pi.

—¿Así llamas a tu amorcito del que no quieres decir ni mu? ¿Pi?

—Es más corto que su nombre completo y así nadie sospechará nada si me oye hablar de él. Yo... ¡Dios! Eres capaz de guardar un secreto, ¿verdad?

—Claro.

—Es famoso. Muy famoso, así que tienes que jurarme que no se lo dirás a nadie.

—Te lo juro. Que me muera ahora mismo si lo digo.

Saffron se inclina y le susurra el nombre al oído.

—Pero... ¿No está casado con...?

—Exacto. Por eso es tan secreto. Punto en boca. —Se lleva el dedo índice a los labios justo cuando llegan a la puerta de la iglesia—. Luego te cuento.

Entran en el fresco vestíbulo y siguen a la multitud hacia el interior. No hay bancos para sentarse. Hay cientos de personas dentro.

—¿Dónde están sus padres? —susurra Holly, mirando al frente.

—Luego los buscamos. Hace años que no los veo, ¿y tú?

—También. No dejo de pensar en lo horrible que debe de ser perder a un hijo.

—¿Sabes algo de su mujer? Sarah, ¿no? ¿Ha venido con los niños?

—Se supone que sí. Perdón. ¿Me permite? Gracias. —Se abren camino entre la gente, que parece tan aturdida y afectada como ellas, hasta que consiguen atisbar el púlpito.

—Quedémonos aquí —dice Saff—. Por lo menos se puede respirar. ¿Nos encontrará tu marido?

—Espero que no. —Holly suspira.

Saffron la mira con el ceño fruncido.

—¿Va todo bien entre vosotros?

En la risa de Holly no hay ni pizca de humor.

—Estoy depre —responde—. No me hagas caso.

—¿Holly Macintosh? ¿Saffron? ¡Madre mía!

Holly y Saffron recorren con la mirada un rostro surcado por las lágrimas, al cual acompaña una exagerada pamela negra, y viste un elegante y ajustado vestido negro, junto a unos zapatos de tacón cuyas suelas rojas dejan bien claro, sin ninguna duda, que son unos Louboutin.

—¡No puedo creerlo! —exclama la chica envolviéndolas, primero a Holly y luego a Saffron, en un dramático abrazo—. No os había visto desde la época del colegio, y que tengamos que encontrarnos en una ocasión tan horrible... Cuesta creerlo. Pobre Tom. Y pobre Sarah. No quiero ni pensar en los niños, es tristísimo.

Holly mira de reojo a Saffron con cara de preguntar: «¿Quién coño es esta?», pero Saffron parece reconocerla o, si no la recuerda, disimula de maravilla.

—Estás increíble —le dice—. No has cambiado nada.

—En eso sí que estás mintiendo —replica la chica, luego se inclina hacia Saffron y le sussurra —: En la época del colegio tenía la nariz del tamaño de esta iglesia. Gracias a Dios, existe la cirugía estética y los maridos dispuestos a invertir dinero en ella. Hablando del rey de Roma, este es mi marido, Eric. —Un hombre bajito y de aspecto agradable se acerca y les da la mano—. Fuimos juntas al colegio —le explica la mujer, luego clava la vista en Holly—: ¿No estuviste saliendo un tiempo con Robin?

La mente de Holly está completamente en blanco, pero la expresión de Saffron se torna radiante de repente e interviene para salvar la situación.

—¡Holly! —exclama—. ¿No te acuerdas? ¡Claro que sí! ¡Saliste con Robin Cartledge durante siglos! ¡Tiene gracia que lo hayas recordado, Sally! —Saffron lanza una mirada elocuente a Holly.

Holly mira a la tal Sally de arriba abajo. ¿Esa es Sally Cartledge? ¿La pánfila de la clase? ¿La que tenía una nariz tan grande que todos la llamaban la Concorde? Una de las chicas listas que pasó totalmente de los tíos, que fue a Oxford después del bachillerato y de la que jamás volvieron a saber nada.

Pero ¿cómo puede ser esa Sally Cartledge? La mujer que tiene delante es delgada, guapísima, morena, va impecablemente maquillada y tiene unas piernas kilométricas. Holly, alucinada, la observa con los ojos entrecerrados, busca en ella algo de la antigua Sally, pero no. No queda nada.

—Nosotros vamos hacia el otro extremo —dice Sally con voz cantarina—. Pero me ha encantado veros. ¿Os parece que intercambiemos tarjetas? Sería genial quedar algún día.

Mientras Sally se marcha con Eric, Saffron suspira aliviada.

—¡Dios santo!, menos mal que ha mencionado a Robin o no la habría reconocido en la vida.

—¿Cómo es posible que esa sea Sally Cartledge? ¿Qué se ha hecho? ¿Desde cuándo es guapa?

—Supongo que desde que le pagó al cirujano plástico para que le operara la nariz, le pusiera Restylane en los labios, le inyectara Botox en todas partes y le recolocara los dientes. Además, supongo que lleva varios años haciendo una dieta parecida a The Zone.

—Pero... ¡Dios! Nunca había visto una transformación tan asombrosa. No la habría reconocido en la vida.

—Sí..., debería haberle pedido el nombre de su cirujano.

—¿Por qué? ¿Te cambiarías algo? —le pregunta horrorizada.

—¡Ay, cariño! —Saffron se echa a reír—. Ya me he puesto tetas dos veces, para mí el Botox es como la pasta de dientes, y me gustaría hacerme los ojos.

—¿Hacerte los ojos? ¿Hacerles qué? Yo los veo estupendos.

—No. ¿Ves las bolsas? —Saffron se señala el párpado inferior.

Holly se acerca pero no ve nada.

—No.

—Acércate más. ¿Lo ves? ¿Esa parte que parece como hinchada? Son acúmulos de grasa, y me muero por deshacerme de ellos. Es la operación más sencilla del mundo, y me quitaría un montón de años de encima.

—¿Qué ha pasado con la teoría de envejecer con elegancia?

—No está muy de moda en Hollywood, cariño. Ahora tienes que echar mano de toda la ayuda posible.

—Creo que estáis locos de remate. Yo no veo nada.

—Quizá, pero yo sí lo veo. Últimamente, cuando me miro

en el espejo es lo único que veo. De todas formas, Pi dice que la pagará él.

—Ah, ¿sí? ¿Por qué?

Saffron se encoge de hombros.

—Pagó las operaciones de su mujer y mis tetas. Ganando diecisiete millones de dólares por película, supongo que para él esto es como una gota en el océano. Además, le gusta. Dice que le encanta mimar a su niña.

—Mmm. Parece una relación muy adulta. —Holly sonríe—. ¡Mierda! Allí está Marcus. Rápido. Agáchate. —Agarra a Saffron y ambas se esconden tras un grupo de gente.

—Sí —dice Saffron con una sonrisa irónica—. Y tú eres sin lugar a dudas una experta en relaciones adultas. Tranquila, no tienes que explicarme nada ahora, pero está claro que os pasa algo. ¡Madre mía! ¿De dónde ha salido toda esta gente?

—Ni idea. Vale que todo el mundo quería a Tom, pero tengo la impresión de que la mitad de esta gente ni siquiera lo conocía. Chitón. Está empezando.

El silencio se extiende entre la multitud, la música comienza a sonar suavemente por los altavoces y la voz de Linda Ronstadt, tan clara como el tañido de una campana, reverbera en la iglesia.

Así que adiós, amigo,
sé que jamás volveré a verte,
pero el amor que me has dado a lo largo de los años
se llevará mis lágrimas.
Ya estoy bien.
Adiós, amigo.

Y el dolor que hasta ese momento estaba contenido se libera y la gente empieza a llorar.

El padre de Tom, Peter, es el primero en tomar la palabra. Se acerca al púlpito y carraspea, y lo primero que piensa Holly es en lo viejo que parece ahí de pie. Recordaba a un hombre corpulento, imponente y saludable. No a ese..., en fin, anciano bajito y perdido, que rebusca en el bolsillo las gafas e intenta ordenar los papeles.

—El 17 de agosto de 1968 estaba fumándome un cigarro a las puertas del hospital Saint Mary mientras esperaba el nacimiento de mi primer hijo —comienza con una voz sorprendentemente serena y clara—. En aquel entonces no se nos permitía estar presentes durante el parto, o al menos eso fue lo que yo le dije a mi mujer. —Una breve carcajada de alivio emerge de la multitud—. No debería haber estado fumando, pero los nervios pudieron conmigo. En fin, las enfermeras tardaron media hora en encontrarme, pero por fin lo hicieron y me dijeron que tenía un hijo precioso y sano: Thomas Henry Fitzgerald. Fue una suerte que no estuviera presente durante el parto, porque tenía otros planes en cuanto al nombre... Octavius Auberon era uno de los que barajaba. —Más risas—. Pero Maggie ganó y, lo más importante, Thomas Henry me cautivó por completo. Thomas significa «digno de confianza», y Tom fue digno de confianza siempre, incluso de niño. Hay muchos adjetivos que podría utilizar para describirlo, y aquellos que solíais iros con él de juerga el día de Año Nuevo habríais elegido otros, lo sé. Pero siempre podías confiar en Tom, era el hijo más leal, el amigo más leal que cualquiera desearía tener.

Risas y lágrimas. Alegría y dolor. El abanico emocional durante el funeral es tan amplio que hay momentos en que Holly duda si podrá soportarlo. Echa un vistazo alrededor y ve a personas con expresión ausente, personas que hablan en susurros a sus acompañantes, que se ríen de algo, y no comprende cómo pueden parecer tan normales, cómo pueden comportarse como si no hubiera pasado nada cuando a ella le cuesta tanto contener los sollozos que intentan brotar de su garganta que le parece que está a punto de estallar.

Todos se muestran tan circunspectos... El padre de Tom incluso sonríe durante el discurso, y su madre, aunque pálida, no se derrumba en ningún momento. Will, su hermano, cuenta algunas anécdotas graciosas de cuando eran pequeños, bromas absurdas que se hacían el uno al otro, y afirma que se llevaban tan bien que la gente los tomaba por mellizos.

—Claro que yo era el más guapo —afirma—, el más agradable y el que más éxito tenía —comentario que arranca un coro de carcajadas a sus amigos, quienes conocen su nada estable trayectoria profesional.

Después le llega el turno a un amigo y, por último, a Sarah. Su aspecto sereno y su acento estadounidense en un funeral tan británico otorgan a sus palabras una cualidad casi hipnótica. Habla de por qué se enamoró de Tom. Habla de sus hijos. Afirma que era un padre maravilloso. Y mientras está hablando, una niña muy pequeña se acerca corriendo y le tira de la manga.

—Mamá... —le dice—. ¿Por qué hablas de papá? ¿Ya podemos verlo? ¿Esto es el cielo? —Sarah coge en brazos a Violet para consolarla mientras los asistentes estallan en lágrimas de nuevo.

Sarah concluye con un poema de Christina Rossetti, se le quiebra la voz al decir «Recuérdame cuando me haya ido», y hace un esfuerzo para llegar al final. El *Preludio n.º 6* de Chopin emerge de los altavoces y los asistentes comienzan a abrazarse para despedirse. Poco a poco van abandonando la iglesia y el brillo del sol los obliga a parpadear mientras sacan los pañuelos de papel arrugados de los bolsillos y se suenan la nariz al tiempo que sonríen con tristeza a los desconocidos.

Holly respira hondo varias veces para recobrar la compostura, y justo cuando se da la vuelta ve que Marcus se acerca.

—¿Dónde estabas? —le pregunta muy serio—. He estado buscándote... —De repente se da cuenta de los estragos de las lágrimas en su rostro y se calla y la abraza.

—Gracias —le dice ella cuando se aparta, poco después—. Ha sido muy emotivo, ¿verdad?

—Ha sido duro, sí —contesta—. Y eso que prácticamente ni

siquiera lo conocía. Creo que Sarah ha estado maravillosa. Tan fuerte y tan estoica...

«¡Cómo no! —piensa Holly—. Qué típico de Marcus admirar esas cualidades en una viuda o, a decir verdad, en cualquiera.»

—No creo que sea necesario que volvamos a la casa de sus padres —dice Marcus—. Habrá demasiada gente, y además tengo que preparar el juicio de mañana. Vámonos.

«Qué diferentes somos», se dice Holly. En ese momento, tal como lleva ocurriéndole de un tiempo a esa parte cuando piensa en Marcus, se le pasa por la cabeza una palabra que revolotea un instante y luego desaparece.

«Capullo.»

Se obliga a sonreír.

—Tengo que ver a sus padres —dice—. Además, Paul y Olivia están por aquí. Y creo que no estaría bien que no pasáramos por casa de la familia. Digo yo que el trabajo puede esperar. Esto es más importante.

—¿Más importante que preparar un juicio? —le suelta Marcus con tirantez—. Holly, entiendo que estés afectada, pero si me hubieras avisado de que esto iba a durar tanto, habría hecho otros planes.

«Eso es —piensa ella—. Échame la culpa a mí, como siempre.»

—Yo la llevaré a casa —se ofrece Saffron con voz cantarina—. Vete a trabajar y no te preocupes por Holly.

—Vaya, muchas gracias, Saffron. Es todo un detalle por tu parte. —Marcus sonríe, da un beso apresurado a Holly y después se despide de Saffron con los dos besos al aire de rigor.

Ambas lo observan mientras camina hacia el lugar donde ha dejado el coche.

«Capullo.»

Holly mira a Saffron.

—¡Me sorprende que no haya intentado meterte la lengua en la boca. —Y pone los ojos en blanco.

—Vamos, sé buena —dice Saffron—. Lo superará. La verdad es que sienta muy bien que te reconozcan..., sobre todo en un funeral.

—Sí, nada sube tanto la moral como un coqueteo inapropiado en mitad de un funeral —replica Holly.

—A propósito, sé que es horrible por mi parte y de muy mal gusto hablar de esto, pero... ¿te has fijado en Will?

—¿Te refieres a Willy, el hermano pequeño de Tom, aquel niño tan mono y cariñoso al que a veces, cuando éramos horribles adolescentes, dejábamos mirar y jugar a la botella?

—A ese mismo. ¿Te has fijado en él?

—Ojazos marrones, melena desgreñada, sonrisa de infarto con hoyuelos y una buena tableta de chocolate debajo de la camisa. ¿Ese Will?

—Ese.

—No. —Holly se encoge de hombros—. No puedo decir que me haya fijado.

—¡Quién iba a imaginárselo así! —exclama Saffron.

—En realidad, creo que se parece mucho a Tom —apunta Holly—. Es una versión más joven, despreocupada y sexy de su hermano. Imagínatelo con el pelo corto, un polo y unos vaqueros y es idéntico a Tom.

—Es posible. Pero a mí nunca me gustó Tom y Will me pone muchísimo.

—¡Saffron! —Holly la taladra con la mirada—. Qué desagradable. Estamos en el funeral de su hermano...

—Lo sé, lo sé —refunfuña Saffron—. En realidad no me interesa, era una simple observación. Oh, vamos, pareces una puritana. El hecho de que estés casada no significa que no puedas mirar. Estás casada, cariño, ¡no muerta!

—Bueno, pregúntamelo al final del día. Ahora lo único que quiero es encontrar a los padres de Tom.

Holly se detiene a cierta distancia del lugar donde Maggie y Peter están saludando a una fila de personas. Maggie alza la cabeza, la mira y sigue aceptando el pésame. Al cabo de un segundo la mira de nuevo.

—¿Holly? —dice, y cuando ella asiente, Maggie extiende los

brazos y Holly corre hacia ella para recibir el abrazo—. ¡Holly!
—exclama Maggie—. Ha pasado demasiado tiempo... Años y
años... ¡Peter, mira! —le dice a su marido—. ¡Es Holly Mac!

Después de que los padres de Holly se divorciaran cuando ella
tenía catorce años, su madre pasó un año deprimida, luego se
puso las pilas, consiguió un trabajo en una modernísima tienda
de decoración y de repente se convirtió en una madre infernal.

Comenzó a llevar toneladas de maquillaje, ropa que tanto
Holly como sus amigas deseaban llevar pero que se salía de su
presupuesto (aunque, por el amor de Dios, ninguna madre debería ponerse los diseños de Vivienne Westwood), y a salir de juerga todas las noches. Nunca dormía en casa, porque tenía una
ristra de amigos a cuál más joven y moderno.

En resumen, que estaba harta de hacer de madre. Sin embargo, aunque Holly, a los quince años, fuera más o menos capaz
de cuidarse sola, no quería hacerlo. A sus amigas les encantaba
ir a su casa porque, salvo por la *au pair* española, que parecía no
querer saber nada de ella ni de sus amigas, no había adultos que
les dijeran lo que tenían que hacer.

En casa de Holly no tenían que fumar a escondidas en el bal-
cón, ni asomar la cabeza por la ventana en pleno invierno para
soltar el humo. ¡Qué va! En su casa se reunían alrededor de la
mesa de la cocina y pillaban un colocón impresionante o una borrachera del copón, según la sustancia que hubieran elegido. En
casa de Saffron las cosas no eran muy diferentes, pero sus padres sí estaban por ahí. Y aunque eran tan liberales que permitían
que su hija hiciera lo que le diera la gana, al menos estaban ahí.

Todo el mundo envidiaba a Holly, y lo único que Holly quería era ser normal. Tener límites. Tener una madre que le prohi-
biera maquillarse para ir al colegio y un padre que le dijera que a
las once tenía que estar en casa.

Quería una familia.

Y lo que consiguió mediante su amistad con Tom fue precisamente eso: la familia de Tom. Su cocina siempre olía a los delicio-

sos platos de Maggie, el agua de la tetera estaba caliente llegaras a la hora que llegases, y en todos los cojines había pelos de Boris, un labrador, o de los gatos. Era un lugar ruidoso, desordenado y divertido. Siempre había alguien que se dejaba caer a la hora de las comidas, y ella se sentía tan parte de la familia como Tom y Will.

—Siempre quise tener una hija —decía Maggie cuando se llevaba a Holly al supermercado o de tiendas para comprarle un jersey o unos zapatos—. Tú formas parte de esta familia —afirmaba, y Holly sabía que así era.

Incluso le asignaron un dormitorio. En realidad era el cuarto de los trastos, pero quitaron algunas cosas de encima de la cama para que siempre contara con un sitio donde dormir, y Peter compró un viejo equipo de música de segunda mano para que pudiera escuchar sus adorados discos de Police.

Holly y Tom se tumbaban en el suelo de su dormitorio (el equipo de música de Tom era mucho mejor, con sonido estereofónico, pero a ella no le importaba, al fin y al cabo era su casa) y grababan cintas recopilatorias. Canciones románticas, música disco, daba lo mismo. Se tiraban horas pasando los discos a cintas de casete y escribiendo los títulos de las canciones en las carátulas de las cintas.

—¡Tom, Will, Holly! ¡A cenar! —los llamaban desde la planta baja.

—¡Ya vamos! —decían siempre, aunque Tom refunfuñaba y ella fingía hacerlo, pero en realidad estaba contentísima de que la trataran como a una hija.

Siguió manteniendo una estrecha relación con ellos hasta que se casó. Incluso después de casada fue a verlos unas cuantas veces, pero después Tom se mudó a Estados Unidos y, Maggie tenía razón, hacía años que no los veía.

Peter se queda boquiabierto cuando la ve.

—¡Madre del amor hermoso! ¡Holly Mac! ¡Cómo has crecido! —exclama mientras la abraza, dejándola al borde de las lágrimas.

—Lo siento muchísimo —dice; mira primero a Maggie y luego a Peter—. Os escribí e intenté llamaros, pero no pude. Solo quería deciros que lo siento muchísimo y que echo mucho de menos a Tom.

—Gracias —replica Maggie al tiempo que le da un apretón en el brazo—. Es lo más horrible que nos ha pasado en la vida, pero tú sabes que le habría encantado este funeral. Le habría encantado ver que Will sigue siendo capaz de hacer reír a la gente. ¿No te han hecho gracia sus anécdotas? Porque por horrible que sea todo esto, a él no le habría gustado que la gente estuviera triste. Habría querido que recordáramos las cosas buenas.

—Lo sé —afirma Holly con una sonrisa. Y después, sin previo aviso, su cara se transforma y se echa a llorar.

—¡Cariño! —Maggie la abraza, y el estoicismo que tan bien ha fingido ese día, un día que temía con toda su alma, se desvanece y el dolor por la pérdida de su hijo es tan inmenso que se apoya en Holly y estalla en lágrimas.

Así siguen durante mucho rato, llorando en silencio, hasta que se separan y se enjugan las lágrimas.

—¡Ay, Holly, lo siento! —se disculpa Maggie—. No quería derrumbarme delante de ti...

—¡Maggie! La culpa ha sido mía. Lo siento mucho. No tenía derecho a llorar en tu hombro con todo lo que llevas encima. Estoy avergonzada, perdóname.

—No hay nada que perdonar. Ven a casa y tómate una taza de té. A todos nos vendrá bien.

RECUERDA
de Christina Georgina Rossetti

Recuérdame cuando me haya ido
muy lejos, a la tierra del silencio.
Cuando ya no puedas retenerme aferrándome la mano
ni yo pueda dar media vuelta y quedarme contigo.
Recuérdame cuando no puedas hablarme,
día tras día, del futuro que has trazado para nosotros.

Recuérdame, nada más. Porque sabes
que será demasiado tarde para los consejos o las oraciones.
Sin embargo, si me olvidaras un tiempo
y después me recordaras de nuevo, no te apenes.
Porque si la oscuridad y la putrefacción dejan
un vestigio de los pensamientos que un día albergué,
mejor olvídame y sonríe
en lugar de recordarme y llorar.

7

Huele igual que siempre. A pesar de toda la gente que se agolpa en el pasillo, en la sala de estar y en cualquier rincón disponible, Holly se percata nada más entrar que la casa de Maggie y Peter huele igual que siempre.

Huele a hogar.

Las mismas alfombras indias extendidas al descuido en la entrada, el mismo sofá, mullido y enorme, ahora cubierto por varias colchas, bajo el gigantesco espejo colgado en la pared.

Cuadros que Holly conocía y otros nuevos cubren por completo las paredes. Óleos enormes con recargados marcos, láminas de Matisse, bocetos de rostros interesantes, paisajes y pinturas abstractas, todo se mezcla en perfecta armonía.

Y, sobre un taquillón, un dibujo enmarcado de la familia Fitzgerald: Maggie y Peter sonriendo abrazados y, delante, Tom, Will y Holly tumbados bocabajo. «¡Feliz Aniversario 1984! Con mucho cariño, Holly», se lee al pie de la imagen. Había calcado una fotografía de la familia con su Rotring y luego se había dibujado a ella misma como si formara parte de ella.

Maggie, como de costumbre, está en la cocina. Coloca pasteles y bandejas de sándwiches en la mesa mientras varias amigas se ocupan de llenar de agua la tetera y comprueban que hay tazas suficientes.

La mesa de la cocina sigue siendo la misma, aunque han cambiado los muebles, que ya no son de pino, y la encimera, que ya no es de melamina. Ahora hay unos bonitos armarios blancos y una encimera de madera. Sin embargo, el aparador con los platos sigue ahí, y también el antiguo banco de iglesia junto a la desgastada mesa de comedor.

—¿Qué te parece? —le pregunta Maggie cuando levanta la vista y la ve—. Esto no ha cambiado mucho, ¿verdad?

Holly niega con la cabeza y sonríe.

—Salvo por los armarios, parece que no ha cambiado nada. Tengo la sensación de que Boris entrará dando saltos en cualquier momento.

—Oh, Boris. —Maggie sonríe—. Era un perro estupendo. Estaba chiflado, pero era un buen perro. Ahora tenemos a Pippa, una perra rescatada pero muy bonita. Creemos que es un cruce entre spaniel y retriever.

—¿Dónde está?

—Odia las aglomeraciones, así que hemos llevado su cesta a nuestro dormitorio. Olivia la ha sacado a pasear.

—Claro, cómo no. Adora a los animales.

—Creo que cuando le he dicho que habíamos rescatado a Pippa hemos ganado muchos puntos.

—Como si os hicieran falta... —Holly se ríe—. ¿Necesitas ayuda?

—No, cariño. Casi he terminado. De todos modos, lo mejor que puedo hacer ahora mismo es mantenerme ocupada. Me encanta que haya venido a vernos tanta gente. Ojalá fuera por otro motivo. —Se le llenan los ojos de lágrimas, pero sacude la cabeza para alejar esos pensamientos y se da la vuelta para coger unos platos.

Holly sale de la cocina y sigue su viaje por los recuerdos; le encanta lo poco que han cambiado las cosas. Se abre camino entre la gente que bebe té y comparte anécdotas sobre Tom, y sube por la escalera. Sabe que tiene que ver la habitación de Tom.

Abre la puerta esperando encontrar pocos cambios. El resto de la casa sigue prácticamente igual, ¿por qué iba a ser diferente allí? En las películas el dormitorio siempre permanece igual. Sin embargo, la habitación está completamente cambiada. Las paredes son de un amarillo pálido, están decoradas con dibujos de Babar y El Principito, y hay dos camas con ositos de peluche sobre las almohadas.

Sonríe. Claro. Ahora es el dormitorio de Dustin y de Violet, donde duermen cuando están de visita. Se acerca al banco de la ventana, se sienta, apoya la cabeza en el cristal, contempla aquel paisaje tan familiar, y recuerda cuando Tom y ella sacaban la cabeza por la ventana para ver quién hacía los mejores aros con humo.

La puerta chirría y Holly se vuelve sobresaltada; de inmediato se siente culpable por estar en el dormitorio de Tom, por estar en un sitio que no es el suyo, aunque sí lo sea.

Porque si hay algún sitio donde Holly se sienta a gusto, algún sitio que considere su hogar, es esa casa.

—Me pareció verte en el funeral y tuve el presentimiento de que te encontraría aquí arriba. —Will está en la puerta con una sonrisa enorme. Extiende los brazos y Holly corre a abrazarlo.

—¡Ay, Will! —exclama; apoya la cabeza en su hombro y lo abraza con fuerza—. ¡Cómo has crecido! ¡Es increíble! Me alegro tanto de verte... ¡Y eres clavadito a Tom! Eres como Tom pero con el pelo largo. ¡Dios, Will! —Sabe que se le están llenando los ojos de lágrimas—. Es horrible. Lo siento muchísimo.

—Lo sé —dice Will mientras le frota la espalda—. Todavía no me lo creo, y resulta tan raro ver a todos los amigos de Tom aquí... A la mayoría hacía años que no los veía.

Se separan y caminan sonriéndose hacia el banco de la ventana.

—Estás estupenda —dice Will—. Mejoras con los años.

—¡Venga ya! —exclama Holly con un ligero rubor—. No estoy estupenda. Mira las canas y las arrugas. —Frunce el ceño para que se le arrugue la frente.

—Vale, vale, cuando haces eso no estás tan estupenda; pero, en serio, me alegro muchísimo de verte. ¿Qué ha sido de ti? Te casaste, fuimos todos a tu boda, recibimos un par de tarjetas de Navidad y luego se te tragó la tierra.

—Lo sé. No entiendo que perdiera el contacto. Supongo que la vida se complicó. Marido, niños, trabajo...

—Oh, sí, esas cosas que hace la gente normal. No puedo decir que tenga mucha experiencia en eso.

—¿No? ¿Por qué? ¿Sigues siendo la oveja negra? ¿Te has quedado atrapado en el año 1989? —Holly se echa a reír.

—Según mis padres, eso parece. —Will tuerce el gesto—. En mi opinión, soy de los que no sientan cabeza.

—¿Cómo? Entonces, ¿no hay esposa enamorada y seis niños?

—Pues no. Soy una especie de monógamo en serie. Ya me han acusado varias veces de tenerle fobia al compromiso, pero yo creo que no he encontrado a nadie con quien quiera comprometerme.

—¿Cuántos años tienes? ¿Treinta y cinco?

—Ajá.

Holly se encoge de hombros.

—Tienes tiempo de sobra. Yo me casé antes de los treinta y la verdad es que creo que era demasiado joven. No estoy diciendo que fuera un error ni nada de eso, soy muy feliz... —Titubea un poco, se pregunta por qué está mintiendo de esa manera, y encima a Will, pero se siente más segura con la mentira—. Pero creo que debería ser ilegal casarse antes de los treinta.

—¿Por qué?

—Porque en la treintena cambias mucho, y es imposible predecir si esos lazos se van a estrechar o a romper.

—Mmm... —Will la observa con atención un segundo—. Y los lazos entre tú y... ¿Marcus? —Holly asiente— , ¿se han estrechado o se han roto?

—¡Por Dios, Will! ¿No te parece que el tema es un poco inapropiado para el día del funeral de Tom? —No contestará a esa pregunta. No puede hacerlo. Ni siquiera quiere pensar en la posible respuesta—. Ya basta de hablar de mí. ¿En qué trabajas? ¿Has triunfado en algo? ¿Eres un millonario que se pasea con modelos despampanantes del brazo?

Will se echa a reír.

—¡Qué va! Bueno, me he paseado con algunas modelos despampanantes y se me da bastante bien lo que hago... cuando lo hago.

—¿Y qué haces?

—Creo que soy carpintero. O ebanista. Bueno, hago un poco de todo, pero básicamente trabajo para conseguir dinero y viajar. Durante seis meses intento ganar el dinero suficiente para pasar los otros seis viajando.

—¡Caramba! —Holly alza las cejas—. Va a ser verdad que le tienes fobia al compromiso...

—No empieces tú también. —Will sonríe—. ¿Lo dices porque no me he conformado con un piso de soltero y un sueldo fijo?

—Bueno, es como si no vivieras en el mundo real, ¿no? —Se lo dice porque es Will. A ninguna otra persona se atrevería a decirle algo así—. Lo entendería si tuvieras veinticinco años, pero ¿con treinta y cinco?

Will suelta una carcajada.

—Llevo la vida que me hace feliz, ¿no te parece que eso es lo fundamental? Puedo afirmar con la mano en el corazón que me encanta mi vida. ¿Cuántas personas pueden decir lo mismo? —Hace una pausa y sonríe—. ¿Tú?

—Tengo unos hijos estupendos —responde—. Y una vida maravillosa. Adoro mi trabajo y la vida que he creado. —Pero mientras lo dice sabe que no es verdad; sobre todo después de haber regresado a esa casa.

Porque eso es lo que ella ha deseado siempre. El desorden y el caos, una casa llena de risas, niños y alegría. Pero Marcus no lo permite, y Holly comienza a ser consciente de que tal vez nunca consiga la vida que siempre ha soñado. No con Marcus.

—Pero ¿eres feliz? —insiste Will.

—¿Quién lo es? —Intenta quitarle hierro al asunto—. Como concepto está genial pero, sinceramente, creo que la mayor parte del tiempo me limito a vivir. Sí, soy feliz a ratos, pero ¿feliz todo el tiempo? Creo que eso es no ser realista.

Will ladea la cabeza.

—Pues ahí está el asunto. No puedo decir que sea feliz todo

el tiempo, pero sí que lo soy casi todo el tiempo. Por las mañanas me despierto encantado con mi vida. La disfruto. Por eso hago lo que hago. Si un día me despierto y decido que es momento de sentar la cabeza, comprar una casa, tener 2,4 hijos y todo lo demás, estoy seguro de que lo haré. Pero ahora mismo así es como me siento bien.

Holly menea la cabeza con una sonrisa resignada.

—Si te va bien, me parece genial. De verdad. Siempre he pensado que no se pueden cuestionar las decisiones de los demás. ¿Cómo vas a juzgar a alguien si no estás en su lugar?

—Eso mismo pienso yo. Bueno... ¿has visto ya a Spantosa Sarah?

La pregunta la deja boquiabierta.

—¿Cómo sabes que la llamaba así?

—Me lo dijo Tom —contesta Will con un brillo travieso en los ojos—. Le parecía graciosísimo.

—¡Dios, qué vergüenza! —susurra Holly al tiempo que esconde la cabeza entre las manos—. No, todavía no la he visto. ¿Cómo está?

A Will le cambia la cara.

—La verdad es que está fatal. Pensaba que lo llevaría con resignación y estoicismo, que actuaría como si pudiera con ello, pero no para de llorar y no sabemos cómo ayudarla. Fue una sorpresa que consiguiera mantener el tipo durante el funeral.

—¿Está abajo?

—Supongo. O en la habitación de invitados. Debo decir que estos últimos días he cambiado de opinión respecto a ella. Solía llamarla la Reina de Hielo, pero creo que por fin estoy viendo a la verdadera Sarah.

—Vamos. —Holly se levanta—. Quiero verla. Y deberíamos bajar.

A medio camino de la puerta, los dos se detienen y se abrazan.

—Me alegra tanto volver a verte... —le dice Holly al oído—. Es como recuperar a mi hermanito perdido.

—¡Uf! —Will se aparta y luego sonríe—. ¿Sabías que estaba coladito por ti?

—¿De verdad? —Está pasmada.

—De verdad. Fuiste mi primer gran amor.

—¿Yo? —Se lleva las manos al corazón, que le da un vuelco inesperado—. ¡No me di cuenta!

—Nunca te dije nada. Vamos. Es hora de buscar a Sarah.

—Will le tiende la mano y la guía muy despacio escalera abajo.

—Vuelve mañana —le dice Maggie a Holly cuando se despiden con un abrazo—. Ya se habrán ido todos. Me encantaría pasar un rato contigo. ¿Qué te parece por la mañana?

—Me parece estupendo —contesta—. ¿Crees que Sarah estará por aquí? Me gustaría hablar con ella.

—Eso espero —dice Maggie—. La pobre no ha sido capaz de hablar con nadie después del funeral. Ha sido demasiado para ella. Además, está dopada hasta las cejas. Su médico le ha recetado un montón de pastillas. Sertralina y Amprazolam para la depresión y Zolpiden para dormir. Creo que se atiborra de pastillas todos los días.

—Da un poco de miedo.

—Eso creo yo, pero parece que así se hacen las cosas en Estados Unidos. En fin... Ojalá se levante mañana. Estoy segura de que le encantará verte.

«Yo no lo estoy tanto», piensa Holly, pero no lo dice.

A las tres de la mañana, como de costumbre, Holly está desvelada. Intenta quedarse en la cama mientras escucha los ronquidos de Marcus, pero acaba levantándose, se pone la bata y sube a su estudio. Se sienta al escritorio, saca de debajo del bloc de notas el papelito donde Will le ha escrito sus datos de contacto y se queda mirando su dirección de correo electrónico.

Abre su correo y teclea la dirección de Will. Sonríe mientras escribe. Unas cuantas frases sobre lo mucho que le ha gustado volver a verlo, sobre lo mucho que echa de menos a Tom; luego las borra y empieza de nuevo.

Unas cuantas frases sobre lo bien que sienta poder hablar de verdad con alguien, sobre lo raro que es recuperar la relación con un amigo de la infancia; luego las borra y vuelve a empezar.

«Si yo fui la primera... —escribe con una sonrisa en los labios—, ¿quién fue la segunda? De una insomne curiosa de Brondesbury.» Apaga el ordenador y baja a prepararse una taza de té.

Marcus se agacha para besarla antes de irse, tal como hace siempre a las 5.30 de la mañana. Antes de salir de casa en dirección a la estación de metro, despierta brevemente a Holly, quien, si no está ya despierta, intenta dormir una hora más, hasta que los niños aparezcan y la despierten.

Hoy se queda en la cama escuchando cómo se cierra la puerta de la calle y cómo el coche arranca y se aleja, y cuando deja de oírlo, salta de la cama y corre hacia su estudio, enciende el ordenador y va directa a la bandeja de entrada. Sonríe al ver una respuesta de Will. «¡Vaya! —piensa—. La ha enviado a las cuatro de la mañana. Otro que tampoco duerme.»

Querida Insomne Curiosa de Brondesbury:

Es una pregunta interesante. Creo que solo he tenido un gran amor en la vida, aunque tal vez hubo otro más pasajero por Cynthia Fawley, de Durham. La adoré desde la distancia (parece que fue la tónica de mi adolescencia) durante un año y terminé saliendo con ella un año después de que rompiera con su musculoso, pero estúpido, jugador de rugby. He tenido varios amores a lo largo de los años, lo normal para un hombre de treinta y cinco años, pero ninguno tan inocente ni tan dolorosamente dulce como el de mis sueños preadolescentes. ¿Te acuerdas de que una vez estuvimos a punto de darnos un morreo? Tom y tú me dejasteis jugar a la botella, y yo la hice girar y le prometí a Dios que si salías tú no volvería a hacer nada malo. Y saliste. Y nos metimos en el armario y me besaste en los labios y yo me moría por besarte en condiciones pero no tenía ni idea de cómo hacerlo. Ese beso me marcó durante años (y puede que siga haciéndolo...).

«¿Me está tirando los tejos? ¿Se los estoy tirando yo? ¿Qué es esto? ¿Qué estoy haciendo? ¿No comienzan así las aventuras? ¿No he dicho siempre que, después de lo que hizo mi padre, nunca tendré una aventura? ¿No he dicho siempre que la infidelidad es la mayor traición que puede cometer un ser humano? ¡Por el amor de Dios, Holly, no estáis flirteando! Solo estás pasando el rato. ¿Quién ha dicho nada de una aventura?

»Además, no podemos estar flirteando. Es el hermano de Tom, y lo de Tom es muy reciente. Esto es lo último que a Will se le pasaría por la cabeza, y es lo último en lo que yo debería pensar. Tirarse los tejos está fuera de lugar. Eso es. Asunto zanjado. Nada de tejos. Es una simple amistad.»

Parece un poco extraño que Holly Mac se esté haciendo esas preguntas aunque sea de forma inconsciente, de ahí que se diga que ha recuperado a un viejo amigo. Que está sentada delante del ordenador a las 5.30 de la mañana, comprobando su correo electrónico, porque está emocionada tras el reencuentro con los Fitzgerald, emocionada por haber vuelto a ver a Will después de todos esos años.

¿Qué más da un coqueteo inocente? La verdad es que es bonito que alguien coquetee con ella después de tantos años sin que nadie la mire.

Porque hubo un tiempo en que se sentía muy atractiva, pero últimamente se siente agobiada. Vestida con ropa ideal para lidiar con niños, se siente una madre estresada, y vestida con los jerséis de cachemira y las perlas, cuando sale con Marcus a cenar, se siente una farsante.

Muy pocas veces se siente como Holly, la verdadera Holly. La Holly a la que Will conocía. Tal vez por eso se siente tan cómoda, se dice mientras medita qué contestarle.

Y si él le está tirando los tejos, ¿qué? Holly no piensa hacer nada al respecto. Y qué estimulante que un soltero que está como un tren te preste atención. Solo serán amigos, decide, y qué maravilla tener un amigo; cuánto ha echado de menos tener un amigo desde que Tom y ella se distanciaron.

Ni siquiera cae en la cuenta de que así es como casi siempre empiezan esas cosas.

Paul la llama un poco más tarde.

—Maggie me ha dicho que vas a pasarte por su casa y a mí también me gustaría ir. Ayer apenas te vi. Y Saffron desapareció nada más llegar para hablar con Pi. Pasaré a recoger a Olivia a las once y luego iremos para allá. ¿Quieres que pase a buscarte?

—Gracias, Paul, me encantaría. —Cuelga y se pregunta cómo es posible que haya pasado veinte años sin ver a ciertas personas y que cuando se reencuentra con ellas sea como si nada hubiera cambiado, la relación vuelve a ser cómoda y familiar como si los años que han pasado se hubieran borrado.

Se arregla con esmero para ir a casa de Maggie y de Peter. Un poco más de maquillaje de lo habitual, un poco más tiempo de plancha para que el pelo quede bien liso y sedoso. Una camisa sexy, pantalones azul marino, botas de tacón alto (¡Gracias a Dios es octubre!) y pendientes de peridotos con forma de flor.

—¡Uau! ¡Qué guapa! —Olivia sonríe cuando Holly entra en el coche—. ¿Tienes una entrevista de trabajo después?

Holly se pone como un tomate. Tal vez debería cambiarse, tal vez se ha pasado. Había mandado un correo electrónico a Will para decirle que iría a casa de sus padres. Mientras se duchaba, se descubrió pensando cosas del tipo «Si le gusto, estará allí», pero no tardó en reprenderse por ser tan infantil.

—No, pero tengo una reunión —miente—. Suelo arreglarme un poco cuando voy a la empresa.

—Estás estupenda —dice Paul—. Una cosa, si queréis algo de Fashionista, solo tenéis que decírmelo. Deberíais echarle un vistazo a la web, Anna me ha dicho que cualquier cosa que queráis os la deja a precio de coste.

—No estoy segura de que las cosas de Fashionista vayan con mi estilo. —Olivia se echa a reír y señala sus viejos vaqueros y sus botas de trabajo—. Creo que mis días de ir a la moda acabaron hace mucho.

«Pues a mí no me importaría echar un vistazo», piensa Holly. Aunque había dicho que compraba un montón de cosas de la web, no era del todo verdad. Había comprado algunas cosas, sí, y le encantaban, pero a Marcus nunca acababan de gustarle: «Demasiado moderno», decía siempre; o «inapropiado»; o «no va contigo».

De modo que hacía un montón que no entraba en la web.

«Ya es hora de que me dé un capricho —se dice al oír la oferta de Paul—. Ya es hora de que me compre algo pensando en mí, algo que me encante, da igual lo que diga Marcus.»

Antes de conocer a Marcus, le encantaba reflejar su personalidad a través de la ropa. Se pasaba horas en Portobello en busca del vestido *vintage* perfecto, siempre sabía lo que estaba de moda y lo que no, y aunque su presupuesto no era muy alto, entre Miss Selfridge, Warehouse y los mercadillos, se las apañaba.

Y cuando por fin pudo permitirse lo que le gustaba, después de casarse con Marcus y de que él comenzara de verdad a ganar dinero, descubrió que su marido detestaba la ropa que se compraba. Vestidos sueltos de Egg monísimos, en Knightsbridge, caftanes con pedrería de las tiendecitas de Notting Hill, pendientes largos de amatistas y cuarzo...

Poco a poco las prendas más atrevidas quedaron relegadas al fondo del armario, luego acabaron en manos de la chica de la limpieza. Marcus solía bromear diciendo que Ester, la mujer de la limpieza, filipina, tenía un guardarropa más lujoso que muchos de sus amigos.

Aprendió a ponerse la ropa que Marcus aprobaba. Discreta, conservadora y cara. Sus joyas eran clásicas y muy sencillas; su cabello acabó liso y generalmente recogido, porque a Marcus no le gustaba suelto.

Hoy se ha puesto unos pendientes que Marcus odia pero que a ella le encantan y se ha enfundado las botas de tacón alto que Marcus califica de «baratas». Antes de salir, se miró en el espejo y se vio sexy, como hacía años que no se veía. Y en ese momento, sentada en el coche, piensa que no le importaría tener ropa alegre y moderna.

Está hasta la coronilla de jerséis de cachemira y de los puñeteros mocasines Tod's. Se dará una vuelta por fashionista.uk.net para ver si encuentra algo que le guste. Ni siquiera ha cumplido los cuarenta, se dice. Es demasiado joven para vestirse como si tuviera sesenta años, y si a Marcus no le gusta, que le den. A ella no le gustan sus camisas con el anagrama pomposo de Turnbull & Asser, pero eso no impide que él se las ponga.

Cuando llegan, Sarah está sentada a la mesa de la cocina, bolígrafo en mano, contestando los cientos de cartas que le han escrito.

Holly se acerca y se queda pasmada al ver su aspecto. Sarah siempre iba perfecta. «Repipi», pensaba siempre. Peinado perfecto y poco maquillaje, lo justo para estar elegante. Hoy tiene la cara hinchada, los ojos enrojecidos y unas ojeras espantosas. Lleva una camiseta enorme que Holly supone que era de Tom, y tiene el pelo encrespado y recogido de cualquier manera.

Cualquiera que hubiera asistido al funeral y la viera en ese momento no creería que era la misma Sarah. Will tenía razón. Había conseguido hacer de tripas corazón el día anterior. Pero hasta ese momento no se había dado cuenta de lo mucho que le había costado.

—Dios, Sarah... —dice Holly vencida por la compasión y la pena—. Lo siento muchísimo. —Y la abraza.

Sarah se apoya contra su hombro y se echa a llorar.

—Lo echo tanto de menos... —solloza—. Lo echo tantísimo de menos...

—Lo sé —susurra Holly mientras le acaricia la espalda—. Lo sé.

—Lo siento —dice Sarah al cabo de un momento; se aparta un poco y saca un ajado pañuelo de papel del bolsillo de los vaqueros—. No paro de llorar en el hombro de la gente.

—Creo que es normal. —Le da un apretón en la mano.

—Tom te quería, Holly —dice Sarah de repente. Inesperadamente—. Ocupabas un lugar especial en su corazón, y yo siempre estaba celosa. Lo siento mucho.

Y ahora es Holly la que se echa a llorar, y el maquillaje que con tanto esmero se ha aplicado se va al traste.

—¿No va a venir Will? —Holly ha esperado una hora; cada vez que se abría la puerta esperaba que fuera Will, pero nada.

Maggie menea la cabeza.

—El bueno de Will —dice—. Lo queremos mucho, pero no tiene arreglo. La responsabilidad nunca ha sido su fuerte, y la puntualidad tampoco. Seguramente aparecerá en algún momento de la noche. ¡Ya es algo! ¿Has visto cómo ha crecido el pequeño Will?

—Increíble. —Holly asiente y se pregunta por qué se le ha caído el alma a los pies. Esa noche. ¿Podría volver? ¿Sería ridículo? Tiene que acostar a los niños y ocuparse de Marcus. No. Suspira y se da cuenta de que no puede volver. Al cuerno el «Si le gusto, estará allí», se dice, y cuando Paul se acerca y le pregunta si está lista para irse, asiente con la cabeza, sorprendida por cómo se puede pasar de la euforia al desánimo en tan poco tiempo.

8

—Mami, ¿me das cereales? —La vocecilla lastimera de Daisy suena a escasos centímetros de la cara de Holly un radiante sábado por la mañana, mientras los rayos de sol entran a raudales a través de las contraventanas de madera.

—Sí, cariño —contesta Holly con la voz ronca; abre un ojo y mira la hora en el despertador. Las seis y cuarto. ¡Dios! Daría cualquier cosa porque sus hijos fueran de esos niños que duermen hasta bien tarde—. Ahora mismo voy.

Sin embargo, el sueño la vence de nuevo hasta que la voz de Daisy vuelve a despertarla.

—¿Mami? ¿Cuándo vas a salir de la cama? ¿Se te han pegado las sábanas?

Alguna vez ha conseguido que Daisy creyera que sí, que se le han pegado las sabanas, y se fuera a darle la tabarra a Frauke mientras ella seguía durmiendo.

—No. Ya voy —contesta al mismo tiempo que aparta las sábanas y mira de reojo al bulto que descansa en el otro lado del colchón.

Marcus. En todos los años que llevan juntos, no recuerda que se haya levantado ni una sola vez para preparar el desayuno a los niños. Según él, se pasa toda la semana trabajando y aprovecha para dormir los fines de semana. «¿Y yo qué? —protestó ella un día—. Yo también trabajo, y atiendo a los niños, y llevo la casa, y pago las facturas y cocino. ¿Qué día puedo yo dormir hasta tarde?»

«Tienes a Frauke durante la semana», le soltó él. Y después dejó caer que su trabajo era irrelevante. Un pasatiempo, lo llamó, si no le fallaba la memoria. Mientras que el suyo era muy importante, y además estaba cansado y se merecía dormir.

A veces Holly miraba a su marido y lo odiaba.

Y a veces Holly se comportaba como una adolescente.

«Oh, es verdad —rezongaba cuando Marcus le decía que no podía ayudarla a fregar los platos, ni a colgar las cortinas, ni a ocuparse de los niños durante media hora para que ella descansara—. Había olvidado que eres un hombre ocupadísimo y muy importante.» «Mi marido es un hombre ocupadísimo y muy importante», le decía a Frauke, y las dos se partían de risa, pues Frauke llevaba con ellos el tiempo suficiente para saber que Marcus jamás se rebajaría a hacer labores domésticas cuando el solitario y el *backgammon* lo llamaban desde la privacidad de su despacho.

Oliver ya está acurrucado en el sofá de la cocina, enganchado a unos dibujos animados excesivamente violentos que no debería estar viendo, pero que evitan que se pelee con su hermana y, al fin y al cabo, es sábado...

Ella se pasaba las mañanas de los sábados pegada al televisor viendo programas infantiles, como *Multi-coloured Swap Shop* y *Tiswas* (aunque este no le gustaba ni de lejos como el anterior), y no le hicieron daño.

—Buenos días, Olly —le dice a su hijo, aunque no obtiene respuesta.

Lo intenta de nuevo y consigue una mirada de reojo y una especie de gruñido.

—¿Alguien quiere tostadas francesas? —pregunta con voz cantarina mientras comprueba si hay huevos, y por fin Oliver se espabila lo suficiente para contestar afirmativamente.

—¿Te puedo ayudar, mami? —Daisy arrastra una silla por toda la cocina, la coloca al lado de Holly y se sube a ella—. Yo hago los huevos —dice, y Holly sonríe al ver que casca un huevo y lo echa junto con la cáscara en el cuenco.

—Mira cómo lo hago yo. —Coge un huevo, lo casca y lo abre con cuidado para que la cáscara no caiga en el cuenco—. ¿Lo ves? Ahora tú.

Daisy lo hace a la perfección y su diminuto pecho se hincha de orgullo.

Cambia la emisora de radio, quita la preferida de Marcus, pone la que a ella le gusta y se sirve una taza de café bien cargado. Abre el periódico sobre la encimera y le echa un vistazo en busca de algún evento al que pueda asistir con los niños durante el fin de semana. Las semanas pasan volando, entre unas cosas y otras siempre está ocupada, y los días no parecen tener horas suficientes. Sin embargo, de un tiempo a esta parte los sábados y los domingos se le hacen eternos y, aunque jamás creyó que llegaría a detestar los fines de semana, teme más su llegada.

Ya no quedan con nadie. De vez en cuando —cada vez menos— invitan a amigos a cenar, pero pocos les devuelven la invitación. Tal vez ya nadie organiza cenas, porque en las raras ocasiones en que sus amigos celebran alguna fiesta grande siempre los invitan... Pero Holly tiene la creciente sospecha de que tal vez sea culpa de Marcus.

Durante el fin de semana los niños no salen con Frauke y sus amigos, porque son días de estar en familia, y Marcus no suele levantarse hasta la hora del almuerzo, de modo que Holly se pasa las mañanas de los sábados y los domingos buscando actividades para hacer con los críos. Le encantaría quedarse en casa con ellos y, la verdad, dejarlos ver CITV, pero sabe que en cualquier momento comenzarían las discusiones (por el mando a distancia, por el espacio del sofá, por algún pellizco), y las dos veces que han despertado a Marcus, ha bajado hecho una furia.

De modo que es más sencillo sacarlos y entretenerlos fuera de casa. Olivia le dejó un mensaje la noche anterior diciéndole que tendría a su sobrino durante todo el día y que, si le apetecía, podían quedar: su sobrino es mayor que Oliver y Daisy, pero de vez en cuando le gusta jugar con otros críos más pequeños, y a ella le encantaría volver a verla. Le devuelve la llamada y en cuestión de minutos está todo arreglado; Holly suspira aliviada.

Porque la solución más sencilla es ocupar todo su tiempo con distracciones, con actividades frenéticas que la lleven de un lado para otro; ya que si se para a respirar, tal vez llegue a darse cuenta de lo sola que se siente. Y si se da cuenta de lo sola que se siente, el castillo de naipes puede acabar derrumbándose.

El parque que hay al doblar la esquina de la casa es el destino preferido de Holly los sábados por la mañana, sobre todo en un fresco día otoñal como hoy. Los niños pueden tirarse hojas secas, el espacio para jugar es muy amplio, a los dos les encanta ver a los perros que los vecinos sacan a pasear (algunos se han hecho amigos de los niños) y hay una cafetería monísima donde Holly suele tomar una taza de té y de vez en cuando se da el capricho de un cruasán o una napolitana.

A sus hijos les gusta mucho el parque, aunque Oliver lleva un tiempo diciendo que se aburre porque ya tiene casi siete años, según él ya es mayor, y se queja de que los columpios y los toboganes son para los niños pequeños. Sin embargo, siempre hay otras madres con las que ella puede hablar y alguna vecina con la que tiene amistad.

Entre semana es el punto de reunión de las *au pairs*; mientras los niños corren, ellas, sentadas en los bancos del parque, hablan como cotorras, con el móvil en la mano, y teclean mensajes frenéticamente sin perder el hilo de la conversación. Cada vez que Holly ve a Frauke escribir un mensaje siente que se ha quedado atrás... jamás será capaz de alcanzar semejante velocidad. Cuando le manda un mensaje a Frauke le cuesta casi cinco minutos escribir una sola frase y eso hace que se sienta un vejestorio.

—¡Hala! —Oliver sonríe de oreja a oreja y corre a abrir la verja de la zona de juegos—. ¡Han arreglado el barco pirata! —chilla al entrar, y Daisy echa a correr tras él en dirección a la plancha de un barco pirata de madera que había estado un mes acordonado mientras lo lijaban y lo pintaban de nuevo.

Holly ve a Olivia sentada en un banco y deduce que el otro niño que está en la zona de juegos es Oscar. Camina hacia ella y

Olivia sonríe mientras pone fin a la conversación telefónica que estaba manteniendo.

—Tengo que dejarte —le dice a la persona que está al otro lado de la línea—. Luego te llamo. ¡Holly! —Se pone en pie para abrazarla—. ¡Dios! Es ridículo que hayamos pasado siglos sin vernos y que estas dos semanas sin verte me parezcan años. ¿Cómo estás?

—Estupendamente. Muy contenta de verte. Menos mal que me has llamado, la verdad. —Se mete las manos en los bolsillos y echa un vistazo al cielo encapotado típico del mes de noviembre—. Pensaba que me moriría de aburrimiento sentada aquí sola en el parque, así que tu llamada ha sido como un regalo del cielo.

—Lo sé. —Olivia se echa a reír—. ¿Por qué crees que llevo el móvil pegado a la oreja?

—¿Dónde está tu sobrina?

—Estaba invitada al cumpleaños de una amiga. Tenía que maquillarse, ponerse guapa... Oscar amenazó con suicidarse si lo obligaban a ir, por eso está pasando el día conmigo. ¿Y dónde está Marcus?

Holly aparta la mirada.

—Oh, oh... —dice Olivia—. Si se parece en algo a mi cuñado, yo diría que está trabajando o durmiendo. Mmm. Me decanto por el trabajo.

—No. El muy perro está durmiendo.

Olivia pone los ojos en blanco mientras ella se encoge de hombros.

—¿Por qué piensan que trabajan mucho más que los demás y que se merecen todo ese tiempo libre cuando no tienen ni idea de lo que hacemos nosotras? ¡Por Dios! —exclama Holly—. Si Marcus tuviera que encargarse de los niños y de la casa durante una semana, sería un desastre total.

—No lo sé. Mi hermana se fue de vacaciones cinco días a España con sus amigas y a la vuelta se encontró montañas de ropa sucia y la casa patas arriba. Cuando Ruby se quedó sin ropa interior limpia, lo que hizo mi cuñado fue ir a comprarle más. Por supuesto la rutina diaria quedó en el olvido. Para lograr que se fueran a la cama por las noches, les daba toneladas de chucherías, y después le extrañaba que se pasaran dos horas haciendo el cafre por toda la casa por culpa del subidón de azúcar.

Holly suelta una carcajada.

—Por lo menos les daba chucherías. Con Marcus habrían estado como en un campamento militar. —Comienza a imitar a su marido—. ¡Oliver! ¡Baja los pies del sofá ahora mismo! Daisy, pon los cojines en su sitio. ¡Oliver! A tu cuarto a hacer los deberes. ¡Holly! ¡No respires! —Suspira.

—Bueno... —Olivia le acaricia el brazo, sorprendida por lo mucho que Holly está compartiendo con ella—. Estas cosas nos ponen a prueba. Es genial volver a verte, de verdad. No sé, hay algo especial en esto de estar con la gente que te conoce desde siempre.

Holly sonríe.

—Sí. Es como si fuéramos familia.

—Eso es. Y lo he echado mucho de menos. Deberíamos quedar para comer de vez en cuando. O salir de marcha una noche, una salida de chicas. Algo que nos ayude a olvidarlo todo y que nos recuerde quiénes somos de verdad. Me sentaría de maravilla reírme de vez en cuando.

—Me encantaría —dice Holly con sinceridad mientras el rostro de Olivia adopta una expresión radiante.

—¿Qué haces esta noche? —pregunta—. Nada de una salida de chicas, pero ¿por qué no venís Marcus y tú a cenar a casa? Me agobia mucho no tener ningún plan el sábado por la noche.

—No tengo canguro —dice ella—. Frauke se va a Brighton a pasar el fin de semana. Pero como no tenemos planes y tú eres la soltera y sin compromiso, deberíamos encargarnos de la cena nosotros. ¿Por qué no vienes a casa?

—¿Estás segura? Tengo la impresión de que me he invitado yo solita.

—Sí, menudo morro, pero no pasa nada. De todas formas, no teníamos planes. Será estupendo.

—Se supone que tengo que dejar a Oscar en casa de Jenny a las cinco. A menos que quieras cenar con niños... —Olivia vuelve la vista hacia los críos, que están saltando en el barco y cortándole el paso a Daisy para que no pueda subir.

Cuando Daisy comienza a llorar, Holly la mira con una sonrisa torcida.

—Sin niños, gracias —afirma mientras Daisy se acerca llorando a moco tendido.

—Son malos —se lamenta, y Holly la sienta en sus rodillas, mira a Olivia y hace una mueca.

—Sí —decide esta—. Definitivamente, mejor sin.

Cuando llegan a casa (tres napolitanas, dos chocolates calientes y una taza de té más tarde), Marcus está sentado a la mesa de la cocina con una cafetera rebosante de café, música clásica procedente de los altavoces instalados en la pared y los periódicos abiertos frente a él.

—Hola, preciosos. —Sonríe, suelta el periódico y extiende los brazos. Los niños corren hacia él entre carcajadas—. Esta semana os he echado mucho de menos. ¡Madre mía, Daisy! ¿Has crecido cinco centímetros desde el martes?

—¡No! —contesta ella muerta de la risa—. Pero dos puede que sí.

—Pues pareces muchísimo más alta. Y, Oliver, ¿de dónde han salido esos músculos? —le pregunta al niño mientras le da un suave apretón a uno de sus larguiruchos brazos.

—He estado haciendo flexiones —contesta él con orgullo—. Y en el cole soy muy bueno en gimnasia. El profesor de gimnasia dice que soy el mejor de la clase.

—Vaya, esas sí que son buenas noticias. ¡Desde luego que sí! —Mira a Holly por encima de las cabezas de los niños y le guiña un ojo. Ella no puede evitar sonreír.

En momentos como ese, cuando Marcus es encantador, tierno y agradable, Holly se dice que todo va bien. Que no cometió un error. Que tal vez sí pueda pasar el resto de su vida con él. Evidentemente echa en falta ciertas cosas en su relación, pero tal vez lo que tienen sea suficiente.

¿Cómo va a destruir la familia cuando Marcus puede ser tan buen padre? Sí, es un padre ausente la mayor parte del tiempo, pero nada es eterno, y a medida que los niños crezcan quizá comprenda que es importante que esté cerca, que salga temprano del trabajo para ir a las funciones escolares y a las reuniones de padres o simplemente para arroparlos cuando se acuesten.

En momentos como ese, Holly recuerda por qué se casó con él. Porque es un buen hombre. Sí, quiere un estilo de vida distinto al que ella desea, pero Holly es tan camaleónica que no le cuesta mucho interpretar el papel que se espera de ella, y la recompensa bien merece el esfuerzo. Marcus es un buen marido, un buen padre y un buen apoyo familiar.

Es sensato y responsable, lo opuesto a los padres de Holly. La vida de Holly gira en torno a la seguridad y la responsabilidad, justo lo que echó en falta durante su infancia, lo que juró tener cuando se casara y tuviera hijos.

Vale, no hay pasión, ni emoción, ni chispa.

¿Y qué?

¿Acaso no les pasa a todas las parejas con el tiempo? ¿Qué más da que entre ellos ni siquiera lo hubiera al principio? Hay otras cosas que lo compensan...

—¡Ah! Me he encontrado a Olivia en el parque —dice—. Mi amiga del colegio, ¿te acuerdas? La he invitado a cenar. —Hace una pausa; sabe lo mal que le sientan a Marcus las invitaciones repentinas a menos que sea él quien las hace, y se pone tensa, cuadra los hombros y se prepara para su desaprobación, para llamar a Olivia y cancelar los planes—. ¿Te parece bien? —pregunta esperanzada, aunque la tensión que la embarga casi se adivina en su voz.

—¡Perfecto! —contesta Marcus encantado y Holly nota que sus hombros se relajan—. Una noche animada me vendrá estupendamente —afirma él—. ¿Deberíamos invitar a alguien más? —Es en estos momentos cuando Marcus la desequilibra, cuando se muestra inesperadamente generoso, participativo y cariñoso—. Sería divertido organizar una cena como Dios manda. Voy a ver si Richard y Caroline pueden venir.

A Holly se le cae el alma a los pies. Richard es un compañero aburridísimo de Marcus.

—Caroline te caerá bien —afirma él—. Es periodista especializada en moda, simpática e interesante, creo.

—Pero es que no creo que Olivia espere una cena formal —protesta con pies de plomo—. Yo había pensado en cenar en la cocina y, como es tan tarde..., no sé si a los demás les vendrá bien. Pero podemos intentarlo... ¿Qué te parece si llamo a Paul y a Anna? Si la mujer de tu amigo es periodista de moda... —Marcus parece confundido—. Mi amigo del colegio y su mujer —le recuerda.

—Llevas veinte años sin verlos, ¿a qué viene este interés repentino en retomar la amistad con toda esta gente?

—No es eso —contesta a la defensiva—. Pero como Caroline es periodista de moda y Anna dirige una empresa del sector, digo yo que tendrán un montón de cosas en común. Yo a Anna no la conozco, estaba de viaje de negocios y no pudo asistir al funeral de Tom, pero me gustaría verla. Paul es fácil, no tiene problemas para relacionarse con nadie. Tal vez ni siquiera puedan venir, pero me encantaría invitarlos.

—¡Buena idea! —dice Marcus. La semana anterior había leído un artículo sobre Anna y pensó que era justo el tipo de persona con la que le convenía relacionarse.

De modo que Holly coge el teléfono para llamar a Paul.

A las seis de la tarde los niños están bañados, cenados e hipnotizados con el DVD de *Los increíbles* en el dormitorio de Holly y de Marcus. La pierna de cordero está asándose en el horno y la tarta de manzana, enfriándose en la encimera. La mesa está preparada con la vajilla de estilo provenzal de color azul y el mantel y las servilletas amarillas. Desde que se levantó esa mañana, Holly solo ha comprobado el correo electrónico ocho veces.

La octava vez vez que le echó un vistazo tenía un montón de correos basura que le ofrecían ganar una fortuna invirtiendo en un fraudulento banco nigeriano, Viagra a buen precio y un alargamiento de pene (este estuvo tentada de reenviárselo a Marcus con una nota: «Creo que este era para ti», pero decidió que no le haría mucha gracia; a veces se lo hacía a Tom y él le enviaba otros mensajes igual de ridículos sobre aumento de pechos y alternativas naturales al Botox), así que dejó el ordenador en reposo.

«Estoy haciendo el tonto —se recriminó—. Will no va a mandarme ningún correo. No estamos saliendo, por el amor de Dios. Soy una mujer casada y con dos hijos, y el hecho de que me confesara que estuvo colado por mí hace veinte años no significa nada de nada.

»¡Madre del amor hermoso! ¡Si solo hay que mirarme! Las tetas me llegan a las rodillas, tengo la barriga llena de estrías y de no ser porque me depilo tendría bigote. ¿Cómo va a estar colado por mí? No estaba tonteando. La culpa es mía porque vi cosas donde no las había. Ya estoy otra vez pensando que le gusto a alguien solo porque él me gusta a mí.

»Y desde luego no le gusto, porque de lo contrario a estas alturas ya habría respondido a mi último mensaje. No volveré a comprobar el correo. Will está muy bien, pero es el hermano de Tom, y me parece que ese es el problema. No Will, sino su vínculo con Tom. No es un sentimiento real y sé, estoy segura, que se me pasará.»

Todos esos pensamientos pasan por su cabeza y, con un suspiro de alivio (porque por fin lo comprende todo), apaga el ordenador y baja a la cocina para seguir preparando la cena.

—¡Es guapísima! —le susurra Holly a Olivia mientras suben del sótano o, como Marcus lo llama, de la bodega, con otro par de botellas de vino—. Me siento horrible a su lado.

Cuando llegan al último peldaño se pone como un tomate porque descubre que Caroline las está esperando en la cocina. Sin embargo, Caroline se inclina hacia ellas y susurra con evidente complicidad:

—Va a la última de pies a cabeza. ¿Os habéis fijado en el bolso de Chloé? ¡Ese modelo es imposible de conseguir! Hay listas de espera de varios meses... a menos que seas la directora de Fashionista, claro.

—Lo siento, lo siento. —Holly intenta enmendar la metedura de pata—. Ni siquiera nos conocemos y me pillas cotilleando.

—No te preocupes —replica Caroline, y Holly y Olivia se relajan—. La moda y el cotilleo van de la mano..., si no, sería un mundo muy aburrido.

—En ese caso..., sé que lo que voy a decir es horrible, pero me avergüenzo un poco de mi casa. —Hace una mueca—. Anna debería estar sentada en un maravilloso sofá de Conran en una preciosa casa estucada de Regents Park, y no en el desfondado sofá que heredé de mi madre y en mi vieja casa de Brondesbury.

—No seas tonta —la reprende Olivia con firmeza—. En primer lugar, tu casa es preciosa. Yo mataría por tener una igual. Y en segundo lugar, ¡viven en Crouch End, por el amor de Dios! Que yo sepa, no se parece en nada a Regents Park. De todas formas, no hay que juzgar un libro por la tapa. Tom siempre hablaba muy bien de ella. Caroline, supongo que tú la conoces de oídas, ¿qué sabes de Anna?

—Que es una bruja.

—¡No! —exclaman ambas al unísono.

Caroline se echa a reír.

—¡Es broma! Es fantástica. Una de las personas más sencillas de este mundillo. Siempre he oído decir cosas buenas de ella. Vamos a hablar con ella como Dios manda.

—¿Tengo que hacerlo? —protesta Holly con voz apenada.

—Para. —Olivia sonríe—. Yo empiezo y tú me sigues.

Pero no les hizo falta. Cuando vuelven a la cocina, Anna está descalza, con la camisa arremangada, acabando de preparar la ensalada que Holly ha dejado a medias para bajar a cotillear al sótano con Olivia, y haciendo la salsa.

—¡Anna, no te molestes! —exclama Holly, horrorizada—. Déjame a mí.

—No es ninguna molestia —replica con una sonrisa—. Viví

en Suecia hasta los ocho años y en casa siempre ayudábamos a preparar la comida. Así exactamente es como crecí, con todo el mundo en la cocina haciendo algo.

—Pero... no quiero que te manches...

Anna se inclina hacia ella y le sonríe.

—Lo bueno de tener una empresa dedicada a la moda es que siempre puedes reemplazar la ropa. De todas formas, las manchas no matan a nadie. Me encanta tu cocina, Holly. Yo también elegí azulejos blancos porque me parecían más limpios y minimalistas, pero no sé... la mía nunca parece tan acogedora. Es el tipo de cocina donde la gente desea pasarse todo el día.

El rostro de Holly se ilumina con una sonrisa.

—Eso es lo que siempre he querido.

—¿Dónde están los niños? Paul me ha dicho que tenéis dos. Me gustaría conocerlos.

—Están arriba, viendo la tele. ¿Quieres subir? Ya es hora de que se vayan a la cama.

—Me encantaría —contesta Anna con un dejo extraño, aunque apenas queda rastro de acento sueco en su voz—. La salsa ya está lista. Vamos en busca de esos pequeñajos. ¿Puedo leerles un cuento? Tengo tres sobrinas y siempre me dejan que les lea cuentos. Los monstruos son mi especialidad.

—Les encantará. —Holly se ríe—. Aunque últimamente el preferido de Daisy es *El tigre que vino a tomar el té*. No sé si tu voz monstruosa quedará bien.

De camino a la segunda planta, Anna halaga de nuevo su gusto en cuanto a la decoración, y Holly descubre que le cae mejor por momentos.

Ambas saben que la adulación abre muchas puertas.

—Has creado un verdadero hogar. —Anna se detiene en el descansillo para admirar la antigua mesa llena de libros y figurillas—. Siempre recuerdo una frase que leí no sé dónde que decía: «Las casas se hacen con piedra y ladrillo; los hogares, con amor». Esto es un hogar. Te envidio.

—¿Tu casa no es tu hogar?

—Es bonita pero silenciosa. Demasiado perfecta. Necesitamos niños que correteen por las habitaciones y la desordenen un poco, que le den vida.

Sí. Ya salió. El tema tabú de los niños.

—Tranquila, no te preocupes. —Anna coloca una mano en el brazo de Holly—. No es ningún secreto que estoy sometiéndome a un tratamiento de fecundación in vitro. Siempre decimos que será la última vez y que si no me quedo embarazada, adoptaremos, pero siempre acabo convenciéndome de que la siguiente será la definitiva.

—Espero que resulte —dice Holly—. De verdad.

—Gracias.

Entran en el dormitorio y descubren a Daisy y a Oliver repantigados en la cama con los cojines y las almohadas desperdigados por el suelo.

—¡Es una mujer increíble! —le susurra Holly a Olivia, de nuevo en la planta baja.

—¡Te lo dije! —Olivia sonríe—. De modo que lo que dicen es cierto.

—¿De qué estáis hablando? —Paul se acerca para servirse otra copa de vino.

—De lo bien que nos cae tu mujer. —Holly sonríe—. ¿Cómo conseguiste semejante joya?

—Solo Dios lo sabe: me hago esa misma pregunta todos los días. Creo que cuando la gente la ve por primera vez la toma por una mujer fría y distante, por el tópico de la fría rubia escandinava y tal, además de que la enorme presión por lo que la gente espera respecto a su vestimenta la obliga a cuidar mucho su imagen, pero no es lo que parece.

—¿Cómo os conocisteis? —pregunta Caroline.

—No vais a creerlo: le hice una entrevista para *The Sunday Times*.

—¡Venga ya! —exclaman Olivia y Holly.

—¡Sí! —las imita Paul mientras ellas ríen a carcajadas—. La entrevisté y supe al instante que había encontrado a alguien especial. La llamé con la excusa de que se me había olvidado hacerle algunas preguntas y luego, claro, quedamos para tomar café y verificar unos datos hasta que me dijo que preferiría que fuera al grano y la invitara a cenar.

—Espero que la llevaras a un sitio elegante y de moda.

—Pues no. —Paul sonríe—. La llevé a Nando's.

—¿Qué? —Caroline parece horrorizada—. ¿La llevaste a un restaurante de comida rápida especializado en pollo? Por favor, dime que estás de broma.

Paul niega con la cabeza.

—Quería comprobar si era tan sencilla y práctica como me parecía. Fue genial. Cogió el trozo de pollo con la mano y se lo zampó como si llevara meses sin comer. Si no recuerdo mal, se tomó tres helados de yogur.

—¡Sabía que me caía bien por algo! —Holly se parte de la risa.

Marcus alza su copa.

—¡Por Anna! A Holly le habría dado un pasmo si se me hubiera ocurrido llevarla a un sitio parecido en la primera cita.

Los demás se echan a reír, pero ella aprieta los dientes por la mentira. Le habría dado igual. Es Marcus el que está obsesionado con esas cosas.

—Por cierto, ¿dónde está? —pregunta Paul con el ceño fruncido.

—Leyéndole cuentos a Daisy, que cree estar haciéndole un favor. Primero fue *El tigre que vino a tomar el té*, luego un par de historias de *Charlie y Lola*, y ahora están con *Cenicienta*, que es larguísimo. Mi hija no tiene un pelo de tonta.

—Desde luego. —Paul sonríe, pero la tristeza de su mirada es evidente—. Adora a los niños. Si pudiera, se quedaría ahí arriba toda la noche.

—Iré a por ella dentro de un minuto —se ofrece Holly.

—No. Déjala. Se lo está pasando en grande —dice Paul.

Y, efectivamente, cuando Anna regresa a la cocina media hora después, le brillan los ojos y tiene una sonrisa de oreja a oreja.

La cena ha sido todo un éxito. Cuando la tarta de manzana y el helado de vainilla llegan a la mesa, la conversación gira en torno a Tom.

—Debe de ser horrible perder a un hijo —dice Caroline con un estremecimiento—. No puede haber nada más triste.

—¿Perder a tu pareja? —apunta Paul—. No puedo opinar en el tema de los hijos, pero no imagino nada peor que perder a Anna.

Holly se sume en sus pensamientos mientras los demás continúan hablando sobre el trauma de perder a un ser querido. Tiene muy claro que nada sería tan terrible, traumático y trágico como perder a uno de sus hijos. Pero... ¿a Marcus? ¿Qué sentiría si perdiera a Marcus?

Cuando sucedieron los atentados en Londres, una de las bombas explotó cerca de la oficina de Marcus. Holly pasó toda la tarde sin poder contactar con él y sin tener noticias suyas. Cumplió el papel de la esposa preocupada, sí, pero... a decir verdad, solo hubo una emoción genuina al pensar que Marcus podía haber sido una de las víctimas.

Alivio.

La conversación se centra en Sarah, en su reacción tan diferente de lo que ellos esperaban. Se preguntan si será capaz de superarlo y por un instante todos guardan silencio mientras piensan en la posibilidad de perder a la persona que más quieren en el mundo.

Y Holly se echa a llorar. No está pensando en Marcus.

Está pensando en Tom.

9

Saffron arrastra su maleta por la terminal del aeropuerto internacional de Los Ángeles y saluda con la mano a Samuel, el chófer de Pi. Está esperándola donde siempre, tan leal y discreto como de costumbre; hace mucho que a Saffron le da vergüenza que sepa que ella es la amante. Está segura de que no es la primera, e intenta no pensar en si será la última o en si, tal como espera, Pi dejará a su esposa algún día para estar donde le corresponde. Con ella.

La gente gira la cabeza mientras sigue a Samuel hacia el aparcamiento. Unos cuantos ingleses la reconocen, aunque es posible que la miren porque es guapa. Guapa y lista, pero no lo bastante lista para no liarse con un hombre casado. No tan lista para resistirse a los demonios que incluso en ese momento le susurran al oído.

Saffron tenía seis años cuando conoció a Holly. Era la niña nueva del colegio. Una rubia mona y bajita que entró en la clase de la señorita Simpson con una confianza y una seguridad en sí misma que Holly envidió al instante.

No se hicieron amigas. Ella se juntó con las niñas guays (ahora le resulta ridículo pensar que a esas edades hubiera niñas guays y que todas supieran perfectamente quiénes lo eran) y Holly se sentaba con las empollonas al otro lado de la clase.

Más tarde Saffron descubrió que también era empollona. Cruzó el puente entre esos dos grupos y conforme iban creciendo se acercó a Holly y a Olivia, y el trío funcionó, tanto que apenas montaron esas escenitas espantosas que suelen montar las adolescentes.

Sus padres vivían en Hampstead. Su madre era arquitecta, y su padre, editor de una revista; vivían en una casa tan moderna y poco convencional que Holly y Olivia querían ir todos los días.

El desván, reformado, era su dormitorio. Era enorme, estaba rodeado por ventanales sin cortinas, y en mitad de la estancia había un cilindro de policarbonato translúcido que era la ducha particular de Saffron.

En un extremo se encontraba la zona de estar, con cojines de terciopelo de color fucsia y, durante su adolescencia, una pipa de agua que Saffron ni siquiera escondía. De hecho, aseguraba que fumaba con sus padres, y aunque ni Holly ni Olivia lo vieron con sus propios ojos, nunca dudaron de su palabra.

Porque sus padres eran los padres menos convencionales del mundo. Eran... «exóticos». Es la única palabra que parece adecuada para definirlos. Y no solían estar muy presentes. Parecían seguir locamente enamorados y no tenían el menor reparo en darse un morreo delante de ella y de sus amigas, ninguna de las cuales había visto nunca nada semejante.

Holly y Saffron estaban muy unidas por la libertad que compartían, aunque Saffron la utilizaba de otra manera. Mientras que Holly estaba desesperada por tener límites, unos padres que la cuidaran, alguien que le dijera a qué hora debía estar en casa, a Saffron esa libertad le daba alas, pues su espíritu aventurero sabía que unos padres convencionales la habrían ahogado.

Unos padres convencionales también podrían haber evitado que bebiera.

En la adolescencia les parecía normal. Tal vez ella bebiera un poco más que los demás, pero la mayoría de ellos se emborrachaban o se drogaban en las fiestas.

Lo diferente en Saffron era que ella bebía sola. No demasiado, solo una cerveza o un gin-tonic si se sentía especialmente adulta. No para emborracharse, sino porque se sentía bien, y si no bebía, se fumaba un porro. Todo el mundo lo hacía.

Y luego, en la universidad, apenas bebía. A diferencia de sus amigos, que por primera vez estaban lejos de casa y aprovechaban la oportunidad para emborracharse todas las noches, Saffron se aseguraba de tener una reserva constante de maría para relajarse al final de la jornada.

De vuelta en Londres, después de licenciarse en Lengua Inglesa y Arte Dramático, comenzó a trabajar; fue una de las pocas afortunadas que enseguida empezó a hacer anuncios para la tele. Beber parecía más fácil en Londres, pero ella seguía sin emborracharse, solo bebía lo justo para relajarse, y aunque necesitaba un poco más de alcohol que la mayoría para que le hiciera efecto, nadie la vio nunca borracha.

No comía mucho en aquella época. Se quedó muy delgada, aunque ningún director de reparto se quejó nunca de su figura. A su madre le encantaba que se le marcaran los huesos de las caderas («Es de lo más setentero, cariño»); y sus amigas le transmitieron su preocupación, pero ella pasaba. Le gustaba estar así de delgada. Le gustaba no comer. Se sentía limpia y al mando cuando se metía en la cama sabiendo que en todo el día solo había comido fruta y verdura; y cuanto menos comía, mejor se sentía.

Su carrera despegó. Un papel en una serie de televisión y un falso romance cuidadosamente orquestado con una de las estrellas en ciernes más célebres del momento la pusieron en el candelero, y pronto se convirtió en una de las famosas de Londres. Bebía cada vez más y más.

Poco después, el *Sun* publicó un artículo sobre las famosas que estaban tan delgadas que casi nadie las veía, y Saffron era la estrella. Ni eso consiguió hacerla cambiar.

Cuando se trasladó a Los Ángeles para rodar una película, su representante insistió en que se sometiera a rehabilitación. Saffron no quería, pero tampoco quería perder el papel. Así que pasó por la rehabilitación y luego por el programa de los doce pasos. Alcohólicos Anónimos fue su salvación. Si se sentía sola, insegura o necesitaba compañía, podía presentarse en cualquiera de los cientos de reuniones que se celebraban a la vuelta de la esquina y al punto se sentía como si estuviera en casa.

Sin embargo, era algo más que la compañía. Vivía el programa. Se sentaba por las noches y escribía un diario detallado. Empezaba cada nuevo día rezando y meditando. Trabajaba los pasos que le indicaban.

Hacía lo que le habían dicho que hiciera: vivir el día a día, aprender a vivir y dejar vivir, aprender que no podía hacerlo sola.

Ayudaba mucho que las reuniones de Los Ángeles tuvieran tanto glamour. Eso las hacía divertidas, nunca sabías con quién te ibas a encontrar. Parecía que cualquiera del mundo de la farándula, tuviera un problema con la bebida o no, podía aparecer en los descansos junto a la máquina de café para ofrecer tarjetas de visita, repartir currículos, hacer negocios y cerrar tratos.

Un día, mientras estaba sentada en una esquina garabateando en el cuadernillo que siempre llevaba consigo a las reuniones, oyó una voz maravillosa. Grave y cálida. Sabía que la conocía, pero no recordaba de qué. Estaba distraída cuando se presentó, pero al levantar la cabeza lo reconoció al instante. ¿Cómo no iba a reconocerlo? La encuesta de la revista *People* lo había proclamado en tres ocasiones como el hombre más sexy de Hollywood, tenía un matrimonio de cuento de hadas con otra estrella famosísima y era uno de los hombres más ricos del mundillo.

Pero ¿alcohólico? No lo sabía. Él compartió ese día con humildad. Dijo que cuando bebía se comportaba como un gilipollas. Era pedante, creído, pensaba que lo sabía todo. En los rodajes era una pesadilla, dijo, pero el programa le había cambiado la vida, le había dado una segunda oportunidad.

Había aprendido el valor de la humildad, había aprendido que era hijo de Dios, ni mejor ni peor que los demás. Había pasado años creyendo que no era lo bastante bueno, de modo que había juzgado a los demás en consecuencia. ¿Eran mejores o peores que él? Si eran mejores, se comportaría con pedantería. En ese momento, afirmó, trataba a todo el mundo con respeto y amabilidad, y no le importaban los resultados. Si los demás eran desagradables, deducía que tenían un mal día; ya no sacaba automáticamente la conclusión de que él tenía la culpa.

Saffron se acercó a él durante el descanso. Estaba de pie en una esquina, hojeando los panfletos que había en la mesa de lectura. Se dio cuenta de que había varias personas dispuestas a abalanzarse sobre él, pero ella llegó primero.

—Solo quiero decirte una cosa. —El corazón se aceleró ligeramente porque, a pesar de que los famosos no la intimidaban y había trabajado con algunos de los mejores actores del mundo, había en él algo diferente—. Solo quiero decirte que me ha encantado lo que has dicho. Me ha encantado absolutamente todo lo que has dicho. Es justo lo que me ha pasado a mí, y me ha gustado mucho que fueras tan sincero, que pese a tu fama confíes hasta este punto en este programa.

Se volvió hacia ella y la observó con atención, intrigado por su acento británico, sus palabras y la fuerza que había en ellas.

—Gracias —dijo y le tendió la mano—. Soy Pearce.

Tardaron en hacerse amigos. Al principio se veían en alguna que otra reunión, se sonreían y de vez en cuando charlaban durante el descanso. Cuando fue elegido otra vez hombre más atractivo en un programa de entretenimiento, Saffron le escribió una nota para picarlo un poco y se la pasó durante una de las reuniones. Lo observó mientras la desdoblaba con el ceño fruncido y la leía. Acto seguido, apoyó la cabeza en el respaldo del sofá y comenzó a sacudirse por la risa contenida. Después meneó la cabeza, la miró y le dijo sin palabras «Eres incorregible», a lo que ella se encogió de hombros. Le encantó que se atreviera a meterse con él. Las personas que lo rodeaban eran demasiado serias, se pasaban el día repitiéndole lo maravilloso que era, y esa inglesa lo desconcertaba.

Las confesiones de Saffron eran increíblemente sinceras y solían estar coloreadas por maldiciones y tacos que lo hacían sonreír. Siempre acababa comentando algo que ella había dicho... porque, dijera lo que dijese, parecía que le hablaba a él. Las pocas veces que Saffron no acudió a una reunión, se descubrió echándola de menos, preguntándose dónde estaba.

Ya llevaba casado siete años. ¡Ah, la crisis de los siete años!, bromeaba la gente, pero en realidad la crisis comenzó el primer año. Se convirtieron en un matrimonio de conveniencia. No tenían hijos, y se habría divorciado de ella hacía años, pero sus respectivos representantes aseguraban que sus carreras necesitaban que siguieran juntos, al menos de momento, para exprimir al máximo el hecho de ser la pareja de oro de Hollywood.

Porque el público quería a su mujer tanto como lo quería a él. Había que reconocer que ella no estaba ni mucho menos a su altura, pero era guapa y muy práctica (al menos en público) y se les daba muy bien aparentar que se adoraban.

Ambos habían tenido aventuras durante los rodajes, pero habían aprendido a ser discretos. La verdad era que seguían siendo amigos, se tenían afecto, y habían aceptado que debían continuar así de momento.

Su representante le había aconsejado que no se liara en serio con otra mujer. La prensa se enteraría al instante, le dijo, y sería un desastre, sobre todo para él, que tenía una reputación que mantener.

—Hemos ocultado el alcoholismo y lo mismo tenemos que hacer con los asuntos del corazón. Tírate a quien quieras, pero sé discreto —le había aconsejado—. Y no te enamores.

Tardaron un año en quedar para tomar un café después de las reuniones. Luego el café se convirtió en un almuerzo esporádico, y pronto comenzaron a hablar por teléfono todos los días. Saffron resplandecía como una mujer enamorada y Pi se sentía como si volviera a tener dieciocho años: lleno de esperanzas y sueños de futuro.

La besó en la sala de estar de Saffron. Eran demasiado populares para que se arriesgara a besarla en público, así que subió con ella después de una cita y en cuanto entraron en la casa fueron conscientes de que las cosas eran distintas. Saffron supo que ese día iba a suceder algo.

A Saffron ya no le preocupaba que estuviera casado, que no

quisiera enamorarse. Solo podía pensar en él. No porque fuera una estrella de cine, no por la fama o por el dinero, sino porque lo adoraba. Porque la hacía reír. Porque la comprendía mejor que nadie en el mundo y porque ella lo comprendía a él.

Su amistad no se parecía a nada que Saffron hubiera conocido. Tal vez por la intimidad que creaban los seguros confines de sus citas se habían confesado cosas que jamás habían dicho a nadie.

—Creo que me he enamorado de ti —le susurró Pi justo antes de besarla. Poco después ella fingió que necesitaba ir al baño. Con las manos apoyadas en el lavabo, lloró en silencio de alegría.

Su relación fue avanzando, siempre en privado, en ocasiones con otras personas alrededor para evitar que la prensa se percatara. Pi incluso le consiguió un papel en la película que estaba rodando para justificar sus encuentros.

Ella, a su vez, se inventó una aventura con su pareja en la película, un actor en alza, de modo que los fotografiaban de vez en cuando besándose en la playa mientras paseaban a sus tres perros. Ese actor podía suspirar aliviado, ya que su amante (un modelo) era, por supuesto, un secreto, y a ella no podían relacionarla con nadie más cuando estaba tan enamorada de su compañero de reparto.

Saffron aprendió a vivir en suspenso por Pi. La llamaba siempre que podía, pero cuando él estaba lejos rodando una película, se le hacía muy duro. Intentaba refugiarse en el yoga y en sus amigos, pero se había distanciado un poco de ellos (era difícil mantener la amistad con una persona que cancelaba las citas cada vez que su amante la llamaba), e incluso las reuniones en Alcohólicos Anónimos ya no eran lo mismo.

Descubrió que ya no le eran tan útiles como antes. Cuando Pi acudía, se sentaban el uno al lado del otro y se rozaban sin que nadie se diera cuenta. Ella cruzaba las piernas para que su rodilla tocara el muslo de Pi, luego cerraba los ojos y juraba por lo más sagrado que podía sentir la electricidad que había entre ellos.

Desconectaba de la reunión, cerraba los ojos y pensaba en él; cuando los abría, se daba cuenta de que la estaba mirando, ambos sonreían y apartaban la vista.

No había dejado de concentrarse en las lecciones del programa. Su madrina en Alcohólicos Anónimos (la única persona que estaba al corriente) intentó ser firme, le señaló los peligros de su comportamiento, le dijo que al final sería ella quien se llevaría la peor parte por no seguir los principios del programa; pero acabó claudicando, sabía que tenía que hacer la vista gorda. Sabía que ella no podía hacer nada.

Y era verdad que ya no le resultaba tan fácil como antes convivir con el alcohol. Durante años, mientras seguía el programa a rajatabla, el alcohol dejó de tentarla. Podía asistir a fiestas donde todo el mundo le pegaba a la botella y a ella ni se le pasaba por la cabeza tomarse una copa.

Pero desde hace un tiempo, cuando entra en su pisito al final del día, se descubre pensando: «¿No podría tomarme una copa? Solo una. Una copa no puede ser tan mala, ¿no?».

La semana pasada estaba haciendo la compra y se descubrió parada delante de la zona de los licores más tiempo de lo necesario, luego empujó el carrito e intentó pensar en otra cosa.

Sabía lo que le estaba pasando. Estaba luchando contra el demonio del alcohol pero seguía sobria. No le explicó a su madrina lo que sentía, convencida, como en los viejos tiempos, de que podría superarlo sola.

En un restaurante, miraba alrededor, veía cómo los demás disfrutaban de una copa de vino, y pensaba: «Esa podría ser yo. Podría tomarme una copa de vino. Podría ser normal. Si toda esta gente puede hacerlo, seguro que yo también».

—Tienes que volver a trabajar los pasos —le decía su madrina—. Hace siglos que no los pones en práctica.

—Lo sé, lo sé —rezongaba ella—. Solo dan resultado si los trabajas —decía, pero solo acudía a las reuniones para ver a Pi.

Este último año ha sido el más feliz en la vida de Saffron. Está convencida de que Pi es su alma gemela. De que están hechos el uno para el otro, de que solo su matrimonio de conveniencia los mantiene separados y de que pronto dejarán de verse a escondidas, de que pronto se casará con ella. Pronto estarán juntos para el resto de su vidas.

10

Sarah refunfuña y se da la vuelta en la cama. Los golpecitos en la puerta continúan.

—Sarah, cariño —dice su suegra con voz suave al tiempo que abre la puerta despacio—. Paul y su mujer, Anna, han venido a verte. Están abajo, jugando con los niños, y Paul ha traído unas fotografías antiguas de Tom, de cuando estaban en el colegio, que cree que te gustarán.

Sarah se sienta y aparta el edredón.

—Diles que tardo un minuto. —Se pasa una mano por el pelo y suspira.

¿Por qué insiste la gente en ir a verla? ¿Por qué siguen llevando regalos, comida, fotos, historias...? ¿Creen que así conseguirán animarla? ¿Que eso le devolverá a Tom? Lo único que quiere es seguir acostada y dormir eternamente. Despertarse cuando el dolor haya desaparecido.

Es fácil esconderse en casa de sus suegros. Aunque Tom está por todas partes (fotografías, objetos, recuerdos), es la casa donde Tom pasó su infancia, no el hogar que construyeron juntos.

Los primeros días fueron insoportables. Como si estuviera anestesiada. Comenzaron a llegar cartas, facturas que había que pagar, detalles que solucionar de la póliza del seguro de vida... y Sarah se limitó a hacer lo que hacía siempre: dejarlo todo en el escritorio de Tom. Jamás se había ocupado de nada de eso, se veía incapaz de hacerlo, y la única solución que se le ocurría era dejar las cartas en el lugar de siempre.

Había intentado comportarse con normalidad por el bien de Dustin y de Violet. Una mañana intentó llevar a Violet a la guardería pese a las protestas de la vecina que la ayudaba en esa tarea en concreto. Sentó a la niña en el coche, le puso el cinturón de seguridad y se colocó tras el volante vestida con los pantalones del pijama, una vieja sudadera de Tom y descalza. Arrancó y se puso en marcha.

Una hora después descubrió que estaba en la I-95. No tenía ni idea de cómo había llegado hasta allí, de lo que estaba haciendo allí, ni de adónde se dirigía. Violet estaba la mar de tranquila chupándose el pulgar en su sillita mientras escuchaba XMKids en la radio. Sarah comenzó a temblar, se detuvo en el arcén de la autopista y rompió a llorar.

Paul está en el vano de la puerta de la sala de estar; observa a Anna mientras esta le hace cosquillas a Violet, cuyas carcajadas resuenan por toda la casa.

—Me da en la nariz que no tardaréis mucho en tener niños —dice Maggie al tiempo que le coloca una mano en el brazo y lo mira con una sonrisa.

—Crucemos los dedos —dice Paul.

En ese momento Anna alza la cabeza, lo mira y lo invade la tristeza. La vida jamás sucede como uno imagina. ¿Cómo es posible que les hayan arrebatado a Tom tan joven? ¿Cómo es posible que Anna y él (Anna, que sería la madre más maravillosa del mundo) no puedan tener hijos?

Esa misma mañana han estado en el hospital para la extracción de óvulos. Extracción de óvulos. Suena tan inofensivo... Casi como si te sacaran sangre para un simple análisis.

Cuando Anna despertó de la anestesia, el especialista le dijo que le habían extraído seis óvulos. Mejor que la última vez, de modo que los inundó el optimismo y la esperanza.

Mañana, como siempre, recibirán una llamada para comunicarles cuántos óvulos han logrado fertilizar o, tal como ha sucedido hasta entonces, para decirles que no han tenido éxito. Que no habría embriones en los que depositar las esperanzas y los sueños de futuro.

Parece inconcebible que de seis óvulos no consigan fertilizar ninguno, pero ya les ha pasado varias veces, y Anna no se ve con fuerzas para intentarlo de nuevo, por no mencionar el coste económico.

Jamás le ha importado ser ella la que lleva el dinero a casa. Jamás le ha importado que la economía familiar se mantenga a flote casi exclusivamente gracias a sus ingresos. Paul colabora, pero su sueldo es una gota en el mar para el estilo de vida que llevan.

Y no es que lleven una vida especialmente lujosa (Anna podría haber elegido vivir en una zona pijísima de Londres), pero viajan mucho, frecuentan los mejores restaurantes y hace un par de años, justo antes de decidirse por la fecundación in vitro, se compraron una casa en el campo.

Bueno, llamarlo casa es exagerar. Más bien era un granero que necesitaba muchas reparaciones, pues llevaba abandonado desde principios de los setenta. Se halla en una colina con una estupenda panorámica de la campiña de Gloucestershire y, aunque apenas era habitable, le pidieron su opinión profesional a Philip, un arquitecto amigo de ambos. Su entusiasmo fue tan contagioso, que en un abrir y cerrar de ojos se convirtieron en los orgullosos, y un tanto temerosos, propietarios de White Barn Fields.

El granero fue una ganga. En aquel momento les pareció tan barato que creyeron que rechazar la oferta sería de mala educación. Tan barato que lo pagaron al contado y de una tacada, ya que habían planeado comenzar las reformas de inmediato. Phil les diseñó una casa increíble: una cocina de acero inoxidable y gres esmaltado, enormes ventanales para disfrutar de las vistas y cuatro dormitorios en el piso de arriba, al que se accedía por una escalera de acero. Un inmenso dormitorio principal, una suite para invitados y dos habitaciones para los niños que vendrían indudablemente de camino.

Un paisajista local les diseñó un jardín espectacular. Un patio embaldosado, delimitado en un extremo por una hilera de gigantescos maceteros de terracota donde sembrarían olivos y, en el extremo opuesto, parterres elevados para plantar lavanda y romero. Los retorcidos y vetustos manzanos desperdigados al pie de la loma señalarían el comienzo de una huerta a la que se añadirían veinte árboles frutales más y una hilera de frambuesos. El paisajista había dicho:

—Sus hijos pasarán horas recogiendo fruta.

Anna imaginaba así el paraíso, y Paul, que solía definirse como una criatura urbana, era feliz haciendo feliz a Anna. Además, reconocía que los diseños eran espectaculares y que acabarían teniendo un refugio idílico. Anna se había asegurado de que el plano incluyera un despacho para Paul, situado en lo más alto de la casa y al que se accedería por una escalera oculta. Una enorme claraboya iluminaría la estancia.

—Si no eres capaz de escribir aquí la novela cumbre de la literatura inglesa —bromeó Phil mientras les enseñaba los planos que ellos contemplaron boquiabiertos—, no sé dónde podrás.

Ahora, apenas un año después, no soportan pensar en el proyecto. La gente imagina que Paul y Anna nadan en pasta, que Anna gana una fortuna; no saben que los beneficios de la empresa se invierten en el negocio y que lo que solía ser un sueldo bastante holgado no les da para mucho después de la compra del granero y de los continuos tratamientos de fertilidad.

Para sus conocidos e incluso para ellos mismos, White Barn Fields ha pasado a llamarse El Pozo sin Fondo. Sin embargo, la broma deja de tener gracia cuando descubren que no pueden tener hijos de forma natural y se niegan a aceptar un no por respuesta.

La terquedad de Anna es una cualidad que atrajo a Paul desde el primer momento. Era tan testaruda que su padre la llamaba «tocapelotas». De forma cariñosa, por supuesto. Sabía exactamente lo que quería y cómo conseguirlo, y no aceptaba un no por respuesta. Era una mujer encantadora, práctica y persuasiva, y de algún modo siempre conseguía salirse con la suya.

No entiende por qué la maternidad se le resiste de ese modo

cuando todo lo demás le resulta tan fácil. En las entrevistas siempre dice a los periodistas que el éxito de Fashionista la tiene pasmada, pero no es verdad. Porque no esperaba menos. Muchos sitios web dedicados a la moda acaban fracasando porque no almacenan la mercancía en instalaciones propias y tienen que pedirlas al extranjero, de modo que se enfrentan al riesgo de los retrasos en las entregas y al descontento de sus clientes, que exigen una gratificación inmediata. Además, cuando les llega el pedido, descubren que la ropa está muy mal empaquetada, protegida por bolsas de plástico horrorosas o envueltas con papel de cualquier manera.

Anna ha diseñado unas sorprendentes cajas de cartón rosa, y su ropa va envuelta con un delicado papel de seda de color naranja, sujeto con una cinta de terciopelo grabada con animalitos. Las cajas y la cinta cuestan una fortuna, pero la inversión merece la pena. En las encuestas siempre los votan como los mejores embalajes y las cajas son tan bonitas que muchos clientes le escriben para decirle que son incapaces de tirarlas a la basura. No pocas veces ha visto en las revistas de decoración fotos con las cajas de Fashionista exhibidas en una estantería según formas y tamaños.

Y la entrega se realiza en veinticuatro horas. No importa el lugar del mundo donde residas: si haces tu pedido en un día laborable, lo recibirás al día siguiente. Anna considera que el servicio de atención al cliente es primordial. Por eso le gusta tanto tener una empresa en internet, porque está harta de ir a tiendas pijas y encontrarse con dependientas estúpidas que no le hacen ni caso mientras hablan por teléfono, y que solo se muestran agradables cuando les da la tarjeta de crédito y reconocen su nombre.

Así pues, el hecho de que fashionista.uk sea la tercera empresa con más éxito en internet del Reino Unido no le resulta sorprendente, aunque jamás lo admitiría en público. La verdad es que siempre se ha sentido afortunada, siempre ha sentido que su ángel de la guarda velaba por ella. Donde otros veían adversidad y penuria, ella veía un reto a superar. Para ella la botella siempre está medio llena, aunque todos se empeñen en decirle que está vacía. Y como siempre ha creído que su vida es maravillosa, su vida ha sido maravillosa.

Cuando conoció a Paul, supo que era perfecto para ella. El primer día, después de que él la entrevistara y antes de que comenzara a perseguirla con la excusa de las preguntas que se le habían quedado en el tintero, Anna llamó por teléfono a su madre y le dijo:

—¿Mamá? He conocido al hombre con el que voy a casarme.

Y su madre supo que así sería porque lo que Anna decía iba a misa.

De modo que cuando anunció que iban a intentar tener un bebé, todos dieron por sentado que al año siguiente sería madre. En parte ese fue el motivo por el que compraron el granero. Qué lugar tan maravilloso para los niños: perfecto para pasar los veranos fuera o, en los fines de semana de invierno, pisar las hojas secas y refugiarse dentro para disfrutar de un chocolate caliente frente a un crepitante fuego en la gigantesca chimenea de piedra del enorme salón.

Su terquedad es la razón de que sigan insistiendo con la fecundación in vitro. Se niega a creer que habrá una última vez. No puede creer que no dará resultado cuando todo lo demás en su vida ha salido según sus planes.

Hasta ese momento llevan gastadas unas cincuenta mil libras, un pellizco más que considerable de sus ahorros. Las obras en el granero han comenzado. Las paredes externas que se encontraban en mal estado han sido sustituidas por tablones supuestamente originales de ese tipo de construcción que encontraron en una subasta. El tejado ya está listo. La cocina y los cuartos de baño estaban elegidos, pero cancelaron los pedidos. La casa está a medio acabar. Hay montones de serrín por todos lados, el suelo está a medio lijar y los marcos de las ventanas siguen sin pintar. La última vez que fueron a echar un vistazo, Anna se echó a llorar.

—Este era nuestro sueño —le dijo a Paul—. Y ahora ni siquiera podemos permitirnos acabarlo.

—Algún día lo haremos —afirmó Paul, frustrado por la imposibilidad de sacar una varita mágica y arreglarlo todo; frustrado por el hecho de que su trabajo no les proporcionara el dinero necesario para seguir adelante en los momentos de dificultad—. Te prometo que algún día terminaremos la casa.

Pasaron la noche en un Bed and Breakfast..., unos cientos de peldaños por debajo del Relais and Châteaux donde solían alojarse antes de comenzar con la fecundación in vitro, pero desde que comenzaron los tratamientos han cambiado muchas cosas.

—Si me vieran ahora... —canturreó Anna mientras enfilaba el pasillo de vuelta a la habitación después de un baño templado en la bañera agrietada de un cuarto de baño situado en el otro extremo del pasillo.

Paul se encogió de hombros.

—No sé, pero vamos a tener que suspender el tratamiento —apuntó con mucho tiento—. Es ridículo que ya no podamos permitirnos nada. No podemos seguir así.

—Con suerte, no lo haremos —replicó ella, dándole un apretón en el brazo—. Tengo la corazonada de que esta vez todo saldrá bien.

Paul suspiró. Siempre decía lo mismo. Sin embargo, tener que mirar hasta el último penique era desquiciante, por definirlo de algún modo, sobre todo cuando el dinero nunca había sido un problema.

Aun así, si no lo sabes, nunca adivinarías que están pasando apuros económicos. Anna disimula con esmero, tiene que hacerlo por su trabajo, porque es la mejor relaciones públicas de Fashionista, pero si la observas con atención te darás cuenta de que no es tan frívola como antes.

Solo se maquilla para ir a trabajar. Ya no corre a Space NK cuando se le está acabando la crema de Eve Lom. Ahora, si no la consigue a través de la empresa, cambia de marca. La lealtad a una firma ha pasado a ser una cuestión superflua.

Ya no se corta el pelo ni se hace mechas en Bumble and Bumble. Cuando necesita cortárselo, va a una peluquería cerca de casa; además, ha descubierto que gracias al tono claro natural de su cabello, el resultado de las mechas es el mismo con una marca corriente que con una carísima.

Ya no frecuentan restaurantes caros salvo para reuniones de trabajo, y ha tomado la costumbre de desgravar las facturas como gastos de empresa o dejar que pague otro. Además, en las numerosas fiestas relacionadas con el mundo de la moda que se celebran prácticamente todas las noches en Londres hay comida y bebida suficiente.

No es que no les llegue para comer, ¡no, por Dios!, pero mientras que antes llenaba el carro de la compra sin prestar atención al precio, ahora es lo primero que mira, y si algo le parece excesivo, se plantea si de verdad lo necesitan.

Se acabó lo de ir los sábados por la tarde a Graham and Grenn y volver cargada de colchas para el sofá, velas, figurillas y sábanas preciosas que no necesita para nada pero que compra porque están ahí y puede permitírselo.

Jamás lo imaginarías. Si la observas justo ahora, sentada en el suelo con las piernas cruzadas mientras Violet, que como todos los niños que la conocen se ha enamorado de ella, la abraza entre chillidos, pensarás que es una mujer hermosa, tranquila y perfecta. No pensarás que algo en su vida no va bien.

—Hola —saluda Sarah con apatía mientras entra en la sala de estar y se sienta en el sofá. Tiene unas profundas ojeras y está despeinada.

—Hemos traído unas fotos de Tom. —Paul está a punto de acercarse a ella para darle un abrazo, pero Sarah parece tan distante que sabe que lo rechazará, de modo que se queda donde está sin saber muy bien qué decir.

—Lo sé. Me lo ha dicho Maggie.

—¿Te gustaría verlas?

—Claro —contesta.

Paul se las da y Sarah comienza a mirarlas una a una. Sus labios esbozan una sonrisa cuando se detiene en una en la que aparecen Tom, Holly y Paul, los tres todavía con ortodoncia, en la fiesta que celebraron cuando Tom cumplió quince años.

—¡Madre mía, vaya pelos! —exclama—. No sabía que Tom lo había llevado tan largo. ¡Está horroroso!

—Todos estamos horribles —dice Paul, contento al ver que Sarah parece interesarse por algo—. Mira a Holly con los labios pintados de color rosa chicle. Creo que a ella le parecía muy sofisticado.

—Qué flaco estaba Tom... —murmura Sarah pasando su índice por uno de los brazos de Tom—. Cuesta creer que se pondría tan cuadrado.

—¿Cuadrado? —repite Paul.

—Musculoso. Siempre estaba en el gimnasio. Le dio por presentarse a competiciones de triatlón. Una locura: superar veinte kilómetros en bicicleta, cuatro a nado y cuarenta corriendo. Participó en uno en Florida y estaba preparándose para otro. —Menea la cabeza—. Estaba tan en forma..., era tan fuerte... Por eso me cuesta tanto creerlo. A ver, entiendo que casi nadie se salvara, pero ¿Tom? ¿Cómo es que no fue capaz de salir de ahí? ¿Cómo es posible que algo lo derrumbara?

Un incómodo silencio se cierne sobre ellos. Ni Paul ni Anna saben qué decir. Al rato, Sarah pasa a la siguiente foto y estalla en carcajadas.

—¿Estuvo en el ejército? —consigue preguntar.

—Fue voluntario de Protección Civil —admite Paul con timidez—. Era el *boom* en aquella época.

En la cocina, Maggie, mientras termina de preparar una bandeja con té y pastas para llevar a la sala, se sienta derrotada a la mesa.

—Gracias —le dice a una preocupada Anna—. Es la primera vez que Sarah actúa de forma medianamente normal. Esas fotos son justo lo que necesita.

—¿Y tú? —le pregunta Anna en voz baja—. ¿Qué necesitas?

—Yo estoy bien —contesta la mujer con fingida alegría—. En cuanto acabe de preparar el té, os haré compañía. Si pudieras sacar a Pippa a hacer pis te lo agradecería en el alma.

Anna se marcha, pero cuando llega a la puerta se da la vuelta y ve que Maggie ha vuelto a sentarse con actitud derrotada. Como no tiene ni idea de qué hacer, se queda donde está, pero sabe que Maggie cree que está sola. Jamás perdería la compostura delante de otra persona.

La cocina está en silencio. A Maggie ya no le quedan lágrimas, seguramente ya no le queda ni gota de líquido en el cuerpo, pero Anna la observa apoyar la cabeza en los brazos, que ha colocado sobre la mesa, y oye un pequeño gemido mientras se mece suavemente.

Comprende que la matriarca de lo que queda de la familia, esa mujer fuerte, estoica y maravillosa, está viviendo un dolor que tal vez sea demasiado para un ser humano.

Mientras escucha sus quedos gemidos, Anna se da cuenta de que Maggie no sabe cómo podrá seguir viviendo con la certeza de que nunca más volverá a ver a su adorado hijo, a su primogénito.

11

—¿Qué te pasa hoy? —La recepcionista del refugio de animales entra en la salita con un sándwich a la hora del almuerzo y se deja caer en el sofá mientras Olivia levanta la vista sobresaltada.

—¿A qué te refieres? No me pasa nada. ¿Por qué lo dices?

—Estás en Babia y te asustas a la mínima —contesta Yvonne—. Creemos que es por un hombre.

—¿Qué? —Intenta reírse, pero luego pone los ojos en blanco—. Por el amor de Dios, Yvonne, soy la directora, ¿no tenéis nada mejor que hacer que cotillear sobre mi vida amorosa?

Yvonne hace un mohín.

—La verdad es que nos encantaría que tuvieras una vida amorosa de la que pudiéramos cotillear. Una chica tan guapa como tú se merece a alguien mucho mejor que ese muermo de George.

El comentario la deja con la boca abierta.

—Pero ¡si me dijisteis que os caía genial!

—Bueno, sí, pero eso fue antes de que te diera la patada y se fuera con ese zorrón yanqui.

—¡Yvonne! ¿Cómo te has enterado de eso?

—¿De qué? Yo no sé nada. Hablo por hablar. Tendrías que buscarte un hombre guapo que te haga feliz.

—No voy a hablar del tema —dice Olivia al tiempo que coge la taza de café y sale por la puerta—. Pero, para tu información, tengo una cita esta noche. —Y mientras la expresión de Yvonne se ilumina y se dispone a acribillarla a preguntas, Olivia cierra la puerta y se encamina a su despacho con una risita tonta.

Esta noche tiene una cita con Fred. Por fin ha llegado. No debería estar tan emocionada, no tiene motivos para estarlo, más que nada porque solo es un viaje de negocios de cinco días y seguramente lo odiará en cuanto lo vea, pero por primera vez en mucho tiempo espera algo con ilusión. Han quedado en que pasaría a buscarlo por el Dorchester a las siete.

A las tres hace algo inusual en ella. Coge el chaquetón, el bolso y le dice a Sophie, su secretaria, que si hay alguna emergencia, la llame al móvil.

—Pero solo si es una emergencia —insiste.

Y Sophie, que había visto un par de correos electrónicos de Fred, le guiña un ojo y le hace señas para que se vaya, segurísima de que no interrumpirá la cita de Olivia salvo en caso de incendio.

Su primera parada es la peluquería.

—Necesito teñirme las canas —le dice a Rob, el especialista en tintes y mechas— y necesito un corte.

Rob frunce los labios mientras le examina el cabello, que jamás se ha teñido.

—Dios, tienes un montón de canas... —musita entre dientes mientras le levanta el pelo—. ¿Quieres tu color natural o te pongo unos reflejos para darle brillo?

—Lo que quieras. —Olivia se encoge de hombros—. Me pongo en tus manos. Empléate a fondo.

Dos horas más tarde Olivia se mira en el espejo y no da crédito. Tiene mechas doradas y cobrizas, y Kim, la estudiante en prácticas, le ha hecho un corte a capas, de modo que los mechones le caen por las mejillas y le dan un aspecto mucho más juvenil.

Detrás de ella, Kim y Rob, con los brazos cruzados, aguardan su reacción. Han atendido a muchas mujeres como ella, mujeres que entran con vaqueros y botas, sin rastro de maquillaje, y que consideran que ir con la cara lavada es lo mejor. Han transformado a muchas de esas mujeres, y nunca saben cómo reaccionarán ante el resultado. Algunas lloran de alegría al verse jóvenes y guapas, y otras se ponen hechas una furia, se niegan a pagar y exigen que les devuelvan su color original cueste lo que cueste.

Olivia, gracias a Dios, es de las buenas. Comenzó a sonreír mientras le secaban el pelo y vio el nuevo color, y salta a la vista que le gusta.

—¡Me encanta! —exclama—. ¡Me encanta, me encanta, me encanta!

Le dan un espejo de mano para que se vea por detrás y se echan a reír cuando la ven contemplar con una sonrisa el movimiento y el brillo que el nuevo corte le da al pelo.

—Recuerda lo que te he dicho —le dice Rob mientras la acompaña a la recepción para pagar—. Lápiz de labios, colorete, un vestidito negro y mucha confianza.

Olivia se vuelve hacia él.

—Muchísimas gracias —dice, y de repente lo abraza—. ¡Deséame suerte! —Y con eso se va.

Atraviesa Londres en su Escarabajo y se estira para mirarse en el espejo retrovisor cada vez que se para en un semáforo. No es vanidad, es que le cuesta creer lo diferente que está. Lleva, tal como Rob le ha aconsejado, un vestidito negro que compró en unas rebajas el invierno anterior y que se puso para la fiesta de Navidad del trabajo de George. Aquella noche se vio guapísima y le encantó ver lo orgulloso que estaba George cuando le presentaba a sus compañeros de trabajo. Había intentado no pensar en eso mientras sacaba el vestido del fondo del armario, no pensar en lo rápido que el orgullo y el amor, que estaba segura de que él sentía, quedaron reducidos a cenizas.

El vestido le queda algo grande porque ha perdido mucho peso, pero se lo ciñe un poco más y ya le sienta perfectamente. Lo complementa con medias negras, zapatos de salón y un llamativo collar de ámbar que era de su madre, y se resiste en todo momento al impulso de quitarse la ropa y ponerse lo que suele llevar siempre: vaqueros y botas.

En otra época habría llamado a Tom y se habrían reído juntos por eso.

—¡Ponte el vestido negro, por el amor de Dios! —habría dicho él—. Haz un esfuerzo. Enséñale qué piernas tan bonitas tienes.

—Espero que me estés viendo, Tom. —Justo antes de subir al coche miró al cielo—. Y espero que te guste mi modelito. —Dio una vuelta con coquetería y lanzó un beso al cielo—. Deséame suerte —susurró antes de ponerse en marcha y enfilar una vez más Harrow-Road.

Hay un montón de hombres en el bar, y el primer impulso de Olivia es dar media vuelta y salir corriendo. No puede hacerlo. Nunca se le han dado bien estas cosas. Vale, antes de George se le daban bastante bien las citas a ciegas, pero entonces era mucho más joven y tenía mucha más confianza en sí misma.

Algunos hombres se vuelven y la miran, un par de ellos incluso con aprobación, de modo que respira hondo y echa un vistazo alrededor con la esperanza de ver a Fred, con la esperanza de reconocerlo enseguida. En una de las mesas de la esquina hay un hombre leyendo el *Financial Times*. Lo mira con los ojos entrecerrados, él levanta la vista, sus miradas se encuentran y Olivia sonríe.

«Dios mío —reza en silencio mientras se acerca a ese hombre alto y de hombros anchos con su perfecta sonrisa norteamericana (dientes blanquísimos y pinta de chico bueno y sencillo)—. Por favor, Señor —suplica para sus adentros—, que sea él, porque en Inglaterra no los hacen así.»

—¡Olivia! —No hay la más mínima incertidumbre en su voz, claro que ella le había mandado una foto suya, así que ya sabía cómo era.

—¡Hola! —Saluda tímidamente, agradecida y encantada al ver que él se levanta y la envuelve en un enorme abrazo que la hace sentirse pequeña, delicada y femenina. «¡Qué ridícula soy!», se dice al tiempo que gira la cabeza y la deja descansar un segundo en su musculoso hombro. «¡Qué tonta! Pero, francamente, ¡vaya pedazo de tío!»

Fred se aparta un poco y apoya una mano en la base de la espalda de Olivia para que se acerque a la mesa.

—¡Madre mía! —exclama él mientras aparta una silla para que se siente—. Estás guapísima... —Busca al camarero con la mirada para que les tome nota; Olivia sonríe.

La velada promete...

—Tom tenía razón —dice Fred mientras el camarero deja en la mesa un Cosmopolitan y un martini con vodka.

—¿En qué?

—Al insistir en que debía conocerte. —Le sonríe y levanta el vaso para brindar—. Por los nuevos amigos, y por Tom, dondequiera que esté.

Olivia sonríe pero se le llenan los ojos de lágrimas.

—Por Tom —repite. Fred le pasa una servilleta y ella se seca los ojos y parpadea con rapidez para contener las lágrimas—. Lo siento. —Sonríe—. Me pasa en los momentos más inesperados.

—Es normal —afirma él—. A mí también me pasa y solo era un compañero de trabajo... Me imagino lo duro que tiene que ser para sus amigos.

—Muy duro. —Olivia asiente—. La gente dice que el tiempo lo cura todo, y supongo que si no fuera verdad no lo dirían, pero yo sigo esperando a que el tiempo haga efecto.

—¿Sabes? Cuando sucedió, durante días fui incapaz de pensar en otra cosa. Me convertí en una especie de adicto a las noticias. ¡De verdad! Me lo tragaba todo, lo leía todo sobre los ataques, los supervivientes, los familiares de los que habían muerto..., ahora todavía pienso en ello todos los días, pero no cada minuto, no como lo hacía justo después del atentado.

—Sí, es verdad —dice Olivia—, yo sigo pensando en ello, pero no cada minuto del día. Ya no. De todas formas, a Tom no le gustaría que ahora nos pusieramos a llorar por él, así que mejor hablemos de la cena. ¿Qué te apetece comer? El restaurante del hotel es magnífico.

—Lo sé, ya lo he probado, pero me gustaría algo más informal, algo diferente. Me han dicho que por aquí cerca hay un sitio muy bueno de comida al wok, suena muy bien...

Olivia sonríe.

—Wagamama. Es uno de mis restaurantes preferidos y mucho más de mi estilo. Vamos. —Y con eso, apuran las bebidas y se marchan.

En cuanto entran en el restaurante, Olivia se siente como en casa. Estar emperifollada en el bar del Dorchester no tiene nada que ver con su vida normal. Y no es que no esté acostumbrada a esos sitios (pasó gran parte de su infancia en los restaurantes más lujosos de Londres), pero jamás se ha sentido del todo cómoda en ellos, y al llegar a la edad adulta fue un alivio descubrir que no tenía por qué frecuentarlos salvo en caso absolutamente necesario.

Cuando se dejó caer en el asiento enfrente de Fred, apretujada entre desconocidos atareados sorbiendo fideos, se dio cuenta de que llevaba toda la noche interpretando un papel, y eso no le gustaba.

—¿Sabes? —Fred echa un vistazo alrededor—. Ojalá no llevara este puñetero traje. Prefiero mis vaqueros y mis zapatillas deportivas.

Olivia suelta una carcajada.

—Cuánto te agradezco que digas eso... Precisamente estaba pensando en que daría cualquier cosa por llevar mis vaqueros y mis botas. Siempre que me arreglo me da la sensación de que no me comporto con naturalidad, como si intentara ser alguien que no soy de verdad.

Fred le sonríe.

—Lo mismo digo. Oye... —le echa una mirada a su reloj—, ¿cuánto tardarías en ir a tu casa, ponerte los vaqueros y volver?

—Una media hora si me doy prisa. —Sonríe.

—Muy bien. Trato hecho. Yo vuelvo corriendo al hotel y nos vemos aquí dentro de media hora.

—¿Seguro que no me estás dando plantón? —pregunta Olivia con cierto nerviosismo en la voz—. ¿No es otra manera de decir que crees que va a ser una noche espantosa y que es mejor que la demos por terminada ahora?

Fred se queda pasmado.

—¿Me tomas el pelo? Va a ser una noche genial. Pero vale más que la empecemos con buen pie. Oye, podríamos alquilar una película después de cenar...

—Es la mejor idea que he oído en toda la semana. —Olivia suelta una carcajada, y cuando se levantan y van hacia la puerta, no le importa lo más mínimo que Fred vuelva a colocarle la mano en la base de la espalda para guiarla.

De hecho, si tuviera que ser sincera diría que hacía mucho que no sentía un escalofrío como el que acaba de recorrerle la espalda.

Olivia se despierta temprano, como todas las mañanas, y se queda tendida mientras repasa los acontecimientos de la noche anterior. Gira la cabeza para mirar a Fred: tumbado bocabajo, duerme como un tronco y ronca bajito. Sí. Fue real. Sí. Se lo llevó a su casa. Sí. Se ha acostado con un hombre por primera vez desde que rompió con George. Y sí. Fue alucinante. Joder.

¿Y ahora qué?

Nunca se ha regido por normas estrictas en las citas, pero tampoco ha tenido demasiados rollos de una noche, y sabiendo que a su madre le gustan las frases del tipo «¿Para qué comprar la vaca cuando...?», no es de extrañar que Olivia no salte a meterse en la cama con hombres a los que apenas conoce.

Sin embargo, Fred no le parece un desconocido. Es como si fuera un viejo amigo. Los mensajes que intercambiaron a través del correo electrónico eran tan sinceros, tan directos y, en los días previos a su cita, tan íntimos, que parecían haberlos llevado hasta esa... ¿Qué? ¿Amistad? ¿Relación? ¿Aventura? Bueno, hasta algo para lo que Olivia no tiene claro que esté preparada.

Y qué decir de lo raro que es que haya otra persona que no sea George en su cama. Lo raro que es sentir el cuerpo de Fred, lo maravilloso que es tener a su lado a alguien tan joven, tan fuerte y tan ansioso por complacerla.

La noche anterior fue ella quien lo invitó a su casa con la excusa de que viera «cómo viven los londinenses, nada que ver con los panfletos turísticos de tu hotel», pero sabía de antemano lo que iba a suceder, había estado dispuesta desde el principio aunque no lo admitiría ni muerta.

¿Por qué si no había cambiado las sábanas, había puesto velas por el dormitorio y había sacado la ropa sucia del cuarto de baño?

Estaba haciendo café cuando Fred la besó. Se colocó detrás de ella y la abrazó (sus brazos eran muy fuertes, muy diferentes de los de George). Ella se puso tensa, no sabía qué hacer, cómo debía comportarse en esa situación desconocida, pero él no le dio oportunidad de decidir, le dio la vuelta y se inclinó para besarla.

Fue una noche maravillosa. Y ahora... ¿qué? La mañana siguiente. ¿No se supone que ese momento debe ser incómodo, difícil? ¿No se supone que él tiene que despertarse distante, arrepentido de lo sucedido, y marcharse a la primera de cambio?

Se levanta de la cama y va a la cocina para preparar café. En circunstancias normales sería Nescafé Tradición, soluble, claro, pero (y esa era otra prueba de que lo sucedido no la había pillado por sorpresa) hoy tiene café recién molido y una bandeja de cruasanes en el frigorífico.

—Buenos días.

Olivia da un bote, se vuelve y ve que un soñoliento Fred se acerca a ella en calzoncillos. «Dios —se dice al fijarse en su pecho y en los músculos de las piernas—. ¡Está para comérselo!»

—Buenos días —responde con cierta brusquedad, pero solo porque no sabe qué va a ser lo siguiente: no quiere sentirse humillada, mostrarse demasiado efusiva y que resulte que él se está preparando para largarse sin más.

—Bueno, ya es sábado, ¿no? ¿Qué planes tenemos para hoy?
—Se acerca a ella, la abraza y baja la cabeza para besarla en los labios. Olivia se pega a él al instante, se siente querida y segura, se siente tan, tan bien... La verdad es que había olvidado lo bien que sienta eso...

«¡Gracias, Señor! —susurra para sí mientras le tiende a Fred una toalla para después de la ducha—. Y gracias, Tom. —Sonríe hacia el techo—. No está nada mal... Elegiste bien.» Y cuando Fred le dice a gritos que se duche con él, deja que la bata le resbale por los hombros y abre la puerta de la ducha, empañada por el vapor.

12

—¡Holaaaa! —Olivia abre la puerta principal y entra en la casa, seguida de sus sobrinos—. ¿Holly? ¿Hay alguien en casa?

El sonido de la televisión la lleva hasta el salón, donde Daisy y Oliver están en trance viendo dibujos animados.

—¡Hola, chicos! —los saluda mientras sus sobrinos avanzan como zombis hacia el sofá y se sientan junto a los otros dos niños sin apartar los ojos de la tele ni un segundo y sin saludar siquiera—. ¿Dónde está mamá?

No hay respuesta.

—Oliver, ¿dónde está mamá?

—Arriba. —Señala vagamente con una mano.

Olivia suspira y va en busca de Holly.

El problema con la pena es que no cesa. Con el tiempo, pierde un poco de crudeza y descubres que te has acostumbrado a ella, que la llevas sobre los hombros cual una bufanda vieja y pesada.

Y la vida debe continuar. Hay niños a los que cuidar, comidas que preparar, tarjetas que ilustrar, juegos infantiles que organizar... Hay que aparcar el dolor, dejarlo en un compartimiento y permitirle que aflore solo cuando el resto de tu vida está lo suficientemente organizado, cuando tienes un poco de tiempo para regodearte en él.

Tanto Holly como Olivia se conceden ese tiempo para la pena, pero a medida que pasan las semanas, descubren que hay algo que las une más que el dolor compartido o que el pasado que vivieron juntas. Las une una amistad verdadera, el respeto y la felicidad que encuentran en la mutua compañía. Una felicidad que tantos años atrás las llevó a descubrirse la una a la otra y a jurarse que siempre serían amigas.

Holly oye los pasos en la escalera y minimiza rápidamente la ventana del correo que estaba escribiendo, de modo que en la pantalla queda la foto de una inofensiva mariquita.

—¡Hola! —Olivia se acerca y le da un abrazo—. ¿Qué estás haciendo?

—Oh, nada importante, pagar unas facturas *on line* —contesta—. Sí, ya sé que soy una madre espantosa por plantar a mis hijos delante de la tele, pero es la única manera de que me dejen hacer algo.

—Jen lo hace un millón de veces al día. —Olivia se ríe—. Y también dice que se siente fatal, pero que, francamente, no sabe qué hacer cuando la *au pair* está en clase. Yo soy infinitamente peor: yo los planto delante de la tele aunque solo los cuide de vez en cuando.

—¿Solo de vez en cuando?

—Vale. Casi todos los fines de semana. De todas formas, ahora que están aquí mis sobrinos, ¿no deberíamos apagarla? Sería mejor que jugasen, ¿no?

El sentimiento de culpa hace que Holly se ponga como un tomate.

—¡Ay, Dios, claro! Deberías haberla apagado al llegar. Vamos abajo. —Y ambas bajan al salón.

Veinte minutos después, Oscar y Oliver están corriendo por toda la casa, chillando sin parar, blandiendo sendos sables láser mientras Ruby y Daisy están en la habitación de Daisy con la puerta cerrada, jugando a cosas de niñas. Ruby la ayuda a dibujar, de modo que Daisy está contentísima, aunque de vez en cuando abre la puerta y grita a los chicos, de forma muy poco femenina, que no entren en la habitación o los echa directamente.

Olivia bebe té y relata paso a paso los acontecimientos de sus gloriosos días con Fred.

—Parece un encanto de hombre. —Holly ríe.

—Y lo es. —Olivia se ruboriza—. Es casi perfecto en todos los sentidos.

—Bueno, y... ¿cómo vas a enfocarlo?

—¿El qué?

—La relación a distancia.

—Oh, no. —Frunce el ceño—. Estoy segura de que no es eso. La verdad es que está como un tren, pero tiene treinta y pocos, es un chaval, no me veo con él en absoluto.

—¿De verdad? Entonces... ¿solo fue sexo salvaje?

—Exacto.

—Madre mía... —Holly suspira profundamente y se pone en pie—. No sabes cuánto echo de menos aquellos días de sexo salvaje.

Olivia se ríe sin dar importancia al comentario mientras Holly abre el frigorífico y saca los bastones de zanahorias y la ensalada para los niños.

—Vale, venga, confiesa —dice Olivia por fin—. ¿Qué has estado haciendo?

Holly se endereza y la mira con evidente confusión y cierto asomo de culpa.

—¿A qué te refieres?

—A que tienes un aspecto estupendo. Debes de haber perdido cinco kilos desde la última vez que te vi, que fue... ¿cuándo? ¿Hace dos semanas? Estás resplandeciente y guapísima. ¿Qué estás haciendo? Espera, espera, déjame adivinar... ¿Pilates? No. Seguramente, yoga *bikram* o cualquier cosa del estilo con la dieta GI. ¿He acertado?

Holly se parte de risa.

—Dios mío, no, soy demasiado perezosa para hacer ejercicio, ¿estás loca o qué? Bastante ejercicio es correr detrás de los niños, y las tres veces que intenté hacer yoga estuve a punto de morirme de aburrimiento.

—¡Qué me vas a contar! —exclama Olivia—. De vez en cuando me entran remordimientos de conciencia por no hacer ejercicio y dejo que alguna amiga bienintencionada me arrastre a una clase de yoga porque jura y perjura que me encantará, y... yo me aburro como una ostra.

—Pero menudo tipazo tienes...

—Es lo que tiene dirigir un refugio de animales, por no mencionar los paseos que tengo que realizar con los perros. Ese es todo el ejercicio que hago.

—Yo ni siquiera paseo perros —señala ella entre risas— y, definitivamente, el yoga no es lo mío. No sé si las galletas de fibra con chocolate están permitidas en la dieta GI... ¿tú qué crees? —Se mete una galleta entera en la boca y Olivia se echa a reír.

—¿Cuántos años tienes, Holly, seis?

—No —contesta ella soltando una lluvia de trocitos de galleta—. Cuatro.

Se miran y se sonríen.

—Así que... —murmura Olivia, poco dispuesta a dejar el tema—, de repente a Marcus y a ti os ha dado por el sexo salvaje... ¿Es eso? A ver, siempre he oído que una vez que te casas el sexo desaparece, pero está claro que aquí pasa algo...

—¡Santo cielo, no! —Holly traga saliva—. No se me ocurre nada peor. Es que estos últimos días han sido estupendos y no tenía demasiada hambre. Ya sabes, hay épocas en que te pasas todo el día con hambre y otras en que apenas tienes apetito. Estas semanas han sido de las últimas.

—En fin, sea lo que sea, no lo dejes. Estás genial —dice Olivia al tiempo que coge una galleta de chocolate.

«Ha dicho "No lo dejes". ¿Eso significa que tengo permiso para seguir haciendo lo que estoy haciendo? Pero ¿qué estoy haciendo? No estoy haciendo nada. Solo somos amigos. Nada más.»

Holly se había olvidado de Will. Le había escrito impulsada

por uno de esos absurdos enamoramientos que aparecen en épocas de profundos cambios emocionales. Ha estado en casa de Maggie y de Peter muchas veces desde el día del funeral y está muy contenta de volver a tenerlos en su vida; además, sabe que si algún día se hubiera encontrado con Will, habría sido educada y habría mantenido las distancias.

No quería ni pensar en la posibilidad de que su comportamiento le hubiera indicado que se sentía atraía por él.

La vida había recobrado la normalidad con rapidez. Había escrito una larga carta a Sarah. Una carta llena de recuerdos de Tom. De las cualidades que más le gustaban y de las historias que esperaba que le reportaran cierto consuelo. Sabía que no podía mandarle la típica tarjeta expresando sus condolencias. Esa tarjeta de «Te acompaño en el sentimiento», de las que había cientos en casa de Maggie y de Peter. No había planeado escribir nueve páginas, pero se alegró cuando acabó; aunque Sarah no apreciara la intención con la que se la enviaba, para ella había sido un consuelo escribirla. Y eso le bastaba por el momento.

Una mañana regresó de llevar a los niños al colegio y corrió escalera arriba en busca de su portafolio antes de marcharse a la oficina para asistir a una reunión sobre la nueva línea de tarjetas navideñas que sacarían al mercado al año siguiente. El tema eran los ángeles y llevaba una semana investigando y anotando ideas para las ilustraciones.

Había diseñado una presentación preciosa por su sencillez. Un pergamino grueso con los bordes irregulares, prácticamente como si los hubieran recortado a mano, y un halo de diminutas plumas blancas. En otras, arbolitos de Navidad hechos de las mismas plumas, algunos con una lluvia de purpurina. Otra tenía un solitario ramillete de muérdago en miniatura. En otro modelo solo había una pequeña hoja de acebo. En la parte de abajo, escrita en pequeñas letras mayúsculas, había una palabra diferente según la tarjeta: paz, amor, fe, confianza, alegría. Era exactamente el tipo de tarjeta que a ella le gustaría recibir.

A Holly le encanta la Navidad; ella siempre ha dicho en broma que la culpa de que le guste tanto seguramente la tiene su nombre.* Solo tiene recuerdos buenos de las Navidades de su infancia, y todavía siente un pellizco de emoción infantil cuando termina de decorar el árbol y enciende las luces por primera vez.

Cuando era pequeña, durante los trayectos en coche se entretenía contando los árboles de Navidad que veía en las ventanas de las casas. Cada uno de ellos era emocionante, cada uno era una promesa de todas las cosas maravillosas que estaban a punto de llegar.

Marcus nunca le ha pillado el punto a la Navidad, así que aunque Holly sigue haciendo todas las cosas típicas de las fiestas (un enorme árbol cargado de lucecitas, ramas de acebo sobre la chimenea y alrededor de la puerta de entrada, gruesas velas rojas rodeadas por brillantes arándanos en cuencos de cristal), jamás ha logrado que las Navidades sean ese acontecimiento familiar lleno de felicidad que siempre había imaginado.

De todas formas, a los niños les encanta. Recortan copos de nieve de papel y los pegan a las ventanas. Cuelgan largas tiras de farolillos en la cocina y en el cuarto de juegos. La ayudan a hacer muñecos de pan de jengibre y pastelillos de fruta confitada, aunque se niegan a probar un solo bocado cuando los saca del horno.

Los últimos días había estado absorta con la presentación, y antes de irse miró el correo electrónico por si hubiera algún mensaje de última hora avisándola de que se cancelaba la reunión, cosa muy habitual.

Y lo había. Pero era de Will. Holly, como siempre, tenía prisa, pero se inclinó sobre la silla y lo abrió; los nervios que la habían acompañado siempre que había recibido los anteriores mensajes de Will habían desaparecido, pero sí sentía curiosidad por lo que querría decirle después de lo que le parecían semanas de desconexión total.

---

* Holly significa «acebo» en español. *(N. de las T.)*

Asunto: Lo siento
De: Will
Fecha: 26/11/06 4:56:09
A: Holly

Querida Holly:

Quería escribirte antes, pero la vida parece haberse complicado mucho últimamente. Las últimas semanas después de la pérdida de Tom me han parecido una especie de pesadilla. Me he pasado los días esperando despertarme y escuchar que todo era una broma. Que alguien me había gastado una jugarreta y que la próxima vez que contestara al teléfono escucharía a Tom al otro lado de la línea.

En cierto modo la realidad me golpeó después del funeral. Está muerto. He sido incapaz de hablar con nadie durante un tiempo. Creo que a mis padres les golpeó al mismo tiempo que a mí. Es como si al tener la casa día y noche llena de gente que se pasa para darte el pésame, no te pararas a pensar en la tragedia que te ha sucedido, por lo que acabas creyendo que aunque el sufrimiento es atroz, no es insoportable, así que te anima ser capaz de seguir funcionando, de sonreír cuando ves a gente que llevas años sin ver e incluso de bromear con ellos. Te sientes un poco culpable, sobre todo porque notas que algunos querrían verte destrozado, les gustaría que lloraras sobre su hombro y les molesta bastante que no lo hagas. Pero hay otros que se sienten aliviados al verte normal y, en cuanto se alejan, les dicen al oído a sus amigos que lo estás llevando fenomenal y que menos mal que no les ha tocado la papeleta de consolarte.

Además, tenía que pensar en mis padres. He ido todos los días a casa; están muy bien cuando hay gente alrededor. Se sientan y son capaces de charlar sobre tonterías y de escuchar anécdotas sobre Tom sin derrumbarse, pero en cuanto la gente se va y la casa se queda en silencio, oigo a mi madre llorar en el cuarto de baño, o veo que mi padre se va al invernadero, se sienta en una caja de plástico, agacha la cabeza y se echa a llorar pensando que nadie lo ve desde la casa. No sabe que desde la ventana de mi dormitorio se ve todo.

Así que tengo que ser el más fuerte, sobre todo ahora. Es

muy raro tener que cuidar de tus padres... No esperaba hacerlo hasta que fueran un par de ancianos, aunque supongo que pensaba que le tocaría a Tom encargarse de ellos. Es la primera vez que interpreto este papel. Tom era el fuerte, el responsable. El que siempre me sacaba de los apuros cuando era joven, al que acudía, incluso ya adulto, si necesitaba un consejo sensato o un poco de sentido común.

Durante estos últimos años nos distanciamos un poco. Más que nada porque yo notaba que Sarah no me tragaba y, aunque he estado en Boston unas cuantas veces, no me sentía cómodo, así que me limitaba a ver a Tom cuando venía a Inglaterra y a hablar con él cada dos o tres semanas.

Como es lógico, ahora me siento culpable. Me gustaría haber dicho muchas cosas, haberle dicho muchas cosas. Supongo que sabía que lo quería, pero no sé si se lo dije alguna vez, y ahora me gustaría haberlo hecho. Y aunque estábamos más distanciados que cuando éramos pequeños, sigo sin poder creerlo.

Creo que lo que más me sorprende es lo solo que me siento. Aunque mi hermano viviera en Estados Unidos y apenas lo viera, me siento muy solo en el mundo y el dolor es muy difícil de sobrellevar en ocasiones. Supongo que la soledad está acompañada por el miedo, una emoción a la que no estoy acostumbrado, aunque no sé exactamente a qué le tengo miedo. ¿A mi propia mortalidad, quizá?

Estoy divagando. Te escribo por dos razones: primero, porque creo que puedo hablar contigo sin que me juzgues y ahora que estoy saliendo del abismo necesito desesperadamente a alguien con quien hablar; y segundo, porque quería disculparme por mi silencio. Pero es que no podía hablar con nadie. Espero que me entiendas y espero que sigas dispuesta a cumplir el papel de hermana mayor. Porque te juro que ahora mismo me vendría muy bien tener una hermana mayor.

Con cariño,

WILL

Asunto: Re:
Lo siento
De: Holly
Fecha: 27/11/06 9:56:24
A: Will

Will...

Qué correo más sorprendente. Gracias por ser tan sincero y tan valiente; ten por seguro que le estás escribiendo a la persona adecuada, porque yo también me siento más libre expresándome por escrito que cara a cara. Me siento muy honrada de que me hayas elegido para confesar tus sentimientos y me alegra saber que así puedes desahogarte un poco.

Creo que sé lo que es sentirse tan solo. En muchos sentidos llevo años sintiéndome sola. No sé si me entenderás, pero cuando era más joven, supongo que en la época en la que Tom y yo estábamos juntos, nunca me sentí así. Tom siempre fue mi amigo del alma, mi cómplice, pero desde que me casé no tengo ningún cómplice. Evidentemente, Marcus es mi compañero, pero siempre está fuera por motivos de trabajo. Mientras escribo esto, me estoy dando cuenta de que entiendo la soledad mucho mejor de lo que me gustaría admitir. (¡Dios! Escribir esto supone un paso gigantesco para mí... y te pido perdón si me voy por las ramas.)

En cuanto al miedo, no soy una persona miedosa. Suelo meterme de cabeza en las situaciones peligrosas, pero sí sé lo que es el miedo a tu propia mortalidad. En cierto modo, se supone que no tenemos por qué perder a los seres queridos. Somos demasiado jóvenes. Recuerdo que cuando era pequeña murieron algunos amigos de mis padres pero, aunque ahora tengo la misma edad que ellos, no me siento tan mayor como para perder a la gente que quiero, y si la gente que quiero muere de forma inesperada, a mí también me puede pasar.

Uno siempre piensa eso cuando alguien muere... Pero te obliga a analizar toda tu vida, y no estoy segura de estar preparada para analizarla (creo que no me gustaría mucho lo que me encontraría... ¡Es broma!), aunque sí me ayuda a ser consciente de que mi estancia aquí es limitada y de que todavía me quedan cosas por hacer, por lograr. Hay muchas cosas en mi vida que no han salido como esperaba.

¿Estaré en plena crisis de los cuarenta?

Así que... en fin (sigo yéndome por las ramas)... lo que quiero decir es que tienes todo el derecho a sentir lo que estás sintiendo. La muerte de Tom nos ha obligado a todos a replantearnos cosas, y quizá en tu caso te veas obligado a adoptar un papel para el que no estabas preparado. PERO (es importante que alguien te diga esto, Will) puedes hacerlo. Tengo unos recuerdos maravillosos de ti cuando eras adolescente. Eras cariñoso y muy dulce, aunque siempre acabaras liándola (evidentemente en aquel entonces no tenía ni idea de que estabas coladito por mí, aunque a lo mejor peco de inocentona. Tal vez eras un monstruo al que se le daba de vicio conquistar a las amigas de tu hermano mayor...). Creo que va a ser una época muy difícil para todos vosotros, pero podréis superarlo y, tal como dijiste en el funeral, a Tom no le habría gustado que lo tiraseis todo la borda. Posiblemente esté mirándonos a todos mientras menea la cabeza y dice: «¡A ver si espabiláis, tontainas!». (¿No te parece estar escuchándolo ahora mismo?)

Me alegro muchísimo de que hayas sido capaz de escribirme con sinceridad y de forma tan clara. ¿Quién iba a pensar que el insoportable hermanito acabaría convirtiéndose en un hombre tan consciente de sus emociones? No, en serio, felicidades por ser capaz de expresarte así. Creo que si existe algún modo de liberar todo el dolor que debes de estar sintiendo, el dolor que todos estamos sintiendo, es escribiendo sobre él.

Y aunque estoy segura de que ya lo sabes y que no tengo que decírtelo, puedes confiar en mí. Sé que es raro, porque hace unos veinte años que no hablamos como Dios manda, pero me encantaría que fuéramos amigos y, sobre todo, me encantaría que siguieras contando conmigo cuando necesites hablar.

HOLLY X

Amigos. Podían ser amigos, ¿verdad? Naturalmente no podía negar la atracción que sentía por él, pero ¿no basaban sus antiguas amistades con los hombres en un puntito de atracción que siempre acababa desapareciendo y dejaba tras de sí una amistad sólida, alegre y fuerte?

Y llevaba tanto tiempo sintiéndose sola... Nunca había creído posible sentirse tan sola estando casada, y no había pensado en todo lo que se estaba perdiendo hasta esos momentos, cuando ha renovado sus antiguas amistades de la adolescencia.

Pero además de Olivia, Saffron y Paul, ¿qué mejor amigo que Will? No como sustituto de Tom, jamás como sustituto de Tom, pero sí como alguien que había querido a Tom tanto como ella. Alguien con quien había compartido parte de su vida. Alguien con quien tal vez pudiera hablar.

Porque echaba de menos un hombre con el que hablar. Marcus y ella se habían convertido, lo había descubierto horrorizada, en la pareja por la que siempre sentía lástima cuando estaban en algún restaurante. La pareja que parecía aburrida, que disfrutaba de una deliciosa cena sin intercambiar más que un par de comentarios. La pareja que permanecía en silencio y observaba a la gente a su alrededor con una expresión que delataba su deseo de estar en cualquier otro sitio, con cualquier otra persona.

Llevaba un año esforzándose por hablar con Marcus. Incluso había hecho una lista (¡qué ridícula se sentía, por Dios!) con los temas de los que podían hablar durante la cena, con el sencillo propósito de no caer en el silencio.

Atesoraba anécdotas sobre los niños y el trabajo, pero cambiaba de opinión al ver que Marcus no le prestaba atención. Nada que ver con las cenas con Tom, durante las cuales ambos hablaban a toda pastilla porque nunca parecían tener tiempo suficiente para decir todo lo que querían decir.

Recuerda una ocasión en la que fueron a un chino en Queensway. Sin venir a cuento, Tom mencionó la época en que ella estuvo trabajando de recepcionista en un club nocturno francés en Piccadilly, con acento francés falso y todo. Holly empezó a reírse y, sin saber cómo, las risas se descontrolaron y ambos acabaron doblados sobre la mesa y llorando a lágrima viva. Viéndolos, los comensales de las mesas que los rodeaban también se echaron a reír.

¿La había hecho reír Marcus de esa manera alguna vez? Bueno, sí. Un par de veces. Pero parecían tan lejanas como si hubieran sucedido en otra vida. Ni siquiera recuerda la última vez que se rieron juntos. Los dos solos. Ni tampoco la última vez que se lo pasaron bien.

—Una sola persona no puede dártelo todo —le había dicho a Saffron un par de noches antes cuando su amiga la llamó desde Los Ángeles para quejarse de que Pi, con quien supuestamente había quedado, acababa de llamarla para cancelar la cita, cuando lo que ella quería era que Pi se diera cuenta de una vez por todas de que eran almas gemelas, de que estaban hechos el uno para el otro y de que eran la pareja perfecta.

Al principio le pareció muy extraño haber retomado esas amistades como si el tiempo no hubiera transcurrido, y quizá lo más extraño es que no era extraño sino natural, fácil.

—Seguro que crees que estoy loca... —balbuceó Saffron, echándole dramatismo al asunto—, llamarte después de veinte años sin decirte ni mu, hasta que Tom murió... Pero, Holly, eres la única amiga que tengo que está felicísimamente casada y necesito tus consejos.

—¿Felicísimamente? —Se echó a reír—. Soy la última persona a la que deberías pedir consejo. Además, no creo en lo de las almas gemelas.

—Seguramente porque todavía no has encontrado a la tuya —replicó Saffron—. ¡Ay, Dios, Holly, perdóname! No quería decirlo como ha sonado, y tal vez Marcus lo es.

—Tranquila. —Decidió pasarlo por alto—. En realidad, no creo que haya una persona perfecta, creo que son muchas las personas que podrían hacerte feliz. Y también creo que es muy poco realista depositar tantas esperanzas en una sola persona. Nadie puede satisfacer todas tus necesidades. —Y mientras lo decía, pensó en Will. «Es algo inocente», se dijo. «Solo es un hombre con quien hablar, un hombre con el que compartir una amistad.»

—Lo sé —dijo Saffron—. De verdad que lo sé, pero quiero a este hombre. Nunca creí que la vida sería así de dura.

«Yo tampoco», pensó ella, pero no dijo nada.

13

Asunto: Amigos
De: Will
Fecha: 30/11/06 22:23:38
Para: Holly

Querida Holly:

Me encantó recibir tu mensaje. Me hizo sonreír, y también me hizo pensar. Tienes toda la razón del mundo en lo que dices a propósito de cuestionarse la propia vida. No había pensado en ello como en una crisis de la mediana edad... La verdad es que no me siento tan mayor como para sufrir una crisis por la edad, pero me he preguntado qué pasaría si me muriese mañana (perdón por lo macabro del asunto) y me he dado cuenta de que no dejaría muchas cosas atrás.

Tom creó muchísimo. Spantosa Sarah, que, aunque no sea santo de mi devoción, no tengo ninguna duda de que se querían, y aunque yo no puedo imaginarme con una mujer tan estirada, a Tom le iba bien y creo que, a pesar de lo que todos pensábamos, su matrimonio era muy sólido.

Y por supuesto los niños. Dustin y Violet. Dustin es como Tom en miniatura, serio, amable, siempre prefiere la compañía de los adultos, como Tom cuando era pequeño. Pero los dos son increíbles... Estas personillas que Tom creó llevarán su espíritu en todo lo que hagan.

Y también está el éxito de su empresa. No es que envidie lo que Tom tenía (los trajes, las reuniones de negocios, las corbatas, la vida convencional que siempre me ha horrorizado), pero me sentía seguro con él, confiaba en sus consejos porque parecía tener las cosas muy claras y yo no tengo ni idea de dónde voy a estar al día siguiente, así que imagínate cómo podría plantearme qué hacer con mi vida.

Sí, he estado preguntándome qué dejaré cuando me vaya, y la respuesta es que no mucho. No se me había ocurrido nunca que eso pudiera molestarme, pero de repente me molesta. No voy a hacer una tontería como casarme con la primera que me conquiste (claro que si vas a divorciarte de Marcus y estás dispuesta a hacer de mí un hombre honesto, ¡dímelo ya!), pero la muerte de Tom me ha hecho pensar, por primera vez, que tal vez debería sentar un poco la cabeza. Hipotecarme. Buscar a una chica de la que enamorarme. Tal vez incluso tener niños.

¡No puedo creer que esté escribiendo esto! La verdad es que viene bien poder «hablar» con alguien de estas cosas. Supongo que los que dicen que es más fácil escribir lo que sientes que expresarlo en voz alta tienen razón. Creo que si alguna vez dijera esto en voz alta, me encerrarían en un manicomio.

Espero que tengas un día tranquilo y que ya hayas acostado a tus diablillos. Me encantaría ver alguna foto suya. ¿Se parecen a ti? Me imagino a Daisy como tú en pequeño... Sé que tú eras mayor que ella cuando te conocí, pero aún te recuerdo como una criatura bohemia y exótica. Ojalá Daisy haya heredado eso de ti. Es injusto que me imagine a Oliver como un mini-Marcus, y digo lo de injusto porque espero que no sea tan serio y estirado como dicen que es tu marido.

Con cariño,

WILL

Asunto: Re: Amigos
De: Holly
Fecha: 01/12/06 04:09:28
Para: Will

Will...

Siempre me he preguntado quién hay detrás de ese «dicen». Porque parece que no es uno sino muchos, y parece que la mayor parte del tiempo tienen razón; así que si alguna vez te los encuentras, dímelo... Me encantaría saludarlos.

Debería estar dormida como un tronco, pero resulta que de un tiempo a esta parte casi todas las noches me despierto de madrugada y ya no puedo volver a dormirme. Últimamente me vengo a mi estudio... Es un lugar tranquilo para leer, disfrutar de una taza de té o cotillear las páginas de sociedad en internet, pero qué maravilla recibir tu correo y más aún tener un poco de tranquilidad para responderte como es debido.

Por cierto, mi día ha sido bastante tranquilo. Los diablillos se acostaron pronto y pude darme un buen baño caliente con una copa de vino antes de meterme en la cama. En mi opinión, una buena noche es acostarse a las nueve, y una noche fantástica es hacerlo a las ocho. Anoche fue de las fantásticas. Confieso que me encanta cuando Marcus tiene que salir de la ciudad por algún juicio. Así puedo hacer lo que quiero cuando quiero. Aunque acabo de caer en la cuenta de que para un mocoso con tanta marcha como tú seguro que soy más sosa que un plato de nabos por acostarme a esa hora.

Pues sí. Seguramente tienes razón.

Me has hecho reír con eso de que era exótica y bohemia. Nunca me he visto así. Se me ocurre que lo que me hacía parecer bohemia eran esas faldas baratas indias con espejitos que me compraba en Camden Lock. Me cuesta verme en otro papel que no sea el de esposa y madre a estas alturas. Pero lo de exótica me gusta mucho.

Y ahora voy a reenviarte un chiste... No suelo reenviar estas cosas y espero que no te parezca de mal gusto, pero yo me reí y me parece que a ti también te vendrían bien unas risas esta noche. Me encanta que puedas desahogarte conmigo. Me honra y me alegra que digas esas cosas tan dulces, me siento como si hubiera recuperado a un amigo que ni siquiera sabía que tenía, aunque es triste que para ello haya tenido que suceder semejante tragedia.

Asunto: FW: Vaqueros (Amigos, segunda parte)
De: Holly
Fecha: 01/12/06 04:42:56
Para: Will

Un vaquero entrado en años se sienta en un Starbucks y pide un café. Mientras se lo está tomando, una chica se sienta a su lado.
Esta lo mira y le pregunta:
—¿Eres un vaquero de verdad?
Él contesta:
—Bueno, me he pasado toda la vida domando potros, trabajando con vacas, participando en rodeos, arreglando cercas, lazando terneros, apilando heno, cuidando de los becerros, limpiando los graneros, arreglando ruedas, arando con tractores y dándole de comer a mi perro... Así que supongo que soy un vaquero.
La chica replica:
—Yo soy lesbiana. Me paso todo el día pensando en mujeres. Cuando abro los ojos por la mañana, pienso en mujeres. Cuando me ducho, pienso en mujeres. Cuando veo la tele, pienso en mujeres. Incluso pienso en mujeres cuando como. Parece que todo me hace pensar en mujeres.
Los dos guardan silencio mientras beben.
Al cabo de un rato, un hombre se sienta al otro lado del vaquero y le pregunta:
—¿Es usted un vaquero de verdad?
Y él contesta:
—Eso creía, pero acabo de descubrir que soy lesbiana.

Asunto: Re: FW: Vaqueros (Amigos segunda parte)
De: Will
Fecha: 01/12/06 10:33:25
Para: Holly

Así que además de mocoso, ¡¡¡¡¡¿¿¿ soy lesbiana???!!!!!

Holly se echa a reír cuando lee la respuesta de Will. La guarda y procede a releer sus mensajes anteriores. No está segura del motivo, pero los relee todos los días. La alegran. Se siente libre. Joven. Una noche, mientras Marcus dormía, se escabulló de la cama para ver si tenía alguno nuevo. Efectivamente. Parece que a Will le pica la curiosidad tanto como a ella.

No hay nada más emocionante que sentarse a su mesa y abrir la bandeja de entrada de su correo electrónico. La emoción es tan intensa que a veces la abruma. Hacía años que no sentía la emoción de la espera, que no tenía una razón para levantarse de la cama.

Su estado de ánimo pasa de la euforia cuando recibe un nuevo correo a la inseguridad y la incertidumbre cuando no hay ninguno. Gran parte del tiempo se siente como si volviera a tener dieciséis años.

Sigue jugando con los niños, pero está demasiado distraída para prestarles toda su atención, y esa distracción está afectando a su relación con Marcus. Ya no le importa que nunca esté en casa o que no parezca especialmente interesado en su vida.

Una noche Marcus llega a casa mucho antes de lo normal y le dice que ha decidido que se darán un capricho y que ha reservado mesa en Petrus. Ella corre escalera arriba y se cambia de ropa; cuando baja, Marcus la mira con el ceño fruncido.

—¿Es nuevo?

—Sí. —Da una vuelta—. ¿Te gusta?

Lleva un colorido vestido con un estampado de flores enormes y un collar largo de estilo retro con margaritas esmaltadas.

Se enamoró del conjunto cuando llevó a Daisy a la tienda Petit Bateau en Westbourne Grove; por supuesto, Daisy acabó con ropa interior y ella con cuatro bolsas a rebosar de esa ropa preciosa, divertida y sí, joder, bohemia, que había intentado fingir que jamás volvería a ponerse porque sabía que no encajaba con el papel de esposa de Marcus.

—Es alegre —dice Marcus antes de que salgan de la casa.

La patente desaprobación de su marido no le molesta lo más mínimo. En lo que se refiere a Marcus, sus sentimientos son nulos. Ni amor. Ni odio. Nada. Mera indiferencia.

Al parecer la esposa de Marcus ha desaparecido.

En el restaurante, Marcus dice:

—Estás en Babia.

Esta noche, Holly no está haciendo lo que suele hacer: hablar por los codos sobre tonterías mientras él se limita a sonreír, asiente con la cabeza de vez en cuando y finge interés cuando en realidad está pensando en el trabajo. Esta noche Holly parece feliz, pero es como si tuviera la cabeza en otro sitio. Y su aspecto es diferente. Esta noche no se ha recogido el pelo en una cola, como a él le gusta. Lo lleva alborotado, incluso un poco rizado. Y la verdad es que le queda muy sexy.

Cuando llegan a casa, Marcus se coloca detrás de ella en el cuarto de baño y la abraza. Ella se gira y le devuelve el beso, y quince minutos más tarde, cuando se quita de encima de ella con un último beso y una sonrisa, la observa levantarse y caminar hacia el cuarto de baño y le dice:

—Holly, ha sido estupendo.

—Sí, ¿verdad? —Le lanza una sonrisa al cruzar la puerta. Lo que no le dice es que cerró los ojos, solo un par de veces y apenas durante dos segundos, e imaginó que estaba con Will. No es que esté planeando tener una aventura, ¡claro que no!, pero quería saber lo que sucedería si lo hiciera.

¡Qué coño! Todos tenemos derecho a fantasear de vez en cuando, ¿no?

Al otro lado del charco, Saffron está disfrutando de su fantasía particular. La mujer de Pi está lejos rodando y él dormirá con Saffron mientras su esposa esté fuera, o al menos esa noche.

Ha encargado la comida preferida de Pi en Wolfgang Puck; Samuel se encarga de recogerla y Saffron de calentarla antes de que aparezca Pi. Tiene cerveza sin alcohol en el frigorífico y la leña apilada junto a la chimenea para encenderla justo antes de que entre. La voz de Jack Jones emerge suavemente por los altavoces Bose (un regalo de Pi tras descubrir que se las apañaba con unos minúsculos altavoces para su iPod en los que todo sonaba minúsculo).

Acaba de depilarse las piernas, pintarse las uñas y teñirse el pelo. Lleva dos semanas sin verlo y, como de costumbre, la emoción de estar juntos la consume, porque no solo será una tarde, sino toda la noche.

Pero no se ha maquillado. A Pi le encanta verla al natural. Suele decirle que como más le gusta es recién levantada, con el pelo alborotado y la cara lavada. Le encanta verla con vaqueros viejos, gorra de béisbol y una de sus sudaderas demasiado grandes. Ese era su aspecto cuando se enamoró de ella, le dice, cuando la vio en aquella reunión. Como si acabara de levantarse.

A veces se pregunta si la atracción tan intensa que sienten se desvanecería si pasaran juntos todo el tiempo. Sospecha que no. Han compartido tantas confidencias y a un nivel tan íntimo durante las reuniones que sería imposible que se desvaneciera cuando lo conoce mejor que cualquier otra persona en el mundo y viceversa.

Su fantasía de esa noche es la misma que la de las otras noches. Que Pi se dé cuenta del absurdo de seguir con un matrimonio por el bien de su carrera y se decida a ponerle fin. Que se mude a esa casita (tendría que ser en esa casita, ya que Saffron no tiene ningunas ganas de arrebatarle a su mujer el papel de señora de la mansión) y que puedan dormir abrazados todas las noches.

El fuego está encendido, la comida se está calentando en el horno, el ambiente es perfecto. Cuando Pi llama a la puerta, Saffron baja la escalera corriendo, como una adolescente nerviosa, y se arroja a sus brazos para darle un beso interminable.

Es increíble lo mucho que le gusta besarlo. Los hombres con los que ha estado antes siempre han ido directos al grano; sin embargo, Pi, que anhelaba el cariño del que carecía su matrimonio, puede pasar horas en los brazos de Saffron, en el sofá, simplemente besándola.

Le encanta que lo quieran. Por supuesto, es una de las estrellas más adoradas de su generación, pero eso no es amor de verdad. Cuando se casó con su mujer, la quería y, aunque ahora sabe que fue muy ingenuo, creía que ella le quería.

Se casó con ella porque a su lado se sentía seguro, porque creía que formarían un buen equipo y porque él era débil y ella parecía muy fuerte.

En las situaciones en las que él se mostraba creído y pedante, sobre todo en la época en que bebía, ella parecía muy sensata y práctica. Era increíblemente intuitiva y lista, y a él le encantaba que lo acompañara a las reuniones de negocios y escuchar su opinión cuando acababan, pues sabía que siempre captaba algo importante que a él se le había escapado por completo.

Adoraba su mente empresarial. Tan emprendedora que se había lanzado a fundar su propia productora y a comprar guiones. Se quedaba en la cama leyendo durante horas, con las gafas en la punta de la nariz, lápiz en mano, haciendo anotaciones en los márgenes de los manuscritos.

En aquella primera época de su matrimonio, era él quien la buscaba. Le pasaba una mano por el muslo y se inclinaba para besarle el cuello, pero ella meneaba la cabeza con aire distraído y se apartaba, decía que tenía que terminar de leer antes de dormirse, que tenía que levantarse temprano, o «Esta noche no, cariño, tengo mucho trabajo».

No la culpa de que él haya buscado refugio en el alcohol, pero sin duda el alcohol hacía más llevadero el rechazo. Cuando empezó a buscar en otra parte el amor y el cariño que ansiaba, se escudaba en el alcohol como excusa. Lo hacía sentirse fuerte e invencible, le restaba importancia al hecho de que la única persona a la que deseaba no lo correspondiera.

Ahora cree que fue un matrimonio orquestado por sus representantes. Ojalá lo hubiera sabido en su momento. Se habría ahorrado muchísimo dolor de haber sabido que ella siempre había considerado su unión como un acuerdo de negocios.

De modo que comenzó a prestarle atención a otras mujeres, pero no encontró el amor hasta que conoció a Saffron. No había verdadera intimidad y nunca confió en que lo quisieran por lo que era y no por ser un actor rico y famoso.

La ciudad de Los Ángeles estaba llena de chicas preciosas que se bajaban las bragas a la primera de cambio, y eso le bastó por un tiempo, pero cuando se topó con Saffron y fueron conociéndose inmersos en la seguridad de las reuniones de Alcohólicos Anónimos, supo lo que había estado perdiéndose.

Ha hablado un millón de veces con su representante sobre el tema de dejar a su mujer e instalarse con Saffron. Pero su representante, su agente y su publicista son de la misma opinión: eso acabaría con su carrera. No puede hacerlo. No le dice a Saffron que es en lo único que piensa porque no quiere darle falsas esperanzas, pero cree que en algún momento de su carrera podrá echar el freno, comprar un rancho en Montana, dejar esa vida atrás y empezar una nueva con ella.

Porque Saffron no es la única que tiene fantasías. Pi fantasea con tener una familia. Fantasea con tener una esposa que lo quiere, que duerme acurrucada a su lado todas las noches, que lo apoya incondicionalmente. Sueña con tener niños (un montón de niños que corretean entre carcajadas), sueña con una esposa que los mima a todos y juega con ellos. Sueña con espacios abiertos, con caballos, con poseer un terreno. Y aún no termina de creerse lo que eligió cuando se casó con su esposa.

Tal vez sea una buena amiga, pero no quiere hijos. No le gustan los animales. Su idea de una casa perfecta es la mansión que tienen en Bel Air, decorada por los mejores profesionales de la ciudad. Preciosa, pero sin nada que indique que es un hogar.

Recuerda vagamente que al principio hablaban de cómo imaginaban su futuro. Recuerda que ella le contó que quería una productora, pero también dijo que quería tener hijos. Él le contó su sueño de tener un rancho, y ella dijo que parecía una idea maravillosa. Ahora se da cuenta de que en aquella época su mujer dijo un montón de cosas. Dijo todo lo que él quería oír, pero muy pocas cosas eran verdad.

Cuando comenzó a acudir a Alcohólicos Anónimos, la odiaba. La odiaba por haberlo atrapado en un matrimonio sin amor, la odiaba por haberle mentido. Apenas era capaz de hablar con ella. De camino a los preestrenos de sus películas, en la limusina, discutían como posesos, pero salían con una sonrisa deslumbrante para enfrentarse a los flashes y se detenían delante de las cámaras para demostrar lo mucho que se querían.

Concedían entrevistas para hablar de la solidez de su matrimonio, de las cosas que más les gustaban del otro, y en cada una de ellas Pi tenía la sensación de que estaba haciendo la mejor interpretación de su vida, merecedora de ganar un Oscar si existiera una categoría que valorara el fingimiento del cariño.

El programa de doce pasos le aportó el don de la aceptación. Aprendió a aceptarla en vez de a odiarla por no ser quien él quería que fuese. Comprendió que su matrimonio nunca sería como el que soñaba, pero también comprendió que tenía una alternativa: podía regodearse en la autocompasión y el resentimiento y ser una víctima durante el resto de su vida o podía afrontar su vida de otro modo y abrazarla tal como era.

Y justo cuando acababa de aceptar su vida, cuando acababa de aceptar que su matrimonio era una gran amistad y un maravilloso acuerdo comercial, Saffron apareció en una reunión y le robó el corazón.

En esta vida nada ocurre por casualidad. Está convencido de que Saffron y él estaban en esa reunión en concreto por un motivo, y aunque le asegura a su representante que seguirá interpretando la farsa del matrimonio feliz, sabe que solo podrá renegar de su verdadera naturaleza durante un tiempo, y que cuanto más tiempo pase en Alcohólicos Anónimos (cuyo pro-

grama exige nada menos que una sinceridad total), más difícil
será seguir con la mentira.

Y es mucho más difícil en noches como esa, cuando ve claramente que Saffron es todo lo que su mujer no es.

—Hora de confesar —dice Saffron mientras Pi la ayuda a meter los platos en el lavavajillas—. Pero antes —añade con una
sonrisa— ¿se me permite decir que me encanta ver al tío más cañón de Estados Unidos metiendo los platos en el lavavajillas en
mi diminuta cocina? Si te vieran tus fans...

—¿Qué? ¿No te parece sexy? —Pi se pone una mano en la
cadera y hace una pose con un plato—. ¿No es esto lo que quieren todas las mujeres? ¿Un hombre que las ayude?

—Más o menos, pero creo que si estuvieran contigo, espera-
rían que las atendiera un mayordomo, ¿no te parece?

—Pues tendrían que esperar sentadas. —Pi se echa a reír—.
Volvamos a lo de la hora de confesar. ¿Qué pasa?

Saffron se pone colorada.

—Vale. Mentí.

—¿Sobre qué?

—Yo no he preparado la cena. Quería que pensaras que cocino estupendamente, así que mentí.

Pi se parte de risa.

—Ya lo sabía. Solo en Wolfgang Puck la preparan así de buena. Estaba con Samuel cuando recogió el pedido. No soy idiota.

Saffron, deja escapar un suspiro de alivio.

—Ya sé que no eres idiota, pero quería que pensaras que cocino de maravilla.

—Cariño, la cocina es lo último que me importa.

—¿De verdad? —Saffron enarca una ceja y Pi cierra el lavavajillas, la abraza por la cintura y la acerca para besarla.

—¿Sabes una cosa? —Se aparta un poco y la mira a los ojos;
ella sonríe—. Te quiero, Saffron.

—Yo también te quiero —dice ella y lo coge de la mano, lo
saca de la cocina y lo lleva escalera arriba, a la cama.

14

Frauke aparta la mirada de la encimera que está limpiando después de haber preparado el almuerzo a Daisy y suelta un largo silbido.

—¡Madre mía! ¡Estás guapísima!

—¿En serio? —Holly, encantada, da una vuelta para que la observe—. ¿No te parece un poco... juvenil?

—¡Holly! Eres una mujer joven. No paro de decirles a mis amigas *au pairs* que soy muy afortunada por tener una jefa tan joven. Deberías vestirte así a menudo. Más joven. La ropa que sueles llevar es bonita, pero te hace mayor. Si no te conociera, te echaría cuarenta y cinco.

—¡Frauke! —exclama Holly indignada pero entre risas—. Se te da de perlas aguarle el día a la gente.

Frauke parece confusa.

—¿Yo? ¿Por qué? Hoy como mucho aparentas treinta. No, veintiocho.

—¿De verdad?

—Sí. Y me encanta cómo llevas el pelo. Es muy sexy. ¿Adónde vas?

—A comer con un viejo amigo. ¡Daisy! —grita en dirección a la escalera—. ¡Ven a darle a mami un beso de despedida!

Holly entra en el coche y saca el CD del bolso. La selección de canciones es suya, y las ha elegido porque todas le dicen algo, le hablan de su vida, la llenan de optimismo sobre las promesas del futuro.

Había olvidado que la música podía ser tan poderosa. En la adolescencia la música era su vida. Jamás salía de casa de su madre sin llevar el *walkman* en la mano, y pasaba horas caminando por Hampstead Heath con aire melancólico, la adolescente incomprendida que necesita un caballero de brillante armadura que la rescate.

Ahora suele escuchar la radio, llevaba años sin poner un CD a menos que fuera de los niños. Hace dos semanas, siguiendo el consejo de Will, salió a comprarse un iPod, y cuando volvió a casa se pasó dos días eligiendo canciones, comprándolas y creando listas de reproducción. La que ha elegido hoy se titula «Feliz» y todas la ponen de buen humor.

«Brown-Eyed Girl» de Van Morrison, «I'll Take You There» de Staples Singers, y después Corinne Bailey Rae. Sacude la cabeza para mover los rizos que se ha hecho esa misma mañana con las tenacillas y comienza a cantar a voz en grito. Vuelve a sentirse como si tuviera dieciséis años: joven, libre y capaz de cualquier cosa.

Lo que es.

Llega la primera. Mierda. Detesta ser la primera. Lo había planeado todo con premeditación para llegar cinco minutos tarde, pero cuando entra en Nicole's no lo ve por ningún sitio.

—¿Cuántos? —pregunta educadamente el *maître*, y la acompaña a una mesa del fondo para dos personas.

Resiste la tentación de ir al baño para retocarse el maquillaje. Sabe que está perfecto. Lo ha comprobado en todos los semáforos que ha pillado en rojo durante el trayecto y varias veces a lo largo del serpenteante recorrido por las calles de Londres.

Comienza a dar golpecitos de impaciencia con la bota y de repente descubre su imagen en un espejo situado al otro extremo de la sala. ¡Por Dios! Ni ella misma se reconoce. Vaqueros ceñidos metidos bajo unas botas de piel que le llegan a las rodillas y cuyo tacón es lo suficientemente alto para sentirse sexy y poder andar. Camisa de algodón, clásica, pero larga y ajustada, y un cinturón ancho.

Echa un vistazo a la clientela que la rodea y se da cuenta de que encaja a la perfección en ese ambiente. No parece distinta de las madres jóvenes que toman capuchinos con el cochecito de sus hijos pegado a la mesa, y aunque hoy Holly va sin niños, sin cochecito y sin accesorios infantiles, es la que es, simplemente ha cambiado un uniforme por otro.

Ha cambiado el uniforme de cachemira y perlas, perfecto para la mujer de un abogado, por uno al estilo de Notting Hill y, aunque no deja de ser un uniforme, es consciente de que ese tipo de ropa le eleva la moral una barbaridad. Se siente joven y, afrontémoslo, solo tiene treinta y nueve años. ¿Que necesidad hay de aparentar cuarenta y cinco?

—¡Estás guapísima!

Will la mira con los ojos como platos, sorprendido y encantado, o eso espera ella. No. No lo espera. No tiene sentido esperar algo así. ¿O sí? ¿Qué hay de malo en querer resultar atractiva a otros hombres? Nada. ¿Qué hay de malo en disfrutar de la admiración de un hombre? Nada. No significa que vayas a tener una aventura, ¡por el amor de Dios! Ella jamás se embarcaría en una aventura. No es de ese tipo de mujeres.

«Estás casada, cariño, ¡no muerta!»

—¿Qué? Ah, vaya. Gracias. —Se ruboriza un poco mientras se levanta para aceptar el abrazo de Will, que le da dos besos, pero no al aire: posa sus labios en una mejilla y luego en la otra, aunque ella se limita a hacer el gesto cordial. «¡Para!», se dice mientras se le desboca el corazón. Se sienta rápidamente y alarga el momento de coger la servilleta y ponérsela en el regazo con la intención de calmarse.

—Ahora sí que pareces la Holly de siempre. —Will sonríe y Holly se sobresalta al ver lo mucho que se parece a Tom.

—Esto es un poco raro, ¿verdad? —se oye preguntar.

—¿El qué? ¿Que tú y yo comamos juntos? Francamente, creo que ya va siendo hora de que nuestra correspondencia por internet se convierta en una amistad de verdad, y ¿cómo vas a hacerte amigo de alguien si nunca lo ves? Tal como dice la agencia de citas: solo es un almuerzo.

—No, no me refiero a eso. Es que cuando sonríes eres igualito que Tom. —Coge la servilleta y se la lleva a los ojos—. Lo siento, Will —se disculpa e intenta sonreír—. Es absurdo que sea yo la que está aquí con los ojos llenos de lágrimas cuando tú eres su hermano. No tengo derecho a montar este numerito emocional delante de ti.

Will se inclina, coloca una mano sobre la de Holly y le da un suave apretón.

—Holly, tú también lo querías. Y, para que conste en acta, tienes todo el derecho a montar los numeritos emocionales que quieras, porque sé de buena tinta que siempre te pillan por sorpresa.

—Lo siento —repite mientras una lágrima le resbala por la nariz.

—No pasa nada —la tranquiliza; no aparta su mano y no dice nada más.

Unos segundos después, el momento pasa y ella sonríe mientras sorbe por la nariz.

—Soy patética —dice—. Lo siento.

—Lo único patético de todo esto es que sigas disculpándote. ¿Quieres dejarlo ya, por favor?

—Vale. —Sonríe—. Lo s... Oh. ¡Vete a la mierda!

—Eso está mejor. —Will sonríe—. ¿Cuándo fue la última vez que le dijiste a un amigo que se fuera a la mierda?

—Ayer, creo —contesta—. Me parece que se lo dije a Saffron por teléfono.

—Qué bonito... —Will finge estar horrorizado—. No entiendo cómo sigue siendo tu amiga.

—Porque soy agradable, divertida y leal.

—Y el pelo así te queda muy sexy, si se me permite decirlo.

Holly se pone como un tomate y Will se echa a reír.

—¿Te vas a poner colorada cada vez que te diga un piropo? Porque si es así, me parece estupendo. Voy a empezar ya mismo. Esos vaqueros metidos en las botas te hacen un culo...

—¡Will! —Lo interrumpe pese a las carcajadas.

—¿Qué pasa? ¿No puedo decir culo?

—No, no puedes. No me conoces lo suficiente para hacer comentarios sobre mi... Bueno, tú ya me entiendes.

Will se apoya en el respaldo de la silla, cruza los brazos por delante del pecho y la observa con una sonrisa.

—Vaya, vaya... —dice—. Holly Mac es ¿una puritana...? Increíble.

—No soy una puritana —replica ella, indignada.

—Entonces dime que tienes un culo estupendo.

—¡No! No tengo por qué decirte que tengo un culo estupendo para demostrarte que no soy una puritana.

—Vamos. No te creeré hasta que me lo digas.

—Vale. Tengo un culo estupendo. ¿Estás contento?

—Mucho, gracias. Y sí, soy de la misma opinión. ¿Pedimos la carta?

El camarero aparece de inmediato, y ella aprovecha el momento para disimular la vergüenza que siente (y también la emoción) mientras decide qué pedir.

—No estás acostumbrada a los halagos, ¿verdad? —murmura Will mientras observa a Holly por encima de la taza de su capuchino al final de un almuerzo alegre y divertido al que ninguno de los dos quiere poner fin.

—No —contesta ella con pies de plomo—. Aunque no creo que sea algo personal. Es que no me imagino en una situación proclive al halago. Mi vida como madre e ilustradora es rutinaria. Ves a la misma gente todos los días y siempre llevas la misma ropa, ¿qué piropo te van a echar? Supongo que a ti te pasará igual, ¿no? ¿Cuándo fue la última vez que te echaron un piropo?

—El día del funeral de Tom. El momento no era muy apropiado, la verdad, pero se me acercó una chica y me dijo que sus amigas y ella habían estado coladas por mí durante la adolescencia. ¿Te acuerdas del verano que estuve trabajando en la farmacia? Por lo visto, iban a verme los fines de semana cuando jugaba al fútbol y después buscaban cualquier excusa para entrar en la farmacia a comprar algo. Hasta me pusieron un apodo: Piernas Cañón.

Holly estalla en carcajadas.

—¿Por los músculos?

—Es normal que un futbolista tenga las piernas muy musculosas.

—Yo no he dicho que no lo sea. Pero es gracioso. Piernas Cañón..., me gusta.

—Sí, bueno. El mérito no es mío. ¿Holly? —Su rostro ha adoptado una expresión seria—. ¿Puedo preguntarte una cosa?

—Sí, pero no te prometo que vaya a contestarte.

—En uno de tus correos electrónicos dijiste algo de que para ti una noche era buena si estabas en la cama a las nueve y fantástica si lo estabas a las ocho. No lo decías en serio, ¿verdad?

Ella sonríe mientras se inclina hacia delante.

—Will, cariño, el día que tengas niños sabrás exactamente a qué me refiero y comprenderás, lamentablemente, cuánto de verdad hay en ello.

—Pero tengo un montón de amigos con hijos y ninguno se va a la cama tan temprano.

—Es el cansancio. —Holly se encoge de hombros.

—¿Estás segura de que no estás dejando pasar la vida?

—¿Cómo? —Se endereza en la silla, pasmada.

—Lo siento. No pretendía ofenderte. Es que eres tan apasionada, siempre lo has sido... pero hoy es la primera vez que veo a la Holly de siempre. Cuando te vi después del funeral no podía creer lo mayor que estabas. Evidentemente las circunstancias no acompañaban, pero hasta tu ropa parecía estirada y formal. Como si fueras una sombra de lo que eras, de la mujer en la que siempre soñé que te convertirías. No quiero que te enfades por lo que voy a decirte, pero creo que es lamentable que te acuestes todos los días a las ocho o las nueve de la noche. Eso no es vivir. Eso es dejar que la vida pase. Es como si metieras la cabeza debajo de las mantas, literalmente, mientras dejas que la vida se te escape entre los dedos.

Holly guarda silencio. Es incapaz de decir nada durante un buen rato. Cuando por fin alza la cabeza y lo mira a los ojos, se encoge de hombros.

—Quizá tengas razón. En parte —admite—. Quizá meterme en la cama evita que me ponga a analizar mi vida. Y quizá las cosas serían distintas si Marcus pasara más tiempo en casa. Trabaja muchísimo. No vayas a pensar que está en casa y que yo paso de él metiéndome en la cama... Es que no tengo otra cosa que hacer. Sí, podría quedarme a ver la tele hasta que él llegara, pero prefiero meterme en la cama con un buen libro.

—Pero eso de que no tienes otra cosa que hacer es ridículo. Podrías salir con amigos, divertirte. Podrías ir al cine, salir a tomar algo. No sé. Algo. Cualquier cosa. Vivir. —Está horrorizado y no hace el menor esfuerzo por disimularlo—. Vale. Te reto. El viernes por la noche he quedado con unos amigos para ir a un concierto. Algo informal, música en directo en un bar y eso. Si Marcus no llega temprano, quiero que vengas con nosotros. No lo pienses. Di que sí. Consigue una canguro y ven.

—No puedo. —Holly menea la cabeza, pero aunque menee la cabeza sabe que sí que puede. Sabe que irá.

—¿Por qué no? Seguro que Marcus trabaja hasta tarde. Elige, tienes dos posibilidades: meterte en la cama a las ocho o salir con gente interesante para hacer algo distinto, algo que tal vez te enriquezca como persona. —Suspira—. Me repatea esa filosofía, esa creencia que tienen tantos casados de que hay que comportarse de cierta manera, dejar que la vida gire en torno a los niños y ceder, ceder y ceder hasta que casi no quede nada de la persona que uno era antes de tener hijos. Tengo muchísimos amigos casados —continúa—. Y todos tienen algo en común: en lo primordial siguen siendo como eran antes de casarse. Siguen saliendo de copas, siguen divirtiéndose y conservan lo suficiente de su identidad para que ninguno piense que una parte de sí mismo murió el día que se plantó frente al altar.

—¡Dios! —Respira hondo—. Así me sentí yo el día de mi boda... Pero no me había dado cuenta hasta ahora.

—¿Lo ves? Pero tienes la oportunidad de cambiar. Aprovéchala. Dime que vendrás. Me encantaría que conocieras a mis amigos y creo que te lo pasarías muy bien con ellos. ¿Vendrás?

—Vale. —Se echa hacia atrás en la silla y se relaja—. Iré.

Cuando la frase «¿Qué estoy haciendo?» amenaza con pasarle por la cabeza, la silencia de golpe. «No voy a analizar esto, —decide—. Solo voy a vivir el momento y ver qué pasa.»

Paul y Anna, sentados en un rincón de un tranquilo restaurante de Highgate Village con una copa de vino en la mano, intentan encontrar las palabras adecuadas.

—Lo siento muchísimo, Anna —vuelve a decir Paul al tiempo que le echa un brazo por los hombros para abrazarla con fuerza—. Lo siento mucho.

—Podemos intentarlo otra vez, ¿no? —Anna le lanza una mirada esperanzada, pero ya sabe la respuesta.

—No veo cómo —contesta Paul—. Los dos deseamos con toda el alma tener un niño, pero creo que esto va a acabar destruyéndonos física y emocionalmente. No sé cuántos intentos más podremos soportar. Además, el coste económico es excesivo. Tenemos que ahorrar, contar con algo de dinero por si sucede cualquier imprevisto, por no mencionar el granero, que no podemos aprovechar porque no hemos invertido ni un penique en arreglarlo. Creo... —comienza pero hace una pausa—. No sé si estás preparada para oír esto, pero creo que ya va siendo hora de que consideremos la idea de adoptar.

Anna suspira y una lágrima cae sobre la mesa.

—Sinceramente, jamás creí que llegaríamos a este punto —susurra—. No paro de pensar que el siguiente intento será el definitivo y me quedaré embarazada. Todavía no me lo creo. Sé que siempre hemos dicho que consideraríamos la adopción, pero eso es tan irrevocable... La adopción significa que he fracasado. Que hemos fracasado. La adopción significa que hemos aceptado que todo ha terminado. Se acabaron el Clomid, el Synarel, las inyecciones y la esperanza. No sé cómo afrontarlo, no sé cómo aceptarlo.

—Lo entiendo —dice Paul—. A mí me pasa igual. Tal vez en algún momento del futuro podamos volver a intentar la fecundación in vitro, pero aunque no estés preparada para comenzar con los trámites para el proceso de adopción, tengo la sensación de que hemos llegado a un punto en que debemos informarnos sobre el tema y los pasos a seguir. A lo mejor nos ayuda..., quizá nos ayude a aclarar las cosas.

—¿Por qué a mí? —Anna apoya la cabeza en el hombro de Paul mientras él la acuna con ternura—. ¿Por qué a nosotros?

Adora la vulnerabilidad de su mujer, piensa Paul mientras le acaricia la espalda despacio y le besa la coronilla, consolándola como a un bebé, acunándola como si así pudiera conseguir que todo se solucionara. Adora su capacidad para presidir las reuniones de empresa sin ceder ni un ápice, la tenacidad con la que se ha enfrentado a los grandes del sector, el hecho de que se haya hecho a sí misma y de que haya creado su negocio de la nada. Pero lo que más adora es que ella no es así.

La Anna a la que quiere tiene muchas caras. Puede ser tenaz, implacable y feroz y al mismo tiempo también tierna, agradable y vulnerable. Y adora que jamás le asuste mostrarse tal como es, como esa noche.

Sigue acunándola hasta que se calma. En cuanto a sus preguntas, «¿Por qué yo? ¿Por qué nosotros?», solo se le ocurre una respuesta.

«¿Por qué no?»

—¿Nos vamos a algún sitio este fin de semana? —propone Paul mientras cogen los abrigos y se abren paso entre las atestadas mesas.

—¿A White Barn Fields? —Anna sonríe con tristeza—. ¿Para ver todo el trabajo que queda por hacer porque no podemos pagarlo?

—Podríamos hacerlo nosotros. —Paul se encoge de hombros—. Estoy seguro de que sería muy divertido.

—¿Crees que habrá algún manual? ¿Algo como *Reforma de casas: guía práctica para torpes*? —Anna sonríe. Su primera sonrisa sincera de la noche.

—Si no lo hay, lo escribo y así nos forramos.

—Es la mejor idea de la noche. —Lo mira con una sonrisa—. Te quiero, que lo sepas.

—¿Aunque no gane lo bastante para seguir pagando la fecundación in vitro?

Está bromeando, pero ella se percata de la inseguridad de su mirada.

—Sí, aunque no ganes lo bastante para seguir pagando la fecundación in vitro. Por lo menos nunca podrán decir que me casé contigo por tu dinero.

—No, fue por mi encanto y mi atractivo.

—En realidad creo que en algún momento de la entrevista me hipnotizaste. La buena noticia es que aún sigo en trance.

—Yo también te quiero —le dice Paul; la besa en la frente y la abraza con fuerza. Se detienen un instante en la acera, junto a la puerta del restaurante, acunándose el uno al otro. Sus alientos se condensan en el aire—. Me siento tan afortunado por tenerte, por que estemos juntos...

—Entonces, ¿nos vamos este fin de semana a White Barn Fields con la caja de herramientas en el maletero?

—Sí. —Paul asiente con la cabeza al tiempo que echan a andar hacia el coche—. Iremos y nos pondremos manos a la obra. También empezaré a mirar lo de la adopción.

—No te prometo nada —dice ella, aunque hace un gesto afirmativo con la cabeza—. Pero sí. Me parece bien que empieces a mirarlo.

—Bueno, ¿qué te parece? —le pregunta Will a Holly al oído para que pueda oírlo.

Ella sonríe.

—Tus amigos son geniales. La música es genial. Y me lo estoy pasando genial.

—Entonces todo es genial, ¿no? —Will se echa a reír.

—Sí, todo es genial —dice Holly mientras Will pide otra ronda de cerveza.

Están sentados en el Jazz Cafe, en Camden. Para sorpresa de Holly, el local no está lleno de gente diez años menor que ella, como había temido. Y la música no es insoportable ni está tan alta como para acabar con dolor de cabeza.

Y no está siendo una noche horrible. No sabe muy bien por qué aceptó la invitación. Estaba segura de que lo iba a pasar fatal, pero quería demostrarse algo. Quería demostrarse que había un motivo por el que se iba a la cama a las ocho y que no ganaría nada fingiendo ser una veinteañera, saliendo de copas y asistiendo a conciertos con desconocidos.

Pero los amigos de Will han resultado ser encantadores. Un electricista que trabaja de vez en cuando con Will; una quiropráctica y su marido, periodista de profesión; y una pareja australiana que, como Will, trabaja para financiarse los viajes. La quiropráctica y el periodista, Jan y Phil, tienen cuatro hijos, y antes de que el grupo comenzara a tocar, Holly pasó un buen rato compartiendo con ellos historias de los niños y lanzándose miraditas con Will, que charlaba con los australianos en el otro extremo.

La banda es un trío que toca jazz. Ni muy lento ni muy estridente. La música es maravillosa, y a Holly le asombra lo bien que lo está pasando sentada en un bar, escuchando música con una cerveza en la mano, ¡una cerveza! Dios sabe cuándo fue la última vez que bebió una cerveza. Lo suyo ahora es el vodka con tónica.

Está rodeada de buena gente. De gente fácil. Gente que no necesita impresionar a nadie, que no la juzga y que se limita a pasárselo bien donde está y con quien está.

Muy diferente de su vida con Marcus y de su papel de esposa de Marcus.

¡Uf! Marcus...

Le ha dicho que iba a salir, pero no ha sido del todo sincera al decirle con quién. Ha mencionado a Will, así que no le ha mentido del todo, pero ha añadido que iban en grupo: Paul y Anna, Olivia, y otra pareja más.

—Es una lástima que no puedas venir —mintió por teléfono—. Te echaremos de menos.

—Diviértete —le deseó él con voz distraída, y así le ahorró el mal rato de sentirse culpable por la mentira que acababa de soltarle.

La velada concluye con una ronda de abrazos de despedida. Will se vuelve hacia ella y le dice:

—Mañana iré a casa de mis padres a llevarles unas cosas y me quedaré a comer con ellos. ¿Te gustaría ir? Les encantará verte.

—¿Mañana? —Le echa un vistazo al reloj para demorar su respuesta. Mañana. Marcus sigue en Manchester y no volverá hasta última hora de la tarde. No tiene ningún plan, aparte de los habituales de un sábado por la mañana con los críos—. Tengo a los niños —contesta, no muy segura de lo que Will le está proponiendo. Aunque lo único que le ha dicho es que vaya a ver a sus padres, que la conocen y que la quieren.

—Pues llévalos contigo. —Sonríe—. Me encantará conocerlos.

—¿No deberías consultarlo con tus padres? Para estar seguros de que les parece bien...

—¡Anda ya, Holly! Estamos hablando de mis padres. Mi madre habrá hecho comida para un regimiento, y te considera de la familia, así que...

—¿Les dirás que iremos? ¿Los avisarás?

—Si así te quedas más contenta, vale. Le diré a mi madre que iréis. Eso quiere decir que iréis, ¿no?

—Sí.

—¡Genial! —exclama.

Acto seguido se dan un último abrazo de despedida y Holly se mete en el coche.

Pone la música y recorre el trayecto hasta su casa con una sonrisa. Sonríe mientras se desviste. Sonríe mientras se cepilla los dientes. Sonríe mientras se mete en la cama. Tarda dos horas en dormirse. Dos horas y un Valium, pero la sonrisa no la abandona ni un instante mientras rememora la velada minuto a minuto.

15

—¿Tienen niños? —Oliver da unos botes en su sillita mientras Holly conduce por las calles casi desiertas.

—Sí, cariño —contesta—, pero no de tu edad. ¿Te acuerdas de Tom, el amigo de mami? Pues era su hijo. Y luego está Will, a quien conocerás hoy.

—¿Mamá?

—Mami —lo corrige—. Dime, cariño. —Le repatea que Oliver haya empezado a llamarla «mamá». Cada vez que lo oye le da la sensación de que su infancia se le está escurriendo como la arena entre los dedos. Sabe que se aferra a una minucia, ser «mami» en lugar de «mamá», pero se niega a renunciar a ese nombre.

—Mami. —Oliver pone los ojos en blanco, cree que en el asiento de atrás no puede verlo—. Mami, ¿crees que Tom puede vernos desde el cielo? ¿Crees que ahora nos está viendo?

—Creo que seguramente sí, cariño. A veces hablo con él y siento que está con nosotros, aunque no físicamente. Y también sueño con él.

Había soñado dos veces con Tom desde su muerte. En ambas ocasiones Tom aparecía de la nada y ella, alucinada, se lanzaba a sus brazos diciendo «Creí que estabas muerto». Tom la abrazaba y le aseguraba que estaba bien. Que era feliz donde estaba y que quería que ella también fuese feliz.

Se había despertado confundida, pero también con una sensación de paz absoluta; y aunque creía que no era una de esas personas que se tragan el rollo de ponerse en contacto con los seres queridos en la otra vida, ahora está convencida de que Tom la observa, de que está bien y de que esa es su manera de tranquilizarla.

La voz aguda de Daisy interrumpe sus pensamientos desde el asiento trasero.

—Mami, yo quiero ir al cielo. ¿Puedo ir al cielo?

La idea le provoca un escalofrío.

—No hasta que pasen muchos años, cariño.

—Tonta —dice Oliver—. El cielo es adonde vas cuando te mueres. Y tú no quieres morirte.

—¡Sí que quiero! —insiste Daisy—. Quiero morirme para ir al cielo, porque allí hay princesas muy guapas y ponis. ¡Quiero morirme!

—¡Daisy! —Su tono de voz es más duro de lo que pretendía. Aunque Daisy no tiene ni idea de lo que está diciendo, Holly no soporta oír esas palabras—. No digas que quieres morirte. Si te murieses, te echaría muchísimo de menos, y además todavía te quedan muchas cosas que hacer en la tierra.

—¿Lo ves? —dice Oliver, triunfante—. Te lo había dicho.

Holly pone el *audiobook* de *Harry Potter* en el CD para que se estén callados un rato.

—¡Madre mía! —Maggie se aparta para mirar a Daisy con una sonrisa de oreja a oreja—. ¡Es igualita a ti, Holly! ¡Clavadita! ¡Preciosa!

—Y este es Oliver. Oliver, saluda a la señora Fitzgerald.

—¿Señora? No digas tonterías, Holly. La señora Fitzgerald es mi suegra. Yo soy Maggie para todo el mundo, incluidos los niños.

«Por supuesto que es Maggie», piensa Holly. ¿Quién iba a ser si no? Nunca le había gustado decirles a sus hijos que se dirigieran a sus amigos como «señor» o «señora». pero Marcus había insistido. Había insistido en que los niños se dirigieran por fuerza a los adultos como «señor» o «señora», fueran o no amigos.

Era consciente de que eso formaba parte de la pedantería de Marcus, de cómo él suponía que debía comportarse para que la gente creyera que provenía de la alta sociedad a la que con tanta desesperación quería pertenecer. Y en esa línea, tenía unas reglas muy estrictas acerca del comportamiento de los niños.

Debían estrechar la mano a los adultos, mirarlos a los ojos y preguntarles cómo estaban. Debían sentarse a la mesa y guardar silencio a menos que alguien les hablara directamente. No podían ver la televisión entre semana, y los fines de semana solo una hora al día. Daisy debía llevar vestidos clásicos de nido de abeja y merceditas de piel. Oliver, pantalones de pana y jerséis de lana.

Daba igual que Daisy fuera más terca que una mula y que Holly debiera entablar una batalla superior a sus fuerzas para conseguir que se pusiera cualquier cosa que no fuera rosa, lila o brillante.

Daba igual que Oliver tuviera casi siete años y que quisiera ser un as del monopatín y llevar ropa de Gap Kids, como sus compañeros de clase. Parecía que Marcus quería hijos de otra época, y ni le gustaba ni entendía que ella no siguiera sus instrucciones cuando él no estaba en casa.

—¡Son niños, por el amor de Dios!— se quejó una vez a su suegra cuando fue a verla a su casita en las afueras de Bristol.

—Sí, son niños —afirmó Joanie—. Y estamos en el año 2006, no en 1886. —Cuando Holly se echó a reír, Joanie continuó—: Sigue criándolos tal como lo estás haciendo y serán estupendos. —Su suegra asintió con la cabeza—. Creo que eres una madre magnífica.

—Gracias, Joanie. —Holly le sonrió, preguntándose cómo era posible que una mujer tan práctica hubiera parido a un hijo como Marcus.

Holly está delante del fregadero, pelando patatas, y se detiene unos segundos con una sonrisa en los labios y la vista fija en el enorme roble que hay al otro lado del jardín, donde Peter y Oliver parecen estar muy entretenidos. Peter (en opinión de Holly en un alarde de valentía) sostiene un clavo para que Oliver lo clave.

Cuando llegaron, Peter entró en la cocina y se arrodilló para quedar a la misma altura que los niños.

—Pareces muy fuerte —le dijo a Oliver—. ¿Tienes buenos músculos?

El niño asintió tímidamente.

—Bien, bien, porque necesito ayuda. ¿Crees que eres lo bastante fuerte para construir una casa en un árbol?

La respuesta de Oliver fue una especie de chillido, tras lo cual comenzó a dar botes de alegría.

—Bueno, en realidad ya está construida, sin embargo la escalera está rota. Y ¿de qué sirve que haya una casa en un árbol si no se puede subir a ella? ¿Qué tal eres con el martillo y los clavos?

—Soy muy bueno con el martillo —contestó Oliver, a pesar de que, hasta donde Holly sabía, no había cogido un martillo en la vida.

—Pues ven conmigo. Yo seré el constructor y tú puedes ser mi ayudante. ¿Te parece bien? —Le tendió la mano y Oliver la aceptó de inmediato y asintió con la cabeza.

Cuando se encaminaban al jardín, Peter se detuvo un momento en la puerta y le guiñó un ojo a Holly.

Ve que Oliver charla sin parar e imita la postura de Peter —brazos en jarras— mientras observa su trabajo.

—Se le dan de maravilla los niños, ¿verdad? —Maggie se acerca a Holly y sonríe mientras mira a la pareja que está en el jardín—. Echa muchísimo de menos a Dustin y a Violet. Los dos los echamos de menos. No hay nada como la relación entre abuelos y nietos, y resulta muy duro para nosotros que vivan tan lejos.

—¿Has hablado con ellos? ¿Cómo están? ¿Cómo está Sarah?

Maggie deja escapar un largo suspiro.

—Destrozada. Pensaba que lo llevaría con estoicismo, que seguiría adelante y se tragaría el dolor, pero la pena nos lleva por caminos inesperados. Su hermana se ha mudado con ella para ayudarla con los niños. Nos ofrecimos a cuidar de ellos en Navidad, para darle un respiro, para que pudiera llorar a Tom con tranquilidad, pero nos recordó (y con razón) que los niños son el único motivo por el que sigue adelante.

—¿Y los niños?

—Creo que no entienden del todo la situación, en especial Dustin, el pequeño. Violet lo lleva como buenamente puede. Comprende que su padre no va a volver y lo echa de menos un montón. Le hace dibujos todos los días... —Se le quiebra la voz, se enjuga una lágrima y se muerde el labio para no echarse a llorar.

Holly la abraza y Maggie apoya la cabeza en su hombro. Se quedan así hasta que Daisy, que estaba sentada a la mesa de la cocina haciendo casitas de muñecas con las cajas de cereales, exige que alguien la ayude a hacer sábanas con las servilletas de papel.

A la una y cuarto sigue sin haber ni rastro de Will. El cordero asado reposa en la encimera, la salsa de menta fresca con vinagre y azúcar está preparada, las verduras están en su punto y las patatas ya están gratinadas en el horno.

Holly lleva una hora mirando el reloj con disimulo. Se muere por preguntar cuándo llegará —o, más bien, si llegará—, pero no quiere darle pistas a Maggie de lo que siente.

Joder, si ni ella misma sabe lo que siente...

Lo que sí sabe es que anoche llegó a casa en pleno subidón, y que se prolongó hasta esa misma mañana a causa de la emoción por lo que le depararía el día. Hasta Marcus le dijo, cuando llamó por teléfono, que parecía muy contenta.

—Me he levantado con buen pie —dijo ella.

—¿Qué tal anoche? —preguntó Marcus, milagrosamente; casi nunca le preguntaba nada de sus días.

—Genial. Un grupo muy bueno. Una noche estupenda.

—Me alegro —replicó él de forma distraída, y no le preguntó nada más. Le dijo que volvería tarde. ¿Qué planes tenía ella? Le habló del almuerzo en casa de Maggie y de Peter y se despidió con un «hasta luego».

No le dijo que se había pasado una hora probándose ropa hasta dar con el conjunto perfecto para un almuerzo familiar. No quería dar la impresión de que se había arreglado más de la cuenta o parecer una cateta; quería tener un aspecto cómodo y desenfadado. Había elegido unos pantalones pitillo de pana, una camiseta de manga larga de rayas y unas zapatillas de deporte (otra de sus compras recientes).

Pero a cada minuto que pasa, el subidón remite, y a la una y cuarto está a un paso de la depresión.

«Vale ya —se dice—. Estás aquí con tus hijos para pasar el día con Peter y Maggie, no para ver a Will. ¿Qué más da que no aparezca? Te lo vas a pasar bien de todas maneras. Te lo estás pasando bien.»

Pero sabe que no es verdad.

Cuando Maggie los llama para que se sienten a comer, se promete que no va a preguntar por el lugar vacío que hay en el extremo de la mesa.

No tiene que hacerlo.

—¿Dónde está Will? —pregunta Peter.

Maggie se encoge de hombros.

—Ya sabes cómo es. Cuando dice que vendrá a las dos, quiere decir que puede aparecer entre las diez de la mañana y las diez de la noche. Si es que aparece...

Peter menea la cabeza.

—A veces ese muchacho me saca de quicio.

—Habíamos aprendido a no esperar mucho de él, pero... —Lanza una mirada precavida a Daisy y a Oliver, que están jugando con Pippa y un mordedor verde cuyo sabor debe de ser mejor que su aspecto, a juzgar por la reacción de la perra— pero ha sido fantástico en todo... esto. Nunca creí que pudiera ser un apoyo tan grande, pero lo ha sido.

—Cierto. —Peter asiente muy serio—. Y ahora supongo que hemos vuelto a lo de siempre.

—Bueno, no sé vosotros, pero yo me muero de hambre —dice Maggie, aunque casi no ha probado bocado desde que le llegó la noticia de la muerte de Tom y ha perdido más de cinco kilos, lo que a su edad la envejece y desmejora muchísimo—. Serviré primero a los niños.

Holly friega los platos y luego se disculpa para ir al cuarto de baño. Tiene ganas de echarse a llorar. De la cima del mundo ha caído al pozo de la depresión en cuestión de una hora. «Crece de una vez —se dice mientras se mira en el espejo—. Eres una mujer casada —se recuerda—. Deja de comportarte como una quinceañera.»

Sin embargo, así es como se siente. Como una quinceañera sin control alguno sobre sus emociones. Unas emociones y un estado de ánimo que pueden cambiar en un abrir y cerrar de ojos por causas ajenas a ella.

Aún no tiene ni idea de adónde la va a llevar todo eso, todavía piensa que ella nunca tendría una aventura, y la verdad es que tampoco ha considerado la idea de que suceda algo entre Will y ella, no ha considerado cuál será el resultado final de esa... amistad.

Sabe que se siente atraída por él, pero... es guapísimo, ¿quién no se sentiría atraída? Sigue aguardando, deseando, esperando que en un futuro no muy lejano la atracción desaparezca y tengan una verdadera amistad.

Eso no quiere decir que vaya a dejarse llevar por esa atracción, no quiere decir que vaya a suceder nada. Y sí, un par de veces ha cerrado los ojos mientras hacía el amor con Marcus y ha imaginado que estaba con Will, pero solo por curiosidad, solo por darle vidilla al sexo. Y sabe Dios que funcionó.

Lo que tiene muy claro es lo mucho que ha echado de menos tener a un hombre como amigo. Por fin se da cuenta de que Marcus nunca ha sido su amigo. Nunca ha sido un compañero. Al principio le decía a la gente que Marcus era su mejor amigo, pero ahora sabe que lo hacía para encubrir que nunca se sintió atraída físicamente por él, como si el ser su mejor amigo pudiera remediarlo.

Allí donde Marcus la critica (aunque siempre muy sutilmente), Will le presta atención. Sus correos electrónicos siguen haciéndole gracia, siguen siendo divertidos, pero se da cuenta de que está revelando muchas cosas sobre sí misma, de que está diciéndole cómo se siente de verdad.

Lo único que les queda por discutir, al menos en profundidad, es su matrimonio y por qué siente la necesidad de tener un amigo, alguien que pueda ofrecerle un punto de vista masculino, alguien que logre que se sienta otra vez guapa a pesar de tener un marido estupendo esperándola en casa.

O no. Como es el caso.

La puerta principal se cierra de golpe y Holly se pone tensa al oír el familiar tintineo de las llaves. En su mente puede ver perfectamente los movimientos de Marcus. Se saca la Blackberry del bolsillo para comprobar si en los últimos diez segundos ha recibido algún mensaje que le informe de algo de lo que debe encargarse sin demora. Deja las llaves en el cenicero, se vacía los bolsillos en el mismo cenicero, se lleva el maletín a su despacho y lo vacía rápidamente.

Mientras lo hace, revisa el correo del día anterior para comprobar que no hay nada urgente y, al mismo tiempo, escucha los mensajes de su contestador. Invariablemente, habrá algún asunto urgentísimo y tendrá que pasar la siguiente hora enviando mensajes, haciendo llamadas y gruñendo a cualquier miembro de la familia que, desesperado por ver a su padre porque lo echa de menos, aparezca en su puerta.

Como siempre, ella recibe un beso de rigor mientras va de camino al despacho y los niños una caricia en el pelo, también de rigor.

—Deja tranquilo a papá ahora —le dice muy serio a Daisy,

que se ha abrazado a sus piernas—. Papá tiene que trabajar. —Levanta la vista y mira a Holly mientras gesticula impaciente, y ella se levanta e intenta apartarla, pero Daisy empieza a llorar—. Mantenlos tranquilos un rato mientras echo un vistazo a los mensajes —le dice—. Saldré enseguida.

—Claro —replica ella mientras lleva a Daisy en pleno berrinche a la cocina y cierra la puerta con más fuerza de lo que pretendía. Se sienta en un taburete y entierra la cara en las manos—. Dios mío —susurra—, ¿es que no damos para más?

Una hora más tarde Marcus sigue encerrado en su despacho, los niños ya están bañados y juegan con la plastilina en el cuarto de juegos. A Marcus le daría un ataque si los viera jugar con plastilina después de haberse bañado, pero era eso o la tele, y Holly supuso que a ojos de Marcus ese sería el mal menor.

Corre a su estudio y abre la bandeja de entrada. Solo para ver si hay algo. «Si me quiere, me habrá enviado un mensaje —se descubre pensando, y acto seguido se regaña—. Crece», se dice, pero es incapaz de evitar el vuelco que le da el corazón cuando ve que tiene un correo electrónico nuevo.

En otra habitación, a unos cuantos kilómetros de allí, Olivia también comprueba su correo electrónico. «Qué idiota, pero qué idiota soy —se dice mientras aplasta la esperanza de que haya un mensaje de Fred—. Idiota por haberme acostado con él a la primera de cambio, por creerme que esto podía ser algo especial, que él volvería a Estados Unidos y me echaría de menos. Que tal vez bastara con que los dos quisiéramos intentarlo.»

Pero la verdad es que Olivia no quiere intentarlo en serio. En el fondo de su corazón sabía que Fred era, tal como Tom había dicho, un rollete. Un tío simpático, encantador y muy guapo, cierto, pero en absoluto preparado para sentar la cabeza y mantener una relación.

No es que ella quiera casarse, pero es lo bastante mayor

y tiene la suficiente experiencia para saber que la época de tener rolletes ha pasado, y si empezara una relación con alguien sería con las miras puestas en algo duradero.

Durante los maravillosos días que compartió con Fred, se permitió pensar qué pasaría si..., pero entonces ya sabía que detrás de ese «si...» no había nada. La cuestión no está en lo mucho que deseaba a Fred, sino en lo mucho que deseaba que él la desease y que, aunque su despedida fue amistosa, su ego deseaba que Fred regresara a Estados Unidos y descubriera que se había enamorado locamente de ella.

Llegó incluso a imaginar la conversación que mantendrían:

—Fred, cariño —le diría con su mejor imitación de Katharine Hepburn—. Eres un encanto de hombre, pero necesitas ampliar tus horizontes. Sé que crees que estás enamorado de mí, pero no es cierto. Disfruta de la vida, sigue con tus cosas. Siempre nos quedará Londres.

Sin embargo, todas las noches antes de acostarse comprueba la bandeja de entrada para ver si le ha mandado algún mensaje. Se enviaron un par de correos cuando él regresó a Estados Unidos. Fred le daba las gracias por esos maravillosos días en Londres, por ser una amiga tan especial, y le deseaba toda la suerte y la felicidad en la vida.

Ella le deseó lo mismo, pero luego se quedó de piedra cuando los correos electrónicos dejaron de llegar. ¿Eso era todo? Así que dejó que las canas volvieran a aparecer y devolvió con enorme tristeza el vestido negro al fondo del armario. Habían sido unas vacaciones estupendas, pero no las repetiría. No quería saber nada de la confusión y la incertidumbre de las relaciones sentimentales y de los rollos de una noche, o como se llamaran.

Así que cuando Sophie le dio el teléfono de un soltero muy sexy que había ido al refugio y preguntado por uno de los perros, y le dijo que lo llamara, ella meneó la cabeza.

—Esta vez no —replicó—. He terminado con los hombres. —Y le devolvió el número de teléfono.

16

Asunto: Plantón y disculpas
De: Will
Fecha: 21/01/2007 19:52:32
A: Holly

Holly, Holly, Holly... Siento MUCHÍSIMO no haber aparecido hoy. Anoche me pasé un poco bebiendo y esta mañana tenía una resaca de espanto. No me he despertado hasta mediodía y no me acordé de que tenía que ir a casa de mis padres hasta que mi madre me llamó después de que te fueras. Me siento fatal por haberte dejado plantada. Y por no haber aprovechado la oportunidad de verte dos días seguidos y de conocer a tus hijos. (Mamá dice que son estupendos, por cierto.) Por favor, por favor, dime que me perdonas... Me encantaría invitarte a comer esta semana para disculparme como Dios manda. Cambiando de tema, anoche me lo pasé de vicio (lo poco que recuerdo). Me acuerdo de lo sexy que estabas (¿se me permite decirlo ahora que somos amigos?), de la buena música y de la buena gente. Espero que no estés cabreada conmigo.

WILL x

Holly lee el correo electrónico cinco veces, hasta que Daisy empieza a chillarle a Oliver. Baja la escalera sonriendo, olvidada ya la decepción y flotando de nuevo en una nube de euforia.

«¡Cree que soy sexy! ¡Cree que soy sexy! ¡Voy a verlo esta semana otra vez!»

Y tras entrar flotando en el cuarto de juegos se lanza sobre los niños y los cubre de besos. Su sorpresa es tan grande que les da un ataque de risa.

Asunto: Disculpas
De: Holly
Fecha: 21/01/2007 21:11:23
A: Will

Hola, Piernas Cañón...

¡Lo siento, lo siento! No he podido resistirme a llamarte así, me hace tanta gracia... Debo decir que estoy impresionadísima por tu habilidad para conquistar a las jovencitas sin darte cuenta siquiera. Yo creo que mi atractivo lo dejé en la adolescencia. Carecía de la confianza necesaria para sacarle partido, y el hecho de casarme a los veinticinco hizo que me olvidara por completo del tema.

Sin embargo, espero convertirme dentro de poco en una MQMF (SÉ que sabes lo que significa...). Aunque me da que soy un poco joven, ¿no? Creo que no se puede ser una MQMF antes de los cuarenta, pero a lo mejor me confundo; en ese caso debería ponerme manos a la obra ahora mismo.

Gracias por disculparte por no haber aparecido por casa de tus padres. De todas formas nos lo hemos pasado estupendamente, aunque habría sido divertido que hubieras estado. (Tom tenía razón cuando decía que eres un informal...)

Me voy a cenar. Los niños por fin se han dormido. ME EN-CANTA recibir tus correos, sobre todos los largos. Hoy te he echado de menos.

Yo xx

A mi MQMF preferida:

¿Cómo puedes cuestionarte siquiera tu estatus como MQMF? Eres, de lejos, la madre más sexy que conozco y estás infinitamente más cualificada que cualquier otra para coronarte reina de las MQMF.

De verdad que estoy muy arrepentido por lo de hoy. Estoy intentando de todas las formas posibles empezar un nuevo capítulo en mi vida, convertirme en una persona fiable y formal, y no olvidar las cosas importantes... y lo de hoy ha sido una cagada total.

Pero me has perdonado muy rápido. ¿Eso haces con Marcus? No dejo de pensar en todo lo que me has contado: no te ayuda con los niños, apenas está en casa... Y me pregunto ¿no será porque tú se lo permites? No es una crítica, ni mucho menos, pero eres tan dulce, cariñosa y buena que me da la sensación de que Marcus se está aprovechando de ti.

PERO lo importante es que seas feliz; tal vez halles el modo de hacer todo lo que tienes que hacer para volver a encontrarte. Ya está bien de irme por las ramas, como tú dices. Estoy muy contento de haber empezado el año así, contigo en mi vida, y estoy deseando verte esta semana...

YO2 xx

17

—¿Dónde te has metido? —Olivia deja en una encimera una caja y se vuelve hacia Holly con los brazos en jarras—. Te he dejado dos mensajes y ni siquiera me has contestado, así que he llegado a la conclusión de que estás enfadada conmigo y te he comprado unos pasteles por si tengo que disculparme por algo. Vamos, dime, ¿qué ha pasado?

—Lo siento mucho, Olivia. Es que últimamente he estado muy liada. Entre el nuevo proyecto para el trabajo y los niños... Ya me entiendes.

—Pues no —rezonga ella—. Vaya caca de amiga.

—Vale, tienes razón. Soy una caca de amiga y lo siento... y no puedo creer que me hayas traído pasteles... ¡Mmm! —Abre la caja y al ver las diminutas tartaletas de fruta y las napolitanas de chocolate se relame—. ¡Madre del amor hermoso! ¡Es lo más pecaminoso que he visto en la vida! ¿Los has comprado en la pastelería que acaban de abrir en la calle principal?

—Sí. Es una pasada. ¿Pones la tetera mientras yo saco los platos?

—Eso está hecho.

Media hora, dos tartaletas y dos napolitanas después, Holly suspira mientras mira a Olivia. No le apetece contárselo.

No le apetece contárselo a nadie. Claro que tampoco hay nada que contar (no ha sucedido nada y su amistad con Will no tiene nada de especial: es una simple amistad), pero el impulso de compartirlo con alguien, de contarle a alguien lo que ha ocurrido en su vida al permitirle la entrada a otra persona, le resulta insoportable.

Se le ha pasado por la cabeza contárselo a Saffron, sobre todo porque ella tiene una aventura y entendería lo que es la tentación, pero confía más en Olivia y en su discreción, confía en que tal vez le dé el consejo que necesita escuchar.

¿Necesita consejos? No está segura. Lo que sí tiene muy claro es que sus sentimientos son confusos. Desde que se levanta hasta que se acuesta solo tiene una cosa en mente: Will. Ya no le molesta nada de lo que Marcus hace. Ha descubierto que es capaz de desconectar, de dejar que sus pensamientos fluyan y se concentren en Will, y recordar así algún comentario o cualquier cosa que hayan hecho juntos. Cuanto menos piensa en Marcus, menos problemas tiene con él.

Sigue convencida de que todo es inocente. De que Will y ella solo son amigos. Vale, hay cierto coqueteo inocentón, pero no pasa de ahí. Ella no es de las que tienen aventuras. De eso está segura.

Más que nada, por el ejemplo de su padre. Holly jamás le ha sido infiel a nadie, siempre ha enfocado la infidelidad como una transgresión imposible. E incluso en esos momentos, cada vez que mira a Will y piensa que tal vez sea el tío más guapo que ha visto en la vida, sabe que no tendría una aventura con él.

Lo que sí se le ha pasado por la cabeza, y de un tiempo a esta parte cada vez con más frecuencia, es el pensamiento de que tal vez se casó con el hombre equivocado. Nunca ha sentido esa atracción por Marcus, daba por sentado que la atracción física no formaba parte de la ecuación, pero esta amistad con Will ha despertado en su interior sentimientos, deseos y anhelos que había olvidado que tenía. Deseos y anhelos que aparcó en un rincón de su mente diciéndose que podía vivir sin ellos, diciéndose que no importaban.

Pero importan.

Importa mucho que no esté muerta de cintura para abajo, tal como pensaba. Y ahora que esos sentimientos se han despertado, no sabe si podrá librarse de ellos. No sabe si podrá pasarse el resto de su vida durmiendo junto a un hombre por el que no siente... nada.

Y la idea de la que no puede desprenderse, la que la despierta todas las noches y le impide volver a dormirse es siempre la misma: «Creo que me casé con el hombre equivocado».

Por eso necesita hablar, por eso está sentada a la mesa de su cocina, tragando saliva y respirando hondo.

—Tengo un amigo —confiesa con torpeza, incapaz de mirar a Olivia a los ojos, pero segura de que necesita decir algo, segura de que Olivia es la persona adecuada para hablar de ello.

—Genial —replica Olivia sin darle importancia, pero cuando Holly alza la vista y sus miradas se encuentran, Olivia se alarma—. ¡No! Quieres decir... ¡un «amigo»!

Holly asiente.

Los ojos de Olivia se abren como platos.

—¿Estás teniendo una aventura? —Su voz se convierte en un susurro al pronunciar la última palabra.

—¡No! —responde Holly con voz alta y clara—. Chitón. Frauke está arriba y no quiero que se entere de nada de esto. Pero no, te lo juro, no tengo una aventura. Lo que tengo es una amistad con un hombre, y estoy... muy confundida.

—¿Confundida porque quieres tener una aventura?

—¡No! Bueno... quizá. No, no lo creo. No creo que ese sea el motivo.

—Entonces, ¿cuál es?

Holly suspira profundamente.

—¡Ay, Dios, Olivia! Ni siquiera lo sé. Lo único que tengo claro es que mi matrimonio es... No sé. No es nada. No siento nada. Nada en absoluto, y cuando estoy con este hombre me siento viva. Me siento joven, libre y como si nada fuera imposible. Y no dejo de pensar en una cosa horrorosa: ¿y si me casé con el hombre equivocado?

—¡Madre mía! —Olivia suelta el aire y se acomoda en la silla—. Menudo follón.

—Lo sé. —Holly la mira con tristeza—. Es horrible. Y decirlo en voz alta lo empeora, porque lo hace más real. Pero tenía que hablar con alguien. Necesito saber tu opinión.

—¿Mi opinión? No tengo ni idea de cuál es mi opinión. ¿Sobre qué, sobre si deberías tener una aventura?

—No —replica Holly mientras niega con la cabeza—. No voy a tener ninguna aventura, pero el hecho es que tengo un amigo y me atrae, lo admito, pero lo más importante es que me escucha. Le interesan de verdad las cosas que le cuento. Cree que soy lista y divertida. Hace que me sienta importante.

—¿Y Marcus no?

Holly resopla.

—¿Tú qué crees?

—Vale, de acuerdo. Entiendo lo que quieres decirme.

—¿Qué opinas de Marcus? —pregunta Holly de repente—. A ver, sé que apenas lo conoces, pero ¿qué impresión te ha dado? ¿Nos ves juntos? ¿Crees que es el hombre adecuado para mí?

—Ni hablar, Holly. —Olivia se echa a reír y menea la cabeza—. Me niego a pasar por ahí. Ya he vivido esta situación antes. Cuando mi amiga Lauren dejó a su marido, el capullo más insoportable que puedas imaginarte, me pasé dos semanas diciéndole que estaba mejor así, que era un tío horrible, que todos nuestros amigos lo odiaban, y de un día para el otro resulta que vuelve con él y deja de hablarme. No ha vuelto a dirigirme la palabra desde entonces.

—Entonces, ¿crees que Marcus es un capullo insoportable?

—¡No! Yo no he dicho eso. No he dicho nada.

—Ya, bueno, si creyeras que es maravilloso y que estamos hechos el uno para el otro, no tendrías problema en decirlo, ¿verdad? Puedo leer entre líneas.

—Lo único que te diré es que siempre me ha chocado veros juntos. Parecéis muy distintos. Pero, oye, los polos opuestos se atraen y todo ese rollo, y he conocido a muchas otras parejas que son como el agua y el aceite pero que están enamoradísimas y parecen superar cualquier cosa.

—¿Crees que es un capullo engreído? —Holly esboza una sonrisa torcida porque sabe que lo es.

—¿Qué me dices del otro? —le pregunta Olivia, negándose a contestar—. ¿Tiene nombre? ¿Lo conozco?

Holly se pone como un tomate.

—Lo sabía —dice Olivia con un suspiro—. Sabía que había algo entre Will y tú. Cada vez que lo mencionas, y, por cierto, lo haces cada dos por tres, que lo sepas, y además delante de Marcus, cada vez que lo mencionas tu mirada se vuelve como soñadora.

—¿Y qué te parece?

—Que Freud diría un par de cosas al respecto. Hemos perdido a uno de nuestros mejores amigos y está claro que tú no eres feliz o no estás satisfecha con ciertos aspectos de tu vida, así que me pregunto si existe la posibilidad de que estés transfiriendo esos sentimientos, proyectándolos o como narices se diga, a su hermano.

—¿Eso quiere decir que no crees que sea real? Entonces, ¿por qué tú no sientes nada por él?

Olivia suelta una carcajada.

—Cariño, tu lógica es un poco retorcida. Will no es mi tipo ni por asomo, pero me temo que esta atracción que sientes por él se debe a la pérdida de Tom, o al menos es más intensa precisamente por él. Me pregunto si hay otra cosa que te lleve a cuestionarte tu matrimonio.

—Con o sin Freud, ¿y si fuera mucho más feliz con Will o con alguien parecido a él? ¿Y si me casé con el hombre equivocado?

—¿Crees que serías más feliz con alguien como él?

—Bueno... no.

—¿Por qué no?

—En fin, creo que acabaría desquiciándome. Sabes cómo es, por Dios. Tiene treinta y cinco años y ni siquiera ha encontrado un trabajo en condiciones..., es un carpintero al que le va la playa. Se pasa seis meses al año viajando por el extranjero, durmiendo en playas, en campings o en los sofás de los amigos. Es listo, divertido y está para comérselo, pero no encontrarías un proyecto de marido peor por mucho que lo intentaras.

—Dejando de lado si está hecho o no para el matrimonio, ¿qué te hace pensar que serías más feliz con alguien como él?

Holly medita la respuesta en silencio. Cuando por fin levanta la cabeza y mira a Olivia, le contesta con un hilo de voz:

—Echo de menos tener un amigo. Echo de menos tener un compañero. Tengo la sensación de que Marcus y yo somos dos barcos que nos cruzamos en la noche. Y lo peor es que temo que somos totalmente incompatibles y que me he pasado la vida intentando ser la... la esposa que quiere que sea, pero esa mujer no soy yo. Esta no es la vida que yo quería, así no es como quiero pasar el resto de mi vida.

—¿Y qué es lo que quieres? ¿Qué diferencia hay entre lo que quieres y lo que tienes? Porque, Holly, yo, por lo que veo desde aquí sentada, diría que lo que tienes no está nada mal... —Olivia hace un gesto que abarca la casa.

—Lo sé —dice Holly con un suspiro—. Sé que soy muy desagradecida. Mis hijos son un tesoro. Y mi casa es maravillosa. Tengo un armario lleno de ropa preciosa de marca, pero ¿sabes una cosa? Me importa un bledo lo material. Tengo la impresión de que esta casa solo cobra vida, de que los niños y yo solo podemos reírnos a carcajadas y ser libres, cuando Marcus no está. Porque cuando está, lo único que hace es gritar para que todos nos comportemos de otra manera, para que hagamos las cosas de otra manera y para que seamos como no somos.

»Siempre que está cerca me siento como si estuviera en la cárcel. Ando de puntillas por si algo le molesta. ¿Sabes? Cuando nos casamos creí que podría cambiarlo. Creí que podría quitarle esa arrogancia tan ridícula, pero con el paso de los años ha empeorado. Y ahora lo único que le preocupa es el trabajo. Lo único en lo que piensa es en el trabajo. Cada vez que intento mantener una conversación con él, él está pensando en otro puñetero caso.

—¿Y no puedes comentárselo? —le dice Olivia en voz baja—. ¿No puedes sentarte con él tranquilamente y hablarlo? Seguro que te entendería. Seguro que entre los dos podríais solucionarlo.

—Tal vez. —Holly se encoge de hombros, no dice que no le apetece hacerlo.

—¿Lo dejarías? —pregunta Olivia tras un breve silencio.

—Creo que me daría demasiado miedo —confiesa con un suspiro—. Es un abogado matrimonialista, por Dios, sería un infierno.

—Bueno, entonces tendrás que encontrar la manera de arreglar las cosas. Habla con él, Holly, todavía estás a tiempo. Lo único que tenéis que hacer es comunicaros.

Saffron abre la puerta y todo el mundo alza la mirada para ver quién llega. Saluda con la mano a ese grupito de personas a las que conoce y aprecia tras años de asistencia a las reuniones, y saca una silla plegable del armario de la esquina para sentarse lo más silenciosamente posible en la última fila.

Llega media hora tarde, pero sabe que es mejor escuchar media hora de la reunión que no asistir.

Mientras se sienta, alguien le pasa un cuaderno y Saffron anota su nombre, su número de teléfono y la hora más adecuada para llamarla, pero se detiene un segundo a pensar qué escribirá bajo la pregunta: «¿Cómo te sientes?». «Irritada», decide por fin; se inclina para dejar el cuaderno en la mesa, saca el Libro Grande del bolso y busca el paso que los demás acaban de leer: «Tercer Paso: Decidimos poner nuestra voluntad y nuestra vida al cuidado de Dios, como nosotros lo concebimos».

Hoy no está Pi. Ha volado a Nueva York para asistir a una reunión de preproducción de su nueva película y, aunque quería que lo acompañara, ella tiene una entrevista al día siguiente. Los productores del mayor éxito taquillero del año pasado están barajando incluirla como la pareja del protagonista de su nueva película. Eso supondría un salto increíble que la catapultaría a un nuevo nivel en su carrera. Quieren ver si es capaz de hablar con acento sureño y, según su representante, si lo consigue, el papel es suyo.

Lleva una semana practicando con su profesor de técnica vocal las veinticuatro horas del día. Las clases corren a cuenta de su representante, que se las descontará de su próximo trabajo. Ojalá sea ese.

Esa mañana Pi le envió un ramo de flores y una tarjeta deseándole buena suerte, luego la llamó para decirle que la echaba de menos y la hizo reír al contarle lo que se estaba perdiendo por no estar con él en la suite del Hotel Carlyle.

Necesitaba asistir a una reunión, y agradece que la presencia de Pi no la distraiga. Porque hace tiempo que descubrió que Pi es una fuente de distracción para todo el mundo, sobre todo para esas cabezas de chorlito que están empezando en el mundillo y que solo se exhiben, está segurísima de ello, para intentar llamar la atención y pasarse el rato echándole miraditas o acorralándolo durante el descanso.

—Hola, me llamo Saffron y soy una alcohólica en recuperación.

Es curioso con qué facilidad esas palabras salen de sus labios. La primera vez que tuvo que decirlas, no fue capaz. Lo que dijo fue: «Hola, me llamo Saffron y supongo que estoy aquí porque bebo». No podía decir la palabra «alcohólica», se sentía tan avergonzada y renuente a enfrentarse a la realidad que no podía articularla.

Y ahora le resulta tan fácil que de un tiempo a esta parte se plantea su veracidad.

—Siento haber llegado tarde —continúa—, pero me alegro de estar aquí. Me he perdido la lectura del paso, como es evidente, y lo he leído por encima, pero necesito hablar del lugar donde estoy hoy. —Respira hondo—. En fin, he conseguido mantenerme sobria durante años. Juré que jamás regresaría al lugar en el que estaba la primera vez que vine, y durante mucho tiempo me ha resultado muy sencillo estar rodeada de alcohol sin prestarle la menor atención. De modo que supongo que he llegado a ver el proceso con cierta arrogancia. Aquí siempre nos dicen que es un programa sencillo pero no fácil, y que solo funciona si uno se esfuerza en seguirlo. Creo que hoy, aquí sentada, soy consciente de la verdad que encierran esas palabras. Porque últimamente no me he esforzado nada. He sido como ese que dice: «Gracias por salvarme, Dios mío, de aquí en adelante conduzco yo».

El grupo ríe, la entiende a la perfección; ella hace una pausa y luego continúa:

—Bueno, creo que últimamente he estado intentando hacerlo por mi cuenta y he descubierto que no funciona. De un tiempo a esta parte, en las reuniones solo hablo de lo que no hago, de los pasos que no sigo, apenas llamo a mi madrina, solo leo los libros cuando estoy desesperada, y parece que no soy capaz de hacer nada más. Y, aunque no bebo, he descubierto que en los restaurantes suelo mirar a la gente que sostiene, por ejemplo, una copa de vino y pienso: «Yo podría hacerlo. ¿Por qué no puedo tomarme una copa de vino mientras ceno en un restaurante? Estoy segura de que puedo hacerlo».

El grupo vuelve a reír.

—Y, aunque sé que no puedo, parte de mí misma insiste en decirme que sí, y os confieso que esto es un sinvivir. —Respira hondo de nuevo—. Y luego está mi relación de pareja.

No dice su nombre. Todavía recuerda el consejo que le dio su madrina hace muchísimo tiempo: «No hables de él en las reuniones a menos que sean referencias sin importancia. Pese al anonimato, a todos nos gusta hablar, nos gusta cotillear, y el tuyo es un secreto muy jugoso para que lo guarden. Ten cuidado. Mucho cuidado», le advirtió.

Pues sí. Hubo gente que lo descubrió, o que creyó haberlo descubierto. Nadie tenía pruebas fehacientes, pero unos cuantos se percataron de sus miraditas, de la complicidad que había entre ellos aunque estuvieran sentados en extremos opuestos de la sala, y eso que se esforzaban por evitarse durante el descanso y después de la reunión.

—Me hallo en pleno debate interno. Sé que tengo que aprender a aceptarlo. Es lo que es, y tengo que aceptar que no puede estar conmigo todo el tiempo, pero es muy difícil. Y encima mañana tengo una audición muy importante y estoy un poco nerviosa y... —Exhala un largo suspiro—. ¿Veis? Esto es lo que me pasa cuando no me esfuerzo en cumplir el programa. Se me cae todo encima. Pero estoy aquí y he escuchado lo que necesitaba escuchar. Tengo que rezar para recuperar la disposición de dejar mi voluntad y mi vida en manos de mi Poder Superior. Porque, a fin de cuentas, yo no tengo el control y todo saldrá tal como debe salir. Eso es lo que tengo que recordar. Y hoy me comprometo con el grupo a volver a casa para trabajar de nuevo mi primer paso. Llevo siglos prometiéndoselo a mi madrina y este es mi compromiso con vosotros. De todas formas —le echa un vistazo a su reloj—, ya es hora de acabar. Gracias a todos por compartir. Me siento muy afortunada por contar con un lugar que es mi hogar, un lugar donde la gente escucha y comprende.

Al cabo de unos momentos, se le acerca una chica a la que solo ha visto un par de veces. Es mona y va vestida como cualquier otra actriz de Los Ángeles. Algo en su mirada delata que no es de fiar.

—Hola, me llamo Alex —se presenta, y luego le da un enorme abrazo, algo con lo que Saffron no acaba de sentirse cómoda, aunque eso tal vez se deba a su flema británica.

Le gusta recibir abrazos de sus amigos, de los compañeros del programa a los que hace años que conoce, pero que una desconocida la abrace con tanta familiaridad le parece falso.

—Solo quería darte las gracias. —La tal Alex se aparta un poco, pero la coge de las manos y la mira a los ojos—. Me ha llegado todo lo que has dicho. Era como escuchar mi propia historia y he aprendido mucho de lo que has compartido.

—Gracias —dice Saffron; hace un esfuerzo para no juzgarla, para encontrar la parte de Alex que podría amar o, al menos, que podría gustarle.

—Así que mañana tienes una audición, ¿no? Qué emocionante... ¿Para qué es?

Se le cae el alma a los pies. Claro. ¿Qué otra cosa iba a ser?

—Para una película —responde.

—¡Yo también tengo una audición mañana para una película! —Alex miente con facilidad—. Seguro que es la misma. ¿Para cuál es la tuya?

«¿Te crees que soy idiota?», piensa, pero sonríe con amabilidad.

—Para la nueva versión de *El mago de Oz* —contesta—. La va a producir Spielberg y tengo una prueba para el papel de Dorothy.

—¡Yo también! En fin, buena suerte. A lo mejor nos vemos allí —dice Alex, que prácticamente sale corriendo por la puerta con el claro propósito de llamar a su agente para que la meta en la audición.

Saffron sonríe para sí mientras coge el bolso. Es una pena que no se vaya a rodar una nueva versión de *El mago de Oz*. Sabiendo que eso no ayuda en nada a su recuperación, se ríe por dentro al imaginarse a la chica llamando a Dreamworks para exigir que le hagan una prueba.

En casa, Saffron tiene un mensaje de Pi. No es nada, le oye decir, solo que acaba de ver que están reponiendo una de las películas de Saffron en un canal por cable y al pensar en ella se ha preguntado dónde estará. Ella sonríe al escuchar su voz y le devuelve la llamada. Le deja un mensaje en el contestador y después llama a Holly y le deja otro.

Le encanta vivir en Los Ángeles. Le encanta la vida que se ha creado en la ciudad, pero el encuentro con esa gigantesca porción de su pasado ha despertado su añoranza de una forma totalmente inesperada. Y no precisamente por Londres, sino por sus amigos. Amigos de verdad, que no son rivales, que no fingen ser simpáticos para conseguir trabajo y que no te juzgan por lo famosa que seas.

Añora a la gente que la conocía antes de que todo empezara. A la gente que la quería cuando era una adolescente desgarbada con ortodoncia. A la gente que le sujetaba el pelo aquellas noches en que bebía más de la cuenta y se pasaba horas agachada sobre la taza del inodoro. Esos son los amigos a los que echa de menos. Amigos como Paul, Olivia y Holly.

Marca el número de Olivia y está preparándose para dejar otro mensaje cuando Olivia responde.

—¿Sí?

—¿Aceite de Oliva? Soy Saffron.

Olivia se echa a reír.

—¡Por Dios! ¡No me acordaba de que me llamabas Aceite de Oliva! Es graciosísimo. ¿Dónde estás?

—En Los Ángeles. Aburrida. Echando de menos Inglaterra y a mis viejos amigos. ¿Qué tal te va?

—No muy bien. He pillado un virus estomacal y llevo días vomitando.

—¿Seguro que es un virus? A ver si has comido algo en mal estado...

—Creo que es un virus. Si fuera por la comida, ya se me habría pasado.

—Supongo que depende de la gravedad de la intoxicación. Deberías ir al médico. A menos, claro está... —se interrumpe para hacer una pausa y darle más dramatismo a la situación—, que estés embarazada.

—Y qué más. —Olivia se ríe y al momento se queda blanca.

18

—Es un regalo maravilloso. —Maggie sonríe a Holly y le da unas palmaditas en la mano—. Tantos años sin verte y ahora es como si volvieras a ser mi hija, la hija pródiga que ha vuelto a la familia. Y no sabes lo que significa verte con tus hijos, convertida en madre. —Se echa a reír—. Es maravilloso, Holly, y me encanta que me hayas invitado a almorzar. No había salido desde que perdimos a Tom. Me alegro de poder salir contigo.

—Y yo me alegro de que hayas aceptado. —Su sonrisa está teñida de tristeza—. Es maravilloso verte y estar contigo. Durante todos estos años no me había dado cuenta de lo mucho que echaba de menos hablar contigo. ¿Te acuerdas de cuando nos sentábamos a la mesa de la cocina y hablábamos durante horas sobre mis problemas, y Tom, harto, ponía los ojos en blanco y se iba a su cuarto hecho un basilisco para sofocar nuestras carcajadas con Pink Floyd?

Maggie asiente y cierra los ojos mientras recuerda. El placer y el dolor consiguen que una lágrima se deslice por su mejilla, aunque no pierde la sonrisa.

—Creo que tenía celos de nuestra relación —dice Maggie—, de lo fácil que te resultaba acudir a mí. A Tom nunca se le dio bien pedir ayuda.

—Porque nunca le hizo falta —replica Holly, y las dos se echan a reír—. Me encanta volver a verte. No sé cómo me las he apañado sin ti todos estos años. ¿Sabes? Siempre te he considerado mi madre, siempre he estado más unida a ti que a mi propia madre.

—«Mi otra madre», así solías referirte a mí. —Maggie sonríe—. ¿Te acuerdas?

Holly asiente con la cabeza y se ríe.

—Se me partía el corazón por ti, Holly —le dice Maggie, ahora seria—. Parecías tan perdida en aquel entonces, tan infeliz...

—¿De verdad? —Holly está atónita. Por supuesto que era verdad, pero se sentía tan a gusto en casa de Maggie y de Peter que pensaba que nadie se daba cuenta. Además, lo ocultaba con mucho esmero.

—Peter siempre decía que cuando te hicieras mayor serías una belleza. —La mirada de Maggie se vuelve distante al recordar—. Y aunque yo también veía tus posibilidades, no estaba segura de que alcanzaras todo tu potencial porque nunca te sentiste bien en tu piel durante la adolescencia. No parecías cómoda contigo misma, no parecía que te gustaras. Nunca estuve segura de que fueras capaz de afirmar tu vida, de sentirte cómoda y de estar orgullosa de quien eres.

Durante la larga pausa que sigue, Maggie la envuelve con la calidez de su sonrisa.

—Y solo hay que verte... —continúa—. Tan guapa y encantadora... Y por fin segura de ti misma.

—Por Dios, Maggie... ¿Cómo puedes decir eso? ¿Cómo puedes creerlo, cómo puedes tener tanta fe en mí cuando yo no la tengo?

—¿No? —Maggie frunce el ceño—. Claro que sí, cariño. Lo veo en ti.

—Tal vez en algunos aspectos, pero a veces me despierto y no tengo ni idea de quién soy ni de lo que quiero. No sé si esta es la vida que se supone que tendría que tener.

Maggie se inclina hacia delante y asiente con la cabeza.

—¡Ajá! —exclama y sonríe de nuevo—, eso suena a la crisis de la mediana edad.

Holly se inclina con expresión atenta. La crisis de la mediana edad. Cuando se lo mencionó a Will estaba de broma. ¿Cómo puede tener una crisis de la mediana edad a los treinta nueve? ¿No se supone que eso llega a partir de los cuarenta? Pero una crisis de la mediana edad no suena mal. De hecho, suena muy bien, y si de verdad es eso, seguro que hay una manera de salir de ella, algún modo de continuar con su vida sin destrozarla y ver cómo se desmorona alrededor.

—¿En serio crees que es eso?

—Me pasó a los treinta y nueve. —Maggie sonríe—. La misma edad que tienes tú. De hecho, estabas allí cuando la pasé. Me sorprende que no te dieras cuenta de que pasaba algo, teniendo en cuenta lo perceptiva que eres.

—¿Estaba allí? ¿Cuántos años tenía?

—Tom y tú teníais quince. Fue poco después de que llegaras a la familia. Una época espantosa. Lo que le hice pasar al pobre Peter... Pero ahora comprendo por qué lo hice, igual que lo comprendí en su momento, aunque me encontrara en una situación un tanto diferente.

—¿En qué sentido?

—Recuerda que me casé con Peter a los veintitrés. Era una niña. Me casé con él porque estaba desesperada por ser adulta, por tener una casa propia, hijos, y no se me ocurrió otro modo de conseguirlo.

—¿No estabas enamorada de él? —Estaba desesperada por escuchar su propia historia, porque Maggie describiera lo que pasaba entre Marcus y ella, porque le diera una esperanza de salvación, un final feliz, como sin duda lo tuvieron Maggie y Peter.

—Cariño, claro que estaba enamorada de él. —Maggie frunce el ceño—. Estaba enamoradísima de él. Aunque Peter llevara aquellas espantosas patillas, a mí me parecía el hombre más guapo, pícaro y maravilloso que había visto nunca. Ni se te ocurra decírselo, pero a veces me ponía tan nerviosa mientras esperaba que pasara a buscarme por casa de mis padres que hasta vomitaba.

Holly hace una mueca y se ríe.

—Lo adoraba. Pero me casé demasiado joven. Fue el primer

novio formal que tuve, y nos casamos un año después de conocernos. Y creía que jamás miraría a ningún otro hombre.

Maggie está pasmada.

—¿Eso quiere decir que lo hiciste? —Baja la voz y añade en un susurro—: ¿Tuviste una aventura?

Maggie sonríe.

—No, cariño. No tuve una aventura. No se trataba de otra persona. Se trataba de que quería ser joven de nuevo, de que no quería tener hijos adolescentes, de que no quería estar rodeada de ropa sucia, de platos por fregar y de comida que preparar.

—Pero te encanta cocinar..., siempre estabas contentísima cuando cocinabas. Nunca vi ningún detalle que revelara que no te gustaba tu vida.

—Sí, me encanta cocinar, pero acababa de inscribirme a una clase de dibujo en la escuela de arte y todas mis amigas eran jóvenes y libres. Hasta las que tenían mi misma edad llevaban vidas completamente distintas a la mía, sin adolescentes revoltosos ni cenas para el jefe del marido. No quería ser quien era, quería ser como ellas. Quería llevar la vida de otra persona.

—¿Qué pasó?

—Iba a marcharme, no porque hubiera dejado de querer a Peter, sino porque necesitaba un poco de espacio para meditar lo que quería hacer. —Maggie suspira al recordar—. Madre de Dios, Holly, hacía años que no pensaba en esa etapa. Todavía me cuesta recordar el dolor que le causé a Peter.

—¿Cómo reaccionó? —Hace la pregunta pensando en Marcus. ¿Cómo reaccionaría él? ¿Le importaría? ¿Seguía queriéndola? ¿Lo ha querido alguna vez?

—Se plantó y dijo que no. Se negó en redondo. Me dijo que no iba a aguantar más tonterías. Que aquello era inaceptable y punto. Que no iba a permitir que les hiciera daño a Tom, a Will y a él mismo, y que todo el mundo tiene un antojo de vez en cuando; y que si pensaba que nunca se le pasaba por la cabeza largarse al club Playboy a perseguir a alguna rubia estaba muy equivocada. Me recordó que el matrimonio es para toda la vida y que eso implicaba el compromiso. Estar a las duras y a las maduras, reconocer que la vida matrimonial no siempre es miel sobre hojuelas. Y que no siempre tiene por qué ser aburrido y espantoso. Que todo pasa y que el amor, el amor de verdad, nos obliga a capear los temporales y a salir más fuertes de ellos.

Holly abre los ojos como platos mientras intenta asimilar todo lo que ha oído.

—Así que te quedaste.

—Claro que me quedé. —Maggie sonríe de nuevo—. A regañadientes al principio, pero la verdad es que lo de la rubia me dio que pensar. Una cosa era que yo fantaseara sobre estar soltera y otra muy distinta pensar en Peter largándose con una rubia oxigenada. Además —se inclinó otro poco con expresión astuta—, la verdad es que me pone a cien cuando se pone en su sitio.

Holly se echa a reír a carcajadas.

—Te lo juro.

—¿Nunca te has arrepentido? —La risa se desvanece cuando se pone a pensar.

—No, cariño, nunca. Llevamos casados más de cuarenta años y es tal como él dijo. —Hace una pausa y le sonríe con dulzura—. Pero que sepas, Holly, cariño, que esa es mi historia, solo aplicable a mi persona. Si mi experiencia puede ayudarte de alguna manera, mejor, pero sea lo que sea lo que te espera al final del camino, eres tú quien debe andarlo. Nadie puede decirte qué debes hacer.

Holly suspira y clava la mirada en la mesa.

—Eso no me ayuda mucho, Maggie.

—Lo sé, cariño. No tiene por qué. Ya averiguarás las respuestas, solo tienes que confiar en que el tiempo y la experiencia te dirán qué debes hacer.

—Eres realmente mi otra madre, ¿sabes? —dice con una sonrisa.

—¿Eso qué quiere decir?

—Pues que mi verdadera madre se sentaría ahí y me diría con pelos y señales lo que estoy haciendo mal y cómo tengo que arreglarlo.

—No soy nadie para juzgarte, Holly.

—Hablas igual que Tom.

—Eso es lo que siempre dice Will.

Al oír su nombre, Holly siente que empieza a ruborizarse. Había pensado en sacar su nombre a colación para descubrir... ¿El qué? Algo. Cualquier cosa. ¿Sabe Maggie algo? ¿Han hablado sobre ella? ¿Tendría Maggie otro punto de vista sobre el camino que tiene por delante y las consecuencias que podrían derivarse si supiera que Will, su adorado Will, era el detonante de ese torbellino emocional y sentimental?

Maggie ve que Holly se ruboriza y no sabe qué decir, no sabe si tiene que decir algo. Porque del mismo modo que Tom era el protector, el hijo responsable y formal, Will siempre había sido el holgazán, irresponsable y frustrante, aunque encantador, benjamín de la familia.

Se supone que las madres no tienen un hijo favorito. Si alguien hubiera preguntado a Maggie, antes de lo de Tom, por supuesto, si tenía un favorito, habría meneado la cabeza horrorizada y habría dicho que los quería a los dos por igual, de forma distinta, pero no a uno más que al otro.

Sin embargo, eso no era del todo cierto. Tom siempre había ocupado un lugar especial en su corazón por ser el primogénito, un lazo que nada podría igualar. Pero algo cambió en su corazón en cuanto Will nació, un amor tan sobrecogedor, tan abrumador por su pureza, que hasta entonces ni siquiera sabía que existía.

Cuando Will era un bebé, Maggie seguía sus movimientos con la mirada, observaba su rostro demudado por la risa. Porque siempre se estaba riendo. Will era el niño más feliz y risueño que había visto nunca.

Y él la adoraba. Señor, cómo la adoraba... Durante años Maggie siempre dijo entre risas que si Will pudiera, volvería a su vientre. Y no exageraba. Daba igual dónde estuviera o qué estuviera haciendo, porque Will siempre estaba a su lado o sobre ella, abrazándola y llenándola de besos.

—Te quiero, mami —decía a los dos años, y era casi lo único que sabía decir.

—Yo también te quiero —le respondía ella, y él repetía sus palabras una y otra y otra vez. Podían pasarse horas así.

Y cuando Maggie se enfadaba con él y alzaba la voz, Will la miraba con expresión contrita y los ojos muy abiertos.

—Mami, ¿por qué eres mala conmigo? —decía. Y ella de inmediato lo perdonaba.

A menudo ha pensado que tal vez por eso Will ocupa un lugar especial en su corazón. Porque la quiere tanto que no le ha quedado otro remedio que corresponderle. Tom siempre fue estoico e independiente. Tom la quería, claro que sí, pero nunca la necesitaba. En cambio Will siempre la había necesitado. Y todavía la necesita.

Incluso ahora, con treinta y cinco años, cuando supuestamente es independiente y debería estar viviendo su vida, sabe que haría cualquier cosa por él.

Y lo peor de todo, algo en lo que intenta no pensar y que jamás le ha revelado a nadie, es que en mitad de la noche, cuando está despierta en la cama llorando por la pérdida de Tom, a menudo piensa: «Por lo menos no ha sido Will. Por lo menos Will sigue aquí».

Will, que va dejando un reguero de corazones rotos a su paso, por quien Maggie reza para que encuentre la felicidad algún día, y quien no hay duda de que tiene algo con la querida y preciosa Holly. Por triste que sea, salta a la vista que Will está detrás de la crisis que Holly cree estar padeciendo en su matrimonio.

«¡Dios mío! —piensa—. ¿Qué se supone que debo decir?» Pero las palabras salen de su boca sin necesidad de buscarlas, y ello por la sencilla razón de que se ha sentado en ese mismo lugar con otras mujeres que, aunque no eran Holly, acabaron con el corazón destrozado por Will, por su falta de compromiso y por su incapacidad para corresponder a su amor. Con el corazón roto porque no puede ser el hombre que ellas querrían que fuese. Y ahora es a Holly a quien tiene delante.

La querida y preciosa Holly, que está casada y tiene niños, no debe poner sus esperanzas, ni ninguna otra cosa, en el querido e incorregible Will.

—Ten cuidado —dice Maggie en voz baja. De repente.

Holly acaba poniéndose roja como un tomate.

—¿A qué te refieres? —pregunta igual de bajo.

—A Will, cariño.

Holly intenta echarse a reír.

—Maggie, no tengo nada con Will. Solo somos amigos. Te aseguro que él no tiene nada que ver con esta... crisis de la mediana edad.

—Cariño, yo no soy nadie para juzgar, y si estoy equivocada, te pido disculpas. —Inspira hondo—. Te pido disculpas si Will no tiene nada que ver con lo que te está pasando, aunque lo dudo. Pero si tiene algo que ver, por favor, cariño, no cambies nada, no hagas nada creyendo que Will es el hombre adecuado para ti.

Holly se siente avergonzada. Humillada. Desea con todas sus fuerzas que se la trague la tierra.

—No he... —comienza a hablar—. Nunca... Quiero decir que... —Pero no puede terminar la frase porque la mentira se le ve en la cara.

Maggie se inclina, le coge la barbilla y la obliga a mirarla a los ojos.

—Cariño, te quiero y quiero que seas feliz. Y quiero al único hijo que me queda más que a nada en este mundo; sin embargo, como soy su madre, puedo asegurarte que no es una buena elección. Es guapísimo, divertido y muy atractivo, pero también es el hombre más inadecuado con el que mantener una relación. Si él tiene algo que ver con tu infelicidad y pones fin a tu matrimonio con la esperanza de tener un futuro con él, la cosa acabará muy mal.

Durante el silencio que sigue a esas palabras, Holly aparta la vista. Maggie deja caer la mano con un suspiro.

—¿Y si estás equivocada? —pregunta Holly con la vehemencia de una quinceañera—. ¿Y si Will y yo resulta que estamos hechos el uno para el otro?

—¡Cariño! —exclama Maggie con tristeza—. ¿De verdad lo crees?

—¡No! —responde Holly con firmeza—. No, no lo creo. Ni siquiera sé por qué he dicho eso. Es solo que... No lo sé. Parece que no sé nada, solo sé que tengo un calentón y que estoy inquieta, como si estuvieran a punto de pasar muchas cosas y no supiera cómo afrontarlas. En fin. —Contrariada, mira a Maggie—. ¿No has dicho que no eras nadie para juzgarme?

Maggie sonríe.

—Nunca lo haría, Holly. Pero como madre de Will, me temo que a él sí puedo juzgarlo. Es mi trabajo.

—¿Eso quiere decir que no debería dejar a Marcus y largarme con Will a las Bahamas o a dondequiera que se vaya en invierno? —Intenta quitarle importancia.

—Te diría que dejaras a Marcus si crees que es lo que más te conviene, pero solo si tuvieras una razón adecuada. No por Will, ni por otra persona, ya que estamos. No lo hagas porque has caído en brazos de otro hombre. Hazlo, si llegas a hacerlo, porque estás convencida de que no eres feliz, de que nunca serás feliz si no cambias la situación en la que te encuentras. Para mí, esa sería la única justificación correcta.

—Cuando estuviste a punto de dejar a Peter, ¿cómo supiste que podrías volver a ser feliz?

Maggie se encoge de hombros.

—Creo que porque había sido muy feliz antes. Era como un bache en el camino. Seguía queriéndolo, solo necesitaba volver a enamorarme de él.

Mientras el camarero les sirve los capuchinos se instala un largo silencio. Holly se lleva la taza a los labios y bebe mientras piensa.

—¿Y si...? —Deja la taza en la mesa muy despacio—. ¿Y si nunca has estado enamorada de él?

«¿Te he querido alguna vez?», piensa Holly más tarde, esa misma noche, sentada en el Automat con una pareja cuya hija asiste al colegio de Daisy. La madre había hecho malabarismos para entablar una amistad con ella esos dos últimos meses. Había invitado a Daisy a jugar con su hija todas las semanas y había propuesto una cena en pareja.

Está sentada, hablando con esa madre (Jo), sobre la señora Phillips, la profesora de gimnasia. Hablan de niñeras y de otras madres de la clase. De posibles colegios donde matricular a las niñas cuando sean mayores. Marcus y Edward hablan de trabajo (Edward es abogado), y cuando llega el primer plato por fin hablan todos juntos. Jo los entretiene contándoles cómo se conocieron Edward y ella, y Marcus ofrece su particular versión de la primera vez que salieron juntos.

Lo observa mientras habla, consciente de que cuando intenta intervenir en la historia para corregirlo o para añadir su punto de vista, Marcus pasa de ella, la ridiculiza o desecha sus comentarios como si carecieran de importancia. Al final acaba por darse cuenta de que está haciendo lo mismo de siempre: evadirse.

En lugar de participar de la conversación, observa a Marcus y se pregunta si alguna vez lo ha querido.

«De todas formas, ¿qué es el amor?», se pregunta. Maggie ha dicho que amaba a Peter, que estaba enamorada de él, que dejó de quererlo un tiempo y que volvió a enamorarse. Pero ¿cómo vas a volver a enamorarte si nunca has sentido nada?

Y lo sabía desde el principio, pero creyó que aprendería a quererlo y que eso sería suficiente. Sabía que no había pasión ni atracción, pero esas cosas solo acarreaban sufrimiento e incomodidad; la vida parecía más segura sin ellas.

Claro que su vida actual es tan segura como aburrida. No hay nada en Marcus que le guste y hay pocas cosas que soporta de él. Se da cuenta de que lo que le contó a Olivia sobre su matrimonio es verdad. No son compañeros. No son amigos.

Y si no son compañeros, no son amigos, no son amantes (aunque lo hace con desgana cuando Marcus no acepta un no por respuesta), ¿qué son?

En fin... ¿qué más da lo que sean?

Olivia está en la cola para pagar, en Boots, con la prueba del embarazo contra el pecho. Está convencida de que algún conocido entrará en la tienda y la verá; de que alguien la pillará en esa situación tan espantosa y lamentable... Una situación cuyo desenlace conoce de antemano.

La prueba solo es un trámite.

No utilizó protección, no supo cómo sacar el tema. Tras una relación de siete años, se olvidó de las reglas, se olvidó de cómo aplicarlas. Además, con George tomaba la píldora, nunca tenía que pensar en los anticonceptivos. Y en cierto modo sacar el tema de los condones en el momento culminante no le había parecido lo más apropiado.

Además, todo había pasado justo después de acabar con la regla, así que estaba casi segura de que no pasaría nada. ¿Quién se queda embarazada en el octavo día del ciclo? Físicamente seguro que era imposible...

Pero ahora sabe que no lo es. Regresa a casa con el corazón en un puño, orina en el palito e intenta leer una revista durante un minuto, a la espera de que aparezca el resultado, pero solo aguanta unos segundos y ve, ya, cómo empieza a salir una rayita azul.

«¡Dios mío! Por favor, que sea un error. Por favor, que sea un falso positivo, que sea eso», suplica. Abre el otro paquete, orina en el palito y sale de nuevo lo mismo. No hay duda. Ella, que nunca quiso tener hijos, que está soltera y que no tiene dinero suficiente para criar a un niño aunque quisiera, está embarazada. Ahí está la prueba en blanco y azul. Es irrefutable.

Embarazada.

19

Saffron alarga el brazo para coger el teléfono con la mirada borrosa, tira el auricular al suelo y suelta una retahíla de tacos mientras lo busca sin levantarse de la cama.

—¿Sí? —Está medio dormida y ha abierto un ojo para mirar la hora, que parpadea en el reloj digital de la mesilla. Las cinco y treinta y seis. ¿Quién coño llama a esas horas de la mañana?

—¿Saffron Armitage?

—¿Sí?

—La llamo del *National Enquirer.* Estamos preparando un artículo para la próxima edición sobre su aventura con Pearce Webster y nos preguntábamos si le gustaría hacer alguna declaración.

—¿Qué? —Soffron se incorpora de súbito y cuelga. Está temblando.

Al cabo de unos segundos el teléfono suena de nuevo.

—Hola, soy Jonathan Baker, de *E! Online.* Estamos preparando un artículo para la edición matinal sobre su relación con Pearce Webster. ¿Podría darnos...?

Estampa el auricular en la base y se refugia en la cama con las mantas sobre la cabeza mientras el teléfono suena. Y suena. Y suena.

El contestador recibe todas las llamadas. Después, suena el timbre de la puerta. Con mucho cuidado, Saffron alza una de las lamas de las contraventanas y jadea horrorizada al ver que la calle está tomada por las furgonetas de la prensa. Los periodistas aguardan su salida tomando café y con los micrófonos bajo el brazo.

—¡Joder! —susurra, se acuclilla en un rincón del dormitorio y comienza a mecerse. Coge el móvil y marca el número de la única persona a la que cree capaz de sacarla de ese follón.

Pi.

—¿Sabes lo afortunada que soy por tener un marido como tú? —Anna abre los brazos mientras Paul deja el té en la mesilla y se lanza sobre ella para plantarle un húmedo beso en los labios.

—¿Y tú sabes lo afortunado que soy yo por tenerte a ti? —le dice él, girando la cabeza para lamerse la mermelada de los dedos.

—Bueno, afortunado marido mío, ¿qué piensas de White Barn Fields? —Lleva un rato esperando en la cama a que Paul vuelva con los cruasanes recién hechos y los periódicos dominicales, devanándose los sesos en busca de las soluciones que les permitan acabar las obras con el poco dinero que les queda.

—Ya lo estás viendo como un proyecto, ¿a que sí? —Paul sonríe con complicidad.

—Estoy pensando, cariño, que quiero tomarme un respiro del tema del embarazo, la adopción y los bebés. Solo quiero vivir sin pensar en lo incompletas que son nuestras vidas cuando en realidad no lo son en absoluto y, sí, visto desde ese punto de vista, creo que será un gran proyecto. ¿Me entiendes? Necesito centrarme antes de empezar otra vez la Ruta del Bebé, y el proyecto de la casa puede ser justo lo que necesito, lo que necesitamos.

—Me alegro —replica Paul después de un largo silencio—. Creo que tienes razón. Durante meses todo ha girado en torno al posible embarazo, necesitamos un respiro. La pregunta es: ¿podremos hacerlo solos?

Anna se apoya en los cuadrantes y comienza a untar una generosa cantidad de mantequilla y mermelada en un cruasán.

—La cosa está clara —responde, masticando despacio—. Es imposible continuar con el proyecto inicial. Aunque los diseños de Phil son maravillosos, después de los tratamientos no nos queda dinero, y no sé si este es el momento adecuado para hacer un cambio drástico. Pero —hace una pausa— no nos costaría mucho dejarlo habitable, y el simple hecho de que no parezca sacado de las páginas de *Casa y Jardín* no quiere decir que para nosotros no sea un refugio de ensueño.

—¿Cuánto crees que nos costaría?

Anna cuenta con los dedos de la mano.

—El baño es un gasto indispensable.

—¿Eso quiere decir que te niegas a utilizar el retrete exterior? —pregunta Paul con una sonrisa.

—Exacto. Así que si encontráramos un fontanero que se encargara de la instalación sanitaria en ese dormitorio inútil que pensábamos hacer al lado del dormitorio principal, ya tendríamos cuarto de baño. Y también podría haber otro abajo. El fontanero haría las instalaciones y nosotros nos encargaríamos del alicatado, el suelo y la pintura.

»La cocina necesita una renovación total. Me encantaría cambiarlo todo, pero no tenemos dinero, así que de momento pintaremos los muebles, cambiaremos esa horrorosa encimera de formica por una de madera y alicataremos la pared con azulejos blancos. Cambiaremos los tiradores de los armarios y así parecerán otros. He encontrado una tienda *on line* que vende mesas industriales de acero inoxidable casi regaladas, así que será perfecto. Y —sigue casi sin aliento por la emoción—, después, nos las apañaremos para pintar la paredes y lijar el suelo, y quizá para barnizarlo con un bonito tono caoba.

—¿Nos las apañaremos? —Paul la mira sorprendido—. Lijar, alicatar, barnizar. ¿Desde cuándo sabes alicatar?

—Desde mucho antes de fundar Fashionista, querido. Solía hacerlo todo yo solita. Yo misma renové mi primer piso en Londres con Bob el Constructor.

Paul se echa a reír.

—Dime que no se llamaba así.

—Pues sí. —Sonríe—. Él lo hacía todo y yo observaba y ayudaba, así que cuando compré mi siguiente piso fui capaz de hacerlo todo yo sola. Claro que cuando fundé la empresa ya no me quedó tiempo para nada. Además, nunca nos hemos visto en la necesidad de hacerlo.

—Vale, pero como el tiempo siempre ha sido un problema, ¿cuándo lo haríamos?

—En eso estaba pensando. Creo que cualquier fontanero terminaría la instalación de los dos cuartos de baño en un periquete. Una vez que los baños estuvieran listos, tú y yo nos iríamos allí un par de semanas, creo que sería suficiente. La clave está en encargar todo el material y tenerlo allí para evitar esperas.

—Te conozco —dice Paul muy despacio—. Ya lo has pedido todo, ¿verdad?

Ella se encoge de hombros y aparta la mirada.

—Bueno... En realidad no sabía muy bien cómo decírtelo, cariño, pero...

Paul pone los ojos en blanco.

—Ahora vas a decirme que casi todo está acabado, ¿a que sí?

—Bueno... no todo. Pero conseguí un fontanero y casi ha acabado los baños, bueno, al menos el trabajo más duro. Hay que alicatar las paredes, pero podemos quedarnos allí y hacer el resto nosotros.

—Dios, Anna. ¿No te parece que podías haberlo hablado conmigo? Supongo que ya habrás comprado todo lo demás, ¿no es así?

—Bueno... Ay, Paul, no te enfades... Me adelanté con lo de los baños porque el material estaba de oferta, pero solo durante dos días. Y todo era muy barato. Quería darte una sorpresa. —Hace un mohín—. Creí que te gustaría.

Paul menea la cabeza.

—Es que me sorprende que hayas tomado una decisión tan importante sin decirme nada.

—¿Estás enfadado? —le pregunta con voz de niña pequeña. Paul niega con la cabeza.

—No. Enfadado no. Pero molesto por tu silencio, sí. Me parece una deslealtad.

El comentario la deja pasmada y agacha la cabeza.

—Tienes razón. Tienes toda la razón. Lo siento mucho. No quería engañarte, pero me dejé llevar por la emoción.

—No pasa nada —dice Paul—. Supongo que es una ventaja que podamos quedarnos allí.

—¿Porque así podré enseñarte todo lo demás?

—¿Ya lo has comprado todo? ¿Dónde está?

—Espero que en el granero, aguardando mi confesión para después planear una escapada y ponernos manos a la obra —dicho lo cual, abre el cajón de su mesilla de noche y saca un montón de catálogos marcados con notas adhesivas.

Media hora después, Paul se está duchando mientras Anna hojea perezosamente lo que ella considera su «bochornoso secreto»: el *News of the World*. Cuando llega a las páginas centrales, se queda sin respiración.

—¡Paul! ¡Rápido! ¡Ven! ¡Es Saffron!

La noticia ha llegado a todas partes. Saltó en Estados Unidos, pero todos los canales se han hecho eco; se comenta en todas partes; todos quieren saber la vida y milagros de Saffron Armitage, de Pearce Webster y de cómo se conocieron.

Saffron ha pasado un par de días de espanto recluida en un hotel, adonde la llevó el representante de Pi hasta que la prensa se olió su paradero, pasando de un canal de televisión a otro y sintiéndose peor a medida que escuchaba lo que decían.

Porque muchas cosas son falsas. Cuando uno de los presentadores anuncia que una de sus invitadas es esa zorra llamada Alex con la que habló en la reunión, se queda paralizada. La presentan como una «amiga íntima» de la pareja. Cuanto más la escucha, más aumentan sus sospechas de que fue ella quien le dio el soplo a la prensa.

Pero muchas cosas son verdad. Las suficientes para que se encoja acobardada al ver a un montón de gente saliendo de debajo de las piedras para dar su opinión o contar algún detalle sobre su persona que llevaba años enterrado en el olvido.

Sus padres le han ofrecido refugio en su casa, pero dado que también estaban sometidos al asedio de la prensa, era imposible. No se sentía a salvo en ningún sitio. Jamás se había sentido tan expuesta. Lo único que quería era enterrar la cabeza en la tierra y sacarla cuando todo se hubiera olvidado.

—Te quiero —le dijo Pearce esa mañana por teléfono—. Todo saldrá bien. Esto se olvidará.

—¿Has hecho alguna declaración?

—No. Mis representantes me han aconsejado que mantenga la boca cerrada. Marjie y yo hemos orquestado una cena romántica para esta noche, a ver si así logramos calmar las cosas un poco.

Se le cae el alma al suelo al escucharlo. Lo último que esperaba era que Pearce fingiera frente al mundo que todo va bien, que ella no importa. Que su matrimonio es mucho más sólido de lo que la gente cree.

—¿Estás bien? —Pearce sabe, por su silencio, que no lo está.

Respira hondo. Aplica lo que le han enseñado en las reuniones. A no decir: «Estoy bien, tranquilo». Sino a explicar cómo se siente. Con claridad y de buenas maneras.

«Di lo que sientes. Siente lo que dices. Dilo de buenas maneras.»

Sin embargo, es duro. A pesar de todos los años que han pasado, es duro decirle a alguien cómo se siente de verdad, sobre todo a un ser querido. El temor a que no la quieran siempre ha estado ahí, todavía está. El temor a que la abandonen por haber confesado sus necesidades.

—Si te soy sincera —dice en voz baja—, me duele que vayas a proclamar delante de todo el mundo que Marjie y tú estáis bien. Me siento... —hace una pausa para pensar cuáles son sus sentimientos—, en fin, además de asustada, abrumada y enfadada, completamente prescindible para ti.

Pearce suspira.

—Lo siento mucho, Saff. Jamás ha sido esa mi intención. En ningún momento he querido hacerte daño.

Saffron suelta una amarga carcajada.

—Aunque todo lo que ha pasado es espantoso, en parte creo que esto te permitirá poner fin a tu matrimonio y estar conmigo.

Se produce un largo silencio.

—Saff —dice Pearce por fin—. Quiero estar contigo. Por encima de todo. Pero tengo que pensar en mi carrera, en mi vida. Sé que algún día estaremos juntos, pero mi representante cree que en este momento me perjudicaría muchísimo dejar a Marjie para irme contigo.

—¿Dónde nos deja eso exactamente? —Se obliga a hablar con serenidad, sin tensión, sin emoción.

—En el mismo lugar donde hemos estado siempre. Te quiero y quiero estar contigo, pero tienes que ser paciente, cariño. Si hay algo que tengo claro, es que no pueden vernos juntos hasta que todo esto acabe.

Hace un puchero sin decir nada. Tiene razón. Claro que tiene razón. Pero no es en absoluto lo que quiere oír.

—¿Cómo lo lleva Marjie? —pregunta por fin, incapaz de refrenar la curiosidad.

—Lo nuestro le importa un pimiento, pero cree que la hemos humillado públicamente, así que está que trina.

—Lo siento —dice con tristeza.

—Y yo. Pero siento mucho más no poder estar contigo para animarte. ¿Ha hablado mi representante contigo para arreglar lo de Inglaterra?

—Sí. Ha reservado vuelo para esta mañana. Me esconderé allí hasta que las cosas se tranquilicen. La prensa está acosando a mis padres, pero he dejado mensajes a mis amigos. Espero que aparezca alguno.

—Ponte en contacto conmigo y dime dónde estás. Luego te llamo, cariño, y recuerda que te quiero, pase lo que pase.

—¿Saffron? ¿Estás bien? Te hemos dejado un montón de mensajes y hemos intentado hablar contigo. Acabamos de leer... Bueno, estamos un poco preocupados por ti. —Anna se muerde la lengua al momento, sorprendida tras haber escuchado la voz de Saffron al coger el teléfono.

—Estoy más o menos bien, si es que puede considerarse «bien» a estar parapetada en el Beverly Hills mientras millones de periodistas intentan colarse en mi habitación haciéndose pasar por empleados del servicio de habitaciones. Tengo guardaespaldas en la puerta. Estoy acojonada... y me quedo corta.

—Pobrecita mía. Supongo que querrás hablar con Paul, pero acaba de salir y se ha dejado el móvil. Si quieres, le digo que te llame en cuanto vuelva.

—¿No hay periodistas en la puerta de vuestra casa?

Anna resopla entre carcajadas.

—¡No! ¿Debería haberlos?

—Han logrado averiguar las direcciones de casi todo el mundo. Anna, escúchame. Sé que no nos conocemos mucho, pero necesito desesperadamente encontrar un lugar tranquilo donde refugiarme hasta que todo esto se olvide. ¿Hay alguna posibilidad de que pueda quedarme con vosotros? Sé que es una imposición espantosa y te prometo que ni se me ocurriría pedírtelo si no estuviera desesperada, pero no tengo ningún otro sitio adonde ir.

—Por supuesto que puedes quedarte con nosotros. Es más, si lo que buscas es paz y tranquilidad absolutas puedes quedarte en el campo. Tenemos un viejo granero en Gloucestershire que estamos remodelando. Está en mitad de la nada, y eso a ti te vendría de maravilla, aunque de momento está hecho una ruina. Acabamos de empezar las obras, pero al menos tiene un bonito cuarto de baño. Si te quedas en Londres, la prensa averiguará rápidamente dónde estás. La ciudad no es precisamente el mejor lugar para esconderse, pero Gloucestershire sería perfecto.

—¡Anna! Apenas te conozco, pero que sepas que te quiero. ¡Gracias, gracias, gracias!

—Dime, ¿cuándo vienes?

Ahora es Saffron la que parece avergonzada.

—En realidad estoy escondida en la sala de espera VIP del aeropuerto internacional de Los Ángeles esperando para poder embarcar.

—¿Quieres decir que has pillado un vuelo antes de tener un lugar seguro donde quedarte?

—No se me ocurrió nada mejor.

—¡Por supuesto que serás bien recibida! ¿Necesitas que alguien vaya a recogerte al aeropuerto?

—No. Pearce ha contratado a un chófer. ¿Me voy directamente al campo? Me asusta un poco estar sola en un lugar desconocido.

—No te pasará nada, tranquila. Iremos contigo para enseñártelo todo y estarás estupendamente. Estoy segura de que los largos paseos por el campo y un crepitante fuego en la chimenea curarán todos tus males.

—¿Tenéis chimenea?

—Oh, ahora que lo dices... la verdad es que no. No podemos encender el fuego hasta que la arreglen. Pero en el pub del pueblo hay una, y no hay mejor sitio para acurrucarse con un buen libro. Allí no te molestará nadie y nosotros iremos los fines de semana cargados de botellas de vino y de exquisitos manjares.

—Nada de vino, gracias. —Saffron es consciente de que tendrá que explicarse. Siempre lo hace, pero no es el momento—. Pero si no os importa acompañarme cuando llegue, os lo agradecería mucho.

—¡Ah! Por cierto —añade Anna muy despacio—, ¿qué te parece pasar la noche en un saco de dormir en el suelo?

—No tengo muchas opciones, ¿verdad? —contesta entre risas—. Pillaré uno de esos colchones hinchables de camino. —Y después de prometer que volverá a llamar en cuanto aterrice, corta la llamada.

La sala de espera VIP está muy tranquila, pero aunque no haya mucha gente, es consciente de que es el blanco de todas las miradas. El personal del aeropuerto se ha pasado todo el rato cuchicheando detrás del mostrador, mirándola de reojo, y hay periódicos por todos lados para que los clientes lean las últimas noticias.

Supone que en parte debería estar agradecida. ¿No dijo alguien que no hay mala publicidad? Sin embargo, su motivación nunca ha sido la de ser famosa. Para ella, la interpretación es un arte, y la única razón por la que le gustaría ser famosa es para conseguir mejores papeles. Ese tipo de publicidad no es el que ella busca, aunque sabe que hay mucha gente (por ejemplo, la tal Alex) que mataría por ella, a pesar de los malos ratos que conlleva.

Y por eso es tan duro. Porque nadie se ha interesado en la maravillosa historia de amor que la une a Pearce. La prensa la pinta como una destrozahogares, como una puta barata que ha puesto la mira en Pearce y que está decidida a que se separe de su mujer. Hasta han aparecido algunos tíos con los que salió en algún momento del pasado para decir que es la mujer más ambiciosa que han conocido en la vida, que siempre ha dicho que haría cualquier cosa para conseguir a Pearce, a Mel o a Tom, y que ningún obstáculo le impediría llegar a la meta.

Nada de eso es cierto.

Una hora antes de la hora prevista para la salida de su vuelo, se pone en pie de repente y se acerca a la barra. Una pared llena de bebida gratis. En el pasado se habría sentado en un taburete y habría pedido una bebida tras otra por el simple motivo de que eran gratis y podía.

Pero ya no puede.

«Señor, concédeme la tranquilidad...», comienza a recitar para sus adentros, pero la oración queda ahogada por un zumbido. Un zumbido que hacía mucho tiempo que no oía. Un zumbido que parece silenciar todo lo demás, que parece acallar su sentido común y derribar sus mecanismos de defensa.

Debería llamar a su madrina. Llamar a algún miembro del

programa. A cualquiera que pueda convencerla de que no lo haga, pero el zumbido la ha llevado hasta la barra.

«¡Joder! —piensa—. Después de todo lo que he pasado, me merezco una copa. Solo una. Para relajarme. ¿Quién no se merece una copa después de esto? ¿Qué persona normal no se merece una copa después de esto?

»Además, ¿qué daño va a hacerme? En serio. ¿Qué daño podría hacerme?»

20

Holly llamó a Marcus esa mañana para preguntarle si podían salir a cenar esa noche. Hace mucho que no hablan como Dios manda y quiere comentarle ciertas cosas.

Y esta vez quiere hablar de verdad. Sigue dándole vueltas a la conversación con Maggie. Sin embargo, a medida que va pasando el tiempo su infelicidad va en aumento y sabe que no puede dejarlo pasar sin hablar con Marcus. Nunca le ha dicho nada sobre sus sentimientos hacia él ni hacia su matrimonio, salvo los «Te quiero» de rigor después de hacer el amor o por teléfono.

Nunca hablan de sus necesidades personales, de la meta hacia la que se dirigen ni de un posible cambio de dirección. Y es esto último, sobre todo por su creciente amistad con Will, lo que más la preocupa.

«¿Y si Marcus pudiera ser un hombre distinto? —se pregunta una y otra vez—. ¿Lo querría? ¿Sería más feliz?» Un diablillo posado en su hombro insiste en decirle que la gente no cambia y que Marcus es como es. Tendría que aceptarlo, pero en el otro hombro hay un ángel que la convence para que le dé una oportunidad, para que al menos le hable de sus sentimientos.

Y aun así... le cuesta un montón decidirse a hacerlo, se ha desconectado, sin darse apenas cuenta se ha distanciado emocional y mentalmente de su matrimonio. Lo único que falta es el distanciamiento físico.

Y le cuesta decidirse porque la única persona que tiene en mente las veinticuatro horas del día es Will.

Sus correos electrónicos y los almuerzos ocasionales se han convertido en llamadas de teléfono. Cada vez que le sucede algo durante el día, si los niños la hacen reír, lee algo interesante o está orgullosa del nuevo diseño que ha conseguido, la primera persona a la que llama (la única, en realidad) es Will.

La incomodidad inicial que esa atracción le provocaba ha disminuido un poco. Sigue creyendo que es el hombre más guapo que ha visto en la vida, pero ya le tiene confianza. Pueden gastarse bromas y es capaz de revelarle cosas que nunca le ha dicho a nadie y mucho menos a Marcus.

Cosas de su pasado que Marcus consideraría espantosas, vergonzosas o de mal gusto. Anécdotas a las que no les vería la gracia. Porque no le gusta saber nada de la Holly anterior a su matrimonio. De la auténtica Holly.

—¿Qué es lo más vergonzoso que te ha pasado? —le pregunta Will con una sonrisa un día que quedan para almorzar.

Esas citas se han convertido en algo recurrente. Le parece más seguro: es normal que los amigos queden para comer, y un almuerzo es difícil de malinterpretar.

Tiene muy presente el consejo de Maggie. Pese a la humillación de verse «pillada», se le quedó grabado eso de que tuviera cuidado. Aunque no pueda controlar sus sentimientos, sí puede contenerse para no hacer nada.

—Odio esas preguntas. —Pone los ojos en blanco—. ¿Cómo voy a confesar algo totalmente humillante? Además, nunca recuerdo esas situaciones.

—¡Venga ya! Si tú me cuentas la tuya, yo te lo cuento la mía. —Le sonríe porque sabe que va a hablar.

—¡Por Dios! —exclama con un gemido—. No puedo creer que me convenzas para que te cuente algo vergonzoso. Vale. Cuando fui a Jamaica de vacaciones...

—¿Cuántos años tenías?

—Los suficientes para darme cuenta de que estaba metiendo la pata. Veinte, creo. Veintiuno como mucho. Estaba en un bar con unos chicos que habíamos conocido en la playa y que parecían bastante simpáticos. Pedí un ron con Coca-Cola pero me pusieron un vaso enorme con todos los licores que existen, aderezado con un chorrito de Coca-Cola para darle color.

—No te lo beberías, ¿verdad?

—Pues claro que sí. Aunque no suela beber mucho y odie el ron. Lo pedí porque todo el mundo bebía ron con Coca-Cola, y no se me ocurrió que la mezcla fuera tan asquerosa.

—Vale, deja que lo adivine. Acabaste en el suelo.

—Bueno, sí, pero eso fue después de subir al escenario para participar en el concurso de Miss Camiseta Mojada, de darme el lote con unos ocho tíos y de vomitar desde el escenario encima de la primera fila.

—¡Madre mía! —Will se parte de risa—. ¡Qué asco!

—Sí, bueno, ya te lo advertí.

—Me ha gustado mucho la parte del concurso de Miss Camiseta Mojada... ¿Te hace un ron con Coca-Cola? —le pregunta al tiempo que le hace una señal al camarero.

Ella suelta un chillido mientras le da un tortazo en el brazo.

—¡Qué graciosillo! —Sonríe—. Te toca.

Will abre los ojos con expresión inocente.

—No me ha pasado nada vergonzoso. —Se encoge de hombros—. De verdad. Soy un tío, y pocas cosas me avergüenzan.

—Menudo cuentista. Seguro que hay algo.

—Vale. No es muy vergonzoso. Mi amigo Nick se casó el año pasado y nos fuimos todos a Brighton para la despedida de soltero. Ten en cuenta que en el colegio todos jugábamos al rugby y que estaba todo el equipo al completo, así que teníamos claro que sería un fin de semana empapado en alcohol. Pasamos la tarde de pub en pub, y luego a alguien se le ocurrió la brillante idea de jugar un partido en la playa en calzoncillos.

—De momento no es muy vergonzoso.

—Pues no, pero... no sé qué genio consiguió tangas de color rosa de esos de pelito para todos.

—Empieza a gustarme —dice Holly con una sonrisa de oreja a oreja.

—Imagínate, nueve jugadores de rugby musculosos tapados con un trocito de tela rosa peluda, placándonos los unos a los otros, cuando aparece un tío, un tío normal y corriente, y nos dice que es fotógrafo y que le gustaría hacernos unas fotos.

—¡Huy...! —Se inclina con la cara apoyada en las manos.

—Si hubiéramos estado sobrios, habríamos dicho lo mismo, pero tal como estábamos le dijimos que sí, que lo que él quisiera. Así que nos pusimos a sacar musculitos, a hacer poses en plan supermacho mientras él hacía las fotos. Al final, cuando se iba, Nick le preguntó si pensaba colgar las fotos en algún sitio. «Sí, son para *Boyz*, la revista gay. Muchas gracias, chicos», nos dice y se larga sin más. Nos dejó planchados.

Holly estalla en carcajadas.

—¡Ja! Eso os pasa por estar en la playa con tanga de pelo.

Cuando Holly tenía diecinueve años fue a un concierto de Police. Había pasado la noche en casa de Saffron, se habían emborrachado a conciencia y habían ido al estadio de Wembley decididas a colarse entre bastidores, buscar a Sting y conseguir que se enamorara de ellas. Daba igual de cúal de las dos se enamorara. Como si quería montárselo con las dos. Lo importante era colarse entre bastidores.

Y bien que se colaron, aunque tuvieron que disfrazarse de la típica fan histérica y chupársela a dos tramoyistas que se quedaron alucinados por la suerte que habían tenido. Sting las saludó, les preguntó si les había gustado el concierto y nada más. Para su eterna desdicha, no se enamoró de ninguna de las dos.

—Así que pasaste de Sting a Marcus —reflexiona Will en voz alta—. Pues no les veo el parecido.

Holly no habla mucho sobre Marcus con Will. No puede hablar de Marcus con Will. Hablan por encima del tema, de su infelicidad, pero no entra en detalles, no comparte las intimidades de su vida en común.

Y no le ha dicho que esa noche le ha pedido a Marcus que salgan a cenar. Va a armarse de valor y a decirle que no es feliz. Va a pedirle que pase más tiempo en casa, que les preste más atención a los niños. Que le preste más atención a ella. La verdad es que no quiere que pase más tiempo en casa, pero cree que las cosas tal vez les irían mejor si pasaran más tiempo juntos, si su relación se basara en el compañerismo.

Marcus llegará a casa a las siete y ella ha reservado mesa en E&O para las ocho.

A las siete menos cuarto, justo cuando Holly sale de la ducha, Marcus llama por teléfono.

—Lo siento, cariño —dice—. Acaba de llamarme un cliente que necesita que investigue un poco sobre las pensiones de manutención. No tardaré mucho, pero si me paso por casa no llegaremos a tiempo al restaurante. ¿Te parece que nos encontremos allí?

Desilusionada, niega con la cabeza. ¿Qué va a decirle? ¿Qué va a decirle, además de que la velada no ha empezado con buen pie?

Está sentada a la mesa con un Cosmopolitan en una mano y una sonrisa de oreja a oreja después de haber recibido en el móvil un mensaje de Will.

Últimamente nunca sale de casa sin el móvil. La antigua Holly se olvidaba el teléfono día sí y día también, se olvidaba incluso de que tenía uno, pero hoy por hoy lo lleva siempre en la mano, a cualquier hora. Incluso cuando está comprando o va a recoger a los niños al colegio, o cuando va en el autobús de camino al estudio, puede mandarle un mensaje a Will. No es lo mismo que los correos electrónicos, pero sirve.

Y los correos electrónicos, los mensajes y las llamadas se suceden a un ritmo vertiginoso. Se le ilumina la cara cada vez que recibe un mensaje de Will; tanto es así, que se disculpa para levantarse de la mesa, aunque esté cenando con Marcus y los niños, y se encierra en el baño, donde puede leer el mensaje y mandarle algo ingenioso antes de volver con su familia o sus amigos.

—Hola. —Marcus se agacha y le da un beso en la mejilla—. Siento llegar tarde. ¿Qué bebes?

—Un Cosmopolitan —responde al tiempo que se acomoda en la silla y lo mira como quien mira a un desconocido. «Valor», se dice. Es la segunda copa de la noche. Ella llegó temprano y Marcus, tarde, de modo que lo ha estado esperando veintitrés minutos. El primer Cosmopolitan la relajó, y el segundo está haciendo que la misión de esta noche (contarle a Marcus que no es feliz) sea increíblemente fácil.

—¿Qué tal te ha ido el día? —Marcus le sonríe mientras acepta la carta, la abre con esos dedos largos, y nada más verlos Holly piensa en los dedos de Will. Le encantan sus dedos. Le encantan sus manos. Le encanta ver cómo las mueve. Podría pasarse horas admirando sus antebrazos. Se ha acostumbrado a la delgadez de Marcus, a la palidez de su piel, al contraste entre el vello oscuro de sus brazos y la blancura de su piel, a esos dedos, elegantes y siempre en movimiento, pero carentes de fuerza. De atractivo.

Will tiene las manos grandes. Los dedos gruesos. Cada vez que mueve las muñecas, se aprecia el movimiento de los músculos bajo la piel. Tiene la piel tostada, muy morena. Parece bronceado aunque estén en pleno invierno; claro que, como él mismo dice, suele tomar el sol en pleno invierno en alguna playa exótica con alguna mujer. Holly intenta no pensar en la mujer.

¡Qué diferente de Marcus! Reprime un escalofrío... ¿Deseo? ¿Asco? No lo sabe, pero aparta la vista de sus dedos y lo mira a los ojos.

—¿Va todo bien, cariño? —pregunta Marcus, pero no lo hace porque sospeche algo; tan solo es una de sus muletillas.

—Vamos a pedir. —Se obliga a sonreír y le da otro trago al cóctel mientras se acerca el camarero.

Inspira hondo cuando por fin se va.

—Marcus —comienza—. Tenemos que hablar. Yo... —Se detiene. ¿Cómo decírselo? ¿Qué palabras puede utilizar? Le pareció muy sencillo mientras practicaba delante del espejo del cuarto de baño y cuando mantuvo la discusión consigo misma después de dejar a los niños en el colegio—. Me siento muy alejada de ti —dice muy despacio, sin mirarlo apenas a los ojos—. Me da la sensación de que solo piensas en el trabajo, de que ya no le pones interés a nuestra relación. Y no soy feliz. —Listo. Lo había dicho. Alza la vista para mirarlo a los ojos, un poco asustada por su reacción—. Esto no es lo que esperaba del matrimonio.

—¿Cómo? —Marcus está pasmado—. ¿De qué estás hablando? No te entiendo. ¿Qué intentas decirme? —Parece dolido y furioso, tal como esperaba. Justo la reacción que ella no quería.

Porque la furia de Marcus le da miedo. Siempre le ha dado miedo. Por eso nunca se ha enfrentado a él. Es raro que su genio estalle, pero cuando lo hace, es explosivo. Empieza a gritar y a dar porrazos, como un niño pequeño, y puede ser muy cruel y vengativo.

Durante esos arranques de furia le ha dicho muchas cosas dolorosas, tanto que durante unos días se mantenía alejada de él para lamerse las heridas y recuperarse. Por supuesto, Marcus siempre ha acabado arrepintiéndose y ella perdonándolo e intentando no hacer ni decir nada que volviera a sacarlo de sus casillas.

En ese momento descubre que se ha preguntado muchísimas veces cómo sería su vida si fuera soltera. Si dejara a Marcus y criara sola a los niños. Lo ha planeado infinidad de veces tumbada en la cama, pero el plan siempre empieza por decirle a Marcus que lo deja y es capaz de predecir sus palabras exactas: «¿Que me vaya?», gritaría furioso, logrando que ella se acobardara. «¿Yo? ¡Tú eres la que quiere dejarlo! ¡Vete tú! ¡Yo me quedo con la casa y con los niños!» Y como es abogado matrimonialista, sabe mejor que nadie lo que le corresponde. Sabe cómo jugar sucio. A ella eso siempre la ha asustado.

—No intento decirte nada —contesta con calma, tratando de

apaciguarlo; extiende el brazo y le coge la mano—. Marcus, escúchame. Solo estoy diciendo que no soy feliz. Estoy segura de que solo es una fase pasajera de nuestro matrimonio, pero las cosas tienen que cambiar, no puedo seguir así.

—Así, ¿cómo? —La voz de Marcus es gélida.

—¡Así! —exclama furiosa, y tiene que respirar hondo—. Siempre llegas tarde a todos sitios. Siempre estás lejos, siempre cancelas nuestros planes, nunca ves a los niños... Daisy llora todas las noches porque quiere verte. No nos quedan amigos porque nadie quiere hacer planes con nosotros. Nunca te veo. Y cuando lo hago, somos como dos barcos que se cruzan en la noche. Apenas hablamos. Nos preguntamos por rutina cómo nos ha ido el día, pero ya está. No me siento casada, Marcus. No le veo sentido a nuestro matrimonio.

—¿Qué intentas decirme? —Marcus se inclina hacia delante y le habla con una voz peligrosamente suave—. ¿Quieres que deje el trabajo para que podamos vernos más? ¿Quieres que deje el trabajo para que pase más tiempo con los niños? Vale. —A medida que sube el volumen, la gente sentada a su alrededor comienza a mirarlos, y ella desea que se la trague la tierra—. Quieres que me quede en casa para ser un padre y un marido a jornada completa, ¿y quién va a pagar la hipoteca? ¿Quién va a poner la comida en la mesa? ¿Quién va a pagar el colegio de los niños? Tu trabajo de ilustradora no es muy lucrativo que digamos. Pero si eso es lo que quieres, vale. Entregaré mi renuncia mañana mismo.

—¡Por el amor de Dios! —susurra ella y pone los ojos en blanco—. No es eso, solo digo que tenemos que cambiar la manera de hacer las cosas.

—Vale. —Marcus se apoya en el respaldo de la silla y cruza los brazos, a la espera—. ¿Cómo?

—¡No lo sé, Marcus! —Está al borde del llanto—. Estoy intentando hablar contigo de todo esto, estoy intentando decirte cómo me siento. No te estoy atacando. No sé por qué te pones a la defensiva.

—Te voy a decir por qué —mascula él—. Porque me parto

los cuernos trabajando para tenerte contenta. ¿Crees que lo hago por mí? El trabajo me da igual. Solo me preocupa mi familia, los niños y tú. Trabajo para que puedas vivir en tu maravillosa y enorme casa de Brondesbury. Trabajo para que puedas comprarte jerséis de cachemira y no tengas que preocuparte por nada. No puedes tenerlo todo, Holly. Las cosas no funcionan así.

Holly se acomoda en la silla y lo mira mientras le da vueltas a tres palabras. Una y otra y otra vez.

«¡Mentiroso de mierda!»

No lo está haciendo por ella. Ni por los niños. La verdad es que a ella le importan un pimiento la maravillosa y enorme casa y los putos jerséis de cachemira. Nunca le han importado.

Le importan un pimiento todas las cosas que Marcus considera necesarias para que la gente lo crea alguien importante, alguien especial. Un pez gordo.

«¡Mentiroso de mierda!»

Está haciendo lo que hace siempre. No le presta atención, no escucha nada que le recuerde a una crítica. Le da la vuelta a la tortilla de inmediato y le echa la culpa a ella, adopta el papel de víctima y la hace retroceder con el énfasis de su negativa.

Llegan los entremeses. Holly mira con tristeza la sopa de apio y manzana (hace mucho que ha perdido el apetito) y luego devuelve la vista a Marcus, que está sacándose la Blackberry del bolsillo para leer el correo electrónico que acaba de llegarle.

—¿Qué quieres que haga? Vamos, dímelo —insiste cuando termina de leer el mensaje y deja la Blackberry en la mesa, junto a su plato—. ¿Qué se supone que tengo que hacer?

—No lo sé. —Se encoge de hombros—. Solo quería que supieras que no soy feliz. Solo quería que te importase.

—Y me importa, Holly. —Ha suavizado la voz porque ya no se siente amenazado—. Por supuesto que me importa que no seas feliz, cariño, pero no creo que tenga nada que ver conmigo. No sé por qué te sientes desgraciada. ¿Estás con la regla?

Holly menea la cabeza mientras reprime el impulso de saltar por encima de la mesa y estrangularlo.

—Tal vez deberías ir al médico —dice Marcus en voz baja—.

Quizá sea una depresión y te dé un tratamiento. Comprendo que eres infeliz, pero también sé que no tiene nada que ver conmigo.

Ella se encoge de hombros y vuelve a darle vueltas a la sopa. «Lo he intentado —se dice—. Al menos lo he intentado.»

El teléfono suena y la saca del sueño más raro que ha tenido en la vida. Will y ella están en el teatro. La actriz que hay sobre el escenario debería ser Saffron, pero en realidad es Olivia, y ella se pregunta qué hace Olivia allí arriba cuando no sabe nada de interpretación y por qué Will y ella parecen ser una pareja cuando sabe que solo están fingiendo.

—¿Holly? ¿Estás despierta?

—No del todo. ¿Quién es?

—¡Dios, lo siento! Soy Paul.

—Hola, Paul, ¿qué tal te va?

—Yo estoy bien pero... Has visto las revistas, ¿no?

—¿Por lo de Saffron? ¡Sí, las he visto! Es espantoso. Pobrecilla. Le he dejado un montón de mensajes y ella me ha dejado un par, pero no hemos podido hablar. ¿Has hablado tú con ella?

—Por eso te llamaba... No sé si sabes que tenemos una casita en el campo. Bueno, pues se la hemos ofrecido porque está en mitad de la nada, y ella ha aceptado refugiarse allí unos días. En fin, la cosa es que esta mañana nos ha llamado el chófer desde Heathrow para que le echemos una mano porque Saffron estaba... con un colocón del quince.

Holly se sienta de un salto.

—¿A qué te refieres con un colocón del quince?

Paul se echa a reír.

—¿Tú qué crees? Te la voy a pasar. Quiere hablar contigo.

—¿Holly Mac? ¿Eres mi Holly Mac?

Y, cómo no, sabe de inmediato que Saffron está borracha. Y también sabe de inmediato lo que eso quiere decir. Conoce su problema con el alcohol, sus viejas costumbres, y también sabe que llevaba sobria desde que empezó con Alcohólicos Anónimos. Se supone que no debería saberlo, pero Tom se lo contó tras jurarle que guardaría el secreto, pero es evidente que Paul no está al tanto. Paul cree que Saffron solo se ha emborrachado. Por las circunstancias. Un incidente gracioso.

—¿Dónde estás, Saff?

—A punto de meterme en el coche. ¿Y tú? ¿Por qué no estás aquí? Quiero que volvamos a estar todos juntos.

—Dile a Paul que se ponga, anda. Hablaré contigo enseguida. ¿Dónde estáis, Paul?

—De camino a Somerset para dejarla allí. El problema es que no puede quedarse sola. Creo que vamos a quedarnos con ella hasta que se le pase la borrachera.

—Paul —le susurra—, ¿sabes que está en Alcohólicos Anónimos?

—¿Qué? ¡Estás de coña!

—Te aseguro que no. Esto es muy grave, Paul. Una recaída. Es horrible.

—¡Joder! —mascula él—. No tenía ni idea. Me pareció gracioso que... ¡Dios! ¿Qué hacemos ahora? ¿Tenemos que organizar... —comienza y baja la voz para seguir en un susurro— una intervención o algo?

—No tengo ni idea.

—¡Dios, Holly! Otra vez al rescate de Saff. Escucha, estoy totalmente perdido con este tema. ¿Puedes venir? Por favor...

—¿Adónde? ¿A Gloucestershire?

—Sí. Tráete a los niños. Tráete a Marcus. Lo que sea. Pero nos necesita a todos, Holly. Ven, por favor.

Respira hondo antes de contestar.

—Vale. En cuanto deje listas unas cosillas iré para allá. Te llamaré más tarde para concretar los detalles.

«Dios mío... Una recaída.» Holly se mete en internet y comienza a leer sobre las intervenciones, sobre lo que debería hacer y, mientras la página se carga, le da vueltas al sueño que Paul ha cortado.

Y se da cuenta de algo.

Durante catorce años no ha soñado ni una sola vez con Marcus. Ha soñado con sus hijos, con sus amigos, con sus padres. Ha soñado con compañeros sin rostro y sin nombre y, más recientemente, Tom ha invadido sus sueños antes de que apareciera Will.

Sin embargo, en esos catorce años nunca ha soñado con Marcus. Ni una sola vez ha aparecido en su subconsciente.

No tiene muy claro lo que eso quiere decir, pero está segurísima de que no es bueno.

21

Paul la llamó esa mañana para ponerla al tanto de las últimas noticias.

—Se quedó dormida en el coche, pero ya se ha despertado y tiene una resaca de campeonato —le dijo muy serio—. Me ha dicho que no volverá a beber jamás.

—¿Crees que lo dice en serio? —le preguntó ella con escepticismo.

—Sí. Parece muy deprimida y dice que tiene un dolor de cabeza insoportable. Creo que se siente mal por lo que ha pasado, pero a saber si volverá a beber o no. No hemos traído vino, así que supongo que con no perderla de vista será suficiente. ¿A qué hora crees que llegarás?

—Después del colegio. En cuanto la *au pair* traiga a los niños, los meto en el coche y nos vamos.

—Genial. A Saffron se le ha antojado sushi. ¿Hay posibilidad de que te pares en algún restaurante y traigas?

Holly se rió y puso los ojos en blanco.

—¡Dios! Puedes alejarla de Los Ángeles pero no la alejarás del estilo de vida de Los Ángeles... ¡Sushi! ¿Dónde se cree que está?

—En Gloucestershire desde luego que no —respondió Paul entre carcajadas—. Al venir, paramos un momento en una tienda, pero la mayonesa y las judías de lata no le van.

—No te prometo nada, pero lo intentaré.

—¡Ah, otra cosa! Hace un frío que pela. Se supone que el fontanero vendrá mañana por la mañana, y también estamos esperando al de la chimenea, pero tráete ropa en cantidad. Es posible que tengamos que dormir con el abrigo puesto.

—Genial. —Suelta un melodramático suspiro—. Primero me dices que lo único que hay para comer son judías de lata y mayonesa, y ahora me sueltas que aquello es el Polo Norte. ¿Algo más que deba saber antes de meterme en el coche?

—¡Mierda, sí! ¿Puedes pasarte a por Olivia? Sé que te pilla un poco lejos, pero Saffron ha insistido en que venga. ¿Te importa?

—Me parece genial. Una reunión como Dios manda. Supongo que llegaremos sobre las cinco o las seis. Hasta luego y gracias por las indicaciones. —Y con eso cogió la taza de café y subió a su estudio para telefonear a Marcus.

—¿Qué? ¿Que vas a hacer qué? —masculla Marcus de muy mala leche—. ¿Que te llevas a los niños adónde? Qué casualidad, ¿no te parece? Primero me dices que no eres feliz y ahora te vas de buenas a primeras. ¿Crees que me voy a tragar que es por Saffron? ¡Por Dios, Holly! Ni siquiera conoces a esa gente. Llevas sin verlos... ¿cuánto? ¿Veinte años? Y ahora de repente ¿lo dejas todo por ellos? —A partir de ese momento su voz recobra la tranquilidad habitual—. No —dice—. No voy a consentirlo. No irás.

—Me voy, Marcus —insiste ella en voz baja—. Lo siento, pero tengo que ir.

—Si te vas... —Su voz sigue siendo aterradoramente tranquila—. Si te vas con los niños, Holly, no te molestes en volver. Te lo advierto. Si sigues adelante, no estaré cuando regreses. No voy a consentir que mi mujer me desafíe de esta manera. Esto es intolerable. Te doy otra oportunidad, Holly. Elige: o yo o esa gente, tus supuestos amigos. Tú decides, Holly.

Holly contempla el monitor con la mirada perdida mientras

escucha los ruidos habituales de su casa. Los crujidos de las cañerías, el zumbido de la lavadora en la planta baja, la música apenas audible de la radio de la cocina... Todo es igual y, al mismo tiempo, todo es distinto.

Ahí está. Como si Dios acabara de abrirle una ventana, una oportunidad sobre la cual había fantaseado, insegura de qué hacer cuando llegara el momento.

Ahí está.

Lo tiene clarísimo. No siente el menor arrepentimiento, no se le plantea ninguna duda. Le están ofreciendo la libertad en bandeja, le han quitado un gran peso de los hombros.

—Siento que opines así, Marcus —dice—. Siento que no me dejes más alternativas, pero no voy a darles la espalda a mis amigos. Me voy.

—¡Vale! —grita Marcus—. Recogeré tus cosas mientras estás fuera, porque quiero que te quede una cosa bien clara, Holly, ¡no vas a quedarte con la puñetera casa y no vas a sacarme ni un penique!

—Vale —repite ella, y sintiéndose como inmersa en un sueño, no del todo malo, por cierto, cuelga y llama a Will.

Le deja un mensaje en el buzón de voz, otro en el contestador de casa y le envía un breve correo electrónico explicándole lo que acaba de pasar. No está segura de lo que siente, y en parte sabe que debería estar asustada, pero ¿por qué sonríe? ¿Por qué brinca de alegría mientras va a hacer las maletas? De no haber tenido lugar la conversación que acaba de mantener, no estaría tan contenta.

Al cabo de unos minutos llega a una conclusión: no hay vuelta atrás. «Piensa. Piensa —se dice—. ¿Qué hace Marcus cuando se siente herido? ¿Cuando está enfadado?» No está segura de hasta dónde será capaz de llegar, pero esa es la peor humillación que le ha podido infligir, y cuando Marcus está dolido, ataca.

Comprende que tiene que llevarse todo lo que sea importante para ella. Tal vez cuando vuelva haya cambiado las cerraduras. Tampoco es que le importe mucho, pero hay ciertos cuadros que le gustan. Libros. Cosas que ha ido comprando a lo largo de los años y que, aunque carecen de valor material, para ella son muy importantes.

Le echa un vistazo al reloj. No tiene mucho tiempo. Va de habitación en habitación, recogiendo todo lo que quiere, las cosas que echaría de menos si Marcus decidiera actuar con la misma mala leche que algunos de sus clientes.

Se lleva los cuadros más pequeños en el coche y la colección de pastilleros de porcelana. Los libros tiene que dejarlos, salvo unos cuantos que conserva desde que era pequeña y que espera dárselos a Daisy.

Las perlas de su madre y el anillo de su abuela. Sus bolsos preferidos, algunas bufandas. Así no da la sensación de que esté abandonando el domicilio familiar o eso espera, porque espera... No, porque sabe que muy pocos jueces apoyarán a un hombre que deja en la calle a su mujer y a sus hijos, pero tiene que estar preparada para lo peor.

Las habitaciones de los niños es lo peor. ¿Cómo se lo explicará? ¿Cómo se lo tomarán? Sobre todo Oliver, que adora a su padre aunque apenas lo ve.

Se deja caer en la cama de Oliver y agarra su manta preferida con mano temblorosa. No puede llorar. No siente lástima por Marcus, sino por los niños. Por sus adorados hijos. ¿Cómo va a hacerles eso?

Pero ¿cómo va a seguir soportándolo? Todos esos años de infelicidad. Todos esos años con la certeza de haber cometido un error, esperando que las cosas mejoraran, creyendo que era capaz de seguir adelante hasta que los niños fueran a la universidad y ella pudiera por fin emprender el vuelo y redescubrirse.

Jamás había esperado que las cosas llegaran a este punto. No tan pronto y no tan fácilmente. En un abrir y cerrar de ojos ha pasado de estar casada a no estarlo. Menea la cabeza y sigue con la tarea de recoger las cosas importantes para los niños.

Un collar de Daisy, regalo de su bisabuela. Sus peluches y sus vestidos preferidos. Sus cuadernos de dibujo y sus lápices de colores. La colección de muñecos de *La Guerra de las Galaxias* de Oliver. La máscara de Darth Vader con el mecanismo para distorsionar la voz que dejó de funcionar hace siglos pero que sigue siendo una de sus más preciadas posesiones. Uppy, el deshilachado perro de peluche que una vez fue marrón y blanco y que ahora está prácticamente gris y sin pelo, con el que su hijo duerme todas las noches.

Lo recoge todo y lo mete en el maletero. Ojalá pueda recoger el resto de sus cosas cuando vuelva, pero no hay garantías y, al fin y al cabo, son solo cosas. Los niños van con ella y se lleva las cosas que considera valiosas.

El resto no son más que accesorios.

—Pero ¿adónde vamos, mamá? —pregunta Oliver mientras Holly baja la escalera con las maletas en las manos y las arroja al maletero del coche—. ¿A casa de quién?

—De mis amigos Paul y Anna, cariño. Nuestra amiga Saffron está allí y no se encuentra bien, así que nos necesita y vamos a cuidarla entre todos.

—¿Qué le pasa? —pregunta Daisy, que está sentada en el umbral de la puerta con su peluche preferido—. ¿Tiene gripe?

—Más o menos. —Holly sonríe y cruza los dedos para no encontrarse a Saffron borracha cuando lleguen.

Dicen que el divorcio consta de siete etapas: derrumbamiento, impacto, ira, dolor, odio, pena y aceptación.

Lo que no dicen es que en casos como ese, en casos como el de Holly, hay realmente ocho. Nadie habla de la primera etapa, la anterior al derrumbamiento. La etapa que la ayuda a conducir hasta casa de Olivia con el CD de *High School Musical* a todo volumen mientras canta con los niños a pleno pulmón y con una sonrisa de oreja a oreja.

¿La primera etapa?

Euforia.

—¡Estás estupenda! —Olivia entra en el coche y deja su mochila en la parte trasera, bajo los pies de Daisy.

—¡Gracias! —Holly le sonríe—. Creo que mi matrimonio es historia. —Habla en voz baja para que los niños no la oigan y se vuelve un poco para comprobar que no lo hacen, pero como ha cogido su portátil y un montón de películas en DVD, los dos están absortos con *Ant Bully, bienvenido al hormiguero*.

—¿Qué? —Olivia se queda boquiabierta—. ¿Qué quieres decir? Pensaba que no ibas a hacer nada.

—Quiero decir que acabo de tener la bronca del siglo con Marcus, y me ha dicho que si voy a Gloucestershire, nuestro matrimonio se ha acabado. —Se siente bastante tonta porque no puede parar de sonreír.

—En fin, es evidente que no lo ha dicho en serio. —Olivia está confundida. ¿Cómo es posible que Holly sonría de esa manera?

—Sí, sí. Creo que lo ha dicho muy en serio.

—¿Y cómo estás? ¿Es una pregunta tonta?

—¿Sinceramente? —Gira la cabeza para mirar a Olivia—. Me siento liberada. Llevo tres horas, desde que me repuse de la primera impresión, sin poder dejar de sonreír.

—Dios, Holly, no tenía ni idea de que fueses tan impulsiva... ¡Oh, no, para el coche!

Holly mira de nuevo a Olivia, que está blanca como el papel.

—En serio, Holly. Para. Por favor.

Se detiene a un lado de la calle y observa con preocupación cómo Olivia baja del coche y se aleja para vomitar. Holly sale para frotarle la espalda y, cuando por fin Olivia acaba y la ve secarse las lágrimas de los ojos, le pregunta en voz baja si está bien.

—Estoy bien —contesta y de repente vuelve a doblarse por la cintura, presa de las arcadas.

—No, no estás bien —le dice Holly—. Debería llevarte al médico.

—En serio, no necesito ningún médico —afirma Olivia—. Pero unas galletitas saladas me vendrían muy bien.

Holly la mira sin decir nada y comprende lo que le pasa.

—¿Estás...?

Olivia asiente en silencio.

—Pero... ¿quién? ¿El yanqui? Bueno, felicidades, ¿no?

—No. —Menea la cabeza—. Creo que no voy a tenerlo. Estoy segura. Voy a abortar. Sí, es de Fred, el yanqui, pero definitivamente él no pinta nada.

—Mira, tú te metes en el coche, si es que te sientes mejor, y mientras yo voy un momento a aquella tienda y compro una caja de galletas saladas y una botella de *ginger ale*. Es lo mejor para las náuseas matinales.

Media hora después Olivia empieza a reírse. A esas alturas la película de turno es *El corral: una fiesta muy bestia* y ellas no han parado de hablar desde que Holly volvió al coche con la botella de *ginger ale*, las galletas saladas y unas cuantas bolsas de ganchitos para los niños.

—¿De qué te ríes? —Holly mira a Olivia de reojo mientras cambia al carril rápido para adelantar a una furgoneta blanca.

—Del tremendo lío en que andamos todos metidos. Tú acabas de dejar a tu marido, más o menos; yo estoy embarazada; Saffron está en boca de todos. ¡Madre mía! ¿Qué más puede pasar? Tengo la sensación de que la muerte de Tom nos ha metido a todos en esta gigantesca crisis de la mediana edad.

Holly resopla y echa un vistazo al plomizo cielo a través del parabrisas.

—¡Muchísimas gracias, Tom! Una forma interesantísima de mantenernos unidos.

—¿No te parece muy raro? —Olivia cambia de postura en el asiento para mirarla—. Nos está manteniendo unidos. A ver, me encantó veros a todos en el funeral de Tom aunque las circunstancias fueran tan tristes; después quería continuar en contacto con los demás pero se me olvidaba llamarlos, excepto a ti, claro. La vida se complica, y aquí estamos, juntos otra vez. Tengo la sensación de que Tom anda detrás de todo esto. —Se inclina hacia delante para mirar también al cielo por el parabrisas—. Muy bonito, Tom. Debería estar mosqueada contigo por lo del embarazo, pero te agradezco que vaya a verlos a todos otra vez.

—¿Tú también lo haces? —le pregunta Holly en voz baja.

—¿El qué? ¿Hablarle a Tom?

—Sí, pero me refería a mirar al cielo cuando lo haces. Yo lo hago mucho. Todavía. Tengo conversaciones con él.

—Lo sé. Muchas veces parece que está, no sé, mirándonos o algo, y aunque suene cursi tengo la sensación de que me protege, de que es una especie de ángel de la guarda.

—No es cursi. —Se le llenan los ojos de lágrimas—. Yo siento exactamente lo mismo.

—¡Vaya por Dios! —Olivia mete la mano en su bolso en busca de un pañuelo de papel—. Ni se te ocurra. Últimamente lloro por cualquier cosa.

—Es normal. —Holly sonríe pese a las lágrimas mientras Olivia le ofrece un pañuelo de papel—. Tienes las hormonas revolucionadas.

El teléfono comienza a sonar, Holly lo coge y mientras se lleva el auricular a la oreja mira la pantalla para ver quién es.

Will.

—Oye —dice en voz baja—. ¿Has oído mi mensaje?

—Me has dejado pasmado, Holly. No puedo creer que te haya hecho eso. No puedo creer que te hayas largado. ¿Cómo estás? ¿Estás bien?

—Sí. Mejor que bien, la verdad. Pero no puedo hablar. Voy de camino al campo. Una historia muy larga. Ya te la contaré. ¿Tú estás bien?

—Estupendamente. Pero estoy preocupado por ti.

—Tranquilo. Te llamo en cuanto pueda.

Cuando corta la llamada, ve que Olivia está mirándola con las cejas alzadas.

—¿Qué? —pregunta Holly, colorada como un tomate por la culpa.

—Me parece que aquí hay algo más.

264

—¿Cómo? ¿Te refieres a la llamada? —Intenta quitarle hierro al asunto—. Era un amigo. ¡Ay, Dios! Lo admito, era Will.

Olivia ladea la cabeza.

—Vaya, no me lo habría imaginado. Pensé que podría ser cualquier otro tío macizo, soltero y buenísimo.

Holly se ríe.

—¿No decías que no era tu tipo?

—Es que los hombres tan perfectos me dan mucho miedo.

—No hay nada, te lo prometo. No estamos liados.

—Holly —dice Olivia—, me da exactamente igual lo que os traigáis entre manos. Además, no soy la más adecuada para juzgar a nadie, embarazada como estoy después de una relación de cuatro días... nunca mejor dicho.

—Pero es que de verdad no hay nada entre nosotros.

—No tienes por qué darme explicaciones. De todas formas, Will es un encanto y a Tom nunca le gustó Marcus, así que supongo que os daría su aprobación.

El comentario la deja pasmada. ¿Que a Tom nunca le gustó Marcus? Nunca le dijo nada, no le dio una sola pista que le diera a entender que le caía mal.

—¿Qué pensaba Tom de Marcus?

Olivia deja escapar un gemido.

—Oh, no, ya he vuelto a meter la pata... —Suspira—. En fin, de perdidos al río. ¿Te acuerdas del día que Marcus y tú quedasteis con Tom y Sarah para tomar una copa en no sé qué bar del West End?

—Sí. Fuimos al Blue Bar, en el Berkeley. Lo propuso Marcus.

—No sé si debería decirte esto o no...

—Suéltalo. —La mira de reojo, casi incapaz de aguantar la impaciencia.

—Vale. Por lo visto Tom dijo que pagaba él, y Marcus cogió la carta de bebidas y, cuando el camarero llegó, Marcus miró a Tom con una ceja alzada y le preguntó: «¿Te importa?».

—¿El qué? —Holly intenta recordar la noche en cuestión, pero no puede.

—Bueno, eso fue justo lo que pensó Tom, así que le dijo que

no, que no le importaba en absoluto. Y cuando llegó la cuenta...

—Guarda silencio un momento, un poco reacia a contarle a Holly algo de lo que claramente no tiene ni idea—. Había pedido una copa de coñac.

—No lo recuerdo.

—Que costaba ciento veinticinco libras.

—¿Qué? —No puede respirar—. ¿Cómo? —Está escandalizada.

—Lo sé —la consuela Olivia con la expresión angustiada—. Tom se quedó horrorizado.

—Pero, pero... —balbucea Holly—. ¿A quién se le ocurre hacer algo así? ¿Quién hace algo así?

—Marcus, por lo visto.

—Dios mío... —menea la cabeza—, es lo más asqueroso que he oído en la vida. Sabía que Tom iba a pagar y pidió eso. Ni siquiera sé qué decir. Es una gilipollez tan típica de Marcus que... —Suelta un gemido—. Estoy muy avergonzada.

—Después de eso —sigue Olivia—, todo fue cuesta abajo. Tom no lo entendía. Nunca comprendió por qué seguíais juntos. Qué veías en él. Decía que Marcus era un creído insoportable. Que tú no habías cambiado nada, que seguías siendo tan sencilla como en el colegio y que jamás entendería cómo podías aguantar a Marcus. Así que, en conclusión, yo diría que Tom estaría encantado si hubiera algo entre Will y tú.

Y con ese comentario ambas se inclinan hacia delante, miran el cielo, intercambian una mirada y estallan en carcajadas.

Ya es de noche cuando por fin llegan al antiguo camino de gravilla que lleva al granero. Los niños están dormidos en el asiento de atrás y ellas no han parado de hablar ni un segundo. Han reflexionado sobre sus vidas, la opinión que tienen de ellas, si han cumplido o no las expectativas que tenían, y si habrían sido distintas de haber tomado otros caminos en ciertas encrucijadas.

Holly se da cuenta de que, tras los acontecimientos de la mañana, está exactamente donde se supone que debe estar.

Rodeada de amigos que son casi su familia, y no porque los sienta cercanos en ese momento, sino por la fuerza del pasado que tienen en común. Ellos conocen a su madre y viceversa. Conoce a sus hermanos y hermanas. Sabe quiénes eran antes de que maduraran, antes de que asumieran la personalidad adulta que suponían que debían tener.

Y aunque solo hayan pasado unas horas desde que se fue de casa, la separación más breve de la historia, sospecha Holly, sabe que es real. Innegable. No hay marcha atrás.

Ya no tiene por qué seguir siendo la señora de Marcus Carter, esposa de un prestigioso abogado, abnegada madre de dos hijos, ilustradora de tarjetas de felicitación en sus ratos libres. Ya no tiene por qué estar en el incómodo y desconocido pellejo de esa mujer. Alrededor de las once y cuarenta y cuatro minutos de esa mañana, Holly ha recordado quién es.

Holly Mac.

Ni más ni menos.

—¡Hola! —Paul sale a recibirlas y se acerca hasta el coche para ayudarlas con el equipaje—. ¡Por el amor de Dios, Holly! ¿Es que te mudas de forma permanente? —Mira con preocupación el maletero, donde las maletas y demás posesiones llegan hasta el techo.

Holly se echa a reír y de repente, inesperadamente, se da cuenta de que está llorando.

—No iba con segundas —dice Paul, nervioso, dando saltitos y deseando no haber dicho nada—. Lo siento mucho.

Olivia se acerca y la abraza. Holly se apoya en su hombro y sigue llorando.

—¿Mamá? —dice una vocecilla desde el asiento trasero del coche—. Mamá, ¿ya hemos llegado? ¿Por qué lloras?

Holly se aparta de Olivia y esboza una radiante sonrisa mientras busca una excusa para Oliver.

—Caramba... esto está... a medias.

Holly y Olivia, en el salón, observan las latas de pintura apiladas en un rincón y las lonas. Huele a madera recién cortada y no hay muebles por ningún sitio.

—Ya os advertí que lo estábamos remodelando todo. —Paul sonríe.

—Creí que... bueno, no pensaba que lo estabais... construyendo —dice Olivia—. ¿Esto forma parte de tu diabólico plan?

Anna llega desde el jardín.

—¿Te refieres al de traeros para poneros a trabajar? Por supuesto. ¿Nos habías tomado por tontos o qué? ¿No hay un refrán que dice algo así como que en la vida no hay nada gratis? —Suelta una carcajada y se acerca para abrazarlas.

—¿Dónde está? —pregunta Holly—. Me refiero a Saffron.

—Su móvil no tenía cobertura —explica Anna—. Ha ido al final del camino para ver si podía hacer una llamada. ¿No os habéis cruzado con ella?

—Seguro que sí —dice Paul—, pero con lo oscuro que está, ni la habrán visto. Eso me recuerda que deberíamos ver si puede instalarse algún tipo de iluminación en el exterior. En serio, creo que es un poco peligroso.

—Lo añadiré a la lista. —Anna pone los ojos en blanco—. Os advierto que las camas son un poco... raras.

—¿Camas? Creía que íbamos a dormir en el suelo, con unos sacos.

—Esa era la idea, pero resulta que en Fashionista llevamos un tiempo pensando en vender muebles y hemos encontrado una empresa que se dedica a hacer camas hinchables de estilo retro, así que hemos hecho un pedido.

—Genial. Confieso que lo del saco no me hacía una ilusión especial. Cuando tienes veinte años, suena divertido; pero cuando te acercas a los cuarenta, no tanto. —Olivia se ríe.

—Yo lo superé antes de los diez —apostilla Holly—. Desde entonces no les veo la gracia.

—¿Os habéis dado cuenta de que ya ha pasado media hora? ¿No creéis que deberíamos ver cómo está Saffron?

—Ya voy yo —se ofrece Paul al tiempo que salta de la encimera de la cocina.

—Deberíais ir los tres —dice Holly—. Yo me quedo con los niños, pero que sepáis que os envidio. Me encanta el olor del aire puro y limpio del campo en mitad de la noche.

—Pues ya verás mañana —dice Anna—. Las vistas son de infarto. Al menos acompáñanos durante un rato.

—¡Saff! —gritan todos a la vez mientras enfilan el camino, y sus voces adquieren un tono frenético a medida que llegan al final—. ¡Saff! ¡Saff!

—¡Mierda! —exclama Paul de repente—. Sé adónde ha ido.

—No irás a decirme que hay un pub aquí al lado, ¿verdad? —Holly lo mira con una ceja enarcada.

—Pues tiene gracia que lo menciones... Ya voy yo.

—Voy contigo —dice Anna con expresión preocupada—. ¡Dios! ¿De verdad creéis que está bebiendo? Esta mañana dijo que eso se acabó, que no volvería a beber.

—Por lo que he leído en internet —dice Holly—, comentarios como ese están a la orden del día en esta fase.

—¿Quieres decir que no significan nada?

—Me parece que si los hace un alcohólico que ha recaído no valen absolutamente nada.

—Genial —gime Anna mientras regresa despacio a la casa para coger las llaves del coche—. Tal vez podrías ir preparando café...

22

Saffron está durmiendo la mona en una cama hinchable rosa y naranja en uno de los dormitorios del piso de arriba. Los niños también duermen; Anna y Holly preparan café en la cocina, y Olivia está ayudando a Paul a entrar leña para encender la chimenea.

Hace casi tanto frío dentro de la casa como fuera. Holly se apoya en la encimera de la cocina mientras Anna pone la tetera en el fuego y hace aros con el aliento como si fuera humo.

—Lo siento de verdad —susurra mientras se frota las manos por encima de la llama de la cocina—. Creo que las tuberías se han congelado, o han reventado o algo. Y no contaba con que llegarían un montón de amigos.

—Nos las apañaremos mejor de lo que parece —la tranquiliza Holly—. Además, creo que nuestra forma de vida nos ha malcriado. Es absurdo tener tantas cosas, y esto es como volver a lo básico. Este granero es magnífico. Y aquí uno se da cuenta de lo poco que necesita para estar en la gloria... Un sofá, una mesa...

—Camas. —Anna ríe.

—Bueno, sí, pero no todas esas tonterías que solemos coleccionar. Me da la sensación de que tengo un montón de cosas que no necesito para nada. ¡No necesito tanto!

—Paul me ha dicho que te has traído muchas cosas... —Anna se vuelve y la mira con preocupación—. ¿Va todo bien?

—Bueno, me gustaría decir que es una larga historia, pero la verdad es que no lo es. —Respira hondo—. Creo que he dejado a Marcus.

—Debería decir que me sorprende, pero no es así. —Anna frunce el ceño.

—Tengo la impresión de que no le sorprende a nadie. La verdad, Anna, es que hace siglos que no soy feliz. Sí, hace años. No estoy diciendo que no haya tenido momentos felices en todo este tiempo, y salta a la vista que tengo unos hijos estupendos, pero creo que acabo de darme cuenta de que lo que más infeliz me ha hecho es lo único a lo que no he sido capaz de enfrentarme hasta ahora.

—Tu matrimonio.

—Mi matrimonio. Por muchos motivos. Nunca veo a Marcus, no siento que tengamos un matrimonio, una relación de pareja de ninguna clase. —Suelta un largo suspiro. Es maravilloso poder hablar de eso, decir todas las ideas que lleva ocultando tanto tiempo, las ideas que la han mantenido despierta por las noches mes tras mes. Las ideas que le daban tanto miedo—. No nos tratamos bien —continúa—. No hay ternura, ni respeto, ni amor. Y, por cierto, asumo mi parte de culpa. Es como si estuviéramos inmersos en una batalla dialéctica. Nos reímos siempre a expensas del otro.

—¿Crees que él te quiere? —pregunta Anna.

Holly suspira.

—Creo que quiere al ideal en el que desea que me convierta, pero esa no soy yo. No creo que le guste nada de esa Holly que no encaja con la imagen que se ha hecho de mí. Por eso me he convertido en otra persona, en una Holly a la que no reconozco. Y aunque es divertido comportarse como otra persona, interpretar un papel distinto de vez en cuando, todo tiene un límite. No puedes hacerlo eternamente.

—«Sé fiel a ti mismo» —dice Anna—. Mi abuelo lo decía mucho, claro que en sueco.

—Qué verdad más grande. —Holly asiente con la cabeza—. No he sido fiel a mí misma. Sé por qué me casé con él. A simple vista parecía el hombre de mis sueños, yo estaba pasando por el trance de una ruptura sentimental y Marcus parecía capaz de ofrecerme una vida glamourosa, segura y maravillosa... Creí... Bueno, supongo que sabía que no estaba enamorada de él, pero creí que disfrutaríamos de otro tipo de amor. Creí que crecería con el tiempo, me engañaba una y otra vez diciéndome que la pasión se apaga, que no importaba que entre nosotros no la hubiera al principio. Que lo importante era ser buenos amigos.

Anna ladea la cabeza.

—Tal como lo dices, parece que no creías que la pasión y una buena amistad pudieran ir de la mano.

De pronto, a Holly se le llenan los ojos de lágrimas.

—No lo creía. Creí que Marcus era lo mejor a lo que podía aspirar. Y él parecía adorarme. La verdad es que nadie me había adorado nunca, así que me convencí de que bastaba con eso.

—Espero que no te lo tomes a mal —dice Anna con mucho tiento—, pero la noche que cenamos juntos... Bueno, cuando nos fuimos, Paul me preguntó si creía que tu matrimonio iba bien.

—¿De verdad? ¿Cómo se dio cuenta de que pasaba algo cuando ni siquiera yo lo sabía?

—Por las mismas razones que acabas de darme. No parecía haber nada entre vosotros. Os reíais juntos y se notaba que estabais juntos, pero Marcus aprovechaba cualquier oportunidad para tirarte una pulla, como si tuviera gracia, pero no la tenía. Fue muy incómodo. Creo que rebaja a todo el mundo. Es como si fuera una costumbre en él.

—Lo sé. —Holly tuerce el gesto—. No es malo, lo que pasa es que es tremendamente inseguro y tiene un enorme complejo de superioridad que oculta un complejo de inferioridad todavía mayor. Cree que está haciendo una gracia, pero es su manera de poner al otro por debajo de él.

—Esa es exactamente la impresión que nos dio aquella noche. Y te controlaba muchísimo, Holly. Cada vez que abrías la boca, él dejaba de hablar para escuchar lo que decías. Y tú poco a poco dejaste de intervenir, hasta que pareció que habías abandonado la mesa. Yo no me di cuenta, entre otras cosas porque no te conocía de antes, pero a Paul le sorprendió mucho. Comparó a Marcus con un titiritero que manejaba tus hilos hasta hacerse con el control absoluto de tus reacciones.

—No parece una relación muy sana, ¿verdad? —dice Holly meneando la cabeza.

Anna ríe.

—No mucho, no.

—Y... ¿Paul y tú tenéis las dos cosas? ¿Pasión y amistad?

—Después de todos los tratamientos de fertilidad que hemos hecho, la verdad es que no queda mucha pasión. —Pone los ojos en blanco—. Aun así, hay momentos en que lo miro y me entran ganas de arrancarle la ropa y tumbarlo en la cama.

Holly suelta una carcajada.

—¿En serio?

—Sí. Y es mi mejor amigo. Si te digo la verdad, casi todos los días me meto en la cama a eso de las nueve y no tengo ganas ni de pensar en el sexo, pero a veces me acuerdo de los viejos tiempos y vuelvo a sentir exactamente lo mismo que sentía por él al principio. Seguro que sentiste algo por Marcus en algún momento, ¿no? Aunque fuera un poquito...

Holly niega de nuevo con tristeza.

—Pero habéis estado casados... ¿trece años? ¿Catorce? Tenéis dos hijos. ¿Cómo...? ¿Por qué lo hiciste? ¿Por qué has seguido tanto tiempo con él después de todo lo que me has dicho?

Holly se encoge de hombros mientras echa el café molido en la cafetera.

—Creo que fue por miedo... —contesta muy despacio—. Creo que me daba demasiado miedo dejarlo. Siempre he sido fuerte, independiente. Pero supongo que me perdí en el matrimonio, que me dejé amilanar hasta tal punto que era incapaz de hacerlo. Y luego estaban los niños, claro. Aún me siento fatal. ¿Cómo he podido hacerles esto a los niños?

—Serán felices si su madre también lo es —asegura Anna con ternura—. No hay nada peor para un niño que crecer en un matrimonio infeliz. Pero ¿estás segura de que se ha acabado? ¿No vas a darle otra oportunidad?

—No lo sé —responde—. Estoy segura de que se ha acabado, pero cuando pienso en que tendré que mantenerme a mí y a los niños... Bueno, es aterrador. Además, solo han pasado unas cuantas horas. Vete tú a saber cómo me sentiré por la mañana.

—Creo que eres muy valiente —dice Anna mientras sirve el café—. Y creo que cualquier decisión que tomes será la correcta. Ve despacio. Y ten por seguro que todo sucede por un motivo. Vamos, a ver si conseguimos entrar en calor.

—¿Saffron está dormida? —pregunta Paul, atizando el fuego hasta que las llamas alcanzan la parte superior de la chimenea.

—¿Dormida? Yo diría inconsciente. —Holly acaba de bajar de las habitaciones, de comprobar cómo estaban Saffron y los niños—. Me siento como si hubiera vuelto a la universidad. La he puesto de costado, le he colocado una escoba a la espalda para que no pueda tumbarse boca arriba, por si vomita, y he dejado un cubo en el suelo, junto a la cama.

—¿Cómo están los niños?

—Congelados. Los he arropado con todo lo que he encontrado. Duermen como troncos, así que supongo que están bien. Aunque estoy un pelín preocupada.

—¿Por qué no dormimos todos aquí, junto al fuego? —propone Anna de repente—. El fontanero vendrá mañana, o sea que seguramente tendremos calefacción. Y esta es la habitación más cálida. Podemos bajar a los niños en brazos.

—¿Y Saffron?

—Creo que deberíamos dejarla arriba —contesta Paul—. El frío le vendrá bien para la resaca. Y hablando de frío... —Se mete la mano en el bolsillo de la chaqueta y saca una botellita—. Sé que es arriesgado tener esto con Saffron aquí, pero ¿a quién le apetece un chorrito de brandy en el café?

Le responde una muda aclamación mientras los tres le acercan su taza; Paul vierte una generosa cantidad en cada una.

—Será mejor que nos terminemos la botella —decide, y la vacía—. Cuando hayamos acabado la sacaré para que no la vea.

—Os juro que me quedé pasmada al ver lo borracha que estaba —dice Olivia en voz baja—. Me acuerdo de que cuando estábamos todavía en el colegio ella salía de juerga y se emborrachaba, pero eso es normal en la adolescencia. Hacía años que no veía a nadie hacer eses ni balbucear.

—A mí lo que más me ha impresionado es lo poco que ha tardado en emborracharse de esa manera —confiesa Holly—. ¿Cuánto tiempo ha estado fuera? ¿Cuarenta minutos? ¿Cuánto tienes que beber en cuarenta minutos para coger ese colocón? ¿Es que se ha metido el vodka en vena o qué?

—Pues casi, casi. Según el camarero, se bebía los martinis con vodka como si fueran agua. Y con pajita.

—Genial. Cómo ponerse ciego en cinco minutos. —Holly pone los ojos en blanco—. ¿Con pajita? ¿Quién bebe martini con pajita?

—Alguien que quiere ponerse ciego en cinco minutos —contesta Paul con una sonrisa.

—La verdad es que no sé qué hacer en esta situación —confiesa Anna en voz baja—. Me hizo gracia cuando apareció, y me parecía de lo más comprensible después de todo lo que ha pasado, pero no tenía ni idea de que era alcohólica. Me preocupa mucho cómo va a enfrentarse a esto. Yo estoy perdidísima, no sé cómo puedo ayudarla.

—He leído un poco sobre intervenciones rápidas —dice Holly—. Hay que decirles cómo es la vida con ellos en circunstancias normales y cómo son ellos cuando están borrachos, el problema es que ninguno de nosotros sabe realmente cómo es su vida normal, así que me parece una pérdida de tiempo. No formamos parte de su vida diaria para notar la diferencia. Yo tampoco sé qué hacer.

Paul se desabrocha la chaqueta y ellas lo imitan; el fuego ha comenzado a calentar de verdad.

—¿En el primer paso del programa no aprendes que eres impotente ante el alcohol? Y creo que dice algo de que uno se siente impotente ante el alcohólico. Me da que no vamos a poder hacer mucho para evitar que beba, aunque a lo mejor decide dejar la bebida por voluntad propia. Ya lo ha hecho antes, seguro que puede volver a hacerlo.

—¿Propones que nos quedemos de brazos cruzados mientras se emborracha?

—No. Creo que tenemos que hacer lo posible por mantenerla alejada del alcohol, pero que si vuelve a beber no debemos juzgarla. Debemos apoyarla cuanto podamos.

—¿Y si la mantenemos ocupada? —apunta Anna—. Podríamos darle trabajo en la casa.

Olivia se echa a reír.

—Sí. «Saffron, ¿por qué no subes al tejado y arreglas las goteras?» o «Saffron, como te veo aburrida, ¿por qué no renuevas los muebles de la cocina?».

Los cuatro ríen, pero al final Holly dice:

—La verdad es que me parece una idea estupenda. Sé que lo del plan de reclutar a los amigos para que trabajen como esclavos es una broma, pero creo que lo mejor que podríamos hacer por Saffron es mantenerla ocupada. Y la verdad es que a mí tampoco me vendría mal. Lo peor que podría hacer ahora es pasarme las horas muertas dándole vueltas a mi vida.

Paul la mira sin comprender.

—Es una larga historia, Paul. La versión resumida es que creo que mi matrimonio ha terminado, lo que seguramente sea una bendición. Anna puede contarte los detalles más tarde. Ahora mismo no tengo ganas de hablar del tema.

—Tranquila —dice Paul con mirada compasiva—. Lo siento.

—¡Mentiroso! —Anna le da un puntapié, y Holly se echa a reír.

—Quiero decir que siento que Holly lo esté pasando mal.

—No lo estoy pasando tan mal, así que no lo sientas. Ahora mismo me siento liberada. Pero pregúntamelo mañana por la mañana.

—Eso me recuerda —interviene Olivia, desperezándose— que estoy agotada. ¿Os importaría que bajáramos las camas ya? No creo que pueda mantener los ojos abiertos mucho más tiempo.

A las cinco de la mañana Holly se despierta. Tarda un rato en situarse…, hay mucha gente en la estancia, hace mucho frío, ¿dónde está? Sale de la cama, se envuelve con una manta, echa un par de leños al fuego y sopla para que las llamas prendan. La habitación está congelada; el poco calor que había antes debe de andar cerca del techo.

Cuando el fuego prende, Holly se sienta y lo observa mientras reflexiona sobre su vida. Temía despertarse atenazada por el pánico, aterrada por lo que le depararía el futuro, convencida de que había cometido un error terrible, pero lo que siente en ese momento, allí sentada delante del fuego, arrebujada con la manta, es paz.

Por primera vez en años, se siente en paz.

Le da un beso a Daisy y otro a Oliver, y contiene la respiración cuando su hija se mueve, pero enseguida se queda quieta y empieza a roncar suavemente. Luego, coge el móvil, abre la puerta de la calle, respira hondo cuando se enfrenta al gélido exterior y echa a andar por el camino. Aún es de noche y todo está en silencio. La tierra está congelada y la hierba cruje a su paso.

Hace semanas que no pasa tanto tiempo sin hablar con Will. La breve conversación en el coche no cuenta; está acostumbrada a compartir con él los secretos más íntimos de su cabeza. El hecho de no haber hablado con él después de lo que ha sucedido (la cosa más importante desde la muerte de Tom) le parece inconcebible.

No puede llamarlo a las cinco y media de la mañana, pero espera (reza) recibir un mensaje. Así que enciende el teléfono y sigue caminando hasta conseguir un mínimo de cobertura. Solo una rayita, pero es suficiente.

Echo d - hablar Stoy preocupado x ti Stas bien? Dond stas? Comemos? Wxx

Sonríe. ¿Qué tienen sus mensajes, sus correos electrónicos o sus llamadas de teléfono que la hacen feliz al instante?

Stoy bien. N l campo. Tb t echo d -. No puedo comr. Intnta-
re llamar luego. Yo xx

Un minuto después, y para su más absoluta sorpresa, el móvil comienza a sonar.

—¿Qué haces despierto? —Sonríe de oreja a oreja.

—No podía dormir —responde Will—. Estaba delante del
ordenador leyendo unos correos tuyos y.... ¡zas!, me llega tu mensaje. Me preocupaba no poder hablar contigo. ¿Dónde estás?

—Qué magnífica sorpresa... —dice Holly—. Estoy en Gloucestershire. En la casa de campo de Paul y Anna.

—¿Y eso?

¿Debería decírselo? Intentan mantener en secreto la situación de Saffron (no lo llaman Alcohólicos Anónimos porque
sí), pero no tiene por qué contárselo todo, y Dios sabe que confía en él, lleva semanas contándole sus secretos y sus miedos
más profundos. Nada de semanas, ¡meses!

—Estamos con Saffron —contesta—. La estamos escondiendo. Has visto las revistas, ¿no?

—¿Que si las he visto? Ayer me pasé el día leyendo sobre el
tema en internet. La ponen de vuelta y media y todo parece
mentira. Mi madre me llamó anoche y, aunque es la persona más
crédula del mundo, me dijo que saltaba a la vista que la mayoría
de esos cerdos que están contando sus extravagantes relaciones
con Saffron solo quieren sacar dinero.

—¡Dios santo! —gime Holly—. ¿Hablas en serio? ¿Hay más
historias?

—Parecen obsesionados. Brad y Angelina han quedado re-
legados a la página cuatro por Saffron y Pearce Webster. La verdad es que es alucinante. ¡Pearce Webster! El tío más famoso del
mundo...

—Qué tonto eres... —Se echa a reír—. Estás impresionado,
¿verdad?

—Bueno, un poquito. No está nada mal para una chica de
barrio de Londres.

—Aunque muy influenciada por el estilo de vida de Los

Ángeles. —Holly resopla—. De camino tuve que comprar sushi para que estuviera contenta.

—Estás de coña. —Will se ríe.

—Por desgracia, no.

—Puedes alejarla de Los Ángeles pero...

—¡Eso es justo lo que yo dije! —exclama Holly, y los dos se echan a reír—. Estoy tan contenta de que hayas llamado... —dice tras un silencio cómodo—. Qué alegría oír tu voz...

— Qué alegría oír la tuya —replica Will, y ella capta su sonrisa.

—¿No te parece raro que nos hayamos convertido en tan buenos amigos en tan poco tiempo? —pregunta Holly tras titubear un poco—. Yo... Bueno, no quiero avergonzarte ni mucho menos, pero echaba en falta tener un amigo. El único amigo que he tenido era Tom, y en cuanto Spantosa Sarah y él comenzaron a salir, no volvió a ser lo mismo. No sé qué haría sin ti. —Se detiene, roja como un tomate. ¿Se había pasado? No quería decirlo, aunque era una verdad como un templo. No quería ponerse tan melodramática, tan sentimental y tan seria.

—A mí me pasa lo mismo —le dice Will—. A veces me cuesta creer que no nos conociéramos de verdad hasta hace cuatro meses. Me da la sensación de que dependo por completo de tu amistad, de que tengo que contarte todo lo que me pasa. Creo que puedo decir que te has convertido en mi mejor amiga.

El corazón le da un vuelco. ¿De placer o de dolor? No está segura si le gusta la respuesta. ¿Ser su mejor amiga excluía cualquier otro tipo de relación? ¿Y por qué estaba pensando eso en ese preciso momento? ¿No había aceptado ya que solo eran amigos y que, a pesar de que seguramente su matrimonio estaba acabado, sería el peor momento para iniciar una relación con otra persona?

Una persona que acababa de decir que era su mejor amiga. ¿Qué quería decir eso?

—Pero quiero que me cuentes qué tal te va. —Will cambia de tema sin inmutarse—. Parece que Marcus se lo ha tomado muy mal. ¿Estás bien?

—Pues sí. —Se sienta con cuidado en una enorme piedra sin perder de vista el símbolo de la cobertura, desesperada por que la llamada no se corte, ya que su voz es un enorme consuelo—. Sé que suena raro, pero me siento en paz. A ver, admito que estoy un poco asustada por lo que me espera, eso es normal, y aunque estoy convencida de que Marcus se va a poner tonto, me siento... libre. Tranquila. Me siento bien conmigo misma.

—Tu voz suena más ligera —dice Will tras una pausa—. Supongo que parece una tontería, pero de verdad que suena más ligera.

—Es que me siento más ligera. —Se echa a reír.

—¿Crees que no hay vuelta atrás?

—Creo que no —contesta Holly—. Y parece que a nadie le ha pillado por sorpresa. Todo el mundo parecía saber que nuestro matrimonio no era muy sólido. Lo que más me asusta es que acabe volviendo con él porque me dé miedo estar sola.

—¿Crees que eso podría pasar? Yo creo que eres mucho más fuerte de lo que piensas. Creo que te acostumbraste a vivir con miedo porque no te dieron muchas opciones. Ya no hace falta que sigas viviendo así, y no tienes que preocuparte por la posibilidad de quedarte sola. Tienes a mucha gente dispuesta a ayudarte.

—Marcus me dijo a gritos que no me quedaría con la casa y que no le sacaría ni un penique.

—Eso suena muy típico de Marcus. Reaccionó así porque, a sus ojos, has destruido su vida y lo has humillado.

—¿Sabes lo más raro de todo? Hace un rato, estaba delante del fuego, pensando en él, y de repente supe que Marcus echará la vista atrás y se dará cuenta de que nuestro matrimonio no iba a ninguna parte. No le quiero, y todo el mundo merece que lo quieran. Me siento fatal por no haber sido capaz de quererlo. Nunca he podido prestarle la atención ni darle el cariño que él deseaba. Tal vez por eso se pasaba las horas trabajando.

—Eso es muy noble por tu parte —comenta Will en voz baja—. Y tienes razón, todo el mundo merece que lo quieran. Y eso te incluye. ¿No has dicho siempre que te daba la sensación de que Marcus no te quería, que quería a la imagen que tenía de ti? ¿No mereces tú también que te quieran? ¿No mereces que te quieran por quien eres de verdad, no por arreglarte y preparar fiestas como corresponde a la perfecta esposa florero?

—Sí. Gracias por recordármelo.

—De nada. Dime, ¿cuánto tiempo vais a estar ahí?

—No tengo ni idea. Supongo que Saffron se quedará hasta que se calmen las cosas. Los demás..., ya veremos. Tal vez decidamos hacer turnos o algo.

—¿No puede quedarse sola? —Will se echa a reír—. ¿Es que se ha convertido en una diva insufrible?

—¡Qué va! No es eso. Ahora mismo está... está en una situación muy delicada. Necesita a sus amigos.

—Solo era una broma —replica Will—. Creo que sois increíbles por acudir en su ayuda. Eso es justo lo que Tom habría hecho.

—Lo sé. Eso mismo hemos dicho Olivia y yo. —Empieza a tiritar, de modo que se levanta y comienza a pasear para entrar en calor—. Estoy helada, Will. Voy a tener que volver a la casa, pero dentro no hay cobertura.

—¿Podré llamarte?

—Seguramente te contestará una voz diciéndote que el teléfono está fuera de servicio, pero mándame un mensaje o grábalo en el buzón de voz y ya te llamaré en cuanto pueda. Gracias, Will. Significa mucho para mí que hayas llamado.

Y Holly regresa al interior para acurrucarse junto al fuego y pensar en su vida mientras espera que los demás se despierten.

—Beicon, huevos, pan, zumo de naranja... —Paul se vuelve hacia Olivia—. ¿Había algo más?

Olivia comprueba la lista.

—Leche. Periódicos.

—Vale. Yo voy por los periódicos y me pongo a la cola. Tú encárgate de la leche.

Paul coge unos cuantos periódicos, pero se detiene en seco al ver la portada de *The Mirror.*

—¡Ya tengo la leche! —grita Olivia mientras se acerca al mostrador con una botella grande de leche semidesnatada—. ¿Qué pasa? —Se acerca a Paul y se lleva la mano a la boca al ver la portada.

SAFF Y SU ALEGRE BORRACHERA

¡La actriz británica que se tira a Pearce aterriza en Heathrow borracha! ¿Conoces a su nuevo hombre misterioso? ¡Llámanos y dinos quién es!

—Mierda —susurra Olivia—. Eres tú, ¿verdad? Bueno, no se te ve muy bien porque la estás llevando en brazos, pero eres tú.

—Joder —susurra Paul—. Esperemos que no llame nadie. Solo nos falta que la prensa mezcle a Anna en el asunto y descubra dónde estamos. Es espantoso.

—Menuda pesadilla... —dice Olivia—. No lo cojas. Vamos a ver si hay algún periódico que no lleve noticias de Saffron.

—¿Cómo? ¿No has traído revistas del corazón? ¡Por favor! ¿Qué clase de hombre sale a comprar el periódico y vuelve sin revistas?

—La clase de hombre que quiere proteger a sus amigas y evitar que vean más historias de la cuenta —susurra Paul al oído de Holly.

—¡Dios...! ¿Está muy mal la cosa?

—Dejémoslo en que no está bien. Calla, creo que viene Saffron. No digas nada, ya te lo contaré después. Venga, tú bates los huevos —dice al tiempo que le tiende el cartón de huevos y un cuenco azul enorme.

23

Saffron nunca ha hecho nada a medias. Cuando fumaba, fumaba dos paquetes al día. Cuando lo dejó, no volvió a mirar un cigarrillo... hasta que empezó a fumar otra vez. Cuando hace ejercicio, es tal su obsesión que le dedica dos horas al día con un entrenador personal, siete días a la semana, y se acuesta pensando en la tabla que tiene que hacer al día siguiente, hasta que se salta un día o dos y ya no hace nada durante meses.

Es capaz de pasarse semanas sin gastar ni un penique, y de repente le da un ataque consumista y se compra toneladas de cosas que ni necesita ni quiere, pero en el momento es incapaz de admitirlo porque comprar le provoca un subidón semejante al de una droga.

O al de un alcohólico en plena borrachera.

Así que cuando se apea del tren de la sobriedad, no lo hace despacio ni con elegancia. Lo hace como hace todo lo demás. A lo grande. A toda velocidad y con grandes excesos.

No se había propuesto emborracharse. Y cuando se sentó a la barra del aeropuerto, su intención era tomar una copa. Tal vez dos, solo para relajarse, solo para intentar olvidar un poco ese terrible peso que la agobiaba. La gente podía beber una copa o dos, ¿por qué no iba a poder ella? Llevaba algunos años sobria, había asistido a millones de fiestas donde se servía alcohol y no había sentido la menor tentación. Por supuesto que era capaz de beber solo dos copas. ¿Por qué tenía ella que ser diferente a los demás?

Después, el avión. Primera clase. Champán a gogó. «¿Por qué no? —se preguntó—. Solo esta vez.» Se sentía tan a gusto... Era genial relajarse mientras el zumbido crecía. Se sentía libre, feliz y contenta. Feliz por fin desde hacía días. No era una borracha ruidosa. Se limitó a arrebujarse con la manta y a beber una copa de champán tras otra mientras los demás pasajeros dormían o veían películas.

No recuerda mucho del aterrizaje. Los asistentes de vuelo parecían hablar continuamente por los *walkie-talkies*; menos mal que se acordó de cubrirse la cabeza con un pañuelo, a lo Jackie Kennedy, y de ponerse las gafas de sol. Recuerda que alguien la ayudó a caminar por un lugar muy ruidoso, voces que la llamaban, destellos de luz en la cara mientras se reía como una tontita, y después... la gloria. Alguien la alzó en brazos y ella se quedó dormida sobre su hombro de camino al coche.

Anoche, de nuevo, no tenía intención de beber. Había sido absolutamente sincera cuando les dijo a Paul y a Anna (benditos Paul y Anna que habían acudido a su rescate) que jamás volvería a beber. Cuando se despertó, se sentía fatal. Tenía un dolor de cabeza espantoso y continuas náuseas, y supo que solo había sido un desliz. No quería sentirse así de nuevo, como se había sentido durante años antes de acudir a Alcohólicos Anónimos.

Sin embargo, después, por la tarde, lo único en lo que podía pensar era en tomarse una copa. Solo una. No en emborracharse, solo... solo porque podía hacerlo. La idea se convirtió en una obsesión, y nadie se enteraría si se tomaba una copita. ¿Por qué no?

—¡Saff! —Holly, que está batiendo los huevos, alza la vista y hace una mueca al ver a Saffron en plena resaca, con la mirada vidriosa y un color de cara espantoso—. Dios, si te vieran ahora... —Menea la cabeza sorprendida mientras piensa en las campañas publicitarias que Saffron ha protagonizado a lo largo de los años, guapísima y glamourosa, posando en alfombras rojas de todo el mundo y enfundada en vestidos de fiesta de pedrería. Una criatura a años luz de la que tiene delante en ese momento. Sin maquillaje, con unos ajados pantalones de chándal grises y una sudadera ancha, y la larga melena recogida de cualquier manera con un pasador.

—¡Oh, no! —gime Saffron, acercándose para darle un beso—. Me siento fatal. Si me vieran ahora, se relamerían de gusto.

Paul y Olivia intercambian una mirada. Gracias a Dios que no cogieron ese periódico...

—¡Eh, esos son tus hijos! —exclama Saffron al ver a Daisy y a Oliver, abrigados con gorro y guantes, jugando al otro lado de la ventana de la cocina—. ¡Son guapísimos!

—Me sorprende que los veas con toda la ropa que llevan puesta. —Holly sonríe—. Pero gracias. A mí me parecen guapísimos, pero mi opinión puede ser un pelín subjetiva.

—¿Café? —pregunta Paul con naturalidad al tiempo que deja una taza frente a una agradecida Saffron.

—Mmm... —Da un sorbo y los mira a todos con timidez—. Creo que os debo una disculpa —dice en voz baja—. Estoy muy arrepentida por lo de anoche. No quería... —Se detiene y suspira—. No volverá a suceder. De verdad. No sé qué me pasó, pero no dejaré que vuelva a suceder.

Los demás la miran en silencio y ella alza la mano y agacha la cabeza, contrita.

—Lo sé, ya sé que lo había dicho antes, pero esta vez va en serio.

—La verdad —interviene Anna mientras coloca los platos en la mesa y Paul sirve los huevos— es que vas a estar demasiado ocupada para pensar en hacer otra escapadita al pub.

—¿Ocupada? ¿Con qué?

—Hemos decidido que vamos a intentar acabar la casa. —Paul se sienta y se sirve un poco de beicon—. Os hemos asignado trabajo a todos, y a Anna y a ti os toca alicatar el cuarto de baño.

Saffron suelta una carcajada.

—¡Ay! —gruñe, llevándose las manos a la cabeza—. Mierda, qué dolor. Estás de guasa. ¿Yo? ¿Alicatar un cuarto de baño?

Olivia abre la boca, sorprendida.

—Supongo que no pretenderás ir de diva...

—¡No! —contesta Saffron horrorizada—. Es que soy nula para ese tipo de cosas. Nunca en mi vida he puesto un azulejo. A ver, yo lo hago siempre y cuando os dé igual que queden medio sueltos.

—Lo harás estupendamente —la tranquiliza Anna—. Yo estaré contigo y te enseñaré. Es muy fácil. Claro que, si lo prefieres, puedes lijar el suelo.

—No, no. —Saffron menea la cabeza al tiempo que le echa un vistazo al suelo de la cocina y del salón, enorme y con los tablones manchados y aún sin lijar—. Lo de alicatar me parece muy bien. —Se ríe.

—¿Qué te hace tanta gracia? —le pregunta Paul.

—Pues que no esperaba estar aquí alicatando un cuarto de baño... Mi vida parecía tan encaminada y de repente... Es alucinante cómo puede cambiar todo en un momento.

—A mí me lo vas a decir... —masculla Holly—. Para que lo sepas, creo que he dejado a Marcus.

—¿De verdad? ¡Buena chica! —exclama Saffron.

—¿Por qué dices eso? —pregunta Holly, pero en el fondo lo sabe.

—Porque es un creído insoportable y estirado, por eso.

—¡Saffron! —la regaña Olivia.

—¿Qué? Es verdad, ¿no?

Holly se echa a reír.

—No has cambiado nada —dice con una sonrisa—. Sigues sin tener pelos en la lengua.

Saffron se encoge de hombros.

—Prefiero ser sincera, pero si te ha molestado, te pido perdón. Podía haberlo dicho de otra manera.

—No te preocupes —dice Holly—. Es un creído insoportable. Lo que pasa es que no estoy acostumbrada a que la gente lo diga en voz alta. No lo repitas delante de los niños, ¿vale?

—Supongo que cuando la gente sepa que os habéis separado, lo oirás muy a menudo, pero por supuesto que no diré nada delante de los niños. ¿Puedo ir a conocerlos? ¿Está listo el desayuno? —Saffron mira a Paul, que asiente con la cabeza—. Pues voy a llamarlos.

—Mami —Daisy ha soltado el tenedor y está mirando a Saffron—, creía que habías dicho que tu amiga era una actriz famosa y muy guapa.

Paul suelta una carcajada mientras Saffron lo mira de muy mala leche.

—¡Daisy! —exclama Oliver—. ¡Eres una maleducada!

—¡No es verdad! —protesta ella con voz temblorosa y a punto de llorar—. No soy maleducada, es la verdad.

—Es una falta de educación, ¿a que sí, mamá? ¿A que es de mala educación hablar de la gente cuando está escuchando?

—No estaba hablando de ella —dice Daisy—. Solo he dicho que no es guapa.

—No pasa nada, Oliver. —Saffron sonríe—. No me importa. Normalmente soy guapa y famosa, pero hoy soy una persona normal y corriente. Me he transformado, como Cenicienta.

—Has olvidado decir «modesta». —Paul sonríe.

—Ah, sí, eso también. ¿Olivia? —dice Saffron con los ojos clavados en ella—. Tienes muy mala cara. ¿Te pasa algo?

—Ahora mismo vuelvo. —Olivia traga saliva, se levanta y sale corriendo de la cocina con una mano apretada contra los labios.

Segundos después oyen el inconfundible sonido de las arcadas procedente del baño del piso de arriba.

—Oh, Dios. —Paul deja de masticar y suelta los cubiertos—. Justo lo que necesitaba oír en pleno desayuno.

Saffron le quita del plato una loncha de beicon y la mastica tranquilamente.

—A mí no me molesta. ¿Está enferma o embarazada?

Paul se ríe.

—¿Olivia embarazada? Qué tontería. —Pero entonces mira a Holly—. Oh, Dios... ¿Lo está?

Holly finge no saber nada, pero nunca se le ha dado bien mentir.

—No me preguntes —responde por fin—. No tiene nada que ver conmigo.

Olivia vuelve a la cocina oliendo a enjuague bucal de menta y bastante avergonzada.

—Entonces..., ¿te han hecho un bombo? —Saffron la mira a los ojos.

—¡Dios, Saff! —Paul pone los ojos en blanco—. Un poquito de sutileza te vendría muy bien, ¿sabes?

Olivia le lanza una mirada a Holly, que niega apresuradamente con la cabeza. «Yo no he sido», se muere por decir.

—¿Qué es un bombo? —pregunta Oliver con su voz chillona—. ¿Qué significa?

—Chitón, Oliver —dice Holly—. Luego te lo explico.

—No pasa nada, Oliver. —Olivia se sienta a la mesa y se encoge de hombros—. Significa que voy a tener un bebé. Y significa que estoy en un puñetero lío. ¡Huy, perdón! Pero sí. Parece que, pese a mi permanente soltería y a mi negativa a tener hijos, estoy embarazada.

—¿Quién es el afortunado? —pregunta Saffron.

—Nadie de quien merezca la pena hablar. Un chico muy simpático de Estados Unidos, pero ya no estamos en contacto.

—No será el tío que te presentó Tom... —dice Saffron, y Olivia asiente tristemente con la cabeza.

—¿Lo sabe? —pregunta Anna.

—No tiene por qué —contesta Olivia—. Todavía no he decidido si voy a tenerlo o no.

Holly observa atentamente a Anna y se percata del impacto que le producen las palabras de Olivia. Impacto y turbación por la facilidad con la que Olivia está pensando en deshacerse de un niño cuando ella y Paul darían cualquier cosa por tener uno.

—¿Abortarías? —le pregunta en voz baja, intentando no delatar sus emociones, intentando no juzgarla, o al menos intentando no delatar la opinión que a su juicio merece esa actitud.

En ese momento Olivia recuerda que Anna y Paul comentaron algo sobre fecundación in vitro e intenta enmendar sus palabras como puede.

—No lo sé —responde enseguida—. No lo he decidido. No sé qué hacer, no he tomado ninguna decisión firme...

—Tranquila —le dice Paul mientras le coge la mano a Anna por debajo de la mesa y le da un apretón—. No tienes por qué medir tus palabras por nosotros.

—Lo siento. —Olivia mira a Anna a los ojos y se da cuenta de que está a punto de llorar—. No quería decir nada. No iba a decir nada. Mi idea era abortar sin comentar nada para que nadie se enterase.

—Está bien —dice Paul al tiempo que una lágrima resbala por la mejilla de Anna—. No te preocupes. Lo importante es que tú estés bien.

—Mamá... —Oliver parece confuso—, ¿qué es abortar?

Holly pone los ojos en blanco y se inclina hacia él.

—Pregúntaselo a tu padre —le contesta con un suspiro y alarga el brazo para servirse otra taza de café.

—¿Cómo estás? —Paul se sienta en el borde del viejo tocón donde Anna está sentada con la mirada perdida en el horizonte y un pañuelo de papel arrugado en una mano. Tiene los ojos enrojecidos y, al verlo, comienza a llorar de nuevo.

—Es que no me parece justo —dice entre sollozos—. Llevamos tanto tiempo intentándolo con tanto ahínco, y Olivia va y se queda embarazada en un pispás y para colmo va a abortar... ¿Por qué? ¿Cómo puede hacer algo así?

—No sabía que estuvieras en contra del aborto —comenta Paul en voz baja y sorprendida.

—No lo estoy. Bueno, no lo estaba. Nunca me había parado a pensar mi postura al respecto, pero ahora... Es que no entiendo cómo una mujer puede hacer eso cuando hay tanta gente en el mundo que no puede tener hijos y que está desesperada por tenerlos.

Paul la abraza y ella apoya la cabeza en su pecho. Se siente a salvo. Se siente querida. Y exhausta. De momento los sollozos cesan. Está demasiado cansada. Una especie de entumecimiento se apodera de ella mientras susurra una y otra vez:

—No es justo. No es justo.

Pasan la mañana cada cual en su rincón de la casa, esperando a que las emociones se calmen un poco.

Anna y Saffron en el baño; Paul lijando el suelo del salón; Olivia pintando los marcos de las ventanas; Holly y los niños lijando los armarios de la cocina. Los niños, cada uno con un trozo de papel de lija en la mano y responsable de una puerta, están encantados de participar en las tareas de los adultos.

Saffron no le pregunta a Anna sobre la fecundación in vitro, ni cómo se siente, ni si está bien, cosa que ella le agradece en el alma. Hay veces en que uno necesita hablar de las cosas, y otras, como esa, en que hablar no sirve de nada. Lo único que puedes hacer es respirar, poner un pie delante del otro, dejar que el día pase hasta que llegue la hora de entregarse a la inconsciencia del sueño con la esperanza de que al día siguiente todo sea más fácil. De que al día siguiente estés bien.

—¡Paul! —grita Holly, al entrar en el salón, para hacerse oír por encima del ruido de la lijadora. La nube de polvo que se asienta sobre ella la hace toser.

—Espera. —Paul apaga la lijadora y se quita la mascarilla—. ¿Qué?

—Ven a echarles un vistazo a los armaritos de la cocina. Creo que la madera está podrida.

—¡Dios! —masculla—. Vamos a llamar a Anna; ella tiene más experiencia que yo en esto.

Anna se agacha, pasa un dedo sobre la madera y mira a Paul con el ceño fruncido.

—Sí. Está podrida. Y si uno lo está, seguramente lo estarán todos. Necesitamos puertas nuevas para todos los armarios.

Paul suspira.

—Ese es el problema de las puñeteras restauraciones. Crees

que sabes exactamente lo que vas a hacer; pero cuando empiezas, descubres que es peor de lo que pensabas. Genial. Supongo que ninguno de los que estamos aquí sabe hacer puertas de madera para armarios de cocina, ¿verdad? —Lo miran perplejas y él se encoge de hombros—. Seguro que nos cuesta una pasta. Justo lo que nos faltaba... —Su enfado es evidente.

Anna se remueve, inquieta y culpable por haber puesto en marcha el proyecto en un momento en el que no pueden permitírselo.

La expresión de Holly se ilumina de repente.

—¡Podríamos decírselo a Will! —exclama mientras Olivia intenta no sonreír y la mira con una ceja arqueada—. No, en serio. —Los demás la miran sin entender—. Will. El hermano de Tom. ¡Hace armarios! Vendría en un santiamén.

—¡Madre mía! —exclama Anna dando saltos de alegría—. ¡Qué buena idea! No sabía que el hermano de Tom fuera carpintero. ¿Alguno de vosotros tiene su teléfono?

Holly evita la mirada socarrona de Olivia.

—Creo que yo —contesta mientras camina hacia la puerta como si estuviera flotando—. Voy afuera, a donde haya cobertura y lo llamo.

Veinte minutos después una sonriente Holly vuelve a la cocina.

—¿Por qué has tardado tanto? —le pregunta Paul, todavía enfadado y convencido de que Will no aparecerá; convencido de que ni siquiera Holly tenía su teléfono.

Se pone colorada.

—Me ha costado un poco convencerlo —miente pésimamente—, pero ha dicho que vendrá. Cogerá el tren de esta tarde. Yo iré a recogerlo a la estación con los niños.

—¡Sí! —grita Anna con alegría volviéndose hacia Paul—. ¿Lo ves? Te dije que todo saldría bien.

—No sabemos cuánto nos cobrará —rezonga él—. A lo mejor es más de lo que podemos gastarnos. El arreglo de la caldera también es un imprevisto.

—Will ha dicho que solo os cobrará el material —explica Holly, incapaz de dejar de sonreír... y no porque Will solo vaya a cobrarles el material—. Se traerá todas las herramientas. Por lo visto, la madera por aquí es mucho más barata y no piensa cobraros por su trabajo.

Anna pone los brazos en jarras y lanza a Paul una mirada elocuente; él se limita a encogerse de hombros.

—Si es verdad, me resulta sorprendente —dice.

—¡Claro que es verdad! —exclama Holly—. Recuerda que es hermano de Tom y sabes que Tom jamás incumpliría una promesa. ¿Crees que su hermano es diferente?

—Esperemos que tengas razón —replica Paul, que vuelve a ponerse la mascarilla y regresa al salón para seguir lijando el suelo.

Holly no ha pensado demasiado en Marcus. No ha pensado mucho en que su matrimonio ha terminado ni en el hecho de que probablemente no regrese a casa ni a la vida que ha conocido hasta entonces. Marcus le ha dejado dos mensajes. El primero, hecho una furia. El segundo, triste y preguntándole si podían hablar.

Su respuesta ha sido llamar a Frauke en vez de a él. Le ha dicho dónde están, por si acaso sucediera algo, y le ha pedido que le diga a Marcus que hablarán cuando vuelva a casa.

Y no ha vuelto a pensar en él.

En parte está escondiendo la cabeza debajo del ala. Como ha hecho durante todo su matrimonio. Cuando la infelicidad resultaba insoportable, enterraba la cabeza debajo del ala y fingía que todo iba bien. Si no pensaba en ello, el problema no existía.

Hoy solo tiene un pensamiento en mente. Un pensamiento que le permite seguir adelante y la mantiene tan emocionada como si fuera una adolescente.

Will.

Cuando está sobria, Saffron es tan perceptiva como directa. Su trabajo de actriz la ha convertido en una experta en observar a la gente. En cuanto Holly mencionó a Will, Saffron se percató del brillo de sus ojos, de su sonrisa indeleble cuando volvió después de telefonearlo, y de que desde entonces parece estar flotando en una burbuja de felicidad.

Sería una idiotez por parte de Saffron pensar que la euforia de Holly se debe al hecho de que Will hará los armarios de la cocina gratis.

«Mmm —piensa—. Qué interesante...» No acaba de ver a Will y a Holly juntos. Por muy sexy y encantador que sea Will, no está preparado para sentar la cabeza. Sin embargo, ¿no se merece Holly un poco de alegría después de haber estado casada con ese desagradable de Marcus? Además, Holly tal vez carezca de la fuerza de voluntad necesaria para seguir adelante con la separación (Marcus es capaz de convencerla para que vuelva, a Saffron no le cabe la menor duda), y quizá le iría bien tener cerca a alguien que la ayudara a ver que ha tomado la decisión correcta.

Sí, tal vez le iría muy bien.

24

Holly llega a la pequeña estación y aparca en uno de los huecos que hay junto a las vías. Está hecha un manojo de nervios, no para de mirarse en el retrovisor para comprobar su aspecto, está tan ensimismada en sus pensamientos que no presta la menor atención a las preguntas que le hace Daisy desde el asiento trasero.

—Vuelvo enseguida —les dice a los niños en cuanto ve a lo lejos las luces del tren; sale del coche a toda prisa y, nerviosa y emocionada, sube la escalera de acceso al andén.

Parecen haber pasado siglos desde la última vez que vio a Will, pero en realidad solo han pasado... ¿un par de días? Está acostumbrada a hablar con él a diario. Y de alguna manera, ahora que ha dejado a Marcus (porque en el transcurso de las últimas horas ha pasado de pensar que su matrimonio tal vez hubiera terminado a verlo terminado, firmado y rematado), las cosas han cambiado. Ya no se siente culpable por pensar tanto en Will ni porque se le acelere el corazón ante la idea de verlo.

Se pasea nerviosa mientras las puertas del tren se abren y entrecierra los ojos cuando lo ve (solo tres personas bajan del tren) acercarse a ella desde el fondo del andén y saludarla con la mano.

Es imposible no reconocer a Will. Jamás podría confundirlo con otra persona, y le da un vuelco el corazón mientras observa su rostro y sus andares, todo en él tan familiar. Vestido con unos

Levi's desgastados, botas de cuero y una chaqueta vieja que poco puede protegerlo del frío de febrero, Will es, al menos a sus ojos, perfecto.

No lleva el pelo tan corto como Tom. Esa melena ondulada y castaña crece a placer en lo que podría llamarse un estilo alborotado. A medida que se acerca, la alegría ilumina sus ojos verdes y su sonrisa se ensancha. El corazón le da otro vuelco.

Es simplemente el hombre más guapo que ha visto en la vida. La perfección masculina hecha realidad. Rezuma testosterona por todos los poros. Tiene las piernas largas y musculosas. Los hombros, anchos. El cuello, fuerte. Sus manos son elegantes, pero están ásperas y callosas por culpa del trabajo. Y luego está esa sonrisa... ¡Menuda sonrisa! Monísima y con hoyuelos, capaz de inspirar miles de canciones de amor.

Holly sonríe. No puede parar de sonreír.

Si fueras un mero espectador, tal vez sentado en tu coche aguardando la salida del próximo tren a Londres, al ver a Holly y a Will corriendo para abrazarse seguramente pensarías que son los polos opuestos de dos imanes. La atracción que existe entre ellos es tan intensa y poderosa que cuando se funden en un enorme y largo abrazo pensarías que nada ni nadie podría separarlos.

Es su primer contacto físico serio. Holly no había planeado abrazarlo de esa forma. No se había planteado cómo recibirlo, había estado demasiado preocupada intentando calmar los nervios para preguntarse si debía besarlo o abrazarlo, o incluso si se sentirían incómodos.

Sus brazos lo rodean automáticamente, y los de Will lo mismo, luego se abrazan con fuerza y Will apoya la cabeza en su coronilla. Después de lo que le parece una eternidad, Will se separa y le da un beso en la mejilla mientras sonríe como un niño con zapatos nuevos.

Se separan a regañadientes y durante unos segundos se sienten un poco incómodos. Holly está temblando. No había imaginado el efecto que tendría su abrazo, no había imaginado que podría sentirse tan segura, tan mimada, tan querida.

Hasta ese preciso momento no se había dado cuenta de lo mucho que echaba de menos eso, de lo mucho que echaba de menos el cariño. Pero ahora sabe que aunque Marcus le hubiera dado eso, la hubiera abrazado y hubiera apoyado la cabeza en su coronilla, ella habría rehuido el contacto; no quería su cariño.

Pero ¿y el de Will? Podría pasarse el día entero en sus brazos. Lleva tanto tiempo luchando contra esos sentimientos, luchando contra la culpa de saberse atraída por un hombre que no es su marido (sabiendo que estaba mal, que jamás le sería infiel, que jamás tendría una aventura), que las emociones la abruman ahora que ya no es capaz de retenerlas.

—Dios, me alegro tanto de verte... —Will le sonríe, coge su bolsa y su caja de herramientas y se encaminan hacia el coche.

—Estoy hecha un desastre —replica tontamente, tan nerviosa como una quinceañera.

—No, estás preciosa. Sé que decir esto es ridículo, pero pareces más feliz. Aunque haya pasado tan poco tiempo —dice Will—. Estaba deseando que me invitaras a venir y de repente mi damisela en apuros me llama.

Holly se ruboriza.

—Bueno, si hay alguna damisela en apuros es Paul. No para de refunfuñar como una vieja por los armarios de la cocina, aunque me parece que el dinero es un problema mucho más serio de lo que creíamos. Casi le dio un pasmo cuando Anna dijo que había que cambiarlos.

—Me alegra poder ser el caballero de la brillante armadura —dice Will cuando llegan al coche—. Hola, pequeñajos. —Antes de subir al coche mira hacia el asiento trasero—. Soy Will. Tú debes de ser Oliver. —Se inclina y estrecha la mano de Oliver—. Y esta preciosidad tiene que ser Daisy. —La niña esboza una sonrisa coqueta y Will se echa a reír mientras se vuelve hacia Holly—. ¡Madre de Dios, Holly, es igualita a ti! Es preciosa.

—Gracias. —Holly arranca el coche—. Es un trasto, pero aun así la queremos.

—Dime... —Will se vuelve en su asiento, se apoya contra la puerta para mirarla mientras conduce, lo que la pone muy nerviosa—. ¿Cómo le va a todo el mundo? ¿Hay algún otro cotilleo jugoso?

Holly suelta una carcajada.

—Por Dios, Will. Te juro que es la reunión más melodramática que puedas imaginar. Supongo que si vas a quedarte con nosotros tendré que ponerte al corriente de todo. Pero antes prométeme que no vas a contárselo a nadie.

—Lo juro —promete solemnemente con la mano sobre el corazón, de modo Holly que le cuenta toda la historia.

—¿Té? —pregunta Will a voz en grito desde la cocina.

Todos dejan agradecidos las herramientas y pasan a la cocina, donde les esperan tazas humeantes y galletas Digestive de chocolate.

Anna mira el té y luego a Will con admiración.

—Eres un tesoro —le dice—. ¿Hay alguna posibilidad de que te interesase ser mi segundo marido?

—Ni siquiera el primero, gracias —dice Will, pero al oír la carcajada de Paul se da cuenta de lo que ha dicho—. Lo siento.
—Intenta arreglarlo—. No quería decirlo así. No tiene nada que ver contigo, es solo que el matrimonio no es para mí.

Holly lo oye y se da media vuelta rápidamente con la excusa de sacar la leche del frigorífico. Se siente muy incómoda al oírle decir que el matrimonio no es para él, lo cual es absurdo. ¿Qué esperaba? ¿Que dijera que estaba desesperado por casarse y que ella era su mujer ideal?

Además, ¿por qué piensa en eso? Todavía no ha salido del todo de su primer matrimonio ¿y ya está pensando en el siguiente? «Ridículo —se dice, estremeciéndose—. No seas tan niña», se regaña. Una imagen le cruza por la cabeza. Está sentada a la mesa de la cocina, dibujando. Holly Fitzgerald. La señora de Will Fitzgerald. Menea la cabeza por lo absurdo de la situación, por lo absurdo de que esa obsesión que ya no puede seguir ignorando la esté convirtiendo en una adolescente.

Porque está claro que es una obsesión. Está claro que ha

claudicado, que ha estado más pendiente de Will que de su propia infelicidad. Se ha obsesionado pensando en él, se ha dejado llevar por los sueños que durante meses había mantenido a raya.

Las pocas veces que se permitió cerrar los ojos e imaginar que quien tenía encima, quien le estaba haciendo el amor, no era Marcus sino Will, la sensación de culpa aumentó y se prometió que no volvería a hacerlo.

Sin embargo, la noche anterior, cuando estaba en uno de los dormitorios del piso superior (el fontanero ya había arreglado la cañería rota y volvían a tener calefacción), se permitió ceder a las fantasías que tanto había temido.

Acostada, imaginó que desnudaba a Will. Imaginó que le acariciaba los brazos y el pecho. Se imaginó que él la besaba, que descendía despacio por su cuerpo. Se corrió enseguida, en silencio, y se quedó dormida como un tronco, aunque se despertó de madrugada inmersa en otra fantasía. ¿Era Will el hombre adecuado para ella? Si Marcus era —de eso no había duda— el hombre equivocado, ¿era Will su alma gemela? ¿Era él con quien estaba destinada a vivir?

Nunca había creído en eso de las almas gemelas. Tal vez durante un tiempo, en la ingenua etapa de la adolescencia, pero en cuanto conoció a Marcus dejó de creer en ello. Hasta ahora. Mira a Will, al otro lado de la mesa de la cocina, y le parece tan real y tan acertado...

—Vamos, dinos la verdad. —Anna se guasea de Will—. Seguro que te acosan un montón de amas de casa aburridas y calenturientas.

Will parece un tanto avergonzado.

—Un montón no, pero sí alguna que otra.

—Alguna que otra ¿qué? ¿Aburrida o calenturienta? —pregunta Saffron con una carcajada.

—Las dos cosas —responde—. Pero la verdad es que hace algún tiempo que no acepto esas proposiciones. Tuve la desgracia de que me pillara un marido que se suponía que estaba en viaje de negocios. Cancelaron su vuelo y volvió a casa.

—¡Qué típico! —Saffron pone los ojos en blanco.

—Lo sé. —Will se ríe—. Pero en aquel momento no me hizo ni pizca de gracia. Me caí por la escalera mientras intentaba ponerme los pantalones y huir de un energúmeno que gritaba que iba a matarme. La verdad es que tuve suerte de salir con vida. Después de eso, no volví a mezclar los negocios con el placer.

—¿No os recuerda a Tom? —Paul mira a todos los presentes y sonríe.

—¿A qué te refieres? —Olivia parece confundida.

—¿No os acordáis de aquella vez que estaba en un dormitorio del piso de arriba con aquella chica..., oh, Dios, ¿cómo se llamaba? Era rubia, muy mona, un año mayor que nosotros. Kate no sé qué.

—¡Dios mío! —exclama Saffron—. ¡Kate Barrowman! ¡Me había olvidado de eso!

Holly y Olivia se ríen mientras Paul le cuenta la historia a Will.

—Iba por muy mal camino.

—Cuesta abajo y sin frenos, si no recuerdo mal —añade Holly con los ojos en blanco.

—Bueno, la cuestión es que se suponía que no había nadie más en la casa, pero parece que su padre tenía el taller o lo que fuera en el desván, y cuando bajó se encontró a Tom y a Kate medio desnudos y en plena faena en su cama. Creo que a Tom le pasó como a ti..., se cayó por la escalera mientras el padre lo amenazaba de muerte.

Se hace el silencio mientras todos recuerdan a Tom, mientras recuerdan lo que era tener dieciséis años y colarse en dormitorios de otras casas, mientras recuerdan lo que era enrollarse con desconocidos y beber Planters Punch para aparentar que eran sofisticados.

—Esto es muy raro —dice Saffron en voz baja, o más bien susurra, rompiendo el silencio.

—¿El qué?

Todos la miran sin comprender.

—Esto. Que estemos aquí sentados hablando de Tom con su hermano y que Tom no esté con nosotros. Es que... —Parpadea con rapidez para no derramar las lágrimas que le llenan los ojos—. Es que Will es clavadito a Tom. Y tengo que morderme la lengua para no llamarlo Tom o para no recordarle algo que Tom hizo o que nosotros hicimos. Y entonces recuerdo que no es Tom porque Tom está muerto, y su ausencia me parece un agujero enorme. —Se limpia los ojos.

Nadie puede contradecirla. Todos sienten lo mismo, pero nadie se ha atrevido a decirlo en voz alta, nadie se ha atrevido a expresar su pena y su dolor delante del hermano de Tom. ¡El hermano de Tom! ¿Qué derecho tienen a sentirse así cuando su hermano parece llevarlo tan bien?

—Siento no ser Tom —dice Will con un hilo de voz—. Siento que Tom no esté sentado aquí con vosotros, pero más lo siento por mí. Siento no haber sido yo quien estuviera en ese tren. Tom era tan bueno... Era un tío legal. Todo el mundo lo quería. Tenía una esposa e hijos. No merecía volar por los aires. No paro de pensar que su ausencia ha dejado un agujero enorme en un montón de vidas, si me hubiera pasado a mí, no me habría echado de menos tanta gente. Debería haber sido yo —concluye y las lágrimas se deslizan por su rostro.

—Eso no es verdad, Will —le dice Saffron—. No tendría que haberte pasado a ti. Te echarían de menos un montón de personas. Y lo siento mucho, Will. No era mi intención que te pusieras triste ni que te sintieras desplazado.

Will se levanta, se deja abrazar por Saffron y sale en silencio por la puerta trasera. Los cuatro lo observan caminar hasta el tocón, donde se sienta y entierra la cara en las manos.

—Me siento fatal —dice Saffron.

—Tú no tienes la culpa —la tranquiliza Anna—. Creo que para él esto ha sido una especie de... catarsis. Me parece que por fin ha dicho en voz alta algo con lo que lleva cargando durante meses, algo que hasta ahora no había sido capaz de decir. ¿No le habéis visto la cara? Pobrecillo, debe de sentirse culpable.

Holly se levanta de repente.

—Echadles un ojo a los niños —dice—. Voy a ver si está bien. —Y desaparece por la puerta.

No podía dejar de mirarlo, y saber que estaba sentado ahí fuera llorando le partía el corazón. ¿Cómo no iba a ir a verlo? ¿Cómo iba a dejar que se enfrentara a esos terribles sentimientos solo?

Camina sobre la hierba hasta llegar al tocón y se detiene a su espalda. Le coloca una mano en el hombro para hacerle saber que está ahí y cuando Will se vuelve con los ojos rojos y la cara mojada por las lágrimas, se agacha y lo abraza como haría con sus hijos. Se quedan así un rato, ella acuclillada tras él, abrazándolo y acunándolo suavemente mientras le dice al oído:

—No pasa nada. No pasa nada. Todo se arreglará.

Cuando regresan a la casa, los demás siguen bebiendo té. Saffron se levanta y se dirige a Will.

—Te debo una disculpa. Quiero decirte que me alegro de que estés aquí. No espero que ocupes el lugar que tenía Tom, pero me alegro de que estés con nosotros. Nos es de mucha ayuda y, aunque parezca raro, me da la sensación de que también es bueno para ti.

—¡Bravo! —Paul levanta su taza vacía en un brindis y los demás lo imitan.

—No vas a sustituir a Tom —dice Olivia, que se está zampando poco a poco las galletas que quedan en la bandeja—. No es eso lo que pretendemos, porque tú encajas por ti mismo. Es magnífico que estés aquí.

—¡Por Tom! —Holly levanta su taza y mira hacia el techo—. Porque a su retorcida manera ha conseguido reunirnos de nuevo. Gracias, Tom.

Los demás se levantan y alzan la taza.

—¡Por Tom! —corean y beben un sorbo de té con los ojos llenos de lágrimas.

—¿Mamá? —Daisy y Oliver entran en la cocina con la cara y las manos manchadas de rotulador de color morado—. Ya hemos terminado de colorear, no sabemos qué más hacer. —Miran la mesa y cuando ven las galletas se les iluminan los ojos.

—Va, coged una. —Holly se ríe y les acerca la bandeja—. Pero solo una. ¿Queréis ver una peli?

—¡Síiiii! —exclaman dando botes.

—¿Podemos ver *La Edad de Hielo 2*? —pregunta Oliver.

—¡No! —protesta Daisy—. ¡Yo quiero ver *La sirenita*!

—Ni hablar —dice Oliver—. No voy a ver una peli de niñas. Quiero *La Edad de Hielo 2*, mamá.

Daisy empieza a llorar.

—¡Ya vale! —Holly los mira con expresión severa—. Yo elegiré la película. —Se va al coche y vuelve con *Shrek*.

—Otra vez no —gimotea Oliver, las sigue en silencio hasta la habitación, donde Holly enciende el portátil y pone el DVD.

—¿Sabéis qué deberíamos hacer? —Anna rompe el silencio—. Preparar una buena cena para esta noche. Ropa elegante. Velas. Comida exquisita...

Paul se echa a reír.

—Solo hay un problemilla, mi querida esposa, y es que no tenemos una mesa lo bastante grande para que podamos comer todos juntos.

—Todavía no, pero hay una mesa con caballetes muy sucia en el granero. Podríamos comprar un mantel en el supermercado de Gloucester.

—¿Y las sillas? —insiste Paul.

—No seas aguafiestas —le regaña Anna—. Podemos traer los bancos del jardín.

—Es una idea estupenda —dice Holly—. Hagámoslo. Nos vendría estupendamente divertirnos un poco y tomar un par de copas. ¡Mierda...! —Se queda muy seria y mira a Saffron con nerviosismo—. Lo había olvidado. Nada de copas, por supuesto. —Se esfuerza por ocultar su decepción.

—No te preocupes por mí. —Saffron le pone una mano en el brazo—. Sé que he tenido un par de recaídas, pero debéis recordar, queridos míos, que me he pasado años rodeada de alcohol sin necesidad de probarlo. No me importa que vosotros bebáis. Y menos si es vino tinto. —Hace una mueca—. Siempre he odiado el vino tinto.

—¡Hecho! —exclama Anna. Y el entusiasmo la embarga, los embarga a todos y se lleva por delante cualquier pensamiento lógico—. ¿Recogemos y nos vamos a comprar? Así estaremos de vuelta antes de las seis...

El iPod está conectado a los altavoces de Paul y la suave voz de KT Tunstall inunda la estancia. Holly ha preparado un delicioso *coq au vin*; Olivia está aliñando la ensalada y Anna da los últimos toques a los pastelillos de pan de jengibre. Saffron está preparando algo de aspecto asqueroso, sin azúcar y sin grasas, que supuestamente es una especie de pudín de caramelo y que ella jura que está delicioso.

Paul pasa a su lado y mete un dedo en el cuenco.

—Mmm. —Mira a Saffron sorprendido—. Está muy bueno. Ni azúcar ni grasas, ¿no? ¿Qué lleva?

Saffron lo mira mosqueada.

—Química pura —responde.

Paul retrocede horrorizado y Anna se echa a reír.

—En serio —dice Anna, que se acerca a Saffron—, ¿qué lleva?

—En serio —Saffron le enseña muy orgullosa la caja—, química pura: aditivos y también conservantes. Cosas asquerosas que seguramente me corroan las tripas. Esta cosa no lleva nada natural.

—Al menos morirás delgada. —Olivia no le ve la gracia, nunca se la ha visto, a esa obsesión por comer cosas supuestamente «saludables»; ella prefiere zamparse una buena cucharada de nata montada a beberse un litro de leche desnatada.

—Tú lo has dicho, corazón. —Saffron ríe y lame la cuchara con deleite—. Seré una momia guapísima y divina de la muerte.

Holly suelta una carcajada y pasa a la sala de estar para terminar de poner la mesa. Se aparta un poco para admirar lo bien que ha quedado. El fuego está encendido, las velas esparcidas por la estancia aportan calidez a la sala, y la mesa, donde los niños han dispuesto a su gusto cubiertos y servilletas, está preciosa.

—Vamos, niños. —Holly tiende las manos hacia sus hijos—. Hora de acostarse.

—Pero mamá... —se queja Oliver.

—Nada de peros. —Sonríe—. Hace más de media hora que tendríais que estar dormidos. A la cama.

Holly besa a Daisy en la coronilla, se aparta y la observa unos segundos hasta que oye su suave respiración.

—Buenas noches... Os quiero —susurra, y mientras sale de puntillas del dormitorio se da de bruces con Will, que está apoyado en la pared con los brazos cruzados por delante del pecho y una sonrisa en los labios.

El corazón le da un vuelco.

Hay química entre ellos, las chispas casi pueden verse. Lo mira ilusionada, y él menea la cabeza y sigue sonriendo.

—Es muy raro verte como madre —dice en voz baja.

—¿Raro? ¿En qué sentido? ¿Para mal?

—No, no, nada de eso, por favor. Pareces tener una relación maravillosa y muy tierna con los niños. Pero es raro porque nunca te había visto como madre, no conocía esa faceta tuya. Sabía que tenías hijos, sí, pero verte tan... no sé... tan adulta... Siempre he pensado en ti como en alguien joven y... bueno, como yo.

Holly enarca una ceja.

—¿Quieres decir joven e irresponsable?

Will se encoge de hombros.

—Me temo que sí. Creo que nunca me he detenido a pensar en las responsabilidades que tienes. Quiero decir que eres una adulta. Pero una adulta de verdad.

—Bien y... ¿eso quiere decir que ahora que me has visto con los niños ya no me ves igual?

—Un poco —responde.

—Vaya... ¿Y eso es bueno o malo?

—Nunca podría pensar nada malo de ti —contesta Will en un susurro.

Ya no sonríen y a Holly se le desboca el corazón.

—¿Qué estás pensando? —susurra con voz temblorosa por el miedo.

—Estoy pensando... —se inclina hacia ella un poco— en besarte.

Si alguien le hubiera preguntado a Holly qué se siente cuando se besa a alguien por primera vez, se habría echado a reír y habría dicho que no se acordaba. Habría dicho que le daría pavor besar a un hombre, que a punto de cumplir los cuarenta casi se le había olvidado cómo se hacía.

Sin embargo, no se le ha olvidado. Tal vez había olvidado lo fantástico que es besar al hombre al que deseas, al hombre de tus fantasías, al hombre que quizá te haya salvado de ti misma o, al menos, de tu matrimonio.

Había olvidado la ternura del primer beso. Había olvidado el momento que sigue al beso, ese mirarse a los ojos con una sonrisa en los labios y las frentes pegadas, tocarse las caras y desear comértelo a besos.

Lo había olvidado.

Pero lo ha vuelto a recordar.

25

Cada vez que Olivia se levanta de la mesa, Anna siente como si le clavaran un puñal en el corazón. Y es que el motivo de que se levante salta a la vista: se le descompone la cara y corre al cuarto de baño tapándose la boca con la mano.

Esta vez Saffron la sigue para ver si está bien y Anna va a la cocina en busca de la ensalada.

Ha sido una cena estupenda. Llena de risas. Como si las lágrimas que todos derramaron antes hubieran sido una maravillosa catarsis. Como si hubieran sido capaces de zafarse (tal vez temporalmente, tal vez de forma permanente) de la tristeza que los acompañaba desde que llegaron, de la evidente ausencia de Tom.

Pero no Anna. Anna no llegó a conocer realmente a Tom. Su tristeza tiene otros motivos. Está intentando con todas sus fuerzas concentrarse en su vida, aceptar la posibilidad de que Paul y ella no estén destinados a tener hijos y que tendrán que adoptarlos.

Está intentando con todas sus fuerzas no odiar a Olivia, pero a medida que avanza la tarde y la ve correr al baño una y otra vez, la tristeza vuelve a invadirla y cada vez le cuesta más mantener la sonrisa.

Apoya las manos un segundo en la encimera y respira hondo. El cuarto de baño está justo encima de la cocina y se da cuenta de que se oye todo lo que está pasando arriba.

Oye vomitar a Olivia en el retrete y después un golpecito en la puerta que anuncia la llegada de Saffron. Se la imagina frotándole la espalda mientras le pregunta cómo se encuentra.

—¿Por qué lo llaman náuseas matinales? —oye quejarse a Olivia—. ¡Duran todo el puñetero día!

—Tengo una amiga que se pasó así todo el embarazo —dice Saffron—. ¿Te lo imaginas? El ginecólogo le dijo que las náuseas desaparecían después del tercer mes, pero estuvo así los nueve meses. Horroroso. Siguió un montón de tratamientos, pero nada dio resultado.

—¡Dios, eso es horrible! —exclama Olivia—. Menos mal que esto se va a terminar pronto.

—¿Ya lo has decidido?

Sigue un silencio.

—No puedo tenerlo —contesta Olivia en voz muy baja—. ¿Qué hago yo con un bebé? No hay sitio para un niño en mi vida y, sinceramente, no soy de las que han sentido la presión del reloj biológico. O el mío está estropeado o no tengo.

—¿Y darlo en adopción? —le pregunta Saffron—. ¿Considerarías esa opción?

—No lo sé. Ni se me había ocurrido.

Anna entra en tromba en el salón y todos la miran.

—Paul —dice—, ¡tengo una idea! ¡Podríamos adoptar el bebé de Olivia!

—¿Qué? —Paul menea la cabeza. ¿La ha entendido bien?

—Sí, sí, estoy hablando en serio. Ella no quiere tener un bebé y nosotros sí. ¿No es perfecto?

—¡Anna! —exclama él con tristeza—. Creo que Olivia no quiere dar a luz. ¿No la has visto? Lleva días vomitando. Lo último que desea es seguir con el embarazo. Es una idea maravillosa, pero no parece posible.

—¿Por qué no se lo preguntáis? —interviene Holly—. Desde luego es una idea maravillosa, y no sabréis si es posible hasta que se lo preguntéis.

—¿Tú crees? —Paul no está seguro—. Me parece de lo más presuntuoso por nuestra parte.

—¡No! —insiste Anna—. ¿Y si dice que sí? Sería la respuesta a nuestros problemas. Paul, ¿no te parece que es mucha casualidad que Olivia se quede embarazada y no quiera tener hijos? ¿Y que esté aquí, con nosotros, cuando llevamos dos años intentando tener uno y estamos planteándonos la idea de adoptar? Creo que Dios nos ha reunido por un motivo, y es este. Estoy segura.

—¿Cuál es el motivo por el que nos ha reunido Dios? —Saffron y Olivia acaban de bajar.

Paul clava la vista en su plato, renuente a ser él quien haga la pregunta.

Anna espera a que Olivia esté sentada y entonces la mira directamente.

—Olivia —comienza, pero de repente los nervios la embargan—, sabes que Paul y yo hemos intentado tener un hijo mediante fecundación in vitro y no ha funcionado. Bueno, hemos pensado que... bueno, a lo mejor... ahora que estás embarazada y que no quieres el bebé... se nos ha ocurrido que si te plantearas la idea de tenerlo, a lo mejor podríamos adoptarlo.

Decirlo ha resultado mucho más difícil de lo que esperaba. Siempre ha sido impulsiva, jamás ha tenido problemas a la hora de pedir lo que quiere (¿cómo vas a dirigir la tercera empresa *on line* más rentable del Reino Unido si no sabes pedir lo que quieres?), pero este tema es crucial para ella (lo desea con todas sus fuerzas), así que la posibilidad de que la respuesta sea negativa la aterra y la pone muchísimo más nerviosa que de costumbre.

—Dios... yo... no sé qué decir. —Olivia está alucinada.

No se había planteado realmente la posibilidad de dar el niño en adopción. No solo porque no quiera dar a luz, sino porque no quiere sufrir un embarazo, no quiere que su vida sea distinta a la que tenía unas cuantas semanas antes. Lo que quiere es fingir que no ha sucedido nada.

No quiere que le crezca la barriga, que todo el mundo le pregunte cuándo cumple, y aparecer al cabo de nueve meses sin ningún bebé. No quiere (¡qué horror!) pasarse los próximos siete meses vomitando.

Pero... ¿será capaz de enfrentarse a un aborto? Nunca ha reflexionado mucho sobre el tema. No se ha visto en la necesidad. Seguro que conoce a gente que se ha sometido a alguno, pero nadie le ha pedido ayuda nunca. Hasta hace dos semanas no era un tema importante en su vida.

Ha intentado no pensar en eso. No pensar en lo que va a hacer: poner fin por decisión propia a la vida que crece en su interior. No lo ha meditado en profundidad porque se ha limitado a pensar en lo único que quiere y en el modo más rápido de lograrlo, que es ni más ni menos que retroceder en el tiempo.

—No sé —repite; está pensando por primera vez en llevar el embarazo a término. Lo que significaría dar a luz y entregar el niño a otra persona—. No me lo he planteado... ni siquiera se me ha pasado...

—Sabemos que necesitas pensarlo. Lo entendemos perfectamente —interviene Paul—. Y no queremos que te sientas presionada ni que hagas nada que no desees hacer, pero si decides continuar con el embarazo y entregar el niño en adopción, nos encantaría ser nosotros quienes lo adoptáramos.

—Y piensa —Anna sabe que está demasiado ansiosa, demasiado excitada, pero no puede controlarse— que tú seguirás cerca, que seguirás formando parte de su vida.

—Necesito pensarlo. —Olivia mira primero a Paul y luego a Anna—. Sé que es una propuesta increíble, pero necesito pensarlo con calma.

—Por supuesto —dice Anna—. Tómate el tiempo que necesites.

Bajo la mesa, Will acaricia la mano de Holly. Están sentados el uno junto al otro. Les ha costado una barbaridad mantener una actitud normal durante la cena y les ha sido imposible tener las manos quietas.

Han estado todo el tiempo cogidos de la mano. Will suelta el cuchillo y baja la mano donde nadie puede verla. La deja en el muslo de Holly o le pasa un dedo por la muñeca, provocándole un escalofrío en la espalda que hacía años que no sentía. Que no esperaba volver a sentir.

Nadie los ve, pero todos lo saben. Saltan chispas entre ellos. Ella cree que está disimulando bien porque evita mirarlo, evita cualquier insinuación de que ha habido algo entre ellos, pero existe un vínculo que aunque no sea visible es evidente y todos lo sienten.

Saffron lo ve. Lleva los platos a la cocina y, a la vuelta, ve que Will aparta la mano con rapidez del regazo de Holly. Ya lo sabía, por supuesto, pero ha estado demasiado pendiente de sus propios problemas para darle vueltas a ese tema.

Porque pensaba que podía controlar la bebida. Pensaba que esa noche sería como otra noche cualquiera y que podría limitarse a beber agua o zumo sin sentir el regusto del alcohol en la lengua, sin sentir el alegre zumbido del vodka a medida que la relaja. Ese zumbido que la hace sentirse tan a gusto y la pone tan contenta.

Sin embargo, a medida que la velada transcurre cada vez le resulta más difícil pensar en otra cosa que no sea el alcohol. Su mente se niega incluso a prestar atención a la conversación y se deja llevar por una fantasía en la que todos salen del salón y ella agarra las botellas de vino, echa la cabeza hacia atrás y se las ventila.

Es tan real que tiene que controlarse para no extender el brazo, coger una botella y beberse todo el contenido allí mismo, delante de todo el mundo.

No puede seguir sentada sin hacer nada. No para de levantarse, acicateada por un hormigueo para el que solo parece haber una cura. Sin embargo, una parte de sí misma no quiere hacerlo y sabe que no debe hacerlo, pero está segura de que carece de la fuerza de voluntad y de la disposición necesarias para luchar.

La primera vez que Saffron fue a una reunión de Alcohólicos Anónimos lo hizo porque no tenía elección. El poco dinero que había ganado rodando unos cuantos anuncios se lo había gastado en alcohol, y comenzaba a perder trabajos. La tachaban de irresponsable, y corrían rumores de que se presentaba en los platós con resaca o, peor aún, borracha.

Al principio solo bebía por la noche. Como todo el mundo, se decía. Era joven, ni siquiera había cumplido los treinta, y eso es lo que los jóvenes hacen por la noche. Cuando pasó de los treinta, intentó convencerse con el mismo argumento mientras su adicción a la bebida aumentaba y su carrera se estancaba, tal como había predicho la prensa.

Antes de cumplir los treinta y cinco había dejado de ser una «joven promesa» y era agua pasada. Fue su representante quien la llevó a Alcohólicos Anónimos, y desde aquella primera reunión no había vuelto a emborracharse, sabía que no tenía elección.

Una reunión diaria durante los primeros tres meses en el programa. Noventa reuniones en noventa días. Por primera vez desde que llegó a Estados Unidos sintió que tenía un hogar, una relación cercana con personas que la entendían de verdad, que la escuchaban sin juzgarla, que la apoyaban con lo que le parecía que era un amor incondicional.

En aquel primer encuentro juró que no volvería a beber jamás. Y cumplió a rajatabla los consejos que le dieron. No bebas. Búscate una madrina. Trabaja los pasos. Creyó que ya estaba bien. ¿Recuperada? Tal vez. Algunos se describen como «alcohólicos en recuperación», un proceso que jamás acaba. Decían, ella también, que sufrían una enfermedad crónica. Una enfermedad que no se cura ni mejora, y que conduce a la muerte si no se le pone freno.

«Me llamo Saffron. Soy alcohólica en recuperación», decía siempre. Sin embargo, durante los últimos meses había dejado de pensar en sí misma «en recuperación» y había comenzado a considerarse «recuperada». Y fue entonces cuando empezaron los problemas.

De modo que vuelve a encontrarse, como en aquellos tiempos, deseando que la velada acabe para poder beber en paz. Deseando escapar y salir corriendo hasta ese pub tan acogedor, sentarse en un rincón y beber hasta olvidar.

Echa de menos a Pearce. Muchísimo. Echa de menos su vida; la simplicidad que conlleva. Y por muy agradable que sea estar en el campo con los amigos a los que conoces desde siempre, preferiría estar en otro lugar.

Preferiría estar bebiendo.

Se acuestan a medianoche. Saffron se despide de todos con un beso mientras planea una escapada a la cocina en busca de algo para beber. Sube a la habitación y escucha los ruidos de la casa en espera de que reine el silencio más absoluto para bajar sin hacer ruido y beberse la botella de vino que ha escondido debajo del fregadero, detrás de los productos de limpieza.

Cada vez que oye pisadas, el crujido de una puerta o la cisterna, le entran ganas de gritar hecha una furia o de conjurar un hechizo para que todo el mundo se quede frito.

Por fin, a la una de la mañana, está segura de que todo está en silencio. Sale de puntillas, baja la escalera y entra en la cocina. Abre el armario del fregadero y mete el brazo hasta el fondo.

—¡Mierda! —mascula al tumbar una botella de lejía que en el silencio de la noche cae con un ruido espantoso.

—¿Qué estás haciendo?

Saffron da un bote al oír a Olivia, que está de pie, junto a la puerta, frotándose la nuca con un paño húmedo.

—Estoy... —Saffron, experta en soltar excusas, se queda en blanco.

No puede explicar qué está buscando debajo del fregadero a la una de la madrugada. Se apresura a cerrar el armario, pero Olivia se acerca, la aparta y se agacha. Extiende el brazo por encima de la lejía y el Fairy y saca la botella de vino.

Menea la cabeza, decepcionada y resignada, y abre la botella. Ambas contemplan en silencio el fregadero mientras el vino gorgotea desagüe abajo.

—¿Por qué? —Olivia mira a Saffron, que no sabe si darle una bofetada o echarse a llorar.

—¿Tú qué crees? —le suelta, dejándose llevar por el enfado—. Porque necesito beber algo, ¡por el amor de Dios! Soy alcohólica, ¿no? ¿No es eso lo que hacemos los alcohólicos? —pregunta con desdén—. Menudas gilipolleces preguntas. Que por qué, dice... ¿Por qué no?

—¡Saffron! —Olivia está pasmada y alza la voz—. Intento ayudarte. Todos intentamos ayudarte. ¿Crees que estaríamos aquí si no fuera por ti? Hemos hecho malabarismos para animarte, para mantener a la prensa lejos de ti, para alejarte del alcohol. ¿Cómo se supone que vamos a ayudarte si tú no te ayudas primero?

—¿Es que no lo ves? —masculla Saffron—. No quiero ayudarme. Ese es el problema. Ojalá quisiera. Me paso el día rezando para tener la voluntad de ayudarme, pero no la tengo. Lo único que quiero hacer es beber.

—¡Chitón! —Olivia parece repentinamente muy distraída—. ¿Qué es eso?

—¿El qué?

—Escucha. Eso... ¡Dios mío! ¿Ha sido un gemido?

Saffron guarda silencio mientras caminan hacia la puerta y aguzan el oído al captar los inconfundibles sonidos de una pareja haciendo el amor.

—¿Son Paul y Anna? —Olivia está confundida porque los ruidos parecen llegar de otra habitación.

Saffron se echa a reír y por un minuto olvida el impulso que la insta a beber.

—¡No! —susurra—. Son Will y Holly.

—¡No! —Olivia sonríe.

—Lo sé. —Saffron pone los ojos en blanco—. ¿Has visto las chispas que saltaban entre ellos durante la cena?

—¡Madre mía! ¿Se han acostado juntos? ¿Tan pronto?

—Dios, no puedo seguir escuchando esto. —Saffron se tapa los oídos al oír un gemido quedo y otro un poco más alto e inconfundiblemente masculino.

Olivia suelta una risilla tonta.

—Es como haber vuelto a la universidad. Dios..., hacía años que no escuchaba algo así.

Saffron asiente.

—Vamos. Volvamos a la cocina. Me siento como un *voyeur*.

Al llegar a la cocina, se sienta a la mesa y apoya la cabeza en los brazos mientras Olivia llena la tetera de agua.

—Supongo que una taza de té no bastará para calmar las ansias de beber, ¿no? —pregunta.

—No. Pero es mejor que nada. Dios mío, Aceite de Oliva... —alza la vista y mira a Olivia con expresión implorante—, ¿qué voy a hacer?

—Cariño —Olivia se agacha y la abraza con fuerza—, te ayudaremos. Pero tú no bebas. Hoy no.

—Lo sé —susurra—. Hoy no. Día a día.

—De todas formas... —Olivia sonríe—, los pubs están cerrados y esa botella de vino era la última que quedaba. Así que no podrías beber ni aunque quisieras.

«Y quiero —piensa—. Sigo queriendo.»

Holly está acurrucada junto a Will, que, tumbado de espaldas y rodeándole los hombros con un brazo, ronca suavemente.

Gira la cabeza para mirarlo; le gustaría reseguir su perfil con los dedos, pero se contiene porque no quiere despertarlo. Lo que quiere hacer es justo lo que está haciendo: saborear su presencia, observarlo respirar, disfrutar de la maravillosa sensación de querer estar acurrucada junto a alguien, de pasarle los dedos por el pecho, de apoyar la mano en su clavícula, de dejarle una lluvia de besos en los hombros.

Desde el momento en que la besó, Holly supo que pasaría algo más. Ansiaba acostarse con él, ansiaba hacer el amor, pero había descubierto que no podía ir más allá de los preliminares, que era incapaz de dejar que la penetrara aunque eso precisamente fuera lo que más deseaba en el mundo.

Era un puente que todavía no estaba preparada para cruzar.

Pero qué estupendo había sido todo lo demás. ¡Qué maravilloso era besarse!

Cuando estaba con Marcus, evitaba por todos los medios besarlo. Mientras él se movía, ella cerraba los ojos y se dejaba llevar por una fantasía; sabía que si abría los ojos y veía a Marcus encima, el placer que pudiera estar sintiendo desaparecería al instante.

Will y ella no habían llegado a hacerlo, pero él se había corrido con sus caricias y ella también. Y menudo orgasmo... Después, Will la había abrazado y habían hablado. Y hablado. Y hablado.

Holly estaba pasmada. Estaba tan acostumbrada al beso de rigor y a darse media vuelta para sumirse en un sueño en el que no apareciera Marcus, que había olvidado que eso era lo que se hacía. Que la gente se abrazaba y hablaba en voz baja.

Eso era compartir la intimidad. Y se lo había estado perdiendo.

Tal vez mañana consigan hacer el amor, piensa. Tal vez mañana no se sienta culpable. Tal vez mañana confíe en él lo suficiente, confíe en ella lo suficiente. Por esta noche se siente satisfecha. Se dice que dentro de un minuto se levantará y volverá a su habitación, pero antes de que se dé cuenta se ha quedado dormida.

Holly se despierta a las cinco de la mañana. Se espabila poco a poco y se da cuenta de que está pegada a Will en el centro de la cama. Pegada de la cabeza a los pies, y se queda muy quieta mientras intenta acostumbrarse a la sensación.

Marcus y ella jamás se rozaban en la cama. Es raro que le haya permitido a Will de forma inconsciente que se acerque tanto. Sale de la cama mientras agradece que los niños no se hayan despertado y no la hayan descubierto con Will. «¡Qué idiota!», se recrimina para sus adentros meneando la cabeza. No valía la pena correr el riesgo aunque haya sido un descuido, aunque no tuviera la intención de quedarse dormida en sus brazos.

Se acuesta en su cama y rememora minuto a minuto los acontecimientos de la velada. El primer beso, el momento en que Will le cogió la mano por debajo de la mesa y cuando se acostó desnuda al lado de ese hombre al que deseaba como jamás había deseado a nadie.

Yace con una sonrisa en los labios, y cuando Daisy se despierta y se mete en la cama con ella para que la abrace, le acaricia la cara y la mira rebosante de amor. «Qué suerte tengo —piensa— de tener a mis hijos. De tener conmigo a toda esta gente a la que quiero.» Y en ese momento, rodeada por los brazos de Daisy, se siente absolutamente feliz por primera vez en años.

26

—Estoy agotada —dice Olivia durante el desayuno—. Nos hemos deslomado trabajando y no hemos salido a ver nada de los alrededores. ¿Sería muy desastroso que nos tomáramos la tarde libre?

—Creo que es una idea estupenda —dice Anna—. Dios sabe que os lo merecéis. Pero yo prefiero quedarme. Estamos a punto de acabar con el puñetero suelo, así que me quedaré para ayudar a Paul. Podéis ir de compras a Gloucester. Ah, Holly, si quieres dejar a esas ricuras de niños conmigo, será un placer hacer de canguro.

—¿De verdad? —pregunta ella con la expresión radiante—. ¡Eso sería fantástico!

—Entonces, ¿te apuntas? —Olivia se vuelve hacia ella—. ¿Saff? ¿Will?

Todos asienten.

—No me importaría ir de tiendas, la verdad —dice Saffron, que se levanta y se sirve más café—. Me apetece darme unos cuantos caprichos.

—En Gloucester no vas a encontrar boutiques —se ríe Paul.

—No necesita ninguna teniéndome a mí aquí —protesta Anna—. En serio, Saff, si necesitas cualquier cosa, sabes que solo tienes que pedírmelo.

—Ya lo sé, y te lo agradezco, cariño. Lo haré. Solo quiero comprar regalos para mis amigos, para cuando vuelva a casa.

—Cuando dices casa, ¿te refieres a Los Ángeles? —pregunta Holly.

Saffron asiente.

—Y cuando dices amigos, ¿te refieres a Pearce? —insiste.

Saffron se encoge de hombros.

—Me gustaría comprarle algo. Aunque no sé si volveré a verlo...

—¿No estáis en contacto? —pregunta Olivia con delicadeza.

—Nos hemos mandado mensajes por el móvil, pero evidentemente no es como hablar con él todos los días.

—¿Cómo es? —pregunta Anna con curiosidad. La pregunta que todos se morían por hacer y ninguno se atrevía a lanzar. No quieren parecen vulgares, impresionables, ni cotillas.

Y Saffron comienza a hablar. Al principio les habla de la mayoría de los actores de Hollywood. De gente que ha conseguido el éxito partiendo desde abajo, de gente que lo ha conseguido pero que no ha sabido hacer frente a la fama y la riqueza repentinas.

Les habla de estrellas en ciernes que aparecen en todas las revistas de cotilleos todas las semanas, que se sumergen en las fiestas de Hollywood, orgías de alcohol, drogas y sexo, con ricos *playboys* que parecen intercambiarse las mujeres como si fueran cromos. Les cuenta que esas estrellas en ciernes están desesperadas por conservar la fama, pero que no tienen la menor idea de tratar a la gente con respeto, consideración y amabilidad. Ninguna parece recordar que si no eres amable con la gente en tu ascenso a la fama, nadie será amable contigo cuando caigas... Porque todo lo que sube tiene que bajar.

Les habla de algunas grandes estrellas de Hollywood que llevan una doble vida. En algunos casos tiene que ver con las drogas, pero en la mayoría tiene que ver con las relaciones homosexuales. Muchos firman contratos en secreto con actores y actrices muy jóvenes e ingenuos con los que fingen tener una relación, y a veces incluso se casan, para mantener la fachada mientras se tiran entre bambalinas a todo lo que pueden.

Les cuenta lo perdida que se sintió cuando llegó allí. Siempre había creído que era muy buena juzgando a la gente, podía deducir cómo trabajaba, confiar en su palabra. Sin embargo, en Los Ángeles aprendió que nada ni nadie es lo que parece. Aprendió que podían llamarla una y otra ver para una audición, prometerle un papel, decirle que era la candidata ideal, que la querían solo a ella, que estaban encantados de contar con ella para la película, pero luego, unos días más tarde, abriría el *Variety* y vería que le habían dado el papel a Drew Barrymore. Y nadie se habría molestado en comunicárselo. Mentían con la misma facilidad con la que respiraban. Aprendió a no ilusionarse con una película hasta que su representante no tuviera el contrato y lo hubiera firmado. Aprendió a no confiar en nadie; por supuesto, no confiaba en las actrices a quienes consideraba sus amigas pero que habrían dado una patada a su amistad por un papel, y muchísimo menos en los productores y los directores bonachones que sutilmente (oh, sí, muy sutilmente) se ofrecían a lanzarla a la fama si ella les hacía antes algún favorcillo.

Les confiesa que la gente íntegra que ha encontrado se cuenta con cuentagotas y que en la primera reunión de Alcohólicos Anónimos no solo consiguió dejar de beber (lo que le salvó la vida), sino que por primera vez en Los Ángeles conoció a gente «real». Gente que tal vez estuviera en el mismo negocio que ella, pero que vivía honradamente, que eran lo bastante humildes para saber que no eran ni mejores ni peores que las personas con las que se cruzaban por la calle, que eran capaces de decir lo que pensaban y hacerlo con amabilidad.

Claro que no todos son así, les dice. Las reuniones de Alcohólicos Anónimos están llenas de aspirantes a actores y actrices que han oído que ese es el lugar perfecto para hacer negocios, para hacer contactos, para ver y ser visto. Pero se descubre enseguida quién es real y quién no; y los aspirantes, los alcohólicos de pega, pronto se quedan aislados de los miembros que necesitan de verdad el programa.

Les habla de Pearce. De lo sincero que es en las reuniones y de lo valiente que le parece, ya que todo el mundo lo conoce y cualquiera podría acudir a la prensa.

—Pero estamos hablando de Alcohólicos Anónimos —dice Anna, recalcando la última palabra—. ¿A quién se le ocurriría acudir a la prensa?

—Sucede —dice ella—. Hay soplos todo el tiempo.

Les cuenta que una de las máximas es no cotillear, pero que ha perdido la cuenta de las veces que ha pillado a algunos miembros cotilleando a propósito de otros, incluso sobre Pearce.

Les habla de lo amable que es, de que piensa de verdad en los demás, de que trata a las demás personas como le gustaría que lo tratasen a él. El dinero que consigue (los millones que saca por sus películas) es una bendición según él. Todos los años dona un buen pellizco a varios proyectos de ayuda a los necesitados, pero lo hace sin publicidad, muchas veces de forma anónima.

Lo describe como divertido. Amable. Dulce. Dice que es el hombre más sabio que ha conocido, que tiene una sensibilidad y una intuición casi femeninas, pero que a la vez es el hombre más masculino con el que se ha topado.

Les confiesa que lo más importante de todo es que es su mejor amigo. Que esté donde esté, haga lo que haga, siempre está ahí cuando ella lo necesita.

Y por fin llega a su matrimonio. Es un acuerdo comercial, explica. Tiene mucho que perder si se divorcia. Han estado esperando el momento oportuno.

—¿No es este? —pregunta Paul.

—Parece adecuado, sí... —bromea para ocultar su miedo.

Porque, evidentemente, eso es lo que cree y lo que siempre ha creído. Lo que ha deseado en el fondo de su corazón: que si su relación salía a la luz por culpa de la prensa, ¿qué sentido tenía que él siguiera con su mujer?

—¿Quién quiere jugar al Monopoly? —Anna le quita el gorro a Daisy cuando entran en la casa tras su paseo por el campo. Oliver zarandea sin parar su enorme bolsa de plástico medio llena de hojas y guijarros que han encontrado junto al arroyo.

—Conque ibas a ayudarme, ¿eh?

Paul entra en la cocina y sonríe al ver a Anna agachada junto a Daisy, ayudándola a quitarse el abrigo. Es maravilloso verla con niños, salta a la vista que es una de esas mujeres cuyo instinto maternal es innato. ¡Qué triste ironía que no pueda concebir sus propios hijos!

Paul no se da cuenta de que es mucho más fácil ser la madre perfecta con los hijos de otra persona. Que los niños a los que cuidas un ratito no te dan donde más te duele. Que cuando los niños no son tuyos no estás muerto de cansancio, estresado o distraído cuando pasas tiempo con ellos.

Holly es una buena madre, pero pocas veces hace con sus hijos lo que Anna está haciendo esta tarde. Pocas veces se sienta en el suelo para jugar con ellos. Ese es el trabajo de Frauke, se dice para consolarse. ¡Por supuesto! Ella está siempre cerca de los niños, pero en el último año, preocupada por su profunda infelicidad, apenas ha estado de verdad con ellos.

Todo el mundo cree que Holly es una madre maravillosa, pero ella lleva una pesada losa sobre los hombros porque en el último año no ha sido la madre que puede ser ni la madre que era antes.

Ahora se da cuenta de que al distanciarse de su vida y de su matrimonio se ha alejado de sus hijos justo cuando más la necesitaban. Desde que llegó al campo, se siente más ligera, más feliz, sus mayores preocupaciones son pintar, lijar o pulir, y sus hijos están encantados de poder trabajar con ella, a su lado.

Y hoy Daisy y Oliver tienen la suerte de contar con Anna, que se entrega a ellos en cuerpo y alma. Que ha decidido que no tiene nada mejor que hacer que jugar con ellos. Si Daisy quiere hacer camas con las ramitas que ha encontrado, Anna la ayuda. Si Oliver quiere abrir una geoda que cree haber encontrado, Anna lo ayuda. No corre escalera arriba para mirar el correo electrónico cada pocos minutos. No los manda callar cuando está al teléfono. No los planta delante de la televisión mientras prepara la cena, para tener un respiro, ni les grita que dejen de pelearse.

Porque no se pelean. Tienen a un adulto pendiente de ellos. ¿Por qué iban a pelearse?

Holly y Will, Olivia y Saffron están en un extremo de la calle peatonal del pueblo, cuyos adoquines los tientan irremediablemente. Will necesita unos auriculares nuevos para su iPod, y Saffron quiere echar un vistazo a las tiendas de recuerdos que hay al otro lado de la calle.

—¿Nos separamos? —propone Saffron con una media sonrisa—. Holly con Will y Olivia conmigo.

—¡Estupendo! —exclama Will—. Nos encontramos aquí dentro de una hora.

—Menudo detalle, Saffron... —dice Olivia con una carcajada mientras se alejan—. ¡No tienen la menor idea de que lo sabemos!

—Supuse que una pareja de tortolitos necesita pasar un tiempo a solas. —Saffron se ríe.

—¿Crees que están enamorados?

—Lo que tienen es un calentón. ¿Importa lo demás? ¿Te has dado cuenta de que Holly, en el coche, no paraba de tocarlo cuando creía que nadie la veía? ¡Dios! —suspira Saffron—. Echo de menos eso. Echo de menos a Pearce.

—Parece que tenéis algo muy especial.

Saffron se detiene y la mira.

—Gracias. —Sonríe y parpadea para no llorar—. Gracias por decirlo. Creo que sí. —Se vuelve y se coge de su brazo—. Dime, ¿y tú, Aceite de Oliva? Hasta ahora no has dicho nada del padre misterioso. ¿Quieres contarme algo? ¿Hay forma de arreglarlo?

—¡Dios mío! No lo sé... Cuando a veces me tumbo en la cama, pienso que quizá existe una solución. Pero, en realidad, solo fue una aventura, Saff, nada más. Tuve noticias de él en una ocasión y, con sinceridad, aunque creyera que hay alguna posibilidad de que esté interesado por mí, no veo cómo podría salir bien.

—Todavía no me creo que te hayas quedado embarazada. Ya somos mayorcitos para saber cómo evitarlo.

Olivia niega con la cabeza, casi sin dar crédito a su estupidez.

—Ya lo sé, ya. Yo tampoco me lo creo, en estos tiempos y a mi edad..., pero fue justo después de terminar con la regla. Sé que suena ridículo, pero ni siquiera creí que podría pasar.

—Mmm. Creo recordar que la biología nunca fue tu fuerte.

—Muchas gracias. La culpa era tuya porque me mirabas y me hacías reír cada vez que el profesor hablaba de los órganos del sistema reproductivo.

—Esa no era yo. ¡Era Holly! —Saffron parece indignada.

—Erais las dos. No había vuelto a recordar aquellos tiempos durante años. Esa bruja de la señora Steener, que se subía a la tarima y empezaba a gritar...

—La señora Steener fue a verme actuar en una obra que hice después de dejar la universidad. La verdad es que fue muy amable. Ese día comprendí que los profesores también son seres humanos.

Olivia la mira con el rabillo del ojo.

—¿Los de Saint Catherine también? ¿Estás segura?

—Claro que estoy segura. Mantuve el contacto con Jane Fellowes unos cuantos años, aunque ya hace por lo menos un año que no hablo con ella.

—¿Con la señorita Fellowes? ¿La profesora de música? Increíble. ¿Por qué?

—Porque me caía muy bien. Y que sepas que tenía una tórrida aventura con Martin Hanover. Durante años.

—¡Estás de coña! —Olivia está pasmada—. ¿La señorita Fellowes y el señor Hanover? ¿Y cómo es posible que no nos enterásemos?

—No les quedaba más remedio que ser muy discretos. Si la directora se hubiera enterado, los habría puesto de patitas en la calle.

—Dios... ¡El señor Hanover! Yo estaba un poco colada por él.

—Creo que eso nos pasaba a todas. No es que fuese nada del otro mundo, pero como era el único hombre en un mar de jovencitas con las hormonas revolucionadas...

—Sí, a buen hambre no hay pan duro. —Olivia se echa a reír.

—Exacto. Por eso algunos profesores acaban liados con las adolescentes más peligrosas. Las escuelas de chicas son el caldo de cultivo perfecto para las hormonas y las fantasías más calientes. Bueno, a lo que iba...

—Has sido tú quien se ha ido por las ramas.

—Cierto —reconoce Saffron—. Y te pido disculpas. Así que nada de protección en estos peligrosos tiempos de enfermedades de transmisión sexual y demás cositas... Bueno, cuéntame más del tal Fred. Lo primero, ¿dónde está?

—En Boston. En su casa. Es guapísimo, Saffron. Es exactamente el tipo de hombre del que me habría enamorado cuando era más joven, pero el joven es él. Treinta y tres años. Y fue solo un rollo pasajero, de verdad. No hay motivo para decírselo.

—¿No crees que tiene derecho a saberlo? Estamos hablando de su hijo.

—Saffron, no creo que sea necesario acojonarlo. No voy a volver a verlo. ¿Por qué estropearle la vida o decírselo cuando no voy a tenerlo? ¿Por qué provocarle un sufrimiento innecesario? Es mi hijo y mi cuerpo. —Suspira—. Mi decisión.

—Y... ¿no has pensado en lo que te dijeron Paul y Anna?

—Sí. No paro de darle vueltas. Pero no me decido. A veces me digo que tengo que hacer lo mejor para mí, por muy egoísta que parezca, y no me veo soportando un embarazo tan horrible como este; total, ¿para qué? Y al momento siguiente pienso en Paul y Anna, pienso en el empeño con el que lo han intentado, en lo desesperados que están por tener un hijo, y creo que lo más maravilloso que podría hacer yo es darles el mío. Voy constantemente de un extremo a otro. No lo sé. Sinceramente, no sé qué voy a hacer.

Saffron le echa el brazo por los hombros y le da un apretón.

—Decidas lo que decidas, piensa en ti. Tienes que pensar en

ti. Comprendo que quieras hacer feliz a Paul y a Anna, y seguramente eso es lo más generoso que puedes hacer por un amigo, pero tienes que sentirte a gusto con lo que hagas, estar convencida de que eso es lo que quieres. Si no es así, ya sabes qué decisión tienes que tomar.

Pasean en silencio un rato hasta que llegan a una tienda de recuerdos que salta a la vista que hace su agosto con los turistas estadounidenses. El escaparate lo ocupa un pueblo en miniatura con sus casitas típicas, algunas iluminadas y otras con música en su interior.

Saffron chilla de alegría.

—¡Mira! —Contempla el escaparate con una sonrisa de oreja a oreja—. ¿No es lo más hortera que has visto en la vida? ¡A mis amigos americanos les va a encantar!

Olivia se vuelve y la mira con cara de horror.

—¿Les va a encantar porque es hortera?

—Claro. No conozco a nadie de Los Ángeles que tenga buen gusto. Creen que pueden comprarlo contratando a los mejores decoradores, por eso todas las casas son iguales. Y se mueren por tener cualquier cosa que huela a Inglaterra... Esto tan horrible los volvería locos.

Entran en la tienda y Saffron se apodera al punto de una docena de casitas y las deja en el mostrador. La sonriente dependienta la mira con disimulo. Al principio cree que la conoce porque le suena su cara, pero la verdad es que no conoce a nadie tan pijo, de hecho nunca había visto a nadie tan pijo, y mientras observa a esas dos mujeres moverse por la tienda, cae en la cuenta de quién es.

¡Saffron Armitage! ¡La estrella de cine! Porque toda esa publicidad ha conseguido elevar la categoría de Saffron, sobre todo a los ojos de las dependientas inocentes de las Cotswolds.

—¡No te lo vas a creer! —le susurra a su mejor amiga por teléfono cuando ellas ya se han ido—. ¿Sabes quién acaba de estar en la tienda? ¡Saffron Armitage!

—¡Estás de coña! —dice su amiga—. ¡Llama a la prensa! ¡*The Sun* tiene un número para que la gente llame y les diga dónde está! Hazlo. Sacarías un poco de pasta.

La chica se ríe.

—No —contesta—. Me da vergüenza. Además, ha sido muy maja. No quiero joderle la vida. Pero ha sido alucinante. No todos los días entra una estrella de cine en la tienda. Tendría que haberle pedido un autógrafo.

Al otro lado de la ciudad, Holly y Will están sentados en una tetería, rodeados por ancianas vestidas en tonos pastel que beben té en delicadas tazas floreadas —todas diferentes y con algún que otro desconchón que no parece importarle a nadie— y comen bocaditos dulces, hojaldres y pastas con pasas, todo servido en unas bandejas de plata un poco deslustradas.

Will ha pedido té, pero ninguno de los dos come nada, ninguno de los dos tiene hambre, están demasiado pendientes el uno del otro para hacer otra cosa que no sea mirarse, besarse, tocarse...

También ahora, medio escondidos en una mesa del rincón, se están besando. Como dos adolescentes, ajenos al resto de la clientela; algunas de las mujeres los miran con envidia y una enorme sonrisa en el rostro; otras resoplan su disgusto e intentan no mirar.

A ellos no les importa. Ya no tienen que esconder su pasión. Es la primera vez desde la noche anterior que pueden tocarse abiertamente, besarse abiertamente, apoyar la cabeza en el hombro del otro, cogerse de la mano.

—No puedo creer que me esté pasando esto —dice Holly, incapaz de dejar de sonreír. Incapaz de contenerse para no cogerle la cara entre las manos y besarle en la frente, los ojos, la nariz, las mejillas...

Will adora que lo adoren. Es el ojito derecho de su madre, y siempre ha adorado que lo adoren. Pero mentiría si dijera que no le asusta un poco todo esto. Holly no es cualquiera, es Holly. ¡Holly Mac! Es casi de la familia. Por no mencionar el hecho de que está casada.

Una vez tuvo una relación, una relación de verdad (los rollos por su trabajo no contaban), con una mujer casada. Él creía que estaba a punto de firmar el divorcio, pero la verdad era que acababa de separarse, que seguía acudiendo a terapia de pareja y que su marido pensaba que iban a arreglar su matrimonio.

Y él se encontró inmerso en el divorcio. Lo llamaron a testificar, tuvo que lidiar con una mujer que no era (como él había creído) divertida, inteligente e independiente, sino que se enfrentó al estrés del divorcio llorando, gritando y buscando su ayuda. Él quería dejarla, pero se sentía demasiado involucrado y no sabía cómo hacerlo.

Y juró que nunca más volvería a pasar por eso.

Y, sin embargo, ahí está, con Holly. El objeto de sus fantasías de adolescente, unas fantasías que jamás creyó que se harían realidad.

Es cierto que hay que tener cuidado con lo que se desea porque puede hacerse realidad. Por más que adore a Holly, por más que le guste la amistad que los une, no está preparado para ese derroche afectivo; no está preparado para ese torrente emocional que los acontecimientos de la noche anterior provocaron en Holly.

Cualquiera que hubiera conocido a Holly cuando era joven la describiría como apasionada. Holly, al igual que Saffron, ama con locura u odia con pasión. Ella, al igual que Saffron, ve el mundo en blanco y negro. Tuvo más suerte que Saffron porque carecía del gen que predispone a las adicciones. O tal vez no tuvo más suerte. Tal vez una adicción la habría ayudado.

Al casarse con Marcus, intentó cambiar su forma de ser. «La pasión nunca me ha servido de nada», se dijo. No iba a seguir viendo la vida en blanco y negro. Iba a ver los matices de gris. «Es mucho más saludable —se dijo—. Ahora estoy pensando como una adulta de verdad», decidió. De modo que reprimió su pasión. Ni amaba ni odiaba. La mayor parte del tiempo se limitaba a existir.

Y ahora, después de la noche anterior, tiene la impresión de que Will ha despertado en ella unos sentimientos que creía haber perdido. Confía en él para revelarle esos sentimientos, ni se le pasa por la cabeza que él pueda sentir otra cosa. Ni se le pasa por la cabeza que Maggie le aconsejó que tuviera cuidado con Will no porque no quiera a su hijo sino porque sabe que si hay algo que tiene el poder de que Will salga por patas, literalmente (Tailandia, Nueva Zelanda, Vietnam), es que lo adoren.

Maggie recuerda cómo era Holly. Y sabe cómo es ahora. Puede ver la pasión que late bajo la superficie y sabe que si hay alguien capaz de hacer que ese torrente aflore es Will.

Maggie es la única persona que sabe lo que pasó la noche que Tom y Holly se acostaron. Se había pasado los años conteniendo el aliento, disimulando el anhelo de verlos juntos. Porque siempre había creído que juntos serían capaces de sacar lo mejor del otro, que serían una de esas parejas capaces de cambiar el mundo.

Sin embargo, Tom era demasiado joven. No estaba preparado. Maggie siempre esperó que el tiempo obrara su magia y que por fin lograran encontrar el camino que los llevara a ser amantes de nuevo. Pero entonces apareció Marcus, y luego Sarah, y supo que debía olvidar sus sueños.

Y ahora Will. Eso sí que había sido inesperado. Aunque tampoco le sorprenda mucho, la verdad. Lo que teme es que cuando Will se enfrente a la pasión que Holly esconde en su interior, no sepa qué hacer con ella.

No sabe dónde se equivocó en su educación, pero Will siempre le ha tenido miedo al compromiso.

Algunos dicen que simplemente no ha conocido a la mujer adecuada, y ella está dispuesta a aceptar que tal vez sea verdad. Pero a veces se da cuenta de que lo ha mimado demasiado, de que lo ha alentado a soñar imposibles que lo alejan de cualquier responsabilidad con la que se cruza por temor a que lo incomode o lo perjudique.

Si Maggie pasara junto a la tetería esta tarde, echara un vistazo por la ventana y viera a Holly mirando con adoración a Will, con la cabeza apoyada en su hombro, mientras le acaricia el pelo y le gira la cabeza hacia ella para besarlo, soltaría un gemido. «¡Dios mío! —susurraría—. Otra vez no. Por favor, Holly no.»

Cualquier otra persona que mirara a Will creería que él siente lo mismo, pero ella no. Porque, al fin y al cabo, ella es su madre. Es la mujer que mejor lo conoce en el mundo.

27

El viejo Land Rover traquetea por el camino que lleva a la casa. Holly, Saffron, Olivia y Will regresan con el maletero lleno de comida para la cena de esa noche y, por supuesto, con las casitas que tanto le gustaron a Saffron.

Hay otro coche delante de la casa. Aun a distancia, Holly se queda sin respiración. No puede ser... ¿o sí? Un Mercedes negro y una matrícula que conoce muy bien.

—¿De quién es ese coche? —pregunta Saffron en voz alta—. No creo que sea el del fontanero.

—No —contesta Holly con el alma en los pies—. Es Marcus.

Su primer impulso es esconderse. Sabe que es una reacción muy infantil, pero no quiere verlo, no quiere enfrentarse a él, quiere seguir fingiendo (como lleva haciendo esos últimos días) que no tiene marido, que es tan libre como Will.

¡Dios! Will... ¡Qué difícil va a ser esto para él! ¡Qué situación tan incómoda! ¿Verá Marcus la culpa en sus ojos? ¿Será capaz de mirarla y de saber (de presentir de alguna manera) que le ha sido infiel?

Aunque ella sigue repitiéndose que no ha sido infiel. Si Marcus la acusara de algo, se dice con sorna, Holly sabe perfectamente lo que replicaría: «No lo he hecho con este hombre».

Gira la cabeza, consciente de que Will la está mirando.

—¿Estás bien? —articula con los labios.

Ella asiente con la cabeza y traga saliva. Está pasmada, sí, pero no le sorprende que Marcus esté allí. Marcus es un hombre que cree que debe conseguir lo que quiere.

Un aluvión de recuerdos la asalta a medida que se acercan a la casa. El sinfín de ocasiones en las que Marcus llegaba a la conclusión de que no lo trataban con la debida importancia. En restaurantes, hoteles, aeropuertos... Exigía hablar con el responsable y nunca se presentaba como Marcus Carter sino como el señor Carter (aunque no hubiera cumplido los treinta y tuviera delante a hombres mucho más importantes y mayores que él), tras lo cual les explicaba de muy mala leche que su comportamiento era inaceptable.

Por regla general los apabullaba hasta que cedían. Conseguía mejoras, descuentos y cartas de disculpa. No le importaba que todos esos hombres regresaran a sus despachos pensando que era un creído insoportable, ni que pusieran los ojos en blanco cada vez que sus secretarias les informaban de que el señor Carter estaba al teléfono. Lo único que le importaba era salirse con la suya.

Siempre se salía con la suya.

Lo trataban con deferencia porque él así lo exigía. La gente le hacía la pelota y fingía que se alegraba de verlo porque eso era lo que él esperaba y porque montaba una escena si no lo hacían.

A Holly siempre le había avergonzado esa forma de tratar a la gente. Porque ella trata a todo el mundo por igual. No juzga a la gente por su aspecto o su relevancia social. Y en ocasiones (en demasiadas ocasiones) el comportamiento de Marcus la ha avergonzado muchísimo, deseaba que se la tragase la tierra cuando lo escuchaba soltar pestes sobre el comportamiento supuestamente inadmisible de alguien.

Esos últimos días habían sido los más felices de su vida en años. En catorce años, para ser exactos. Apenas había pensado en Marcus. Y en ese momento (¿por qué, por el amor de Dios?) estaba allí. Baja del coche a regañadientes, ni siquiera es consciente de que el telón de la infelicidad (ese telón que siempre la ha protegido de Marcus, la ha aislado del resto del mundo y la mantiene a salvo de todo mal) ha vuelto a caer sobre ella silenciosa e inexorablemente.

Marcus está sentado a la mesa de la cocina con Daisy en su regazo. La niña le ha arrojado los brazos al cuello y lo abraza con fuerza mientras sonríe de oreja a oreja y repite sin parar:

—¡Papi! ¡Quiero a mi papi! ¡Quiero a mi papi!

Oliver corre emocionado alrededor de la mesa, tiene la bolsa de plástico en las manos y explica a su padre cada uno de los objetos que ha recogido en su excursión mientras Marcus intenta repartir su atención entre los dos.

Holly los observa durante un rato desde la puerta; todos están tan absortos en sus cosas que ni se dan cuenta de que ha llegado. En ese momento alguien le toca el brazo. Se vuelve y ve a Anna, que la mira con expresión contrita.

—Lo siento —susurra Anna—. No sabía qué hacer.

Holly le toca el brazo para tranquilizarla.

—No pasa nada —dice en voz baja—. Estoy un poco sorprendida, pero me alegro de que esté con los niños.

Daisy levanta la cabeza y la ve.

—¡Mami! —chilla, salta del regazo de su padre, corre hacia ella y se abraza a sus piernas.

—Hola, cariño. —Se arrodilla para darle un beso, aliviada por no tener que enfrentarse a la mirada de Marcus, por poder entretenerse con Daisy aunque solo sean unos segundos antes del inevitable enfrentamiento.

—¿Holly?

Se percata del tono de su voz, pero no sabe si hay en ella furia, pena o temor, de modo que levanta la vista y lo mira a la cara.

—Hola, Marcus.

—Holly, tenemos que hablar. Anna me ha dicho que cuidaría de los niños. He pensado que podríamos salir a dar un paseo.

Holly asiente. Sabía que ese momento llegaría. Ojalá estuviera más preparada para enfrentarse a él.

Los demás se quedan donde están, agrupados en uno de los dormitorios de la planta alta, hablando sin duda de Marcus. Cuando Holly entra se hace el silencio.

—¡Vale, vale! —Saffron levanta las manos con gesto culpable y Holly arquea una ceja—. Lo sentimos. Estábamos hablando de ti. ¿Estás bien?

—Depende de lo que entiendas por «bien». Anna, ¿puedes quedarte con los niños otra vez? Marcus y yo vamos a dar un paseo.

No dicen nada durante un rato. Holly camina con la cabeza gacha, las manos metidas en los bolsillos y los hombros hundidos para protegerse del viento. Y de Marcus.

El sol comienza a ocultarse tras las ramas desnudas de los árboles que bordean el prado. Holly alza la cabeza hacia el cielo y piensa que en otras circunstancias la paz y la belleza del campo le limpiarían el alma.

Porque le encanta andar. Le encanta explorar. Estar en Gloucester con Will ha sido el paraíso y no solo porque estaba con él, sino porque han caminado, han charlado, han entrado en las tiendas más curiosas, han explorado los callejones que corrían en paralelo a la calle principal y han descubierto inesperadas teterías donde tomarse otra taza de té.

Esa era su vida antes de conocer a Marcus. Lo que más le gustaba era explorar y dar largos paseos por el campo, con amigos o sola. Siempre ha soñado con tener a alguien con quien compartir eso, alguien que disfrutara deambulando por las calles con ella, explorando, siendo su compañero en cualquier cosa que hiciera.

Pero Marcus odia andar. Odia hacer cualquier cosa que no sea trabajar y comprar de vez en cuando, pero solo en tiendas exclusivas donde lo tratan como él considera apropiado. Bond Street se convirtió en la salida clásica de los sábados, y solo para que Marcus estuviera contento.

Cuando iban de vacaciones y Holly le preguntaba si le apetecía salir a dar un paseo, su respuesta siempre era negativa. El verano pasado fueron a Cayo Oeste y Marcus estuvo enfurruñado todo el tiempo porque no había plazas libres en Little Palm Island y tuvieron que hospedarse en Ocean Cottages, un complejo turístico que él consideraba por debajo de su estatus. En recepción, se quejó sin descanso de su habitación, hasta que les adjudicaron una suite, pero siguió pensando que era espantosa. Eso les estropeó el viaje.

Pasearon juntos por Duval Street, y cada vez que ella quería pararse en alguno de los bares donde tocaban música en directo y la gente parecía pasárselo en grande, él la apremiaba a seguir adelante. Todo el mundo parecía pasarlo en grande menos ellos.

Holly se asomaba anhelante a esos bares.

—¿No podemos sentarnos a la barra y tomar una cerveza? —suplicaba.

—La música está demasiado alta, Holly —contestaba él con desdén—. Ahora te parece que te lo pasarías bien, pero, créeme, dentro de dos minutos estarías deseando marcharte.

No quiso ir a la casa de Hemingway. Ni explorar los jardines ocultos ni ver las hermosas mansiones. De modo que Holly fue sola mientras él se quedaba en el hotel trabajando con su portátil.

Y ahora, mientras caminan por el campo, se da cuenta de lo diferentes que son. De lo diferentes que siempre han sido. Y se pregunta por qué ha tardado tanto en admitirlo.

—Tenemos que hablar —dice Marcus por fin con voz tirante. Gruñón y furioso. El Marcus de siempre.

—Vale —accede ella. No quiere iniciar la conversación. Quiere escuchar primero, quiere oír lo que Marcus tiene que decirle.

Marcus toma aire.

—Lo que te dije por teléfono no iba en serio —suelta de pronto—. En su momento creí que sí, pero... —se interrumpe y la mira un segundo con expresión angustiada— no pensaba que fueras a marcharte de verdad.

Holly conoce eso. Sabe que Marcus está utilizando las mismas tácticas de siempre, esperando que ella claudique, como siempre. Sin embargo, esta vez, por primera vez, no van a dar resultado.

Se hace un largo silencio mientras Marcus espera su respuesta. Pero Holly no responde. Aún no sabe qué decir.

—Holly —dice él de nuevo, pero ahora le coloca una mano en el brazo para obligarla a detenerse, para obligarla a mirarlo—, te quiero —afirma con voz acongojada—. No sé qué nos ha sucedido. No sé por qué te has marchado cuando sabías lo importante que era para mí que no lo hicieras.

«Lo sé —piensa ella—. Siempre he sabido lo importante que es para ti que te obedezca.»

—Pero nada de eso importa ahora —continúa—. Te perdono. Y quiero que vuelvas a casa. Quiero que volvamos a estar juntos.

—¿De verdad no lo captas, Marcus? —No da crédito a lo que escucha—. No se trata de que yo haya venido aquí ni de que te haya desobedecido. Es lo que intenté decirte aquella noche que salimos a cenar.

—¿De qué noche hablas? —Marcus no lo recuerda. No sabe de qué está hablando. Porque eso es lo que siempre hace con las cosas que no quiere escuchar. Si reescribes la historia es como si nunca hubiera sucedido. Si puedes mantener la mentira el tiempo suficiente, al final la historia habrá cambiado.

—¡La noche que te dije que no soy feliz! —Se vuelve hacia él—. ¡La noche que te dije que lo nuestro no me parece un matrimonio ni una amistad! Te dije que ya no te veo nunca y que no soy feliz. Que no puedo seguir así.

—¿Cómo puedes decir eso? —replica Marcus; Holly se dice que por fin la ha escuchado—. ¿Cómo puedes decirlo en serio? Nuestro matrimonio es estupendo. Te quiero, Holly. Te quiero de verdad. Te quiero más que a nadie. Y tenemos dos hijos magníficos y una vida en común maravillosa. No lo entiendo. No tiene sentido. ¿Cómo puedes pensar siquiera en tirarlo todo por la borda?

—Sé que para ti no tiene sentido —admite ella—. No tiene sentido porque nunca escuchas. Te niegas a escuchar cualquier cosa que no sea de tu agrado. Estoy cansada, Marcus. Cansada de intentar explicarte por qué no soy feliz con nuestro matrimonio y por qué necesito un poco de espacio. No creo... —el miedo le provoca tal nudo en la garganta que apenas es capaz de hablar—, no creo que pueda soportarlo más.

Y Marcus se echa a llorar.

Holly permanece a su lado sin saber qué debería hacer. Lo ha visto llorar antes, pero nunca ha sabido qué hacer. Le parece mal abrazarlo para ofrecerle consuelo cuando ella es la causante de su dolor, pero le parece todavía peor quedarse cruzada de brazos.

De modo que finalmente se acerca y lo abraza. Marcus entierra la cara en su hombro y sigue sollozando mientras ella le acaricia la espalda, consciente de su dolor y también de lo difícil que va a ser todo. De lo difícil que es ver a alguien sufriendo de esa manera y saber que tú eres la causante, que no puedes hacer nada para aliviar el dolor si quieres controlar tu vida y ser feliz.

Si quieres ser fiel a ti mismo.

Marcus se ha derrumbado. Sus defensas han caído por completo. En muy pocas ocasiones ha visto ese lado de Marcus, su vulnerabilidad, y cuando la vio, en el pasado, intentó convencerse de que todo se arreglaría.

Marcus, tan obsesionado con ser un pez gordo, con ser importante, tan ansioso porque lo consideren un hombre digno de respeto, de repente, solo en ese campo mientras el sol se pone, es como un niño.

No queda ni rastro de su arrogancia y de su fachada, solo es un niño asustado, aterrado por lo que pueda depararle el futuro, porque su vida quede patas arriba, por la posibilidad de perder el control.

Y aunque Holly intenta consolarlo con ese abrazo, sabe que no hay vuelta atrás. Aunque en algún momento en esos pocos días (una milésima de segundo) ha considerado la idea de seguir casada con Marcus por el bien de los niños, al menos hasta que fueran a la universidad, ahora, aquí con él en mitad del campo, sabe que no puede hacerlo.

Siente una extraña mezcla de emociones: tristeza, dolor, alivio. Siente el dolor de Marcus casi como si fuera suyo, y a pesar de que está viendo al Marcus de verdad, de que está viendo al niño asustado, sus palabras han sido sinceras.

Todo ha terminado.

—Por favor, piénsalo —solloza Marcus, que se aparta un poco para mirarla a los ojos—. Por favor, vuelve. Te echo de menos. Echo de menos estar juntos. El futuro nos depara tantas cosas buenas, vas a tirar tantas cosas por la borda... —Se detiene, es incapaz de continuar, pero respira hondo y vuelve a la carga—: Soy abogado matrimonialista. —Lo intenta desde otro ángulo—. He visto lo que estas cosas hacen a los niños, a las familias. Nuestros hijos no merecen eso. Yo no me lo merezco. Sean cuales sean los problemas de nuestro matrimonio, son superables. Puedo pasar más tiempo en casa, tal vez podría trabajar desde casa los viernes. Podemos ir a un consejero matrimonial. Lo digo en serio, Holly. Haré cualquier cosa que me pidas. Haré lo que haga falta.

—Vale —susurra ella, asiente con la cabeza, no sabe qué decir y detesta causarle tanto dolor, detesta saber que le causará todavía más—. Tengo que pensarlo. —No es verdad, pero así al menos gana un poco de tiempo. No puede darle otro mazazo en ese momento.

—He reservado una habitación —dice Marcus—. Me alojaré en el hotel si no te importa. ¿Puedo venir mañana por la mañana para que vayamos a dar un paseo? ¿Con los niños? ¿Te parece bien?

Holly menea la cabeza.

—No... no puedo, Marcus. No puedo. Todavía no. Pero si quieres venir por los niños, estupendo. Les encantará. Te han echado de menos.

Marcus traga saliva.

—Vale —dice—. Me pasaré por los niños mañana temprano. Tal vez podría llevármelos a cenar esta noche... ¿Cómo lo ves?

—Por mí está bien.

—En el cine dan una película para todos los públicos. *Noche en el museo*. Sé que les encantaría, pero acabará un poco tarde. ¿Te va bien si te los traigo a eso de las nueve?

Una película. No recuerda que Marcus los haya llevado alguna vez al cine. No recuerda que haya pasado tiempo con los niños a menos que ella estuviera presente. Otros padres se ocupan de los niños los fines de semana, para que las madres tengan un respiro. Marcus no. Marcus nunca ha hecho nada solo con los niños.

Pero no va a darle vueltas a eso. Gracias a Dios está pensando en hacer algo ahora.

—Me parece estupendo —contesta—. Con suerte dormirán hasta bien entrada la mañana, y Daisy puede dormir la siesta si está cansada. Necesitan pasar tiempo contigo. Gracias.

Gira la cabeza y señala en dirección a la casa. Marcus da media vuelta y echa a andar a su lado para cruzar de nuevo el prado mientras el atardecer tiñe el cielo de morado y naranja.

—¿Dónde te alojas? —pregunta ella, no porque esté interesada en saberlo, sino para llenar el silencio.

—En Le Manoir. —Marcus sonríe y su humildad desaparece al instante—. ¡Es una maravilla! —exclama entusiasmado; vuelve a estar en su salsa—. Tengo la suite Lavanda; te encantaría.

Holly no pone los ojos en blanco porque se reprime. Aquí está por fin el Marcus que ella conoce. Mientras él describe Le Manoir (la comida, el servicio, el coste y todos sus lujos), Holly comprende que está haciendo lo correcto.

Pobre Marcus. Tal vez si se hubiera quedado en un Bed and Breakfast o en uno de los hostales que hay a las afueras de Gloucester, habría sido otro cantar. Poco probable, pero no imposible. Tal vez si le hubiera demostrado que no estaba obsesionado con la necesidad de llevar una vida de lujos, ella habría visto un futuro juntos.

Sin embargo, en cuanto él comienza a describir Le Manoir, ella desconecta por completo. Tal vez Marcus cree que a ella le encantaría porque siempre lo ha acompañado al Four Seasons, al Península y a los mejores hoteles del mundo, pero nada le importa menos. El lujo no va con ella, y por fin se da cuenta de que viven en mundos tan distintos que es imposible encontrar un terreno común.

Siempre ha sido imposible.

—¡Mierda! —grita Holly cuando Marcus ya ha desaparecido por el camino con los niños, encantados de estar con su padre.

Los demás aparecen a la carrera.

—¡Mierda! —repite mientras se libra de la frustración dando patadas al aire—. ¡Mierda! ¡Mierda! ¡Mierda!

—Supongo que los niños no están por aquí —comenta Paul con sorna mientras ella da patadas a diestro y siniestro hasta que se calma lo bastante para respirar hondo.

—¿Por qué estás tan enfadada? —La voz de Anna rebosa compasión—. ¿Se ha portado mal contigo?

—No. —Holly menea la cabeza y empieza a reírse—. Esto es absurdo. Ni siquiera sé por qué estoy enfadada. Bueno, sí, porque es imbécil. Porque justo cuando empezaba a tenerle lástima por todo el sufrimiento que le he causado, se puso a hablar de Le Manoir y de lo fantástico que es el puñetero hotel, y en ese momento supe que no cambiaría nunca. Es un creído insoportable. Un gilipollas integral. No lo aguanto. —Se queda sin respiración y mira alrededor—. Mierda —susurra—. No puedo creer que eso haya salido de mi boca.

—Bueno, ¿por qué no nos cuentas cómo te sientes de verdad? —dice Saffron con una sonrisa.

—Dios mío —gime ella—. Es verdad. Nada más mirarlo a la cara me he dado cuenta de que no lo aguanto.

—Creo que sentir eso por tu marido no es bueno —comenta Olivia—. Yo no tengo mucha experiencia, lo admito, pero estoy segura de que no es bueno.

—¿No sentiste ni un poquito de amor? —pregunta Anna—. ¿Nada? —Holly menea la cabeza— ¿Y al principio? Seguro que entonces sí.

—No —admite con tristeza—. Supongo que sentía algo por él, alguna clase de amor, al fin y al cabo es el padre de mis hijos, pero no el amor que tú sientes, no el amor que tú sientes por Paul.

—Entonces, ¿no vas a volver con él? —Hasta ese momento Will ha estado callado, no quería involucrarse demasiado.

—No. —Holly levanta la cabeza y lo mira a fijamente a los ojos—. No voy a volver con él. Pero todavía no soy capaz de decírselo.

28

La emoción y la novedad de la vida en común están empezando a desvanecerse. No han discutido, todavía no, pero Olivia ha empezado a echar de menos su piso, sus animales, y se pregunta cuánto tiempo más tendrá que seguir ahí. Saffron parece que está... bien. Ni tan frágil como había temido ni tan desvalida para necesitar el cuidado constante de cinco personas.

Saffron siempre ha sido fuerte, recuerda Olivia. Más fuerte que los demás. Deberían haber cambiado mucho desde el colegio, piensa. Deberían sentirse adultos, ahora que se acercan a los cuarenta, pero Olivia desde luego no se siente así. No se siente muy diferente, en absoluto. Solo mayor que antes, más cansada y con el estómago revuelto por culpa del embarazo.

Holly sí se siente distinta, lo que no quiere decir que en realidad haya cambiado. Siempre ha pensado que si se cruzara con gente del colegio no la reconocerían. Físicamente está mucho mejor, tiene el pelo más liso y los pómulos más afilados; pero a decir verdad, Holly, como todos ellos, no ha cambiado. Basta arañar un poco la superficie para descubrir que son los mismos de siempre.

Holly está recuperándose poco a poco en más de un sentido. Solo ha tardado unos días en dejar de actuar como la esposa de Marcus, en recordar quién era y en ser ella misma.

Pero es una Holly a la que no recuerda muy bien, una Holly

a la que tiene que volver a acostumbrarse. Y esa Holly tiene una vida muy distinta de la que ha llevado durante los últimos catorce años. Ya no tiene una casa a la que volver, ya no tiene la seguridad ni la familiaridad de su antigua vida.

Esta estancia en el campo es una especie de paréntesis, un descanso de su vida real, unas vacaciones que no quiere que acaben porque, sean cuales sean los cambios que está sufriendo su vida, está intentando concentrarse en el presente y no pensar en el futuro.

Esa noche se ha sentido un poco perdida. Los niños se habían ido con Marcus, Will estaba terminando los armarios de la cocina y los demás leían el periódico frente a la chimenea. Así que se sirvió un vodka y fue a sentarse un rato fuera.

Hacía frío. Demasiado frío para estar fuera, pero se puso el gorro y los guantes y se acurrucó en una de las ajadas sillas de madera que Anna encontró en una tienda de trastos viejos la última vez que estuvieron en el granero.

Al principio todo estaba oscuro como boca de lobo, pero a medida que sus ojos se acostumbraron a la oscuridad, comenzó a distinguir la silueta de los árboles. Los ruidos del campo resonaban con fuerza pero eran a la vez relajantes. Durante un rato se limitó a... estar. A escuchar los ruidos, a no pensar en nada.

Al cabo de unos minutos, cuando el vodka la hizo entrar en calor y su cuerpo se relajó, su mente comenzó a divagar. Recordó a una chica con la que había acudido a las clases de preparación al parto cuando estaba embarazada de Oliver. Se llamaba Julia. La experiencia compartida las había convertido en amigas, ya que de otro modo jamás lo habrían sido; su vínculo se basaba en los niños, que nacieron con una semana de diferencia, y en el hecho de ser vecinas y de encontrarse en la misma situación. Claro que en aquella época no se percató de esos detalles.

Julia se casó con Dave porque creyó que nadie más querría casarse con ella. Según le dijo, se casó porque a primera vista aparentaba ser justo el tipo de hombre que quería como marido. Tenía un buen trabajo, era amable, la trataba como a una reina y la amaba.

—¿Eres feliz? —recuerda que le preguntó un día, intentando no hacer comparaciones entre sus matrimonios, intentando no pisar un lugar del que no podría regresar.

Julia se encogió de hombros.

—Estoy... bien —contestó—. Y ahora tengo a Félix. —Movió un poco al bebé que tenía en la rodilla y le dio un montón de besos en los mofletes—. Somos una familia. Eso es lo que somos. Creo. —En aquel momento miró a Holly a los ojos—. Creo que hay diferentes tipos de matrimonio. Algunas personas tienen la suerte de encontrar a su alma gemela, la persona a la que uno está destinado, pero creo que son pocas. La mayoría tomamos una decisión y seguimos adelante. ¿Que si quiero a Dave? Claro. ¿Que si sería más feliz con otro hombre? —Se encogió de hombros—. Probablemente. Pero he elegido esto y me basta.

«Me basta.» Se había echado a temblar al escucharla, sabía que ella sentía lo mismo, pero se negaba a considerarlo siquiera. Se negaba a concluir que, aunque a Julia le bastara, a ella tal vez no.

El año pasado se topó con Julia en una librería. Era una de esas tardes grises y lluviosas típicas de Londres. Daisy estaba en casa de una amiga, Oliver se aburría en casa, y Holly todavía más. Oliver no sabía entretenerse solo, y ninguno de sus amigos estaba libre para jugar con él. La idea de dejarlo plantado delante de la tele durante dos horas más la hacía sentirse culpable. Así que lo metió en el coche y se fueron a Waterstone's. Cierto que Oliver era un poco mayor para el DVD de *Thomas y sus amigos*, pero Holly le había prometido una taza de chocolate en la cafetería y aguantó sentado en un rincón leyendo un libro de *La guerra de las Galaxias* mientras ella hacía cola con las otras madres que habían tenido la misma idea.

—¿Holly? —Era Julia. Se abrazaron, ambas se alegraban de verdad de volver a verse.

—¿Cómo estás? —Holly se apartó un poco para mirarla—. ¡Parece que estás genial! —Y era cierto. Julia tenía un aspecto magnífico. Holly la conoció ya embarazada, y durante los tres años posteriores al parto Julia fue incapaz de librarse de los kilos que había ganado a lo largo del embarazo, de modo que entraba en la calificación de «mujerona».

Sin embargo, estaba delgadísima. Como una gacela. Alta y esbelta, no quedaba nada de la antigua Julia. Hasta su rostro parecía distinto. ¿Eran imaginaciones suyas o... brillaba?

—Estoy genial. —Julia sonreía de oreja a oreja—. ¿Tienes tiempo para sentarte un rato? ¿Tomamos un café juntas?

—Dime, ¿cuál es tu secreto? —insistió Holly, pasmada por el cambio.

—Me estoy divorciando —contestó Julia.

Holly se quedó con la boca abierta.

—¿Qué? ¿Cómo? ¿Por qué?

—¡Ay, Dios! —Julia puso los ojos en blanco—. Era muy infeliz. Lo he sido durante mucho tiempo. No me malinterpretes, Dave no es mal tío, pero no es el hombre adecuado para mí y no deberíamos habernos casado. —Se encoge de hombros, como si estuviera acostumbrada a contar su historia. Como si estuviera acostumbrada a sentarse enfrente de otras mujeres que la interrogan en busca de respuestas para su propia infelicidad—. Ya de camino al altar sabía que estaba cometiendo un terrible error —confiesa—, pero no sabía cómo detenerlo todo. Así que me dejé llevar, inmersa en la emoción de la boda. Creí que podría conseguir que la cosa funcionara. Sabía que mi matrimonio tenía ciertas carencias, pero creí que lo que tenía me bastaba.

Holly tenía un montón de preguntas en la punta de la lengua. Y otras que ni siquiera se atrevía a pensar. Preguntas para las que ya sabía las respuestas porque había pasado por esas circunstancias, aunque deseara un desenlace diferente.

—Pero el divorcio no es... ¿horrible? Todo el mundo dice que es un proceso horrible y, mírate, tú estás increíble y hasta pareces... feliz.

—Es que soy feliz. —Julia se rió—. La gente me dice que siente lo de mi divorcio y yo les insisto en que no tienen por qué. Claro que hay otros que se atreven a decirme que no debería estar tan contenta, que debería darme un tiempo para lamentar la pérdida de mi matrimonio, que no saldré ilesa y que al final me arrepentiré.

—¿Y tú qué crees?

—Lo dudo. Sinceramente, lloré mucho por mi matrimonio mientras estuve casada. Lo único que he sentido desde que dejé a Dave ha sido alivio. Como es normal, tengo momentos de bajón, momentos en que me pregunto cómo voy a seguir adelante, pero me siento libre. Como si me hubiera descubierto a mí misma, como si volviera a ser fiel a mí misma.

En aquel momento Julia la miró con detenimiento y Holly se estremeció.

—¿Cómo estás tú? —le preguntó en voz baja—. ¿Y Marcus?

Holly alzó la vista, la miró a los ojos y meneó la cabeza.

—No puedo —susurró—. No puedo llegar hasta ese extremo, Julia. No estoy preparada. Cambiemos de tema. Cuéntame cómo está Félix. Debe de estar enorme. ¿Qué tal le va en el colegio?

Ahora cae en la cuenta de que no ha vuelto a verla desde aquel día. Se despidieron diciendo que quedarían para que los niños jugaran y para poder hablar un poco más, y Julia la llamó, pero Holly no fue capaz de devolverle la llamada. Le aterrorizaba la idea de volver a verla.

«Por eso se pierden amigas durante un divorcio», concluye. No porque, como siempre había pensado, se conviertan en una amenaza (una atractiva divorciada capaz de echarle el guante a los maridos de las amigas), sino porque un divorcio obliga a los de alrededor a replantearse su matrimonio. Y cada pareja es un mundo. Suponemos que nuestras amigas están felizmente casadas y que su matrimonio es indestructible, pero cuando oyen los motivos por los que te divorcias y las razones que te llevaron a darte cuenta de que tu vida no funcionaba, comprenden que su matrimonio no es indestructible. Y si puede pasarte a ti, también puede pasarles a ellas.

Es muchísimo más sencillo esconder la cabeza debajo del ala y fingir que todo va bien. Aunque todo se desmorone a tu alrededor.

«¿Y la pena?», se pregunta mientras agita el vodka en el vaso y se estremece, pues el frío empieza a filtrarse a través de su abrigo. ¿Lo lamentará? No lo cree. Está segura de que, como en el caso de Julia, ya se ha lamentado bastante durante el matrimonio. En cuanto a la soledad, es imposible que se sienta más sola de lo que se ha sentido a lo largo de los últimos años.

No va a salir ilesa, por supuesto que no, pero es absurdo negar que en el fondo se siente como Julia: aliviada.

Ahora ni siquiera Will le parece tan importante. Es como si, después de haber sucumbido a la atracción, su mente se hubiera aclarado y lo viera como realmente es, no como su salvador.

¿Y cómo es? Es guapísimo, estupendo, cariñoso, es el hermano de Tom. El hombre que le ha dado las fuerzas necesarias para dar el paso, comprende ahora Holly. Porque en plena obsesión no se paró a pensar en el miedo, no se dio cuenta de lo mucho que le asustaba la idea de vivir sola. De hecho, ni siquiera ha temido que Marcus la intimidara hasta hacerla ceder, como siempre había sucedido.

Marcus dejó de tener poder sobre ella porque Holly estaba tan distraída que no se lo había permitido. Y al romper el vínculo con el miedo, había sido capaz de desvincularse también de su matrimonio.

Pero ahora esa idea obsesiva de que Will podría ser el hombre adecuado para ella, de que ha salido adelante porque no dejaba de pensar en él, le parece irreal. Will ya está hablando de su próximo viaje. Se muere por sentir el sol, pisar las playas de Tailandia y fumarse unos canutos al atardecer.

Un mundo que ella dejó atrás hace mucho tiempo, un mundo al que no quiere volver, ni siquiera un momento. Por mucho que le tiente fingir haber vuelto a la adolescencia, la verdad es que tiene dos hijos, es una adulta. En su mundo no hay sitio para las playas de Tailandia ni para canutos al atardecer.

Suspira y apura el vodka, luego se pone en pie y vuelve a la casa para comprobar cómo va la cena.

—¿Os ayudo? —Saffron entra en la cocina, se apoya en el hombro de Olivia y alarga el brazo para robar una zanahoria.

—¿Estás...? —Olivia se da la vuelta y la mira, tras lo cual mira aterrada a Anna y a Holly.

—¡Dios! —Holly menea la cabeza—. Estás borracha, ¿no es verdad?

—¡Qué va! —protesta Saffron.

Y de no ser por el ligero traspié que da al sentarse y por su mirada, un poco desenfocada, nadie lo habría notado.

—¿Cómo que no? —exclama Holly—. ¿Dónde lo has conseguido? ¿Cuánto has bebido?

Saffron suspira y apoya la cabeza en los brazos.

—No mucho —murmura sin cambiar de postura—. Solo un poquito.

—Ya voy yo —se ofrece Olivia, que se marcha para buscar la botella.

Cuando vuelve, minutos después, trae una botella de vodka casi vacía.

—Pero si el vodka está aquí —dice Holly con el ceño fruncido, y abre el armario para demostrarlo.

Efectivamente, ahí está, la botella de vodka que Will y Holly compraron en el pueblo.

Olivia suelta un gemido.

—Madre mía... —dice—. Pero mira que es pillina... Me estoy acordando de cuando dijo que se había dejado el monedero en la tienda de regalos y entró corriendo a por él mientras nosotros nos metíamos en el coche. Debió de...

—No seas aguafiestas —masculla Saffron—. Sí, así fue como conseguí el vodka. ¿Y qué? Mañana por la mañana volveré a estar sobria. Al menos dejadme que disfrute esta noche.

—No sé qué hacer —confiesa Anna, derrotada; mira a Holly y a Olivia con expresión implorante—. Esto me supera.

—A mí también —dicen ambas a la vez.

—¡Bravo! —Saffron se ríe y se levanta para servirse una copa de vino—. De perdidos al río. ¡Salud! —Y, ajena a las miradas de preocupación de quienes la rodean, le da un buen sorbo—. Venga ya, relajaos. —Deja la copa en la mesa y se ríe—. Por lo menos soy una borracha graciosa. Deberíais sacarme partido mientras dure.

Es cierto. Saffron es muy graciosa cuando está borracha. Sigue siendo el centro de atención, tal vez incluso más. Es la única que recuerda todas las anécdotas divertidas del colegio y la que les ayuda a recordar cosas que llevaban años olvidadas.

—¿Quién viene? —pregunta Anna con el ceño fruncido cuando las luces de un coche iluminan la cocina a través de la ventana—. Ah, Marcus... Se me había olvidado.

—¡Marcus, si es mi fan número uno! —Saffron sonríe—. Ya voy yo.

Y antes de que puedan detenerla, se levanta y va a abrirle la puerta.

Al poco, Saffon reaparece en la cocina.

—¿Sabéis qué? Se queda a tomar una copa.

Con el alma en los pies, Holly lleva a los niños a la cama y se pregunta si puede quedarse en la habitación hasta que Marcus se vaya; no tiene ningunas ganas de verlo y está furiosa con Saffron por haberlo invitado.

¿En qué coño estaba pensando?

Salta a la vista que Marcus está muy incómodo. Ha aceptado quedarse a tomar una copa porque quiere ver a Holly. Está convencido de que si le da una oportunidad, podrá demostrarle lo mucho que la quiere, lo mucho que ella lo necesita. No está dispuesto a aceptar que todo ha acabado. Sí, la amenazó, pero no lo dijo en serio, en ningún momento se le pasó por la cabeza que ese problemilla pudiera acabar en un divorcio.

Pero tendría que haberlo visto venir. Sabe perfectamente cómo son estas cosas y conoce todos los trucos. No va a permitir que su matrimonio acabe así. No va a permitir que Holly lo tire todo por la borda.

Por eso está ahí aunque se sienta incómodo. Está ahí con Holly, y si consigue quedarse un tiempo a solas con ella, en plan tranquilo, y logra que beba un par de copas de vino, la hará entrar en razón. Ganará.

No le cabe la menor duda de que ganará.

Pero esta no es la Holly que él conoce. Esta no es la Holly relajada y sumisa. Una Holly a la que siempre ha logrado controlar. Esta Holly es nerviosa e intransigente. Esta Holly se muestra intratable y no le deja espacio para maniobrar, de modo que se sienta y la mira con ojos de cordero degollado desde el otro extremo de la mesa mientras desea que vuelva a ser la Holly de siempre, que todo vuelva a la normalidad.

—¿Más vino? —Paul le pasa la botella a Holly, y Marcus está a punto de intervenir, como siempre. «Creo que ya ha bebido suficiente», está a punto de decir, pero ella no lo mira en busca de su aprobación como de costumbre, de modo que acaba mordiéndose la lengua y observa con silenciosa reprobación cómo se sirve otra copa.

Sabe que está bebiendo para relajarse. ¡Bien! Tal vez eso juegue a su favor. Tal vez se muestre más tratable conforme vaya bebiendo. ¿Quién sabe? Tal vez el lado izquierdo de la cama que ocupa en Le Manoir no esté desocupado esa noche. Tal vez logre regresar al lugar al que pertenece: a la cama de Holly, a su lado.

—Marcus... —Paul está desesperado por aliviar la tensión—, ¿cómo es el hotel? Me han dicho que estás en Le Manoir. Dicen que es impresionante.

—Es muy bonito —contesta, por fin en aguas conocidas—. Los hoteles nuevos me desquician un poco. Sinceramente, a no ser que sea un Four Seasons, nunca sabes lo que vas a encontrarte. Esta mañana felicité a Raymond por el estupendo trabajo que ha hecho.

Anna intercambia una mirada con Olivia y enseguida baja la vista al tiempo que contiene una sonrisa.

—¿Quién es Raymond? —pregunta Olivia.

—Raymond Blanc —contesta Marcus—. El dueño y el chef.

—Debe de estar contentísimo por tenerte en su establecimiento —comenta Will.

Holly lo mira sorprendida. ¿Está bromeando? ¿Lo ha dicho en serio? ¿Estallará Marcus?

Marcus se toma el comentario al pie de la letra, sin segundas.

—Creo que estaría contentísimo con cualquiera —replica—. En esta época del año no hay mucho movimiento.

—Os conocéis de Londres, ¿no? —insiste Will.

—Bueno —Marcus se remueve en la silla—, tenemos algunos conocidos comunes, hemos asistido a las mismas fiestas y eso.

—¿A quiénes te refieres? —pregunta Holly, poco dispuesta a seguirle más el pretencioso juego.

—A Sally y a Greg, trabajan en mi oficina. Creo que no los conoces. Son grandes amigos de Raymond, vienen mucho por aquí.

Holly mira a Will y él le guiña un ojo. Ella sonríe y baja la mirada.

—Marcus... —Saffron arrastra la silla hasta ponerse a su lado y le regala su sonrisa más letal—. En mi próxima película voy a interpretar a una abogada. Cuéntame cuáles son tus mejores trucos para ganar clientela.

Marcus está en su salsa. Tiene a una actriz guapa y famosa sentada a su lado, pendiente de cada una de sus palabras y tratándolo como si fuera el hombre más importante del mundo, como si sus palabras fueran la palabra de Dios, así que se olvida de que solo es un hombre a punto de perder su vida. En ese momento no es Marcus Carter, un padre divorciado en potencia. Es Marcus Carter, abogado de renombre, omnipotente y omnisciente. Dueño de su universo.

—Oh, claro, esto debe de ser muy aburrido para vosotros —dice Saffron, que los mira al cabo de unos minutos—. Marcus, estoy deseando saber más. Vamos a sentarnos en la cocina.

Y un hipnotizado Marcus la sigue a la cocina.

—Mierda —dice Olivia—. Se ha llevado una botella de vino. ¿Os habéis dado cuenta?

—No podemos hacer nada —dice Paul—. Si decide beber, no podremos detenerla.

—Pero ¿cómo hemos traído alcohol teniendo con nosotros a una alcohólica en recaída? —protesta Holly—. ¿Cómo fuimos tan tontos de creerla cuando nos dijo que no volvería a beber?

—Sobre todo yo —señala Olivia—. Yo fui la que la convenció la otra noche de que no bebiera, y creí que..., bueno supuse que le resultaría cada día más fácil. No pensé que fuera a pillarse un colocón tan pronto.

—Pues lleva uno bueno, sí —replica Paul—. Creí que iba a caerse redonda hace un rato, pero se ve que se ha espabilado un poco. La verdad es que asusta lo normal que parece. Lleva toda la noche dándole a la botella y parece sobria.

—No lo está —asegura Olivia—. Créeme.

—¿Creéis que debería entrar y llevarme el vino? —pregunta Anna—. Por mucho que digáis que no podemos hacer nada, no me parece bien dejar que siga bebiendo.

Holly suspira.

—No te preocupes. Iré yo. Y de paso intentaré que Marcus se largue. ¡Por Dios! No sé qué pinta aquí. ¿Por qué no se larga? ¿Por qué Saffron lo ha invitado a quedarse? —Aparta la silla al levantarse y, meneando la cabeza, entra en la cocina.

Lo que ve le resulta casi increíble. Saffron está sentada en el regazo de su marido, le rodea el cuello con los brazos y lo besa con pasión. Entretanto, las manos de Marcus le acarician la espalda y de no ser por el audible jadeo de Holly, habrían seguido así.

—¡Dios! —gime Marcus al mismo tiempo que se pone en pie y se quita de encima a Saffron, que aterriza desmadejada en el suelo.

—¿Qué coño es esto? —exclama Holly sin dirigirse a nadie en particular—. Lárgate —dice con voz gélida.

—No es lo que... no lo entiendes. No era... —Marcus es incapaz de encontrar las palabras.

—¡Fuera! —Holly está que echa humo por las orejas mientras señala la puerta con un dedo. Marcus ya no le da miedo—. Vete. Ahora mismo.

Los demás entran, ajenos a lo que ha pasado y conscientes tan solo de la ira palpable en la voz de Holly y de que Marcus se ha ido. Recogen a Saffron del suelo y la llevan arriba (en su estado lo único que puede hacer es meterse en la cama), y Will se sienta con Holly. Una Holly cabreada, alucinada y asqueada.

—¿Cómo ha podido hacerlo? —pregunta una y otra vez, más molesta con la traición que con lo que ha ocurrido realmente. No ha sufrido ni la menor punzada de celos, pero sí se ha sentido confusa y traicionada—. ¿Cómo ha podido hacer eso tan pronto? Qué coño, ¿cómo ha podido hacerlo Saffron? ¿En qué estaba pensando?

—Holly —Will le coge las manos con delicadeza al cabo de un rato—, Saffron estaba borracha. Posiblemente no supiera ni lo que estaba haciendo. En cuanto a él..., recuerda dónde estabas anoche, piensa en cómo puede suceder algo así.

—¡Eso es distinto! —estalla Holly.

—¿En qué sentido? —le pregunta en voz baja—. ¿Porque somos amigos? ¿Porque soy el hermano de Tom? ¿Por qué es distinto que Marcus bese a Saffron a que tú me beses a mí? ¡Ay, Holly! —Suspira, la mira fijamente y con tristeza mientras menea la cabeza—. Me parece que no estás preparada para esto. Todavía no sabes lo que quieres, ¿verdad?

Cuando lo mira a los ojos, es consciente de que Will tiene razón. No está preparada para esto. Pero «esto» no es a lo que Will se refiere. No tiene que ver con dejar a Marcus.

No está preparada para mantener una relación. No está preparada para Will. Ni para nadie.

Está furiosa, pero no con Marcus sino con Saffron. Porque se supone que es su amiga y que no tenía ningún motivo para seducirlo. Y no se traga el cuento de la borrachera. Lo que Saffron ha hecho demuestra que su amistad es un castillo de naipes. Es una amistad basada en una historia compartida, en el pasado, no en el presente.

Suspira y mira a Will, consciente de que ha llegado el momento de marcharse; de dejar esa casa y de poner en marcha la que será su nueva vida.

Anna, arriba, saca con cuidado el móvil de Saffron de su bolso, baja la escalera de puntillas, sale de la casa y no se detiene hasta que llega al final del camino. Una vez allí, empieza a pulsar botones, entra en la agenda y recorre los nombres hasta que lo encuentra. Pi.

La llamada es atendida al primer tono.

—¿Pearce? Siento mucho molestarte. Soy Anna Johanssen, una amiga de Saffron. No te llamaría si no fuera urgente: ha vuelto a beber. Muchísimo. Y no sabemos qué hacer. Necesitamos tu ayuda. No sabía a quién más podía llamar.

—Dame tu número, Anna —le dice esa voz que conoce tan bien. La voz de uno de los hombres más famosos del mundo—. Te llamo dentro de veinte minutos.

Anna corta la llamada y vuelve a la casa, con los demás. No sabe si ha hecho lo correcto, pero no tenía otra opción. La situación se les ha escapado de las manos, y llamar a Pearce parece la única salida.

Holly sube la escalera despacio, arrastrando los pies y el alma. Su vida ha dado un cambio radical y es terrible sentirse tan vulnerable, no saber cómo va a acabar todo, no saber siquiera quiénes son sus amigos.

Echa un vistazo a los niños, se desviste, apaga la luz y se mete en la cama, aliviada. Está deseando quedarse dormida para olvidarlo todo al menos durante un rato. Pero alguien abre la puerta.

—No puedo, Will —susurra, irritada porque después de la

conversación que han mantenido siga creyendo que va a meterse en la cama con él—. Lo siento, pero no puedo.

—No soy Will —dice Saffron arrastrando las palabras. Se acerca a la cama, y medio se sienta medio se cae en los almohadones.

Holly suelta un gruñido. Saffron es la última persona a la que quiere ver.

—Vete a la cama, Saffron. —Suspira—. Por favor. Vete. No tengo nada que decirte.

—¡Holly! —exclama Saffron con un puchero, todavía borracha como una cuba—. Cariño, ¿no te das cuenta? Lo he hecho a propósito. Ahora ese desagradable creído que tienes por marido no podrá acusarte de nada. ¡Lo has pillado besando a otra! ¿Cómo vas a volver a confiar en él? Te recrimine lo que te recrimine, tú lo pillaste con otra. ¿Qué crees que va a pensar el juez?

—¿Qué? —Holly se sienta y enciende la luz. En el rostro de Saffron hay una sonrisa ebria y deslumbrante—. ¿Quieres decir que lo has hecho por mí?

—¡Claro! —Saffron suelta una risilla tonta—. No pensarás que me gusta, ¿verdad? ¡Puaj! —Y hace como que vomita sobre el edredón mientras Holly se queda boquiabierta.

—Estás loca —dice—. No puedo creer que lo hayas seducido.

—¡Sí! —Saffron sonríe de nuevo, encantada—. He conocido a otros hombres como Marcus, y sé que habría acabado usándote de felpudo. Ya no podrá hacerlo. Sé que solo ha sido un beso, pero ¿puedes estar segura de que no lo había hecho antes? ¿Cómo vas a seguir casada con un tío que es capaz de hacer algo así?

—Pero, Saffron, si vamos a juicio, tu nombre saldrá a relucir.

—¡Como si mi reputación pudiera empeorar! A la mierda. —Saff alza los brazos y los agita—. Si crees todo lo que dicen los periódicos, soy Escarlata Saffron, superzorra y destrozamatrimonios.

—Eres increíble. —Holly menea la cabeza, incapaz de contener la sonrisa—. Incluso estando como una cuba, eres... No sé si darte las gracias o negarte la palabra para siempre.

—Confía en mí. —Saffron se deja abrazar—. Tenía que pillar un buen colocón para hacer lo que he hecho. —Se ríe, sabe que será perdonada; se acurruca junto a Holly y entra en un profundo y etílico sueño.

29

Holly sale de casa temprano, no quiere hablar con nadie esta mañana. Marcus no va a recoger a los niños, según él por una urgencia en el trabajo, así que los lleva a las caballerizas que están cerca del granero y pasa una hora con ellos, fingiendo que todo es normal, fingiendo que es feliz, mientras les dan Chimos de menta a los ponis y dejan que los animales husmeen en sus bolsillos.

No quiere ver a nadie. Ni a Will, ni a Saffron. Lo que realmente quiere es volver a la cama, enterrar la cabeza bajo las mantas y no volver a salir hasta que recuerde lo que es sentirse normal.

Se da cuenta de que ha sido una idiota al creer que, como Julia, había llorado bastante durante su matrimonio. Qué pánfila ha sido al pensar que lo más difícil había pasado, que de ahora en adelante todo sería de color rosa.

—Mamá... —le dice Oliver de camino a la casa, después de detenerse en la panadería para comprar rollitos de canela y chocolate caliente.

Si por ella fuera, se habría marchado esa misma mañana, porque sabe que ya es hora de volver a Londres. Sin embargo, Olivia tiene que volver con ella y sus náuseas matinales suelen mejorar un poco a mediodía, de ahí la espera.

—¿Qué, cariño?

—¿Papá y tú os vais a divorciar?

Holly da un respingo.

—¿Qué quieres decir, cariño? ¿Por qué lo preguntas?

—Es que hay una niña en mi clase, Jessica, que sus padres se han divorciado. Y si estamos aquí contigo y papá no está, pensaba que a lo mejor os vais a divorciar.

Se pone en cuclillas para estar a la misma altura que él.

—Oliver, ¿te ha dicho algo papá?

El niño se encoge de hombros y aparta la mirada.

—Oliver, no pasa nada. Puedes decirme cualquier cosa. —Intenta que el enfado no se le note en la voz.

—Bueno... papá nos dijo que quería estar aquí con nosotros pero que tú no lo dejabas y que depende de ti que volvamos a casa. ¿Es eso, mamá? ¿Dejarás que papá se quede?

Se endereza e intenta respirar hondo. No esperaba que Marcus fuera tan irresponsable. Había supuesto que ambos intentarían proteger a los niños, que ellos serían la prioridad y que no los involucrarían en el jueguecito de «papá ha dicho», «mamá ha dicho». Qué equivocada estaba.

«Cabrón. Hijo de puta.»

—Oliver —vuelve a ponerse en cuclillas para mirarlo a los ojos—, a veces las mamás y los papás necesitan pasar un tiempo separados. Como cuando tú te peleas con Jonny y decidís que no vais a hablaros más, pero después de unos días volvéis a ser amigos. —Oliver asiente con la cabeza—. Pues eso es lo que nos pasa a papá y a mí. Nos hemos tomado unas vacaciones. Y papá podría haberse quedado con nosotros, pero le ha surgido una cosa en el trabajo y ha tenido que marcharse. Lo más importante es que papá y yo os queremos mucho y que si no está con nosotros no es por algo que hayáis hecho ni Daisy ni tú, ¿vale?

Oliver asiente, no lo ha entendido del todo, pero está deseando cambiar de tema.

—Muy bien, cariño. Te quiero.

—Yo también te quiero, mami. —Y su voz queda sofocada cuando Holly lo abraza con fuerza, aunque enseguida abre los brazos para incluir también a Daisy.

—Creo que deberíamos volver —dice, sin saber lo que les espera pero segura de que ha llegado la hora.

Su móvil suena de camino a casa. Es Marcus.

—¿Sí? —Su voz está tirante.

—Holly. Necesito explicarme. Anoche yo no hice nada. Saffron se me echó encima y empezó a besarme. No tiene nada que ver con...

—¿Crees que me lo voy a tragar? —masculla en voz baja para que los niños no la oigan. Intenta parecer enfadada, molesta. Intenta no sonreír porque recuerda las palabras de Saffron y sabe que eso le da ventaja—. ¿Crees que no vi cómo la abrazabas? ¿Cuántas veces habías hecho eso mismo antes? ¿Cuántas mujeres ha habido?

—Ninguna —Marcus casi grita—. Te lo juro.

—Vale. Y yo voy y me lo creo. Otra cosa, Marcus, no te atrevas a decirles a los niños que yo tengo la culpa de todo. Ni se te ocurra después de esto. No voy a decir una palabra en tu contra, ni siquiera después de lo de anoche, y espero que tú hagas lo mismo. Voy a colgar. No quiero volver a hablar contigo. —Y suelta el teléfono justo al llegar al camino de acceso a la casa.

La casa parece vacía cuando entran. Will es el único que está abajo, y en ese momento no le apetece verlo. Se siente culpable, avergonzada y también un poco estúpida por haber creído que él la rescataría, que era su alma gemela, cuando estaba clarísimo que no era así.

Ya no sabe qué decirle. Después de todos esos meses compartiendo confidencias y pequeños detalles de su vida, no sabe cómo actuar ni cómo fingir que todo es normal cuando nada es normal.

Nada en su vida es como antes. Nada es como era. Se da cuenta de que es como tener un accidente. Todo iba genial y de repente descubres que te has cortado la mano con la trituradora y te parece ridículo ver la cantidad de sangre que te sale por la muñeca cuando un segundo antes todo era normal.

Es cierto que la vida puede cambiar en un segundo, concluye. Tom era Tom, un hombre casado, un padre, un amigo... y de repente desapareció. Sarah pensaba que tenía claro el camino que iba a seguir su vida y ahora su vida va por unos derroteros muy diferentes.

Y ella, Holly, que se ha definido durante todos estos años primero como esposa y luego como madre, se da cuenta de que ya no es esposa y que debe reemplazar eso con algo. Y ser novia, novia de Will, no es la elección correcta.

Sabe que hasta cierto punto debe confiar en que todo va a salir bien. Esa misma mañana ha llegado a la conclusión de que, a pesar de todo, no cambiaría nada de su pasado. Al fin y al cabo, tiene dos hijos preciosos, y los catorce años de matrimonio la han dejado en el punto donde está en este momento, la han obligado a admitir que tiene deseos y necesidades y que no va a seguir varada en una situación que no los satisface.

La gente puede cambiar. Eso lo sabe. Pero aunque Marcus cambiara, le daría igual. Aunque le concedieran el don de la humildad, aunque de repente comenzara a actuar como un marido atento, cariñoso y locamente enamorado, le daría igual porque no lo quiere. Nunca lo ha querido.

—¿Dónde están los demás? —pregunta Holly al ver que Will está solo en la cocina.

Will deja las herramientas y se acerca para ayudarla a quitarles los abrigos a los niños.

—Es Olivia —contesta en voz baja—. Sangraba. Se la han llevado al hospital.

Holly toma una honda bocanada de aire.

—¡Dios mío, el bebé! ¿Va a perderlo?

—No lo sé. También tenía calambres, así que la metieron en el coche y se la llevaron al Royal Hospital de Gloucestershire. Paul ha quedado en que llamará cuando sepan algo.

—¿Cuándo se fueron?

—Hace una hora más o menos.

Olivia está asustada. No le gustan los hospitales, nunca le han gustado, y le encantaría retroceder en el tiempo y volver al día anterior, cuando todo iba bien. Salvo que no iba bien. Ayer estaba embarazada y hasta esta misma mañana, cuando fue al baño y descubrió que tenía sangre en las bragas, deseaba retroceder en el tiempo hasta la época en la que no estaba embarazada; cuando el embarazo era algo en lo que ni siquiera pensaba.

Anna está sentada en una silla en un rincón de la habitación. Paul y Saffron están fuera, en la sala de espera, mientras la radióloga le extiende una capa de gel helado en la barriga.

—Lo siento —le dice la mujer—. Sé que está frío, pero no tardaremos mucho.

El monitor la deja hipnotizada. Para verlo tiene que girar la cabeza en un ángulo muy incómodo, pero de todas formas clava los ojos en él; quiere ver. Quiere no ver nada. «Esto es una bendición —se repite una y otra vez—. Es una bendición aunque no lo parezca. No quiero tener este bebé.»

Mira de reojo a Anna, que parece mucho más asustada que ella. «Así estaba escrito que sucedieran las cosas —piensa—. Ahora no tendré que tomar una decisión. Es la forma que tiene Dios de tomar la decisión por mí.»

El silencio se apodera de la habitación mientras un triángulo grisáceo aparece en el monitor. En el centro hay algo que palpita, y Olivia entrecierra los ojos para verlo mejor.

—¿Qué ve? —pregunta tras varios minutos de silencio mientras la radióloga maneja el ecógrafo y teclea varios números que aparecen en el monitor—. ¿Está muerto? —susurra.

—Yo diría que está vivito y coleando —contesta la médica—. Mire, ¿lo ve? —Mueve la sonda sobre su abdomen y Anna y ella jadean a la vez porque lo que están viendo con total claridad, las piernas encogidas, los brazos extendidos, es un bebé—. Es de los que se chupan el dedo —añade la radióloga al ver que el bebé alza una mano y se la lleva a la boca.

—Es un bebé —susurra Olivia y rompe a llorar.

—¿Y la hemorragia? ¿Y los calambres? ¿A qué se debían? —Paul mira a Olivia. Al verla entrar en la sala de espera con esa sonrisa en el rostro Paul creyó que había perdido al bebé y que estaba contentísima.

—Tengo un hematoma subcoriónico. Un acúmulo de sangre entre la placenta y la pared del útero. Me han dicho que por el tamaño que tiene no creen que sea peligroso, pero que debo hacerme más ecografías de control.

—¿Vas a tenerlo? —Saffron es la única que se atreve a preguntarlo.

—Ya no puedo hacer otra cosa. —Se le llenan los ojos de lágrimas—. A ver, no sé si voy a darlo en adopción, si voy a dároslo a vosotros. —Se vuelve hacia Paul y Anna mientras las lágrimas se deslizan por sus mejillas—. Lo siento mucho. Sé que queréis que tome una decisión, pero no puedo. Todavía no puedo. Lo único que sé es que no puedo abortar. Ya no.

Paul mira a Anna y después vuelve a mirar a Olivia.

—Lo entendemos —afirma al tiempo que se acerca a Anna y le pasa un brazo por los hombros—. Es tu hijo y tu decisión. Pero que sepas que, si te decides por esa opción, nosotros siempre estaremos aquí.

—¿Qué coño pasa? —Están a punto de entrar en el camino de acceso a la casa cuando ven un montón de coches aparcados, gente corriendo de un lado para otro, y escaleras desplegadas por todas partes.

—¡Mierda! —susurra Saffron al tiempo que alguien se vuelve, señala el coche y grita—. Me han encontrado.

—¡Saffron! ¡Saffron! —Decenas de paparazzi se agrupan en torno al coche y los flashes inundan el interior mientras ella agacha la cabeza.

—¿Qué coño hago? —El pánico ha dejado paralizado a Paul y no sabe si dar marcha atrás o seguir adelante. Haga lo que haga, está convencido de que atropellará al menos a seis personas.

—Será mejor que entremos —contesta Saffron—. Total, no van a marcharse. Supongo que era demasiado bueno para que durase.

—¡Olivia! ¿Estás bien?

En cuanto entran, cierran la puerta en las narices de lo que parece una manada de lobos, Holly le da un abrazo enorme a Olivia y Will explica que ha tapado las ventanas con sábanas, que su móvil tiene cobertura y que la policía está de camino.

La expresión de Paul es sombría mientras los guía a todos hasta la cocina, luego va a la puerta principal, la abre de par en par y espera hasta que los fotógrafos dejan de llamar a Saffron a gritos y le permiten hablar.

—Esto es una propiedad privada —dice con voz tranquila—. La policía está de camino; les aconsejo que salgan de mi propiedad inmediatamente o los denunciaré por allanamiento de morada.

—¿Dónde está? —grita alguien.

—¡Solo queremos una foto! —dice otro.

—¡Una declaración breve! —añade un tercero.

—Tienen dos minutos para salir de mi propiedad —repite Paul y los paparazzi se alejan hasta el camino llevándose sus equipos entre insultos y quejas.

—¿Servirá de algo? —pregunta Olivia.

—Pues no —contesta Saffron—. Tienen cámaras con zoom de largo alcance. Lo mejor es lo que ha hecho Will, tapar las ventanas.

—Es como una película —comenta Olivia—. Estamos encerrados como prisioneros dentro de la casa.

—Saff —dice Holly en voz baja, tomándola de la mano y apartándola un poco—. Hay alguien arriba que quiere verte.

—¿Qué? ¿Quién? —pregunta con evidente recelo.

—Sube —insiste Holly—. A tu habitación.

Saffron sube la escalera sin dejar de lanzar miradas curiosas a los demás, que se encogen de hombros. Cuando desaparece, Olivia mira a Holly y alza una ceja.

—¿Quién es?

Holly sonríe. Estaba sentada a la mesa con Will, compartiendo sus miedos por Olivia, cuando oyeron la llegada de los primeros coches. Al mirar por la ventana, el alboroto la dejó alucinada. Alucinada, no sorprendida. En parte había esperado algo así. Y entonces oyó una tremenda algarabía, vio entrar un Jaguar negro con los cristales tintados y vio que bajaba de él Pearce Webster, que echó a andar con paso firme y seguro hacia la puerta, haciendo oídos sordos de la algarabía que su llegada había provocado.

—Mierda —susurró al tiempo que Will la miraba con expresión interrogante.

—¡Mamá! —gritó Oliver—. Has dicho una palabrota.

—Mira —le dijo a Will, tirando de él para que mirara por la ventana.

Cuando vio lo que pasaba, Will corrió hacia la puerta, la abrió, tiró de Pearce y cerró la puerta en las narices de los fotógrafos.

—Soy Will. —Le tendió la mano mientras Holly temblaba en un rincón. No había estado tan cerca de un famoso en la vida y, aunque intentaba verlo como el novio de Saffron, o el amante, el hecho era que había visto todas sus películas y había leído todos los cotilleos que habían publicado sobre él... ¡y lo tenía delante! ¡A dos pasos!

—Y yo soy Pearce. Me alegro de conocerte —dice mientras le estrecha la mano. Luego se vuelve hacia Holly.

—Hola. —Se pone como un tomate, como si fuera idiota—. Soy Holly. Estos son mis hijos, Daisy y Oliver.

Pearce parecía tan... normal. De no saber que es él, no lo imaginarías. Entró en la cocina y se sentó mientras ella preparaba el té. Hizo unas cuantas preguntas sobre la casa, sobre ellos y, por último, sobre Saffron.

—No está bien —dijo Holly—. A ver, su aspecto es magnífico, evidentemente. Estamos hablando de Saffron. Pero bebe.

—¿Sin control?

—Hasta que se pone como una cuba —respondió.

Pearce meneó la cabeza, perdido en sus pensamientos.

—¿Sabes si ha llamado a su madrina? —preguntó.

—No lo sé —contestó Holly—. Lo único que sé es que estamos perdidos. No sabemos cómo ayudarla.

—Tranquila —dijo Pearce—. No tenéis por qué. Para eso estoy aquí.

Saffron no dice nada. Entra en la habitación en penumbra y ve a Pearce sentado en la cama, aunque se pone en pie de inmediato y ella se lanza a sus brazos.

Así se quedan un buen rato, abrazándose con fuerza mientras los gritos de los fotógrafos se desvanecen. Nada más les importa a esas dos personas encerradas en esa habitación en penumbra.

—Tú sí que tienes amigos —susurra Pearce, que la besa en el pelo, en las mejillas, en la nariz y en la boca—. Están preocupados por ti. Me llamaron.

—¡Estás aquí! —Se limpia las lágrimas de las mejillas y se aparta un poco para mirarlo—. Es increíble. ¡Dios! La prensa. Se enterará todo el mundo.

Pearce se encoge de hombros.

—Ya lo saben. Me pillaron en la autopista y me hicieron fotos entrando en la casa. Que les den.

—¿Y qué pasa con Marjie?

—Tenía que venir —contesta—. Fue horrible enterarme de que tenías problemas. Ya lo solucionaremos.

—Día a día, ¿verdad? —Lo mira con una sonrisa.

—Exacto. —La abraza de nuevo, maravillado al comprobar lo bien que su cabeza encaja justo debajo de su barbilla—. Día a día. Tengo el Libro Grande abajo. ¿Te gustaría celebrar una reunión? ¿Ahora? ¿Conmigo?

Saffron alza la vista y siente, por primera vez desde hace días, que puede respirar, que todo saldrá bien.

—Sí. —Suelta el aire con fuerza—. Es justo lo que necesito.

30

Los primeros copos no tardan en caer, flotan suavemente sobre el paisaje de Connecticut y giran en torno a los árboles hasta posarse en la hierba. A medida que aumenta su tamaño, caen más rápido, ya no flotan ni giran, ahora van directamente al suelo, cubren de blanco los árboles y los graneros o se posan en la lengua de los alegres niños a los que, abrigados con gruesos anoraks, han enviado a jugar afuera durante la primera nevada de la temporada.

Se advierte a los ciudadanos que eviten coger el coche. Que esta tormenta de marzo va a ser de las fuertes. Y se recomienda no salir de casa a menos que sea una emergencia.

Sin embargo, hay unos cuantos conductores que no han hecho caso de las advertencias. Los coches avanzan muy despacio y con cuidado por la autovía, camino del hotel Mayflower Inn, donde se celebra una fiesta de cumpleaños. Algunos llegan de Nueva York por Sawmill Parkway. Otros vienen del aeropuerto JFK procedentes de Los Ángeles, de Gloucestershire y de Londres.

La cita es en Washington, Connecticut, para la fiesta de cumpleaños de Saffron. Su cuarenta cumpleaños. A algunos lleva años sin verlos. A otros, meses. Y a unos pocos los vio por última vez en un granero en proceso de remodelación perdido en el corazón de Gloucestershire.

—¡Holly! —chilla Saffron cuando sale del bar y ve a sus amigos en el vestíbulo. Corre hacia ellos, abraza a Holly, se aparta un poco y la mira de arriba abajo—. ¡Me alegro de verte! —La vuelve a abrazar—. Me alegro tanto de que estéis todos aquí... —Se aparta, abraza a los demás y acaba volviéndose un poco para enjugarse las lágrimas.

—Es increíble que estemos aquí —dice Anna mientras contempla la lujosa escalinata que tienen detrás, la desgastada alfombra persa que cubre el suelo y la suntuosa elegancia que los rodea—. Es increíble que nos enviaras los billetes de avión para que viniéramos a tu cumpleaños. —Se vuelve hacia ella—. Que fletaras un avión... Este lugar es magnífico, y yo...

—Se siente culpable —dice Paul con una sonrisa—. No le parece bien que corras con todos los gastos. Creo que quiere pagar la habitación.

—Cariño —Saffron se cuelga del brazo de Anna y echa a andar hacia una salita de estar con un alegre fuego en la chimenea y estanterías llenas de libros—, entre Pearce y yo ganamos una millonada, y la verdad es que me encanta gastarme el dinero reuniendo a mis amigos para celebrar mi treinta y siete cumpleaños.

—¿No son cuarenta? —pregunta Anna, confundida—. Creía que en el colegio ibais al mismo curso...

—Calla. —Se lleva un dedo a los labios—. Para toda esta gente tengo treinta y siete. Los cumpleaños en Hollywood siempre tienen algún año menos.

—¿Toda esta gente? —Holly alza una ceja—. ¿No estamos solo nosotros?

—¡Claro que no! —exclama Saffron—. Están todas las personas a las que queremos. Amigos íntimos y familia. Hemos traído a gente de Inglaterra y de Los Ángeles. Incluso a una pareja de Australia.

—Parece que las cosas entre tú y Pearce van de maravilla... —comenta Anna con una sonrisa—. No dejo de pensar en la que se armó cuando la noticia saltó a la prensa y te refugiaste en nuestra casa del campo. No esperabas... bueno, que acabara así, ¿verdad?

Saffron se echa a reír.

—No esperaba nada. Estaba demasiado borracha. No, no esperaba que dejara a Marjie. Y aunque lo hubiera hecho, no esperaba que acabáramos juntos.

—Pareces muy feliz. —Holly la mira y suspira cuando ve que se le llenan los ojos de lágrimas.

—Vale. —Saffron se inclina hacia ellos y susurra—: Se supone que no íbamos a decir nada hasta esta noche, pero no estáis aquí por mi cumpleaños...

Anna da un chillido porque adivina lo que va a decir.

—¡Vamos a casarnos!

Se alza un coro de gritos entusiasmados seguidos de un montón de abrazos que se interrumpen al escuchar unos pasos y el llanto de un bebé.

—¡Ese es Tommy! —Anna sale al vestíbulo a toda prisa para cogerlo en brazos justo cuando Olivia aparece por la puerta.

—Lo siento —se disculpa la recién llegada—. Está muerto de sueño, pero no hay quien lo duerma.

—¿Quieres que me lo lleve a dar un paseo? —pregunta Anna mientras se lo pone en la cadera para mecerlo, ganándose así un par de carcajadas de Tommy.

—¿No te importa? —Olivia, agotada y agradecida, se deja caer en el sofá y coge una taza de té de la bandeja que acerca una sonriente camarera—. Esto parece el palacio de Buckingham. —Mira alrededor con los ojos como platos mientras la camarera se aleja.

—¡Lo sé! —exclama Saffron con una sonrisa—. Y es todo nuestro durante el fin de semana. Ahora que estáis aquí, tengo algunas noticias... —Y en un abrir y cerrar de ojos lo único que se oye en la estancia es la incesante charla de un grupo de viejos amigos poniéndose al corriente de todo con pelos y señales.

Es un camino que Saffron nunca creyó que iba a tomar. Aquellos días en los que se derrumbó, en los que tocó fondo pese al juramento de que jamás volvería a caer tan bajo, parecen muy lejanos. Noches de alcohol y borrachera, días de vómitos, Pearce a su lado, cogiéndole la mano y prometiéndole que jamás la dejaría.

Luego llegó la rehabilitación. Tres meses. Reuniones en Alcohólicos Anónimos todo el día, terapia en solitario y terapia en grupo. Su familia y sus amigos diciéndole cómo era cuando estaba borracha; la vergüenza de sentirse de nuevo en ese oscuro y solitario agujero. Sintiéndose tan sola que nada ni nadie la llenaba.

Terminó la rehabilitación y salió con la cabeza bien alta. Un nuevo padrino y una firme decisión. Un año de reuniones diarias con Pearce permanentemente a su lado.

Pearce por fin se enfrentó a su representante y a sus agentes y les dijo que le importaba una mierda su carrera. Que no iba a seguir fingiendo. Que no iba a continuar con un matrimonio que estaba acabado. Que eso iba en contra de todas sus creencias.

Se mudó a su casa de la playa en Malibú y ella se fue con él un mes más tarde. La prensa los volvió locos. Hubo momentos en los que Saffron creyó que no podría soportarlo, que no sobrellevaría la pérdida de la normalidad, porque no había nada en su vida que fuera como antes.

No podía ir a la tienda de la esquina a comprar leche, no podía salir por la noche con Pearce para ver una película y comer una hamburguesa. Lo intentaron, pero aunque consiguieran despistar a la prensa, se sentaban en el restaurante y fingían no oír el continuo murmullo de las conversaciones, fingían no ser el centro de todas las miradas, fingían no ver que la gente se volvía para observarlos. Siempre había alguien que se acercaba para ofrecerles unas palabras de apoyo o para criticarlos. Lo mismo les daba, porque en cualquier caso estaba claro que no tenían la menor intimidad.

Le llovían ofertas de trabajo. No había dejado de trabajar ni un momento durante ese año, y entre la recuperación, Pearce y el trabajo no le quedaba tiempo para nada más. Llevaba sin ver a sus amigos desde que estuvo en Inglaterra, pero sabía que no podía casarse sin ellos.

¡Casada! ¡Saffron casada! ¿Quién iba a decirlo? Pearce se lo había pedido una noche en la playa. Debería haber sido romántico, pero los perros se metieron en el agua y acabaron empapándolos, ¡y hacía muchísimo frío! Cuando Pearce la abrazó y le dijo que la amaba y que quería casarse con ella, le contestó tiritando:

—Vale, ¿podemos entrar ya?

Una vez dentro, Pearce volvió a preguntárselo y Saffron se echó a llorar y se le olvidó contestarle. A la tercera le dijo que sí.

Pearce tiene pensado contar la historia esa noche durante su discurso.

Lo han planeado durante meses para mantenerlo en secreto, para evitar que se filtrara a la prensa. Han alquilado el hotel al completo durante el fin de semana y han obligado a todas las personas involucradas a firmar un acuerdo de confidencialidad. De momento han conseguido mantenerlo en secreto y han reunido a la familia y a los amigos con otro pretexto.

Pearce entra en la sala para saludarlos a todos y Holly observa a la pareja con una sonrisa en los labios; la alegría de Pearce y Saffron es contagiosa. Su amor es real. Mientras los observa, su mente sobrevuela el océano en dirección a la casita de estilo georgiano que tiene en Maida Vale.

No está divorciada, y no ha sido nada fácil, sobre todo porque Marcus le ha puesto todas las trabas que ha podido. Tal como sospechaba, no está dispuesto a pasarle una pensión, no está dispuesto a fijar una cantidad decente para la manutención de sus hijos, no está dispuesto a hacer nada porque, parafraseándolo: «Eres tú quien quiere el divorcio, ¿por qué tengo que pagar yo?».

Los únicos momentos de bajón que ha tenido, durante los cuales se preguntó si sería capaz de valerse por sí misma, la sorprendieron mientras estuvo enferma. Por suerte, esa primera época en la que se pasaba los fines de semana en la cama mientras los niños estaban con su padre, esos días en los que el dolor de cabeza era tan espantoso que creía que la cabeza le iba a estallar, ya han pasado.

Marcus se ha quedado con la casa. Aunque pensaba que sería duro, Holly descubrió que quería cerrar ese capítulo de su vida y pasar página. Al hacer el inventario de los muebles de la casa, que ella había escogido en su totalidad, descubrió que quería muy pocas cosas.

Marcus exigió quedarse con la cama, y a Holly aquella ironía le hizo gracia. ¿Quién querría el lecho conyugal de un matrimonio fallido? Claro que luego recordó que la cama era una Hastens, hecha con materiales naturales procedentes de Suecia y cuyo precio superaba los ingresos anuales de muchas personas.

«Por supuesto que quiere la dichosa cama —pensó en su momento—, aunque solo sea para sacar la conversación en una cena: "Vaya, ¿tienes una Dux? Pues yo tengo una Hastens y es una maravilla".»

Su mejor decisión, el momento más glorioso, fue pasar una tarde entera en Dream Beds Superstore y elegir su colchón, su cama.

Y su peor decisión, de eso se dio cuenta demasiado tarde, fue comprar una cama de dos metros. Durante su matrimonio le habría sido impensable comprar una más pequeña por temor a despertarse en plena noche y rozar a Marcus. Ahora, sin embargo, le gustaría tener una cama más pequeña, le gustaría acurrucarse con Jonathan; de hecho, se despierta muchas noches en el centro de la cama, con las piernas sobre las suyas y atrapada bajo uno de sus brazos.

Jonathan. Ay, Jonathan. Le basta pensar en él para sonreír. Lo quiero, se recuerda en voz baja una y otra vez a lo largo del día, deleitándose con la alegría de amar, de haber encontrado a alguien que la adora y al que adora.

Es su vecino. Vive en una casa tres puertas más arriba que la suya. «Qué típico», piensa con una sonrisa, porque es demasiado bueno para ser verdad. El mismo día que ella se mudó, apareció en su puerta para presentarse y volvió veinte minutos después con su caja de herramientas para montar las estanterías, colgar los cuadros y montar los dormitorios de los niños que acababan de llegar de Ikea.

En su momento pensó que era un encanto, pero nada más..., aunque tal vez le picara la curiosidad. Tenía dos hijos de la edad de Daisy y de Oliver que pasaban con él fines de semana alternos y una noche a la semana. Comenzaron a hacer cosas juntos los fines de semana, principalmente porque se sentían solos y los niños se llevaban bien.

Al principio no pensaba mucho en él salvo para recordar lo mucho que le gustaba verlo, y pronto se descubrió buscando su coche cuando regresaba a casa. Cuando escuchaba su voz en el contestador, sonreía... Había algo en él que la hacía sentirse bien. Feliz.

Han pasado cinco meses desde la primera vez que se besaron. Iban a darles las buenas noches a Daisy y a Abigail. Era la primera noche que Abigail pasaba en casa de una amiga. Estaban a oscuras en el pasillo junto a la puerta del dormitorio, escuchando a las niñas parlotear alegremente, cuando Jonathan la besó.

Cinco meses... cinco meses dura ya la relación más feliz y sólida que ha tenido nunca. Una relación que supera todas sus expectativas. La ternura mutua que se profesan sigue sorprendiéndola, al igual que esa sensación de que se valoran mutuamente y se respetan.

Eso, comprende por fin después de tantos años, es amor.

Pensar en su matrimonio le resulta vergonzoso. Porque por muy horrible que fuera Marcus, ella también tuvo gran parte de culpa. Sí, ella también fue culpable. Nunca le demostró ternura. Nunca lo trató con cariño y afecto. Prefería batirse en un duelo dialéctico hasta que se le agotaban las fuerzas y claudicaba.

Jamás se ha sentido más tranquila ni más segura que como se siente ahora. Y mientras observa a Saffron y a Pearce ve atisbos de su relación con Jonathan. Ve que, a pesar de lo que las revistas puedan publicar, a pesar de la imagen que tenga de ellos el mundo y a pesar de los problemas de toda relación nueva, tienen lo que ella tiene con Jonathan, y gracias a su matrimonio con Marcus sabe lo raro y valioso que eso es.

—Me alegro tanto por ti... —le susurra al oído a Saffron—. Te lo mereces, cariño.

Y Saffron le aprieta la mano y asiente con la cabeza. Por primera vez en su vida, cree de verdad que se lo merece. Cree que es lo bastante buena. Se merece tener esa maravillosa relación con ese hombre maravilloso.

—Bueno, ¿qué tal va la experiencia de ser madre soltera? —le pregunta Holly a Olivia, que pone los ojos en blanco al escucharla, pero que luego se echa a reír.

—Es increíble —contesta—. Agotador. Pero increíble. Nunca imaginé que podría querer a alguien como quiero a Tommy. Nunca me imaginé en el papel de madre ni imaginé que querría serlo, pero me va bien. Sí, me va bien. Tommy es la alegría de mi vida y me apaño bien.

—¿Y cómo lo lleva Fred?

—La verdad es que se está portando de maravilla. Cuando se lo conté, me dijo que quería colaborar. Y aunque nunca le he pedido nada, su apoyo ha sido constante.

—¿Sigue yendo a Inglaterra a veros? —pregunta Paul.

—Suele ir todos los meses, y está planteándose hacerlo con más frecuencia.

—¿Y las cosas van bien? Me refiero a si estáis... —Holly no quiere entremeterse demasiado.

—No, no estamos juntos. Y no pasa nada. Sé que puede parecer raro, pero hemos decidido que criaremos juntos a nuestro hijo aunque no seamos pareja. Quedarse embarazada de un desconocido no es muy recomendable, pero reconozco que con Fred he tenido suerte.

—Así que Tom no eligió tan mal después de todo... —comenta Saffron con una sonrisa.

—Es evidente que veía cosas que a mí se me escapaban —señala Olivia justo cuando Anna entra y les hace señas para que bajen la voz mientras deja el carrito del bebé junto a la puerta.

Para Anna es extraño pensar que en otra época no habría podido darle un paseo al bebé de una amiga sin sentirse defectuosa o sin que la asaltaran los celos. Sin pensar en todo lo que se estaba perdiendo, en lugar de recordar lo afortunada que era por todo lo que tenía.

Evidentemente falta algo enorme en su vida desde la última vez que se vieron. Hace unos meses que vendió Fashionista.uk.net a una empresa pública muy importante, aunque conservó un cargo de asesora y le pagan muchísimo más dinero del que jamás habría imaginado.

Pero no lo hizo por el dinero. Lo hizo porque se dio cuenta de que Fashionista había sido su bebé demasiado tiempo y de que tal vez el estrés de dirigir la empresa estuviera mermando sus posibilidades de quedarse embarazada. Quiso dejarlo, quiso bajarse del tren para volver a sentirse como una persona de verdad.

Por supuesto, en el fondo siempre esperó en secreto que en cuanto dejara la empresa se quedaría embarazada (si les pasa a otras mujeres, ¿por qué no a ella?), pero siete meses después sigue sin estarlo y ni siquiera se plantea someterse a otro intento de fecundación in vitro, aunque desde el punto de vista económico ahora puedan permitírselo.

Lo que ha hecho a lo largo de esos siete meses ha sido reencontrarse a sí misma. Se ha apuntado a clases de yoga y de Pilates. Ha aprendido a cocinar unos platos estupendos para Paul y para ella, y se ha tomado muy en serio su papel de madrina de Tommy.

Por primera vez en años acepta su vida tal como es. Hace poco leyó en alguna parte que la clave para ser feliz no consiste en conseguir lo que quieres, sino en valorar lo que tienes. Sonrió al leerlo. Y pensó en todas las cosas que tenía (todas las cosas buenas y todos los seres queridos que la rodeaban) y de repente supo que estaba completa. Y eso le basta.

Todos los presentes están llorando. Son lágrimas de alegría, la alegría que uno siente cuando sabe, cuando sabe con total seguridad, que dos personas que debían estar juntas están juntas y no van a separarse jamás.

Pearce se levanta y carraspea. Está guapísimo con su esmoquin, para caerse de espaldas. Habla de por qué quiere a Saffron. Dice que es un hombre mejor cuando está con ella, habla de los regalos que ella le ha hecho y de la paz y la serenidad que siente cada día cuando se despierta y la ve a su lado.

—Casi todos sabéis —dice, tranquilo porque solo hay familiares y amigos íntimos— que mi situación anterior era muy diferente. No sabía que esto existía. No sabía que era posible sentirse tan feliz y tan tranquilo. Siento que mi Poder Superior me ha concedido una segunda oportunidad, y me ha dado esta oportunidad increíble para que pueda comenzar de nuevo. Pensaba que era demasiado tarde. Que no tenía derecho a sentirme desgraciado porque tenía lo que supuestamente todos deseamos en la vida (películas, dinero, un matrimonio...) y no me creía con derecho a aspirar a más. Me avergonzaba mucho desear más, sentir que lo que tenía no era suficiente. Pero no comprendí que nada es suficiente si estás con la persona equivocada hasta que conocí a Saffron. Me sentí bendecido por haberla encontrado, por haber encontrado a la mujer que me regala todos los días su fuerza, su belleza y su alegría. Es el mayor regalo que me han hecho jamás, y quiero que todos seáis testigos de nuestro enlace y que sepáis que la querré y la cuidaré siempre.

Paul se vuelve hacia Holly, ve que se limpia una lágrima, y le da un codazo y pone los ojos en blanco.

—Por Dios santo... —exclama—, ¿no podría ser menos peliculero?

—¡No! —Holly se ríe—. Seguramente toda su vida es de película. Oh, cállate. No vamos a ponernos a criticar ahora...

—Bueno, pero es un poco empalagoso, ¿no?

—No. A mí me parece dulce, sin más.

—¿En serio? ¿Dónde está la antigua Holly, la cínica?

—Se ha largado para siempre. La nueva y mejorada Holly

que tienes delante está locamente enamorada y le encanta que las estrellas de cine supersensibles canten las alabanzas de las mujeres.

—Es increíble que todavía no nos hayas presentado a Jonathan —susurra Paul mientras los aplausos se calman—. ¿Por qué no lo traes al granero? Podríamos celebrar otra reunión.

Holly alza una ceja.

—¿Necesitas que te alicaten el baño? ¿O quizá hay que cambiar el tejado?

—No, por Dios. El pastón que ganó Anna con la venta lo cubrió todo. Hasta hemos instalado suelos radiantes. Ánimo. Veníos unos días. Podemos reunirnos todos y empezar de cero. Un nuevo comienzo. Y esta vez será el comienzo de la mejor parte de nuestra vida. ¿No se supone que todo empieza a los cuarenta?

—Solo para las mujeres, o eso he oído. —Olivia se inclina hacia ellos con una sonrisa y alza su copa—. Pero brindemos. ¡Por los nuevos comienzos y las segundas oportunidades!

Uno a uno levantan la copa para brindar mientras la orquesta comienza a tocar.